VATTNET I MARS

MIKAEL FANT

Vattnet i mars

pirat
FÖRLAGET

Av Mikael Fant:

Grundläggande genetik – en roman om blåögdhet och halva sanningar, 2008

Läs mer om Piratförlagets böcker och författare på www.piratforlaget.se

ISBN 978-91-642-0322-9

Utgiven av Piratförlaget

Omslag och illustration: Eric Thunfors

Tryckt i Finland hos Bookwell, 2013

Till Elis och Tom,
till Mia, Björn och Martin
och alla andra som lämnat i förtid.

Och till alla som någon gång
kysst ett skivomslag.

Det här är jag: Jonna Aronsson. Det skymmer i mitt fönster. Långsamt saktar världen ner därute och tystnar. Spårvagnen räknar ungefärliga halvtimmar, ibland hörs enstaka steg eller röster från korridoren utanför. Hedda sover och jag kan skriva. Jag blundar. Ser genom allas ögon.

Det här är jag och det här är min familj. Mamma och pappa. Morfar, lilla morfar. Mina mostrar och kusiner. Deras pappor. Det är om oss jag tänker berätta. Och skriva, det skulle jag alltid göra, det har jag vetat så länge jag kunnat läsa, alltsedan mormor lärde mig den magi som kan ge flyktiga tankar beständighet så att de kan delas av alla människor över tid och rum. Men inte var det väl såhär jag hade föreställt mig det. Jag som skulle måla upp fjärran länder och tider, rentav världar kanske. Krypa in under huden på kvinnorna där, återuppliva dem. Skapa hjältinnor, inspirerande förebilder. Istället mostrar, kusiner, mammor, pappor, morföräldrar. Verkliga människor, ynkliga och förunderligt starka omvartannat.

Så det här är min familj och det här är Medelpad, ett nog så fjärran land för de flesta, men vårt hörn av världen. Det här är Tuna kyrka, söder om Matfors. Kanske en mil från Nedansjö, den plats vi kommer från. Den vi får dras med, den som får dras med oss. Den som alltid varit sig lik men som aldrig mer kommer att vara det. Om den platsen tänker jag berätta. Och om några andra där vi slagit oss ner eller bara kort mellanlandat för att vila vingarna. Men det är här det börjar, på en höjd över den glittrande Marmen där vi samlats en klar förmiddag i september 2004.

Det är här det börjar och det börjar med ett slut. För det här är inte någon vanlig berättelse, ingen enkel och hederlig husbehovslögn som inleds med en rejäl början och som sedan trosvisst och sedelärande ångar på utan att darra det minsta på manschetten och som pålitligt, i tur och ordning, avverkar alla sina dramatiska förvecklingar ända fram till den storslaget lyckliga eller tragiska finalen.

Nej, någon har dött, en värld har gått under och det här är berättelsen om en familj, min, som slår och kränger vilt i svallet. Det här är tomheten, den ihåliga saknaden, lika bråddjup och stumt gapande som graven vi har samlats kring, sorghuttrande i den höga och skarpa luften. Det är så många som ska trängas därnere. Det är Inga Aronsson, Edvins maka. Agnetas, Evas och Majas mamma. Det är min mormor och mina kusiners. Det är Jerkers och Raimos svärmor. Och berättelsen om vår sorg och vår hunger börjar med ett slut: en död och en begravning.

Och den slutar med en början, en födelse och ett dop. Inte heller det hade jag föreställt mig, eller ens tänkt tanken för egen del, men nu blev det som det blev och jag ångrar ingenting. Jag skulle naturligtvis, med facit i famnen, ha gjort likadant igen och kanske långt mer därtill. Och kan glädjas över att allt inte blir som man tänkt sig alltid, att tillvaron är så mycket påhittigare än man själv är.

Däremellan utspelar den sig, vår berättelse. Just i glappet efter att något har tagit slut, innan något annat börjat. Ett år utan fotfäste får den istället ormlikt slingra sig fram, från den ena till den andra. Den vädrar vår vilsenhet, slingrar, ringlar, ringar in oss och hugger efter varje flimrande ögonblick av osäkerhet. Just de ögonblick som vi oftast själva inte finner något rum för när vi i efterhand diktar ihop våra brokiga erfarenheter till en prydlig väv, begriplig och med ett sken av mening. Nej, för de ömmar och skaver, viskar besvärande i vår nyfunna och välförtjänta trygghet om allt det som kunde ha skett annorlunda eller, än värre, om allt det som lika gärna kunde ha fortsatt precis som förut.

Men det börjar med en grav och en familj som en kylslagen höstdag för sista gången cirklar kring en mittpunkt som inte längre finns, och det där är jag, Jonna Aronsson. Den snörvlande tonårstjejen med svårartat kajalmissbruk och svartfärgat hår som septemberljuset väcker en neonlik blåton i. Som blickar ner i ett hål, söker efter svar där det är lönlöst att leta.

Och där är Edvin, ersatt av en bortbyting. Make förvandlad till änkling, en förstummad spillra. Min kära morfar, inget håller längre honom samman.

Där är min mamma, Agneta, och hennes systrar Eva – rättvisans förkämpe – och Maja – familjens quisling – men så enkel kan tillvaron inte längre förbli när osäkerheten och tvivlen börjar kravla fram ur hålet nedanför. De kryper upp och hugger, viskar: Så olika de är. Moderlösa och huttrande på en kyrkogård mitt i livet, vad har de gemensamt annat än kärleken till fadern och misstron mot varandra? Och kanske ett svidande minne av stenar och glåpord som haglar mot hemmets ytterväggar. Ljudet av krossat glas, en bitter smak i svalget som inget barn ska behöva uppleva.

Och där är min pappa, Jerker. Vad håller ihop honom och mamma? Kärleken, rädslan eller bara vanan? Vad håller samman mig och min bror? Tycker jag ens om honom? Jag känner honom inte, han sitter mest på sitt rum och om ett år flyttar jag härifrån. Maja och Raimo, vad är deras kitt? Lojalitet eller bara lögner? Och Fredrik, min kusin, nästankusin, en finnig yngre kille bara, det ointressantaste som existerar i världen. En smula avund: han bor i en riktig stad, får ha Eva till vardags. Är han ens en av oss egentligen?

Mormor, nog har vi älskat dig, nog älskar vi dig alla. Världens bästa maka, mamma och mormor, ingen skulle säga något annat. Maja kanske med en liten bitterhet i tonfallet. Men vad är det för familj du lämnat efter dig? Borde du inte ha förberett oss bättre? Så fort det gick.

På midsommaren, när vi sist var samlade, var du fortfarande helt och fullt dig själv. Medelpads piggaste 79-åring, som stegade iväg på en halvmils promenad före frukost och tog en vända vid huggkubben på eftermiddagen. Ingen kunde då föreställa sig att dina skämtsamma ord till sillen skulle bli verklighet så nära inpå:

”Och snuva maskarna på kalaset, aldrig i livet! Jag ska ruttna i jorden.”

Maja, med rynk på näsan, leendet därunder och spelad vämjelse: ”Du tycker inte att det är det lite … ofräscha alternativet?”

Och Ingas replik, den jag inte begrep då, som fick Majas leende att breddas och stelna, mamma att resa sig och börja stapla tallrikar.

”Allt kött är hö och jord skall man åter varda. Och jord, det är maskskit och inget annat. Men att du föredrar en rejäl brasa är väl inget som förvånar.”

I början av augusti, en stroke. En bibliotekarie och poet bestulen på orden och halva kroppen, med drägel i mungipan och blicken nattsvart av förtvivlan under hängande ögonlock. Med en make som vanmäktigt sköt stolen runt dina bästa promenadstråk, tvingade hjulen över skogsstigarnas knotiga rötter. En månad senare nåden, ytterligare ett slaganfall. Slutet. Det gick så fort. För oss andra.

”Att jämt lyckas med allt man tar sig för här i livet är inget att egenkärt gå och yvas över, tvärtom. Det vittnar bara om feghet. Det är en fattig människa som enbart gör sånt hon är bra på.”

Mormor, du var sällsport dålig på att inte rå och klara dig själv. Dina ord hänger i luften över vår berättelse. Ett förtvivlat år ska vi alla försöka oss på, eller bara råka göra, det där andra. Det vi inte är så bra på:

Edvin, sanningssägaren. Du ska ljuga för dig själv, välja tröst före sanning.

Mamma, du ska stjäla från de döda – är det ens möjligt? – och sätta dig själv före familjen.

Raimo, du kommer förklena din dyrkade hustru, omöjliga tanke.

Alex, dig känner jag inte ens än, men vi ska båda komma att lämna vår ensamhet på helt andra sätt än vi föreställt oss. Du genom att betvinga ditt tvång och bejaka din talang, ta kontroll. Jag genom att kasta den överbord.

Fredrik, för omväxlings skull ska du klanta till det rejält, men eftersom du är så usel på att klanta dig blir resultatet i slutändan ändå något alldeles fantastiskt.

Maja, lojal och lättjefull, du ska svika och göra rätt för dig. Möta din överkvinna och få smaka nederlagets oanade sötma.

Pappa, stackars pappa. Du ska försöka tala med din hustru och din son, du ska försöka krama din dotter. Du ska misslyckas med allt. Slå och bli slagen, som inte på tjugo år.

Slutligen, Eva, du tar priset. Det är så mycket du ska göra som du aldrig gör: ljuga för din partner, överge en systerdotter i tårar, förlåta dig själv.

Och jag själv, den snörvlande, svarthåriga Jonna? År av

självdisciplin kullkastade på ett ynka ögonblick. År av uppdämd längtan frisläppta med oanade följder. En tuff lektion, men så vacker. Leendet, spjuverblicken som mormors.

Edvin, min morfar, min vän. Dig ger jag början och slutet. Du är vårt upphov, utan dig funnes ingen familj. Du sammanbinder vår berättelse, din sorg ringar in allas vår under detta år, biter sig i svansen, som Ouroboros, ormen, tills den släpper taget och släpper oss fria.

Mormor, min Inga. Du får ta din självklara plats mitt ibland oss, vilken annan kunde jag ge dig? Och stå just där en sista gång, dit våra betingade blickar ständigt återvänder för att leta svaren, men nu enbart möts av smärtande tomrum. I det tomrummet sätter jag din röst: en dikt, ett brev, och lämnar med det detta slut, begravningen och kyrkogården ovanför den glittrande Marmen där vi sörjer och fryser. Återvänder till natten och tystnaden i min studentlägenhet.

Hedda sover lugnt i sin spjälsäng och jag skriver. Ibland får jag ont i magen och går och tittar på henne, fastnar i hennes andetag i en minut eller halvtimme. Kryper sedan upp i soffan med datorn igen, låter orden komma. Blundar och ser genom allas ögon.

Jag ser genom allas ögon, du ser genom mina och en värld uppstår. Varsågod:

1

Edvin, februari 2005

”Edvin?”

Rösten tränger sig in genom drömmarna och lägger sig i och när man väl vaknar så står hon där, lutad över en, och hon har en liten rynka mellan ögona som mjuknar och ger efter och hon ler åt en och jag känner hennes hand mot axeln.

”Det var ju för väl, Edvin. Som du skräms”, säger hon och hon är ung och så väldigt välbekant i rösten och på ögona och det mörka håret, så man blir inte rädd, fast hon står där så tätt inpå precis när man försöker komma till sans och täppa till luckorna.

”Agneta?” prövar jag, men det känns inte rätt när jag säger det och hon ler lite snett och lyfter handen från min axel och stryker mig över kinden.

”Nu driver du allt med mig, Edvin”, säger hon och sträcker på sig och jag ser hennes namnskylt på bröstet. Caroline står det med stora handtextade bokstäver, flickaktigt snirklande med ett hjärta som prick över i:et och det kommer till mig var det är jag befinner mig. Hon vänder sig och går bort till fönstret. Solen smyger in när hon vrider på skruven och ljuset lägger sig i randigt mönster på täcket över mina ben. Jag vänder på huvudet och det är tomt i sängen bredvid mig. Nog kunde hon ha väckt en innan hon gav sig av.

”Du som alltid är uppe med tuppen och här ligger gubben och snarkar till en kvart i nio.”

Ljuset bländar mig när jag blickar opp mot fönstret och det enda jag ser av flickan är konturerna. Jag kastar ett öga på klockan på nattygsbordet invid och nog katten stämmer det vad hon säger. Här har man legat och drönat. Jag slår undan täcket och känner med högerhanden utmed sidan på sängen tills jag får fatt i handtaget, sedan andra handen och vrid och runt och opp på sängkanten. Hon försöker inte hjälpa till längre, gudskelov. Inte sedan jag snäste av henne, när det nu var, utan står och ser på och ger mig en kort nick när jag tagit mig opp på ändan. Jag sträcker på de sömnstela lemmarna. Benen, och sedan armarna. Ut långsamt och tillbaka. Knak och brak.

”Du får allt kvicka dig om du ska hinna få nån frukost i dig idag.”

Hon är borta ur ljuset och framme vid sängen igen. Jag tar handen hon sträcker fram, så hon får känna sig lite nyttig, flickan, och stiger opp. Det skymlar lite för ögona så jag får hålla i en sekund.

”Är det nåt jag kan göra?” undrar hon.

”Pinka åt mig kan du inte.”

”Nej, och tur är väl det, för annars hade jag inte fått mycket annat uträttat här, med tanke på hur lång tid det brukar ta”, säger hon.

”Tack för den, du”, svarar jag över axeln. Något annat får jag inte ur mig, för i och för sig är det ju så att vi slänger käft, flickan och jag, och det är ju gott och bra, för det håller igång huvudet på en bättre än gaggandet med gubbarna och kärringarna nere på allrummet. Men såhär på morgonkvisten har tankeverksamheten inte riktigt kommit igång än, i så måtto den någonsin gör det numera, och bättre än så förmår jag inte. Dessutom tränger det på något fruktansvärt i blåsan. Jag drar igen dörren bakom mig och lyfter på locket.

”Nu har jag städning i Udden, men vi ses till lunch, Edvin”, kommer det igenom dassdörren.

”Tar du ut ett linne och ett par strumpor ur byrån”, ropar jag tillbaka och det jakar hon till och jag är glad att jag kom ihåg det, för nu är det så att kroppen fungerar hyggligt för sin ålder, och där fick man väl tacka sin herre, om det funnes någon, för att man hade förstånd att höra opp med skogsarbetet medan tid var, när lederna började säga ifrån, för man har ju överlevt alla grabbarna från den tiden och med marginal dessutom, utom Jon oppifrån Liden, den galningen, men till och med han sitter ju i stol som Inga han å, med trasig höft, och egentligen är det väl henne man ska tacka och inte Herren Gud, eftersom hon tjatade så mycket mer, om att ungarna ju inte skulle ha en ofärdig far att leka med, så då fick man sadla om och bli folk- och sedan grundskollärare istället, för läshuvudet var det inget fel på och ungar har jag ju alltid tyckt om, även om man fick svälja en del spe om att skogen inte var fin nog för en längre.

Lite lustigt ändå, det där, för där hade man omskolat tusentals plantor under sina dagar när de vuxit till sig såpass att det blev för trångt i såddsängarna och plötsligt var det man själv som satt där på seminariet oppe i Härnösand och blev omskolad.

Men hur det än är och har varit med den saken så är det nu så att böja sig ner är det inte så roligt att göra och linnena och strumporna ligger i nedersta lådan som jag hör henne öppna därute medan jag fumlar ut pitten ur pyjamasbyxorna och börjar vänta. Då tänker man kanske att varför inte flytta opp dem, men huvudet är det tidvis lite sämre med, det ska erkännas, och linnena och strumporna har nu alltid legat i nedersta byrålådan, och när vi prövade att flytta dem för ryggens skull kunde jag aldrig komma ihåg det, utan började ändå med att öppna den nedersta lådan, och då var ju skadan så att säga redan skedd, för där var det ju tomt. Sedan påståendet att jag skulle ha blivit aggressiv också när jag inte hittat kläderna, och slängt en amaryllis i väggen som de vill hävda och svurit åt dem och betett mig när de kommit in, det har jag inget minne av, så det får allt lov att vara osvuret. Men diskuterade gjorde de ifall de skulle skicka mig till Granlundahemmet i Lillhällom istället, dit de skickar de ilskna gamlingarna, men det var nog bara tomma hot för att man skulle hålla sig i skinnet och linnena och strumporna har för sinnesfridens skull, om än inte för ryggens, hamnat nederst igen.

Lådan stängs med sitt gnissel därute och kort därefter ytterdörren också, med ett hejdå så länge från flickan, och jag lyckas så småningom klämma ur mig det jag ska. Medan jag sköljer av ansiktet så funderar jag på varför Inga inte väckt mig, men det brukar ju vara tvärtom, att det är jag som väcker henne om morgnarna och om jag nu är förkyld tänkte hon väl att det var bäst att låta mig sova och tog sig ner till frukosten själv. Värre är det ju lyckligtvis inte med henne än att hon kan ta sig i och ur stolen på egen hand.

Linnet och strumporna ligger på sängen när jag kommer ut och jag tar av mig pyjamasen och plockar fram kalsonger och klär på mig och tänker att man ändå får vara tacksam för det lilla, att man fortfarande kan klä sig själv även om det går långsamt och man får sätta sig på sängkanten numera, för att få på strumpor och byxor.

Jag går ut i korridoren och stänger dörren efter mig och nian på dörren har jag glömt bort flera gånger, förtretligt nog, men det fungerar bättre nu för kransen med järnek och buxbom de satte opp till jul har jag låtit hänga kvar och det har jag sagt till om så de inte städar bort den och den är lättare att komma ihåg av någon anledning.

I ändan på korridoren svär jag åt mig själv för det är fel ända så det är bara att gå tillbaka och åt andra hållet. Det är ju en besk lärdom för en man som i sin ungdom alltid vetat exakt på vilken punkt han befunnit sig i en åtskilliga kvadratmil stor skog, att han på sin ålders höst ibland inte ens hittar från sin lägenhet och bort till matsalen. Men nu finns det ju skäl till att det är på Tunastrand vi bor numera, att vi blivit omskolade till en ny säng så att säga och inte bor hemma längre, Inga och jag, och det är att hon inte är bra i kroppen, och det vidgår jag att jag inte är helt klar i knoppen alltid, men att dit hittar jag minsann fortfarande. Varje gång hågen faller på promenerar jag bort och tar en titt på huset, vilket i och för sig inte är så ofta längre för även om de nya där säkerligen gör sitt bästa så är ju smaken som bekant delad och nog har man synpunkter på vad som sker och händer med trädgården och huset där man bott i femton år, och det gör en ju lite missmodig när man ser vad de ställt till med, och gjort sig märkvärdiga med blåmålade fasader på ett trähus, fastän det får medges att orken tröt något mot slutet och underhållet och trädgården båda blev en smula eftersatta, så nog behövde det målas om alltid.

Inte hjälpte det väl därvidlag heller att man här i livet blivit begåvad med tre döttrar. Jo, Eva tar väl efter sin mor i det hänseendet och är inte rädd för att hugga i när det behövs, men hon bor ju också längst bort av flickorna och särskilt ofta behagar hon nu inte komma och hälsa på. Den där manhaftigheten hade ju sina avigsidor också, det har man tvingats grunna på en del i sina dagar sedan det hela kröp fram, och nu menar jag inte som sådan i sig för kärlek är kärlek hur den än yttrar sig. Det ska ingen komma och skriva folk på näsan hur de ska leva sina liv så länge de inte skadar sig själva eller någon annan, men för det spe man får utstå, inte minst i ett litet samhälle som Nedansjö, så vi begriper ju nu och sedan länge, Inga och jag, varför hon rymde iväg den gången, sjutton år gammal, även om det var svårsmält när det begav sig. Jag borde ju förstått bättre själv å, kanhända, som hade lika bråttom hemifrån i min ungdom, drömde om sjön och fjärran länder men längre än till Björneborg och Vasa kom jag aldrig, för det visade sig att magen och huvudet inte tålte vågorna, så det fick bli skogen istället. Nu när man kan se mer nyktert på det hela inser man att det nog låg ett visst mått av avundsjuka i harmen, över att flickjäntan tog sig iväg ut i världen på ett annat sätt än man själv hade vågat, och nog fälldes det ett och annat ord som man i efterhand omsider har ångrat och önskat ogjort och nog anklagar man sig ibland över att man inte på bättre sätt ställde opp på sin dotter när drevet drog igång och småsintheten och illviljan firade triumfer i byn.

Flockdjuren ska du ha respekt för, varnade jag, för vips, när man förargat någon tacka eller bagge i den skock ryafår man inbillar sig att de är, så förvandlas de till varg och sitter i halsen på en om man inte passar sig och är noga förtänksam. Sedan skulle hon ändå göra allt efter eget huvud och det tog en ända med förskräckelse, men det ska erkännas att ur den historien gick man inte så rakryggad som man hade hoppats och trott om sig själv. Det är ju förlåtet sedan länge, men nog hugger minnet i en ibland när man minst anar det och vrider om.

Inte ens här slipper man undan, för titt som tätt kommer de ju ner från Centrumkyrkan och håller så kallad sinnesrogudstjänst, talar silvertungat om kärleken till nästan med hjärtana fulla av förbehåll och reservationer och vi är lätthåvad harr i deras fiskafänge, förskrämda som vi är inför det som komma skall och som rycker allt närmare dag för dag och vi snappar ju då och hugger efter varje möjlighet till förtröstan, suger tacksamt i oss de milda och vänliga orden som kräftsmör andra torsdagen i augusti. Och som om inte det vore nog så har dessutom traktens alla frimicklare slagit sina skrymtande påsar samman i Tuna-Attmars Kristna Allians och håller lägermöten på Rännögården nere vid sjöstranden och väsnas på kvällarna så man knappt får en blund i ögonen. Och inte har jag väl något emot att sjunga, det gjorde vi ofta med ungarna i skolan. I skogen å, för den delen, om än måhända med lite annorlunda innehåll kanske, men inte fasiken tre dar i sträck och det utan en droppe i kroppen.

Och hon, Evas, ja, det där är alltid lika svårt, vad man ska kalla det, partner, hustru, fru, Sonja, som hon heter om jag inte missminner mig, men det gör jag ju dagligen och oftare än så. Hur som haver är hon ju både vacker och klok, kvinnan, och hur det nu än står till med min modernitet i det hänseendet får jag ändå lov att tillåta mig att tycka att det nog är lite synd på ärterna, med hon Sonja menar jag, men å andra sidan unnar man ändå sin dotter det bästa och får lov att vara glad för hennes skull och barnbarn har man ju fått där på något underligt vänster, hur de nu burit sig åt med det, fast det var länge sedan man fick träffa pojken nu.

Nog rinner tankarna iväg för en, för här upptäcker man att man är tillbaka på sängen i sitt rum och i färd med att ta av sig koftan och det är den förbaskade kristligheten igen, som man gått och retat opp sig på så att man helt har glömt av att det var frukost man var på väg ner till och det gör en inte mindre ilsk på dem att de ska ha en sådan inverkan på en att man tappar huvudet helt och lallar omkring som en annan stolle utan mål och mening. Men de jävlarna, rent ut sagt, har man väl fått för sina synders skull så jag suckar åt klockan på nattygsbordet som visar fem i halv tio och skakar på huvudet, sätter frukosten ordentligt på plats främst i sinnet och knallar ner till matsalen.

Därnere sitter Udden-August vid ett fönsterbord och får sin långfil med kanel och socker och det går ju inte särdeles fort för honom och inte ser det så prydligt ut heller när hon den ljusa med den grova hakan, hans assistent, sitter bredvid och skedar in det. Med en

August på varje avdelning här så har det fått bli Udden-August och Viken-August även om det kanske hade varit mer att tala om var de kommit ifrån utanför eller vad de gjort här i livet med epiteten, istället för att berätta om var de nu på sluttampen oförskyllt hamnat, men det är väl enklast så, och det fastnar väl bättre också. Annars lyser solen in på tomma bord genom panoramafönstret och skymten av någon annan av de boende ser man inte, men Margareta håller på och städar undan vid buffén så jag får kvicka mig fram och ordna mig en kaviar- och äggsmörgås på rågkaka. Sedan slår jag opp det sista ur termosen och det blir nästan en hel kopp, men varmt är det nu inte utan snarare ljummet, men där har man för att man ligger och sover till nio nästan. Margareta springer vändor runt en medan man plockar ihop det hela och suckar demonstrativt för man är i vägen så hon inte kan sköta sitt arbete.

"Ställ undan disken i köket efter dig när du är klar", säger hon och drar fram trasan hon har fastklämd under rockskärpet och börjar torka av bordet intill.

Jag nickar till svar och tar en tugga av smörgåsen, sköljer ner den med en klunk kaffe och tar en titt på pillrena i plastmuggen.

"De gamla vanliga känner jag igen men vad är den där kapseln för nåt, den gula?"

Det är bäst att ha en smula sund skepsis för nog inbillar jag mig att Reminylen hjälper till lite och att man inte tappar tråden lika lätt och glömmer lika mycket, men det skulle de göra ogjort med någon sorts ångestdämpande eller lugnande så man blev såsig och slötänkt igen så det vete katten vad de är ute efter ibland, eller om de ens vet det själva när de ger med ena handen och tar tillbaka med den andra. Så bäst är det nog att läsa på ordentligt och käfta emot när det inte passar, så för sinnesfridens skull ligger Patient-FASS i nattygsbordet som en annan Gideonitbibel fast som jag ser det mycket mer användbar, även om de flesta av de andra här föredrar den andra boken, och då påstår de att min misstänksamhet är en del av sjukdomsbilden, men det kan de stoppa opp därbak för den har jag ärvt av min mor så den är förbaske mig medfödd och den har räddat mig många gånger både från överheten och från ondsinta och bedrägliga människor. Vill de att jag ska äta pillrena så får de skicka hit distriktsläkaren att förklara varför, för personalen här går det inte att få några vettiga svar ur om verkan och syfte.

”Det är vitamin B12 och lite mineraler”, säger hon med den trötta blicken som hon använder sig utav.

”Ska man tro på det?”

”Du har fått dem i en månad, Edvin.”

”Hämta burken så en får se själv.”

Hon skakar på huvudet, klämmer fast trasan under skärpet och stegar iväg åt Vikenkorridoren till med rocken ilsket flaxande bakom sig och den rödfärgade permanentbusken guppande opp och ner, och nog är hon arg men hon vet att jag är envis som synden så det är inte utan att jag ler en smula där jag sitter med min frukost och snorar. Smaken känner jag inte mycket av men magen blir nöjd att få arbete, käkarna får motion och kaffet värmer väl lite också även om det är halvljumt och surblaskigt men så är det ju med det där bryggkaffet. Jag tar en klunk till och sköljer ner Reminylen med, men den gula kapseln låter jag ligga.

Margareta dyker opp igen, stolpar genom salen med bister min och smäller ner en plastburk på bordet framför mig.

”Varsågod. Den ser exakt likadan ut som den gjorde sist”, säger hon och vänder ryggen till och fortsätter torka av.

Jag trycker in den sista biten smörgås i munnen, lyfter opp burken och tittar på innehållsförteckningen och det verkar faktiskt vara som hon säger. Däremot begriper jag inte varför de måste skriva så finstilt, särskilt om det är ett kosttillskott speciellt anpassat till äldre mänskor så får man ju räkna med att de som ska äta av det kanske inte har fullgod syn alltid, men hur det än är med den saken så kan man aldrig vara försiktig nog, så jag öppnar burken också och tar en titt, och nog ser kapslarna likadana ut som den i min plastmugg, gula och avlånga. Rent teoretiskt skulle det ju kunna vara så att de tagit en vitaminpillerburk och fyllt med någonting annat, men fastän Margareta är en ragata och regelmänska av Guds nåde så är hon jämlik och rättvis i det att hon inte favoriserar någon utan behandlar alla precis lika jävligt, så om paragrafrytterskan har sin stadgade kafferast en kvart i tre så nog fasen sitter hon och sörplar då även om Elsa sitter och gråter på rummet eller Björkstrand skulle ha skitit på sig, för rätt ska vara rätt och allt har sin tid och då skulle till och med kronprinsessan få vänta tills kaffet var oppdrucket om hon nu kom på visit, vilket ett tag ryktades, men sedan åkte hon visst och besökte äldreboenden i Gävle istället, så det kan jag inte tro om henne att hon skulle bedra och ljuga på det viset, just för att hon är en sådan petimätersjäl och alltid följer reglementet. Så jag skruvar igen locket, ställer ner burken på bordet och sköljer ner den gula kapseln i min plastmugg med den sista skvätten kaffe.

Och med det får frukosten lov att vara över så jag reser mig och skjuter in stolen ordentligt, tar min assiett och kaffekopp, går ut och ställer in dem i diskmaskinen i köket och passar på att snyta ur näsan ordentligt, för snorfanan blev visst kvar på rummet i brådskan, så jag river av lite extra papper från hushållsrullen som jag viker ihop och stoppar i skjortfickan och sedan börjar jag knalla bort mot allrummet för att leta efter hustrun. Vitaminburken och plastmuggen med mitt namn låter jag stå kvar på bordet så hon kan plocka undan dem bäst hon vill till sitt nogsamt låsta rum i korridoren mot Viken där hon brukar sitta och höka och där medicinskåpen står.

Inne på allrummet är det tämligen tomt på folk, men Gunnar och Sten-Inge sitter med armbågarna på spelbordet och kvarnbrädet mellan sig och Udden-August har de kört fram och ställt bredvid. Han brukar få sitta med dem för de har inget emot att hålla ett öga på honom medan den ljusa har annat för sig, och egentligen skulle han väl till sjukhem istället för gruppboende, August, men när de försökte flytta honom till Thulegården härförleden blev han orolig och satt och kved och vaggade fram och tillbaka i stolen hela tiden, så efter en vecka fick de köra honom tillbaka hit igen och det är kanske inte så underligt eftersom han ändå har bott här i sju år, så slagseg som nickelstål är han, gubben, och olycklig tror jag heller inte att han är så länge han får vara kvar här, för då hade han släppt taget för länge sedan.

”Gomorron Edvin”, säger Sten-Inge och vinkar över bordet och Gunnar vänder sig och nickar han med och jag hejar tillbaka. Det är en service som han så att säga består med, Sten-Inge, för även om Gunnar är en jäkel på kvarn och klår en nio gånger av tio så har han svårt med namnen och behöver få minnet sporrat, och de hålls ju mestadels tillsammans de två, så Sten-Inge hälsar jämt när någon dyker opp och nämner därvid folk vid namn, och det ska villigt erkännas att det nog är fler av oss till fromma än enbart Gunnar.

Borta vid fönstret sitter hon i stolen med utsikt mot sjön och badplatsen och med ryggen mot rummet som hon brukar, synbarligen i egna tankar för hon vänder sig inte om när Sten-Inge hälsar på mig. Jag tar med en stol och hon märker mig inte förrän jag ställer den bredvid hennes och hon är visst i färd med att räkna maskor i stickningen så hon nickar bara när jag sätter mig ner och jag håller tyst för att inte störa.

Det där med stickandet började hon inte med förrän i sen ålder och tålamod till det har hon egentligen inte av naturen, för hon har ju alltid föredragit att röra på sig framför att sitta still så handarbetet fick nog stå tillbaka för en skogstur eller en halvtimme på huggbacken så länge det var görligt, eller ibland, om hon nu mot förmodan var inomhus, en stund vid skrivbordet med orden hon försökte tämja.

Jag betraktar hennes koncentrationsrynka som guppar mellan ögonen och hennes läppar som ljudlöst rör sig med maskorna, och när hon räknat klart ser hon i alla fall inte onöjd ut, så det gick väl jämnt opp kantänka, och hon lägger stickningen i knät, vänder på huvudet och ler åt en.

”Det var ju för väl att du kom till slut och befriade mig från fanskapet”, säger hon.

”Kan tro det. Har du vart oppe länge?”

Hon vänder sig i stolen och tittar mot väggklockan ovanför dörren, den står på lite i tio.

”Halvannan timme har det väl blivit, så om du tänker fortsätta och ligga och dra dig på morgnarna framöver så kanske Maja får sin tröja till födelsedan ändå”, säger hon med retstickeminen och lyft på ögonbrynen.

”Det får en väl överväga då, för det är väl klart att flickan ska ha sin tröja.”

Sedan sitter vi och tittar ut över sjön och glasbjörksdungen, för det mesta är väl ändå redan sagt oss emellan och att upprepa mig och tomprata har jag aldrig varit mycket för, och det har väl inte Inga heller men det känns skönt ändå att bara sitta stilla tillsammans och nog är det väl oftast så att våra tankar följer liknande banor där i tystnaden efter ett liv ihop för när den ene bryter den och tar till orda är den andre för det mesta med på noterna medsamma.

”Henne pjoltade vi nog lite för mycket med”, säger hon och vickar på huvudet.

Hon har nog rätt, för om vi möjligen var lite för sträng med den äldsta så blev det nog så att vi skämde bort och daltade med sistan en smula för mycket när hon var liten, men att bli småbarnsförälder igen vid fyllda fyrtio när livet redan hunnit runda av kanterna på en kanske bidrar till en viss mildhet i skötsel och fostran.

”Prat.” Jag slår undan med händerna. ”Än hennes syster då? Agneta var väl ännu värre än vi i det avseendet. Sydde klänningar åt henne och allt vad hon gjorde efter att Eva givit sig iväg och hon blivit störst helt plötsligt”, svarar jag för jamsar man bara med så blir det inget riktigt resonemang och då kan man lika gärna hålla munnen stängd.

Inga drar på mun åt mig och skakar på huvudet.

”Försök inte, gubbe lilla, du vet mycket väl vad jag pratar om och har minst lika stor skuld i det hela som jag själv. Skylla på Agneta!”

Jag börjar öppna mun, men vi avbryts i våra funderingar av steg från korridoren och sedan är det slut på frid och rart munhuggeri.

”Gomorron Stig”, säger Sten-Inge och jag stelnar där jag sitter.

”Gomorron Sten i skon”, hör jag honom svara och jag ser för mitt sinne hur Stig flinar när han säger det och hur roligt han har, för Sten-Inge har dåligt knä och haltar.

”Gomorron Gunnar, Stig Lindvik här”, fortsätter han. ”Om du nu skulle ha glömt av det.”

Jag hör honom hasa närmre och släpa tofflorna i backen efter sig och bara ljudet gör så sinnet svartnar för mig och tankarna strömmar till, för Stig Lindvik är ett plågoris och gissel.

”Och där har vi ju Baggbölarn också. Gomorron på dig med”, häver han ur sig åt en, den illsinta gamla fifflarn och bara fan vet hur många ärliga handtag han har gjort i sitt liv, men i likhet med skattesmitare och äktenskapsbrytare och andra moraliskt handikappade ska han ha det till att alla andra är lika goda kålsupare som han själv så att han ska slippa stå där ensam på de anklagades bänk när det väl blir dags och därför säger han så fastän jag inte stulit en stock från kronans skog i hela mitt liv, varken för egen del eller andras. Med det sagt har man kanske varit frestad någon enstaka gång, men då har det varit principen snarare än vinningen som lockat. Inte för att det någonsin blivit av, för att leka Robin Hood i skogen som en annan Errol Flynn skulle nog allt känts lite jolligt och uppstudsig har man varit tillräckligt i sitt liv ändå. Och visst nog kallar han mig så också för att han märker att jag inte tål det, så egentligen borde man väl hålla masken istället och hälsa tillbaka bara, så han tröttnade och lämnade en ifred.

”Och lilla frugan har du visst med dig också”, fortsätter han och tar tag i handtagen och ruckar lite på hennes stol. ”Gomorron Inga.”

Inga låtsas inte om det och jag vänder mig mot typen. Han glor på mig, flinar, skakar på huvudet och knackar sig för pannan med pekfingret.

”Låt han vara, Stig”, kommer det ilskt från Gunnar och Gunnar är inte den som öppnar käften i onödan, så det skänker lite värme gör det, att man blir tagen i försvar. Inga struntar i honom helt och fullt och ser ut över sjön genom fönstret. Någon sorts tröst är det ändå att han börjar bli lite ängslig nu, gubben, när tiden börjar rinna iväg för honom. En har allt märkt hur han ofta smiter undan och fjäskar för kyrkfolket när de är här och håller andakt och inte bara frifräsarna utan statskyrkans representanter för den delen också, för han vill väl få goda vitsord däroppe och de stryker honom medhårs och säger att det aldrig är försent att ta Gud till sitt hjärta och att syndarna ska finna förlåtelse om de gör bot och ångrar sig. Om nu kyrkfolket mot förmodan har rätt och det finns en gud däroppe, bevare oss väl, så hoppas jag att det hålls någon form av balansräkning ändå, och då ska jag med glädje slänga en pinne eller två på hans brasa i skärselden. Men nu är det ju så att i början av livet likväl som i slutet, i skolan och på hemmet, kan man inte välja vilka människor man har omkring sig utan får lov att göra det bästa av situationen. Nog lär man sig något av det också, men förmå mig att vända mig om och svara honom det kan jag inte, det är svårt nog att bara låta bli att ge honom en omgång så han lärde sig att behandla folk med hyfs och respekt.

”Har du blivit döv, Edvin, eller har du bara en dålig dag och är som Gunnar och har glömt av vad en heter så du inte kan svara på tilltal när man önskar en god morgon?"

Och klen och skinntorr har den jäveln blivit också, så det hade inte varit svårt att stuka honom men han hålls ju mest på sitt rum numera så det är inte alltför ofta en behöver stå ut med honom. Så en får väl bita ihop och hålla fred eller åtminstone vapenvila, annars blir en väl skickad till Granlunda likafullt, och inte hade det sett särdeles bra ut heller om man slagit en kräftsjuk man på käften även om han nu skulle förtjäna det.

"Nä, dagen var väl bra och morgonen god ända tills du dök opp, tackar som frågar", svarar jag och Inga tittar mot mig med en blick som säger låt det vara. Men han nappar inte på betet, vilket är tur och skönt det, för jag är ju egentligen inte alls hågad att slänga käft med honom, det slank bara ur en av instinkt och ohejdad vana och jag ångrade mig medsamma.

"Har ni sett till Stridh?" frågar han istället, fiskande, och Gunnar skakar på huvudet.

"Ska du inte hälsa på August", undrar Sten-Inge och struntar i hans fråga.

Stig hasar bort och ställer sig bakom Augusts stol vid spelbordet. Han klappar honom på axeln.

"Ska det vara lönt, det?"

"Nä, det är ju sant, du är ju en snåljåp av Guds nåde, och ger väl inget frivilligt om du inte tror dig kunna få nåt tillbaka", säger Sten-Inge, skakar på huvudet och sätter ner en bricka på brädet. Jag drar på munnen där jag sitter och Inga får okynnesblicken.

"Gomorron August", säger Stig lent och halt som en odiskad enesmörkniv. "Hur står det till idag? Jaha, du. Nä, vad säger du? Tråkar dina bordskamrater ut dig? Jaså, jaha. Och gammal surströmming luktar de också."

Han klappar August på axlarna igen och sedan vänder han sig mot Sten-Inge.

”Hade du sett till Stridh, frågade jag.”

”Vad vill du honom?” svarar Sten-Inge.

”Jag hade ett spörsmål att dryfta med han om ett litet handlån.”

”Har du gått och spelat bort finanserna igen”, flinar Sten-Inge och gnider sig om näsan.

”Nu var det i och för sig Stridh som var gäldenären i det här fallet, men det ska fan låna ut pengar till senila gubbar som inte kommer ihåg det efteråt och vägrar att betala igen, och när man visar dem svart på vitt har de ändå mage att divla om räntan.”

”Det är väl ingen som tvingar dig”, säger Sten-Inge.

”Om folk ber mig om en tjänst så ställer jag opp. Det är mer än man kan säga om de flesta.”

”Du säger det du, ja. Men nä, en har inte sett till honom idag”, säger Sten-Inge.

Stig står och väger med något magsurt i blicken, börjar säga något men avbryter sig och hasar istället iväg bort mot matsalspassagen. Vi följer honom alla med blicken. Ja, utom August, då.

”Du kan inte ta med dem dit du ska, pengarna, det vet du”, ropar Gunnar efter honom. Stig låtsas som om han inget hört och försvinner ut genom dörren. Gunnar spelar ut, brickan klickar hårt, och Sten-Inge vänder blicken mot brädet igen.

”Det var väl fan då”, säger han och kliar sig i bakhuvudet. ”En till?”

Gunnar nickar medhåll men han ser ond ut.

”Kommer jag på han med att lura av nån pengar som inte lånat eller redan betalt igen så stryper jag han.”

”Nåt sätt ska han välan ändå få tjäna pengar på”, säger jag och det tar skruv för Gunnar rycker till och vänder sig om och Sten-Inge glor på mig som om jag vore ett veckogammalt rådjurskadaver han snubblat över i skogen. Jag rycker på axlarna.

”Jag menar, här inifrån är det ju lite bängligt att slanga eldningsolja och sälja hemkört till skolungar.”

De slappnar av och flinar åt mig.

”Usel vara dessutom”, lägger Inga till och blinkar åt mig, men hon talar tyst så det är nog bara jag som hör och kan le åt det.

”Nu slösar vi inte mer tankar på honom”, säger Gunnar och avslutar den diskussionen. Hur det än är har allt undertryckt agg man samlat i magen, eller om det nu är Reminylen eller båda i skön maskopi, satt igång tarmarna på en ordentligt så man behöver promenera opp på rummet en sväng för de offentliga och allmänna avträdena använder jag mig inte gärna av, så jag hejar på gubbarna, stryker Inga över kinden och beger mig iväg.

Jag klarar av mitt ärende och snyter ur näsan, vilket påminner mig om att jag ska ta med en fana ner och när jag öppnar byrån och plockar ut en så ligger lappen där som jag skrev till mig själv igår för att påminna mig om att jag har angelägenhet opp i byn idag, och det var ju listigt egentligen av mig att lägga den där, för en ny näsduk tar jag varje dag när jag är förkyld, till skillnad från vissa av gubbarna som kan gå omkring med samma en nertryckt i byxfickan veckor i sträck. Så där fick man faktiskt tacka Stig för att man blev nödig och behövde gå opp på rummet så man blev påmind om det hela, så någon nytta och glädje hade man likväl av gubbtjyven. Men turen till byn får vänta till eftermiddagen inser jag, för den finns det inte tid till före lunch.

I matsalen blir vi serverade panetter med ärter och varmhållen potatis som de kör ut i bil från centralköket i Sundsvall och maten är väl måttligt rolig men flickan är i alla fall där och kommer och språkar lite. Något längre samtal blir det inte för hon får ju hjälpa till där som det behövs, det där med ätandet har ju blivit komplicerat för vissa och jag har inget emot att dela med mig av henne.

Bäst man sitter där och petar i ärterna så går det opp för en att flera av tanterna är finklädda i nystrukna blusar och har rött på kinderna och pärlhalsband och vad allt det nu kan vara. Sprungit till Fias nere på hörnet och lagt håret verkar de också ha fått gjort. Och Viken-August har kavaj med röd näsduk i bröstfickan och slips. Det är inte utan att man blir lite orolig, för de har kanske planerat någon utflykt för oss igen och så har man gått och glömt av att man skulle till visstund med Matfors Cornelissällskap eller på dragspelsstämma i Ånge eller vad det nu kunde vara den här gången, och då måste man komma på någon ursäkt att inte följa med och det illa kvickt så man kan ordna med det man har att ordna med ostört. Jag stöter till Björkstrand bredvid mig med armbågen.

”Vad är det som står på?” frågar jag och nickar bortåt finfolket. ”Ska de dra iväg oss på nåt spektakel igen, eller?”

”Nä, det är väl den nye som kommit. Honom lär väl Margareta skrämma fram här under eftermiddagen så han får hälsa ordentligt.”

”Jaha, du. Ska det vara nåt att spöka ut sig för?” frågar jag, men det var ju skönt det åtminstone att man slapp bli ivägsläpad någonstans.

”Jo, det kan man ju tycka, men vissa blir ju imponerade av sånt.”

”Av vad?” undrar jag och till svar glor han på mig, tuggar och smackar på sin fisk som om jag vore mer än lovligt enfaldig.

”Vet du inte vem han är, vår nya granne, eller har du slagit huvudet och glömt av det?”

”Nä. Skulle jag det? Veta det, menar jag.”

Han vänder tillbaka blicken mot sin tallrik och samlar omsorgsfullt ihop till en ny tugga på gaffeln som han, med uppenbar förtjusning, skyfflar in i käften.

”Vars har du vart de senaste dagarna?” smackar han med munnen full så jag knappt hör vad han säger och nu sitter man allt här och blir nyfiken så man nästan ångrar sin vana att stänga av hörseln när tanterna börjar skvallra. Hur man än vänder vagnen så har man arslet bak, så typiskt nog har man då missat något viktigt eller intressant trots allt så att Björkstrand kan sitta här och tetas med en. Jag svarar inte utan spänner blicken i honom så han ska få ur sig det.

”Nu blev han allt förveten”, flinar Björkstrand med munnen full av ärter och fisk och jag känner hur tålamodet börjar tryta.

”Kläm fram med det, gubbtjyv, annars knycker jag dina löständer när du sover och låter Lindvik sälja dem till högstbjudande.”

”Hemska tanke”, säger han och flinar, och sedan reser han sig och går i sakta mak bort och hämtar en lättöl från drickavagnen och hälsar på den ene och hejar på den andre och språkar ett par ord med halva salen på tillbakavägen innan han dunsar ner på stolen bredvid igen och öppnar flaskan.

”Ska du ha en skvätt?” frågar han och slår opp till sig själv.

”Häll du”, svarar jag blitt för nu ser jag att han knappt kan hålla sig längre, gubben.

”Ingmar Viforsen”, säger han när han slagit opp i mitt glas.

”Vad fan säger du?”

Björkstrand nickar åt mig.

”Jovisst ser du. Bygdens Cary Grant har återvänt från huvudstan för att möta döden hemmavid.”

Ingmar Viforsen. Den enda celebritet den byhålan någonsin förmått frambringa, och säkerligen också en av Medelpads allra största genom åren. Och namnet tog han sig också och satte byn på kartan för egentligen hette han ju Johansson, precis som kusin hans, Adolf Jahr, som han hade att tacka för sin filmkarriär, och som även han hade känt sig nödgad att byta. Men det fick man ge honom, Viforsen, att han i alla fall inte förnekat sitt ursprung genom namnbytet.

”Det var som fan. Den jäveln. Ja, det förklarar ju ett och annat om …”

Jag nickar bort mot tanterna som tisslar sinsemellan och håller på över sina panetter.

"Ja, nu kan man väl glömma att nån slår opp kaffet åt ens blygsamma själv här framöver, eller består en med andra små vänligheter", säger Björkstrand och skakar på huvudet samtidigt som han drar på munnen. "Och Viken-August har tagit på sig finkostymen och kammat hämthåret han å, men där har han vad jag har förstått inget att stå efter."

"Med sånt prat har du inget att hämta hos mig, Björkstrand, det vet du", säger jag och ger honom en näpsning, för Viken-August får klä opp sig bäst han vill för vem han vill och illasinnade ord om den sortens folk har man i sitt liv alltför ofta låtit passera oemotsagda, och skämts för sin dotter har man också gjort, ända till dess att man skämdes än mer över sig själv och till slut fick man göra opp med sig själv och sitt skrymtande och sätta stopp, så dylikt prat tolererar jag inte längre.

"Ta det lugnt, Edvin. Inget illa ment", säger han med munnen full av panett. "Det var bara som jag konstaterade."

Han sväljer undan och tittar på mig, till synes med ärligt uppsåt i ögona, och jag glor tillbaka och rycker sedan på axlarna åt honom och nickar. Han har väl rätt i sakfrågan dessutom, för Viforsen gäller, eller snarare gällde, som stor kvinnokarl och ryktet hade det till att han haft kuckel ihop med Harriet Andersson ett slag även om hon knappt kunde ha vart mer än en jäntunge då i början av femtiotalet när det begav sig och den filurn måste ha vart närmare de fyrtio. Harriet Andersson, eja, eja. Den kvinnan var begåvad och talangfull på alla möjliga sätt och vis, den. Tillräckligt för att täppa till käften på en ordentligt där man satt i mörkret och i all oskuld hade tagit sig in till stan för att gå på bio. Det var så att folk helt glömde av att prassla med godispåsarna.

Jag dricker en klunk lättöl och petar lite i ärterna och någon expert kan jag inte påstå att jag är, men något har jag lärt mig under årens lopp och det är att det inte finns någon kungsväg till tvåsamheten men utrymme och tid för oss själva det behöver vi alla. Likafullt undrar jag lite stilla vart Inga tagit vägen, för till lunchen har hon minsann inte dykt opp heller och fan ta henne om hon sitter på Fias och får håret ondulerat hon med.

Efter en stund känner man sig lite fånig och slår undan sotfantasierna, för det ska fan bli svartsjuk på en nittioårig gubbe, och Viforsen hade väl fått överta Iris gamla rum i Udden då. Det hade ju stått tomt i tre veckor, sedan dottern hennes var och röjde ut och stortjöt och den upplevelsen är svår att slå ifrån sig, även om man tycker att man borde börja vänja sig vid det, och det ska sägas att det är långt värre när släktingarna kommer och tömmer rummen än det är när någon ur personalen kommer till frukosten och berättar om det, för då blir det hela konkret och verkligt. Jag vet inte vad som är värst, om det är sorgen och gråten när de efterlevande plockar bland sakerna eller de tillfällen när de likgiltigt rafsar ner ett liv i ett par flyttkartonger på en halvtimme och fullt är det i allrummet för ingen vill vara ensam, men stämningen är tyst och tryckt för alla sitter och grunnar på om någon kommer att gråta när deras tur kommer.

Och jag petar i mina ärter. Aptiten har det väl inte blivit mycket bättre bevänt med. Ingmar Viforsen, fan trot.

Efter maten tar jag på mig vinterrocken oppe på rummet för det har blivit dags att ordna med det lilla ärendet i byn, men i vestibulen blir jag haffad av Margareta som ska smyga sig på som vanligt och stoppa näsan i blöt.

”Och vart tror du att du är på väg?”

”Opp i byn”, svarar jag. ”Jag har ärenden.”

”Det är ingen personal ledig. Jag kan försöka se till att nån tar dig imorgon.”

”Jag ska till banken”, säger jag och ljuger det gör jag inte i första taget, men nöden har ingen lag och det riktiga syftet duger det inte att berätta om för här tillåts det inte att man tar sig ett glas om man får medicinering. ”Jag har räkningar att betala.”

”De kan nog tåla sig över helgen. Den sista i månaden är inte förrän på måndag och du går ingenstans utan att nån följer med dig. Och du vet att du måste säga till i förväg.”

Ilskan börjar stiga i ådrorna men jag vet att kärringen är bestämd och envis, så då får man väl tänka om även om det ställer till problem med planeringen, men Inga kan väl kanske vänta utanför Skoglunds så hon inte ser något medan jag ordnar med det hela och så får man väl hitta på någon ursäkt eller förevändning.

”Jag kan ta Inga med”, säger jag.

Varför det var så lustigt begriper jag inte, men hon skrattar till, skakar på huvudet och kastar en blick opp i taket.

”Det skulle allt se ut det. Kommer inte på fråga.”

”Men ...”, börjar jag invända men får inte mycket sagt.

”Nu har vi pratat klart om det, Edvin. Så om herrn ursäktar har jag annat att ta itu med.”

Hon lägger armarna i kors framför bröstet och stirrar bistert på mig, skolfrökenaktigt, och det mot en gammal lärare och den där mästrande tonen hon har får det att ila i tänderna och mörkna för ögona och jag får inte ur mig en stavelse ens, vilket kanske är lika gott det med tanke på vilka ord och tankar det är som sprutar runt i mitt huvud. Jag blundar och andas ett par gånger och återfår till slut talförmågan.

”Ska du hindra mig får du väl låta omyndigförklara mig, för på nåt annat sätt kan jag inte se att det skulle kunna gå till!”

Jag vänder på klacken och slår opp porten så den smäller i dörrstoppen och glasrutan skräller, och stegar ut på tröskeln, för någon jävla måtta får det ändå vara. Hennes röst slår mig i ryggen.

”Ska du ut i snön i morgontofflorna, Edvin?”

Jag ser ner på mina fötter och sedan kokar skammen opp och gör ilskan sällskap och blandningen är inte angenäm, det vill jag lova, och det sticker i ansiktet och ögona av vanmakt.

”Nu förstår du kanske varför jag inte släpper ut dig och du ska inte stå och skrika på mig och smälla i dörrar, Edvin, för här beter vi oss som vuxna människor och kan resonera om saker och ting på ett moget sätt och inte står vi och grinar som barnrumpor heller som inte får sin vilja igenom. Det finns andra hem för dem som inte kan tygla sig, och det borde du nog ägna en tanke, Edvin.”

Och nog kan hon se vred ut kärringen, men rösten den blir bara svalare och lugnare. Och den jävel som kommit på att en vuxen människa inte ska få lov att bli arg i det här förbannade landet, den borde hängas opp i tasken, för om inte det att bli befogat förbannad inför förtryck och orättvisor är tecken på ansvarstagande och mognad så är det väl lika bra att göra slut på sig medsamma. Jag känner mig lamslagen och förmår inte öppna munnen utan ser stumt på henne och sedan ner på de eländiga tofflorna.

”Jag kan ta honom.”

Flickan står plötsligt där och lägger en gummihandskbeklädd hand på min axel.

”Du har annat att göra, Caroline”, säger kärringen och glor avmätt på henne.

”Jag slutar vid halv fyra, jag kan ta honom då.”

Hon stryker mig över ryggen, opp och ner, i en lugnande rörelse.

”Ja, du gör naturligtvis som du vill med din fritid”, svarar kärringen barskt. ”Men jag tycker inte att du ska låta dig utnyttjas av våra boende, eller utsättas för känslomässiga påtryckningar.”

”Jag gör en vän en tjänst. Det är väl min ensak? Kom, Edvin.”

Hon vänder sig om och trycker lätt på min axel, skjuter städvagnen framför sig med den lediga handen, och vi går tillbaka längs hallkorridoren och in i allrummet.

”Bry dig inte om henne. Vi ses vid halv fyra då, så ordnar vi dina ärenden, men vi får försöka raska på litegrann för jag måste hämta lillen på dagis senast fem. Blir det bra?"

Jag nickar och lyckas i alla fall le mot henne. Hon ler tillbaka och klappar mig på axeln och rullar iväg med vagnen åt Uddenhållet. Jag går opp på rummet och byter till snörskor, så jag inte ska glömma av det. När jag kommer tillbaka igen är Inga gudskelov där, hon vinkar åt mig från stolen vid fönstret och jag går fram till henne och bryr mig inte om de andra som hälsar och hojtar att Anja kom trea, för ork att umgås och sällskapa det har jag inte.

"Vill du ut en sväng?" undrar jag och hon nickar och tar opp filten i knät och drar den om sig. Jag öppnar glasdörren och skjuter henne de korta meterna ner till vattnet och glasbjörksdungen på den skottade och saltade asfaltsgången, för så mycket får man nu göra på egen hand, de har ju uppsyn över en genom fönstren, och jag frågar inte var hon hållit hus för håret hennes är precis som vanligt, utan är bara tacksam för att hon är där nu. Och den förmågan har hon alltid haft att hon nog känner det på sig, för när jag behöver henne som bäst då brukar hon inte vara långt bort, så jag står och andas den kyliga vinterluften med händerna vilande på stolens handtag och ser ut över sjön, snön och isen. Det är tyst och helt stilla sånär som på en fågel som cirklar över talltopparna på andra sidan, och som då och då dyker ner och ur synhåll för att snart komma tillbaka opp igen.

"Fryser du", undrar jag efter en stund, ovisst hur lång.

Hon skakar på huvudet. Jag lägger händerna på hennes axlar.

"När en av oss dör ifrån den andra, då blir det inte muntert", säger jag.

Hon är tyst en stund innan svaret kommer.

"Det blir nog inte så förskräckligt ändå", säger hon. "Då får man leva med minnet av den andra och det gör vi väl ändå redan för det mesta på det här stället, du och jag. Lever i minnena."

Men jag är inte så säker på att hon har rätt.

”Men vad tänker vi på”, utbrister flickan när vi nästan är fram till Skoglunds, och slår sig för pannan. ”Du sku ju till banken och klockan är nästan fyra. Det går ju inte. Inte har de öppet såhär dags längre.”

Trottoarerna är röjda och sandade så det är nog mest för sällskaps skull som hon håller en i armkrok.

”Tjuvlyssnar du”, undrar jag.

”Det var nog svårt att missa. Jag gjorde ju rent på besökartoan intill och inte var du riktigt tyst och försynt av dig heller.”

Hon blinkar och sätter armbågen i sidan på mig men jag är inte på humör.

”Nu var det ju ingen brådska med just det ärendet. Men ska man inte kunna få andas lite frisk luft utan förkläde och ansökan i tre kopior? Är det nån satans anstalt eller sluten mentalinstitution kanske som man sitter på?” säger jag och jag ser nog inte helt nöjd ut för flickan släpper armkroken och stryker med handen över rockryggen på mig.

”Försök förstå henne, Edvin. För sex veckor sen satt du fortfarande och glodde hela dagarna och svarade knappt på tilltal och inte åt du för egen maskin heller.”

”Försök slå i en att det är av pur mänskokärlek hon gör det.”

”Det sade jag inte, Edvin, men det är hon som har ansvaret om det skulle hända dig nåt och du är allt lite glömsk av dig och dessutom är det faktiskt isigt och halt på sina ställen.”

Det får vara som det är med den saken för nu är vi framme och jag måste göra mig av med flickan. Jag fiskar opp portmonnän ur innerfickan, plockar fram en sedel och skickar iväg henne till apoteket efter halspastiller. Värmen slår emot mig när jag kliver in.

”Goddag, Edvin”, hälsar Marta bakom disken. ”Är det dryck eller läsning idag?”

”Jo, jag hade beställt. Ringde in till Göran i tisdags. Har det inte kommit?”

”Vi får väl se”, svarar hon och kilar ut därbak.

Än har de inte slagit igen, Skoglunds, fastän de har hotat med det så länge en kan minnas och klart att det är svårt att överleva på böcker och pappersvaror i Matfors så det var nog tur för dem att de fick utlämningen också. Inte för att de blir särskilt feta på den heller för häromkring dricks det väl mest hemkokt och de som jobbar inne i Sundsvall handlar väl där, men även om folk inte verkar läsa böcker längre, eller skriva brev, så har det på något sätt klarat sig hittills, allt sammantaget, husbehovsbränning och kristliga nykterister till trots. Jag glanar på tidningsstället invid kassan medan jag väntar och snart nog kommer hon ut igen, nickar mot mig med en grön påse i handen.

”Jodå”, säger hon och ler ner i påsen. ”Ska det firas?”

”Det ska det”, säger jag men låter det vara därvid. Hon blir stående ett ögonblick; nyfikenhet lider man av lite till mans här i trakten. Antyder sedan en axelryckning och slår in summan.

”Hundranittifyra, blir det då.”

”Jag tar den här å”, säger jag och lägger en Classic Motor från stället på disken. ”Och får jag en Skoglundspåse?”

”Naturligtvis. Diskretion är av nöden, förstår jag. Är hon på dig, Margareta?”

Jag nickar till en gång och skakar på huvudet och rycker på axlarna i någon sorts uppgivet tyst svar på hennes fråga. Hon ger mig en medlidsam blick, rullar in flaskan i tidskriften och lägger ner paketet i en påse med trycket *Skoglunds Böcker och Papper* i stora bokstäver. Jag nickar till tack, vänder på klacken och knallar iväg med min påse.

Det biter lite i skinnet efter värmen inne i affären, men jag behöver inte vänta länge för efter ett ögonblick rundar flickan hörnet och snart är hon vid min sida och lämnar över pastillasken och växeln. Jag nickar till tack.

”Var det nåt mer som behövde ordnas med?”

”Nä, det var väl det. Lite läsning, bara. Gubbarna blir ju glada att ha nåt glättat att bläddra i”, säger jag med ett skak på huvudet och hon lyfter på ögonbrynet med ett snett leende.

”Nä nä, inget sånt”, svarar jag när jag begriper. ”Då bleve en väl halshuggen om en kom tillbaka med en flicktidning och Margareta fick nys om det. Men nu går vi tillbaka, så du får hämta lillen din.”

Hon sticker in armen under min lediga och vi promenerar tysta långsamt tillbaka mot hemmet längs Centrumgatan. Nere vid leden har helgtrafiken börjat så vi får vänta ett slag. Jag tar en titt på klockan. Hela turen har väl tagit sammanlagt en trekvart och hon har ju ställt opp på sin fritid så jag plockar fram portmonnän och försöker sticka åt flickan en hundring som tack för hjälpen, men hon skakar på huvudet och vägrar ta emot den.

”Blir det nåt över kan du ju bjuda på en skvätt imorgon istället”, säger hon och drar på mun åt mig medan vi korsar leden och jag ler tillbaka för det var ju en jävel att ha ögona med sig. Det värmer om hjärtat att det finns godsinta människor som ändå inte är tappade bakom en vagn och det där som man gör nuförtiden att bondneka när man blir tagen på bar gärning som en annan kommunpamp, det har jag aldrig förstått vitsen med så det är väl bara att lägga korten på bordet.

”Tack, du. Jag ska nog spara en slurk åt dig med.”

”Vad är det som ska firas då”, frågar hon och nickar mot påsen i min hand, där tidskriften rullat opp sig och flaskans etikett avslöjande ligger an mot den vita plasten. ”Gula Änkan, du slår ju på stort.”

”Bröllopsdag imorgon”, säger jag. ”Förtiåtta år blir det nu. Så jag tänkte överraska henne lite.”

Flickan vänder blicken neråt Rännöbodsjön till, som ligger frusen och snötäckt.

”Ja, det ska fan gifta sig i februari men det fick bli lite hastigt och lustigt”, förklarar jag. ”Du vet säkert hur det var på den tiden.”

Vi går tysta nerför Rännövägen och jag undrar om det möjligen var fel samtalsämne och hon kanske har kärleksbekymmer, flickan, för hon har slutat le och går och hänger lite med huvudet. Och helt ena med lillen har jag också förstått att hon är. Men i så fall är ju skadan redan skedd och det är väl bättre då att fortsätta och försöka skingra hennes tankar än att låta henne grunna ostört. Jag flyttar över påsen till andra handen och lägger den lediga på hennes axel och låter käften gå.

”Men fint var det. Soligt. Det var oppe i Stöde, för vi hade ju ingen kyrka i Nedansjö och i missionshuset vägrade jag att sätta min fot. Fast i kyrkan var det smällkallt, så där fick man stå med dubbel gåshud och darra, fast det var nog än värre för Inga som bara hade klänning på sig. Men sen, efter ceremonin, så bytte vi om till varmt, hon och jag, och knallade nerför kyrkogården till sjön och skrinnade hem den dryga milen på sjön i solen tillsammans medan resten tog landvägen i inhyrd buss. Det var smällkallt den vintern, så det gick att åka nästan hela vägen och du är ju inifrån stan och kanske inte har vart dit ut på vintern men det är väldigt ovanligt att Stödesjön fryser på såpass, för det är ju strömt utav älven. Du vet vad de säger att vatten fryser vid noll grader, men Ljungan den tjocknar bara till lite när det blir minus tretti. Och när vi kom fram så väntade alla på oss och hurrade och applåderade när vi kom opp för backen från sjön mot Bystugan där vi höll festen, för det var det ingen som vågat göra på kyrkbacken efter prästens stränga ord under vigselakten och då hade man hunnit få opp både värmen och aptiten.”

Väl utanför porten till hemmet tittar hon mot mig och nog är det som jag trodde att hon är sorgsen, men hon lyckas i alla fall samla sig till ett leende.

”Då får man väl gratulera då, Edvin”, säger hon och kramar om mig och sedan får hon brått, för i samma stund kommer 147:an och bromsar in vid hållplatsen, och den ska hon med. Så hon störtar iväg så snön flyger efter henne och vett har hon dessutom att bära förnuftiga skor och det är mer än man kan säga om de flesta.

"Tackar. Jag ska hälsa Inga", ropar jag till svar efter henne och hon vinkar över axeln innan hon hoppar på bussen.

"Och tack för hjälpen också", kommer jag på, men i samma ögonblick slår dörren igen så jag tror inte hon hör men hon dyker opp i bakrutan när bussen åker iväg, så jag får i alla fall vinkat åt henne innan jag går in.

Jag springer inte ihop med Margareta på väg opp till rummet så flaskan hamnar i kylskåpet utan missöden och inte stöter jag på Inga eller någon annan heller för den delen och det är tacknämligt för då hade överraskningen nog gått i stöpet, för listigare kvinna har jag aldrig mött och det är ogjort att ha en påse i hand och försöka hålla någonting hemligt för henne.

Nere i allrummet får det hela sin förklaring för det är där alla håller hus och det är stor cirkus och föreställning för Margareta har väl lyckats lura ut Viforsen ur hans rum och har samlat alla till att skaka hand och hälsa honom välkommen till Tunastrand som vore vi barnrumpor allihop. Jag vänder i dörren och smyger tyst iväg längs korridoren för att slippa undan, men nu har hon ju ögon i nacken, kärringen, så man hinner inte många steg innan rösten hennes slår en i ryggen igen.

"Edvin. Kom nu och hälsa på vår nya."

Jag lommar tillbaka in i rummet och gudskelov verkar alla redan ha hälsat och spektaklet är till synes nästan över så man sluppit ta del av alla pinsamheterna. Gubbarna går besvärat och vankar på respektfullt avstånd i väntan på att bli hemförlovade och tanterna står i småklungor och tisslar, med snabba ögonkast in mot huvudrollsinnehavaren, och rodnar som skoljäntor gör de om sina skrynkliga kinder och fnittrar som de inte gjort sedan Erling Unander var här och spelade och sjöng härförleden, och det var en riktig underhållare det, och en jäkel att kurtisera gamla kärringar, det ska sägas. Och nog ser han besvärad ut han å där han står, Viforsen, för om Margareta nu överhuvudtaget är varse att han vart stor filmstjärna, gubben, så är det naturligtvis inget hon nämnvärt låter sig imponeras av. Nej, hon är sitt vanliga behagfulla jag och står bredvid honom och talar ampert om föreskrifter och rutiner och han vill välan själv inget hellre än att fly opp på rummet igen ser det ut som, men det kan han gärna ha och få känna på för särbehandling och kaviar har han väl fått tillräckligt av i sitt liv redan, inbillar jag mig, så det kan väl vara gott och bra så, det att han får känna på att leva lite som vanligt folk igen här på sluttampen.

Margareta kallar igen för nu är det visst dags för ens audiens, men nere vid panoramafönstret står Ingas stol, och jag går och hämtar henne för hon sitter och ser bortglömd ut och inte fan kan jag tänka mig att hon rullat fram själv heller och hälsat, därtill är hon alltför stolt och vill säkert inte heller framstå som alltför angelägen och begiven på att frottera sig med celebriteter.

”Glömde de av dig?” frågar jag henne när jag rullar fram stolen.

”Det verkar inte bättre”, säger hon småsurt, och det med goda skäl som jag ser det, för nog för att folk blir bländade och bortkollrade och det får man väl förlåta dem, men jag tycker ändå att det allt är lite dålig hyfs av dem att inte komma ihåg henne. Åtminstone Margareta borde väl ha kört fram henne och presenterat, när kärringen i allt annat är så grannlaga oväldig och knappologjämlik och till och med Udden-August sitter i sin stol bredvid henne och har av allt att döma blivit framrullad och hälsad på.

”Här har vi då Edvin, vår sanningssägare”, säger kärringen beskt när vi kommer fram. ”Och det här är Ingmar som flyttade in idag”, fortsätter hon och tar sig friheter med förnamnen och i beskrivningarna för här är vi uppenbarligen som en stor familj med ett enväldigt överhuvud som vakar och ruvar moderligt över oss, men sanningssägare får hon gärna kalla mig för det är inget jag inte kan vara stolt över, att jag ger kärringen lite mothugg ibland för det är det inte många andra som vågar göra och det är välan därför hon kallar mig som hon gör. Jag nickar åt honom, släpper stolshandtaget och sträcker fram krattan.

"Aronsson", säger jag och han möter blicken och greppar min hand, nickar tillbaka med sitt "Viforsen" och det vet jag ju nog redan vem han är men det låtsas jag inte om så han ska hålla sig på jorden. Det är inte utan att en spårar en viss matthet redan, i hans blick och draget över munnen, över kärringens pedanteri, så kanske att jag fått mig en bundsförvant och frände, men det är ju möjligen bara önsketänkande också och man kanske inte ska dra för stora växlar på en blick och ett fast handgrepp. Annars tycker jag att han ser rätt välhållen ut för sin ålder och jag undrar en smula över skälet till att han inte längre är förmögen att bo på egen hand, men det kanske är mest som han är ensammen. I den åldern är det ju så att de flesta omkring dött ifrån en och några barn tror jag inte han någonsin fick, stackarn, men det ska jag låta vara osvuret och man får väl fråga tanterna för att få ett definitivt besked i frågan.

"Det här är min hustru, Inga", säger jag och nickar neråt stolen och gubbens fasta blick förbyts plötsligt i något helt annat och han ser ut som en tom fågelholk i synen så då inser en ju att allt kanske inte står rätt till ändå däroppe och det kanske är mer än sällskapssjukan som fört honom hit. Det verkar som om även Margareta begriper att allt inte står rätt till, för kvickt som en biltjyv är hon där och tar tag om armen på honom med ett "Du får ursäkta, Edvin, men jag har ett par ord att byta med Ingmar här", drar iväg honom bortåt Uddenkorridoren och viskar något i hans öra. Det är inte utan att jag undrar lite över varför hon försöker skydda honom på det viset eller dölja om det är något fel på honom, för sådant har jag aldrig sett henne göra förut och Inga glor häpet hon å, och virrar på huvudet. Vi ser dem försvinna oppåt korridoren, men sedan slår sotjäveln till igen och jag får ont i magen, för Inga hon kommer ju också där nerifrån, från Allsta är hon.

"Känner du honom sen innan, eller?" frågar jag henne, rätt ut. Hon glor mörkt tillbaka så jag nästan skyggar undan men svarar med mild röst: "Skulle jag inte sagt nåt då, menar du", och jag skäms och när jag räknar på det så kan hon ju inte ha vart mer än en jäntunge när Viforsen tog till Stockholm. Sedan kommer jag på att jag glömt tidningen oppe på rummet, för det är inte så muntert att vara omkring Inga när hon är bister på en, och går och hämtar den och lägger den på soffbordet i allrummet åt gubbarna. När jag är tillbaka är hon inte där längre och sur är hon nog på mig för inte dyker hon opp till middan heller, vilket i och för sig inte är till någon större förlust för henne, för den köttsåsen var det inte mycket med och spagettin var inte mycket bättre den så man fick nöjas med att glädjas åt att Margareta slutat för dagen så man åtminstone fick matro. När jag lyssnar till resonemangen som löper kring bordet bekräftas det också att det var som man trodde, att Viforsen är barnlös, och det utan att ens behöva höra efter och spörja, vilket ju är behändigt så man slipper framstå som en skvallerkärring när det nu bara handlar om en stilla undran. Inga hon tar väl en smörgås på rummet istället, men dit går jag inte efter maten för när Inga vill vara ena är det inte värt att störa och man fick nog ge det hela någon timme till eller två så hon fick lugna sig lite och man själv kände sig en smula mindre rödörad, så det får bli umgänge i allrummet efter maten.

Bäst man sitter där med gubbarna och tanterna framför apparaten och glor så dyker Afton-Stina opp i dörröppningen, för det är hon som rår över oss på kvällen för det mesta, och säger att det är telefon.

”Vem är det”, frågar jag.

”Agneta. Din dotter”, svarar hon och så bakom flötet är man inte att man inte minns vem Agneta är, så det hade hon inte behövt förtydliga, men jag orkar inte bråka, så det får passera.

”Säg åt henne att jag ringer opp”, säger jag för det är bekvämare så än att ta det på kontoret och ha folk rännande i korridoren utanför och Stina ängsligt hökande över sig så man inte kan öppna käften och säga sin mening om man har någon, så jag masar mig opp på rummet, slår opp numret, för det får jag göra numera, och ringer.

”Agneta.”

”Jo, det var jag.”

”Hej pappsen! Hur är det med dig?”

”Jovars. Det får välan gå, lite snuvig bara, och det hade inte vart helt tråkigt om en fick besök ibland.”

”Vi vart ju opp i tisdags”, svarar hon med den där tonen hon får ibland, lite sårad och orolig samtidigt, och där har hon nog rätt för inte ljuger hon om sådant, Agneta. Dagarna flyter ihop en smula här och det är inte lätt att veta alltid när det ena eller andra har skett och inträffat och det är väl normalt så och inget att vare sig bli bekymrad eller stött över.

”Jo, det var ju sant. Nu när du säger det så. Vad gör ni?”

”Nä, vi har ätit lite middag tillsammans och druckit ett glas vin sådär på fredagskvällen. Jonna har åkt iväg på fest och Jerker är lite sliten, för han har ju mycket med jobbet nu på vintern när folk vaknar till och inser att det inte är värt att elda med el och olja längre, så han sitter i fåtöljen framför teven med en whisky i handen.”

”Och lillpojken?” frågar jag, för honom får man aldrig höra något om annars. ”Är han ute och ränner han å?”

”Nä, han är hemma ikväll. Och det är väl fint med honom med.”

Så borde jag väl höra opp med att kalla honom, lillpojken, för Bo han är ju stor nu, nästan som jag när jag stack till skogs. Men blek är han och får för lite frisk luft, som jag ser det, och även om Agneta påstår att allt är bra med honom, för hon vill väl inte erkänna annat när hon nu gjort modersrollen till sin livsuppgift och då lagt sina ägg i den korgen och då förstår jag att frågan är känslig, så har en förstått att han inte rör på sig så mycket, pojken, utan mest hålls på sitt rum och spelar spel med folk på andra sidan jordklotet. Det är väl hans sätt att ta sig iväg och komma hemifrån och få uppleva saker och den längtan känns ju igen, men hur fulllödig den upplevelsen blir när man inte kan lukta och känna och vara där med kroppen och sinnena det förstår jag inte, men det där med datamaskiner har jag nu aldrig begripit särskilt bra, så det är möjligt att man inte ska döma för snabbt. Skylla på åldern kan man inte heller göra, för Inga sköter ju bankärenden och letar stickmönster och allt vad hon gör eller gjorde hemma i huset i alla fall, så det är väl mest lättja det handlar om för egen del.

”Är du kvar?” undrar hon.

”Jo, jo.”

”Vad har du för dig då?”

”Nja. Det är väl inte mycket det. En hade tänkt överraska mor din på bröllopsdagen imorgon, men nu har man öppnat käften igen utan att ha tänkt först, så vi får väl se hur det blir med den saken för hon är nog lite ond på mig och jag har inte sett av henne nu på ett par timmar.”

Det blir tyst i andra ändan så att jag börjar undra om jag sagt något dumt, för Agneta kan vara lite känslig med både det ena och det andra och jag skulle just till att fråga för sådant är det bäst att få utrett meddetsamma så det inte ligger och kryper i en, men då får hon mål i mun igen så då var det väl ingen ko på isen med den saken.

”Ska du komma hit en sväng på söndag?” undrar hon. ”Jerker ska ut med Jonna och övningsköra och då kunde de ju plocka upp dig på vägen. Så får vi eftermiddan tillsammans och kan äta nåt ihop på kvällen. Vi kan laga ugnsstekt öring om du vill. Om du törs åka med henne vill säga."

Något är det med henne i alla fall, det hörs på rösten och orden som stockar sig, men jag gräver inte vidare i saken för sådant kan ju ofta bli fel över telefon och sköts bäst ansikte mot ansikte, så jag tackar ja för det lät ju inte otrevligt heller, barnbarnen har man inte sett på ett slag och Jonna törs jag säkert åka med, hon har huvudet på skaft och klarar nog vad än hon tar sig för, och förmodligen hellre det än Jerker, för han är i min mening lite väl vårdslös i handlaget.

"Vi kunde svänga förbi kyrkogårn också, om du vill, och lägga en bukett, pappa. Det skulle jag vilja", säger hon och hon pratar snabbt och grötigt så jag inte vet om jag hör rätt och jag låtsas inte om det så hon inte ska bli orolig igen över att man glömmer ibland eller inte fattar galoppen. Men vi säger söndag efter lunch och jag skriver opp det på griffeltavlan.

Innan jag går ner igen känner jag lite på flaskan och tittar på den ute i kylen, och den är kall som den ska där den ligger och väntar och ser trevlig ut och det vore ju fan om det hela skulle gå i stöpet för att man varit dum i käften.

På kvällen står termosarna på drickabordet i matsalen, och om man vill kan man ta något sött till också, och när jag kommer dit sitter Inga där i stolen och det var ju för väl för hon är mild i blicken och har förlåtit gubben hans dumheter ännu en gång. Jag slår opp en kopp och rullar bort med henne till Elsa som sitter där och ser till att slå opp en kopp extra till henne å, så hon ska kunna samla sig till att somna. Väggarna här är tunna och när hon glömt av kvällskaffet är det inte utan att det skär i en när hon ligger där och jämrar sig i timtal med minnena och tankarna sprättande som yrsnö i en novemberstorm så det är ogjort att få rätsida på dem. Där hjälper kaffet faktiskt till även om det är lite underligt att det som fick en att vakna och piggna till i ungdomen numera har motsatt och lugnande verkan, men det handlar väl om att kunna samla ihop det hela och inte tappa tråden och jag tar en kopp till själv å, för säkerhets skull, och gör henne sällskap.

Afton-Stina kommer rullande med Udden-August och ger honom en kopp, för det är hon inte för fin för, och språkar med oss en stund och när de går igen så säger jag gonatt till August och det är inte utan att det värmer i hjärtat för jag svär på att han blinkar tillbaka åt mig och med den glädjen i sinnet rullar jag hem Inga till rummet så vi kan gå och lägga oss.

Men hur det än är så ligger jag ändå där och vrider och vänder mig i sängen och kan inte sova, utan får titta på de självlysande klockvisarna istället när de travar runt urtavlan och fundera över mina synder och över August och flickan och hennes son och Agneta och vad det är, för det är nu så att man ändå är lite förväntansfull och det kittlar lite i en och det kanske är larvigt hos en gammal gubbe men han känner sig ändå som en skolpojk natten innan jul och har svårt att hålla sig. En minut över midnatt tycker jag ändå att det kan vara värt att pröva för då är det i alla fall rätt datum även om det kanske kan anses som fusk.

”Sover du?” viskar jag.

”Som du rumstrerar om i sängen och håller på”, svarar hon, och det för att man nu en enda gång råkade säga fel till den där hyggligt stiliga kvinnan bakom disken på biblioteket när man läste upp till studenten och sprang där mest hela tiden, och för hon tvunget fortfarande ska tetas med en för detta ett halvsekel senare, fast man mycket väl visste att det heter rumstera och inget annat, men att man kanske råkade snubbla på tungan någon gång när man pratade med henne som man gärna hölls i närheten av. Men vaken är hon ju, så då får man tillfälle att plocka fram finglasen från morbror Sten som han blåst själv på glasbruket i Skön efter arbetstid och givit oss i bröllopsgåva för ett halvsekel sedan och nog glittrar det allt lite i ögona på tanten när jag plockar fram flaskan, tar bort stanniolen, vrider loss korken och slår opp. Och vi sätter oss vid bordet, skålar och gratulerar oss själva och varann och nog för att det var besvärligt där i början så har det ändå mest varit utförslöpa därefter oss två emellan, och vallningen har vi också lyckats hyggligt med bara sotjäveln hållit sig undan, och den har jag nog ändå varit hyggligt styv att hålla i schack, men fyrtioåtta år är ändå en ansenlig tidsrymd och inget att pissa på, så nog har vi anledning att fira alltid, tycker jag.

Ingen av oss är så särdeles stor i drickat, så även om det bara är en halvflaska blir det en skvätt över till flickan imorgon och även det känns fint och bra, och anledning till oro om ryggen fanns det inte heller, visade det sig, för när vi känner oss klara och jag får i sinnet att som förr i tiden lyfta henne opp och tillbaka i sängen är hon alldeles, alldeles fjäderlätt.

*

2

Agneta, mars 2005

”Jag tycker det är lite läbbigt. Det är bara andra gången och första var nu för en timme sen bara, från Malmö och upp hit.”

Hon har knappt hunnit sätta sig ner bredvid en när hon säger det, stryker med handryggen över pannan och ler blekt mellan orden. Försöker med darr på händerna få ordning på säkerhetsbältet och hon är ju tapper som få; att sätta sig i ett flygplan för första gången vid hennes ålder. Och att se någon som är räddare än en själv gör ju en lugnare på något sätt. Hon tystnar och hugger tag om armstöden så knogarna knotar sig medan vi taxar iväg och de vitnar än mer när vi tar fart och suget kommer när vi lyfter. Vinet från igår ligger kvar och spänner, en rödbultande puls i bakhuvudet, magsäcken vrider sig vilt i den branta stigningen och man är lite lättad ändå över att man inte tog mer än lite frukt från frukostbuffén på hotellet, fast man tyckte det var synd då att man inte kunde passa på tillfället. Inte som igår morse när man satt på tidigaste morgonplanet och glodde på specialfrukosten som man blivit serverad, som de beställt extra åt en. Hyggligt pinsamt att sitta där och få uppbullat när han bredvid inte fick något, och det var ju för väl att man åtminstone inte blivit bokad i första klass och setat och smaskat där bland kostymfolket, bara för att det vore synd att lämna när man egentligen inte var hungrig alls för man gjort gröt hemma för att stå sig. Jag erbjöd i alla fall honom bredvid min fruktyoghurt, men han ville inte ha, ingen aptit på morgnarna sade han, och drog igång någon jämmervisa om att behöva gå upp halv fem för att behöva ta den satans fakiren. Inte begrep man något, undrade medan man tuggade om han jobbade på cirkus eller så, men han såg som inte ut på det viset riktigt, fast de klädde sig väl kanske civilt till vardags antagligen.

Och det är skakigt på uppvägen, turbulens säger kapten i högtalarna, magen skuttar och hoppar och tantstackarn bredvid är flygrädd något förskräckligt, långt värre än en själv. Och med den tanken hettar det till om öronen av svaret man gav på frågan igår. En strid älv av människor, blixtar och frågor, allt suddigt som en dröm och man har slagit den åt sidan under hela morgonen, gårdagen, när den hotat att klarna och pocka på. Hållit sig fast i kroppens illamående istället, som en livboj. Men nu kommer det, sköljer över en i vågor när man blundar och sitter still, fastspänd, och inte kan värja sig. *Rädd att flyga*, va? Och det vrider sig i en av minnet, och man känner hur ansiktet blossar och svetten bryter fram i pannan.

”Nä, det blir mest deckare”, svarade man och bet sig sedan i tungan för det var ju så uppenbart helt fel svar att döma av det lilla leendet som intervjuaren gav mig, han utan hår, och så drog man istället till med den där som man mindes från överst i högen man fått av Jonna, viktiga böcker som hon kallar dem, som man får på födelsedagarna och till jul. ”Den här måste du läsa, mamma”, säger hon och så lägger de sig där i en trave.

”*Rädd att flyga*”, sade man. ”Den har betytt mycket för mig.” Och han log, intervjuaren, bredare nu och frågade om man hade några synpunkter på det knapplösa knullet. Och jag undrade om jag verkligen hört rätt, sade: ”Förlåt?” Och han upprepade frågan. Det måste ju vara något med boken, varför skulle han annars säga sådär, kom man fram till och blev röd i plytet och öronen fattade eld kändes det som. Man hinner känna och tänka en massa saker när sekunderna blir så toklånga, hinner svära inom sig över att man inte har tid att läsa sådant man fått, eller så är det bara vad man skyller på. Och man vill skära ut tungan på sig och sedan undrar man vad fasiken det är för böcker Jonna läser och dessutom har mage att ge i present till sin mamma, om det är för att provocera, det är väl den åldern kanske. Och man tänker att det är galet egentligen, att hon bara är något år yngre än man själv var när man fick henne. Och ovanpå allt det hinner man dessutom skämmas lite för man försöker slänga sig med det litterära och vara något man inte är, vilket började likna en dålig vana man lagt sig till med. Allt detta under den korta sekunden och man satt och vred sig men gjorde sitt bästa för att som bara världsvant le tillbaka medan man försökte formulera någon sorts oförpliktande svar. Blev till slut räddad av den andre, den mörke, som nog märkte av den annalkande pinsamheten och bröt in.

”Har du nån favoritpoet, då?” Och med fingrarna svedda gav man upp och försökte inte förställa sig längre.

”Min mamma”, sade man sanningsenligt. Då skrattades det i

salen, och man kände sig som en lantlolla igen för tusende gången och såg ner på första raden, på chefredaktören som log och bredvid blinkade han, matredaktören. Nickade och visade en liten diskret tumme upp med handen intill höften och man tog tacksamt emot uppmuntran, blev lite lugnare och insåg att de faktiskt inte skrattade åt en utan bara skrattade med. Lättat skrattade de och man log trotsigt tillbaka och sträckte på sig i stolen.

”Om det inte gjorde så hiskeligt ont i öronen”, säger hon på sin sjungande skånska, drar en ur tankarna och plirar mot en. Förmiddagssolen lyser in genom rutan och hon har släppt kramptaget om armstödet.

”Du får tryckutjämna.”

”Va?” svarar hon, höjer handen mot örat. ”Det väsnas så, du får ursäkta mig.”

”Tryckutjämna.”

Sedan får man nypa till om näsan och visa henne. Och det är väl ens nya belevenhet och världsvana, för här sitter man och beter sig som om man hade årskort på SAS och tog till Stockholm med flyget var och varannan vecka och inte alls bet på naglarna själv. Men det känns bättre när hon sitter där bredvid och man hurtigt får säga att det är ingen fara och stryka henne över armen så man nästan tror på det själv. Till slut får hon kläm på det.

”Nu hör jag ju också”, säger hon och vågar sig på ett litet leende.

”Jo”, nickar jag. ”Bra va?”

”Tack ska du ha. Mellan Malmö och Stockholm fick flygvärdinnorna fråga om hela tiden. Jag hörde ju inte ett smack av vad de sade.”

”Nävisst. Hur ska man veta knepet om ingen visar?” säger jag och hon fortsätter, pratar på för att tygla nerverna och det känns lugnt att ha hennes röst där i örat medan hon berättar om sonen i Härnösand som hon är på väg att besöka och om barnbarnen. Lite distraherad skadar det inte att bli såhär en mil ovanför markytan när man i själva verket skiter knäck som Jonna skulle ha sagt. Och det är ju inte bara flygandet och det obehaget utan hela turen, hela spektaklet. Det satans osannolika, oförtjänta, förljugna.

Man skäms ju så det vrider sig, nästan.

”Ja, förlåt”, avbryter hon sig någonstans i släktforskningen. ”Jag har ju rent glömt att presentera mig. Ingmarie heter jag.”

”Agneta”, säger jag och vi tar i hand och nickar som lite skämtsamt formellt.

”Ja, vad skönt. Då var det avklarat”, säger hon med ett leende. ”Bor du i Sundsvall, eller?”

”Nedansjö. Det ligger en bit inåt landet, väster om.”

Hon nickar.

”Där har man bott hela livet”, lägger jag till och undrar sedan varför. Men det är väl till mig själv jag säger det egentligen. Skulle inte det duga nu helt plötsligt, eller?

”Ja, det hördes ju nock att du var där uppifrån”, säger hon. ”Ja, inget ont i det. Jag gillar norrländskan. Ja, jag bräker ju glatt på min skånska, men det vore synd att säga att jag tyckte den var vacker. Men norrländskan, den känns liksom eftertänksam på nåt sätt. Trygg.”

Trygg. Dömd till eftertänksam trygghet. På livstid. Säger hon något om sunt förnuft nu också så kräks man väl på sig själv.

”Och du har varit på semester då?” fortsätter hon. ”Ja, ni ungdomar är ju ute och rör på er så mycket mer än vi gjorde på vår tid.”

Det är bara att le åt det. En trettioåttaårig undersköterska, mor till två tonåringar, har plötsligt förvandlats till ungdom och berest backpackertjej. Du skulle bara veta, Ingmarie. Två avskyvärda veckor på Mallis, det är allt man vart iväg utrikes i sitt liv och sanningen att säga så tror jag nog att det får räcka och vara bra med det också. Förra gången till Stockholm var en skolresa i gymnasiet.

”Nej, inte semester direkt ...”

Fråga nu, kära nyfikna Ingmarie från Malmö. Fråga på och låt en få suga vidare på sin knyckta karamell. Lirka det ur mig.

”Kaffe?” undrar flygvärdinnan som dykt upp och jag ler och skakar nej tack på huvudet.

”Ja, här behövs det inte trugas”, säger Ingmarie och får en kopp uppslagen. Hon häller i mjölk ur en minitetra. Smuttar på blandningen.

”Ja, det är inte gott, men det är gratis”, säger hon och ler nöjt. Tar en mun till.

Så fråga då, Ingmarie.

Efter några sekunders andäktig kaffetystnad ger man upp.

”Nä, en tävling bara som man råkade vinna”, får jag ur mig och ångrar det medsamma.

”Jaså, oj!” Hon skiner upp. ”Nu får du berätta!”

Fåfänga, Agneta. Fåfänga. Men du kan ju intala dig att det bara är för att lindra hennes flygrädsla. Få henne att tänka på annat. Som om det inte hade räckt med kaffet.

”Det är inte Robinson eller nåt annat sånt som jag jämt missar?”

”Nej, nej”, säger man och skakar på huvudet, ler åt ens förbannade larviga barnsliga själv. Plockar fram tidningen och bläddrar till rätt uppslag, lägger tidningen intill kaffemuggen på hennes brickbord. Rubriken skriker ut sitt: *Agneta Aronsson från Nedansjö tog priset!* Fotografiet från köket därhemma. Hårslingan som lossnat och letat sig ner över ansiktet.

”Ja, det är ju du det! *Vattnet i mars* tog juryn med storm. Minsann! Fast mina läsglasögon har jag i väskan däruppe i skuffen. Vill du läsa för mig?”

”Här?” Det hettar i ansiktet. Rösten höll ju i Stockholm i alla fall. ”Nä, det är jag för blyg för. Behåll du tidningen och läs i lugn och ro därhemma sen. Eller hos sonen, var det ju du skulle till.”

”Tack”, säger hon och ser lycklig ut. Slår igen tidningen och stoppar den i sin rymliga handväska. ”Då kan jag peka och säga till Anders att hon där flög jag hit med.”

Hon ler åt mig och blinkar, höjer plastmuggen i en skålhälsning och tar en slurk till och det går inte att avgöra om det är som hon driver med en eller inte, så man sitter där med sitt blossande ansikte bara och ler tillbaka.

”Min mamma”, svarade man och de skrattade.

”Vad skriver hon om då?” frågade han, den skallige.

”Skrev”, rättade jag med min nyvunna karskhet. ”Hon är död. Hon dog i fjol.”

Och då var det hans tur att skruva på sig, det anade man, trots att han var proffsig och snabbt bytte sitt lilla leende mot ett korrekt och seriöst uttryck.

”Beklagar.”

”Jo. Tack. Det är inte lätt. Hon har som funnes där alltid, och sen …”

Man föll som i fällan, ovan som man var att folk frågar och undrar, och blev sedan tyst. Det var ju inte som att de vore ens vänner och undrade och frågade av hjärtat. Och man insåg att han inte ens hade frågat om det, utan att man vikt ut sig helt på eget bevåg bara för att folk låtsades vara intresserade av ens person och liv för man hade skrivit en dikt och vunnit en tävling.

”Vad skrev hon om?”

”Familjen. Skogen. Det nära”, svarade man och funderade vidare. ”Tvivel.”

”Som du själv, alltså?” frågade han. Eller konstaterade.

”Jo.” Jag log tillbaka och nickade mot honom. Och det var skam och lust på samma gång. En ny känsla: som ett rus, lite smutsigt.

Som att ha druckit lite för mycket och man känner lite för mycket och de strömmar mot en, känslorna, och man öppnar mun och måste hejda sig hela tiden, försöker återta kontrollen, för man har inte blivit så full att man struntar i vilket. Eller som pirret i kroppen när man för första gången naken höll om en man. Det att det kändes så främmande allt, overkligt. Som större än livet, som att det egentligen inte kunde ha att göra med en själv. Och det hade det ju inte heller.

”Som en själv”, höll man med. ”Det ligger väl i släkten.”

E4:an söderut förbi Timrå, snart hemma nu, och hon pladdrar på uppspelt, Linnea, glad för min skull. Hennes blick fladdrar mellan vägen och backspegeln och jag får le tillbaka medan hon släpper ratten och viftar med händerna och säger att bilderna ju blev jättefina och reportaget, och att alla hade flockats hos Minna för hon prenumererar ju och får tidningen innan den kommer i affärn: *Mode, mat, kultur och skönhet. Med siktet på tillvarons guldkant.* Och jodå, den guldkanten var hon sugen på Minna, mest maten, va? Medans de andra normalt föredrar de lite mindre högfärdiga tidningarna, men hon hade såklart ringt runt när hon upptäckte dig stort uppslagen där och där fick man stå och hålla masken och låtsas som man inte visste något. De stod samlade i slasket i trädgårn och bläddrade och oj vilka långa blickar de slog i blaskan, va? Gröna i nyllet av avund, syntes lång väg att det som sprängde i huvena på dem och hade det inte vart för att jag var där och att de vet att vi är kompisar hade de nog skrikit högt rätt ut. Och förresten, var det inte nytt kakel i köket? Och att du lyckades hålla det hemligt trots att de till och med har vart uppe hos dig och gjort hemmahosreportage.

Jag sitter därbak precis som i taxin de hade skickat till Arlanda för att hämta en – igår var det ja – som en annan pascha och han stod där, chaffisen, med en alldeles för stor skylt med ens namn på, AGNETA ARONSSON. Visst är man tacksam för skjutsen hem, att hon kommer och hämtar, Linnea, bara att flygspänningen börjar släppa nu och då kommer baksmällan tillbaka och jag drar handflatorna över ansiktet och genom håret och tänker att hon nog kunde hålla lite oftare i ratten.

”Oj, men du måste ju vara som helt färdig och här går jag på som en ångvält.”

Hon tittar bak mot mig och girar sedan ut på avfarten till åttiosexan och jag lutar mig fram och stryker handflatan över hennes axel.

”Tack för att du kom och hämtade.”

”Såklart, hade ju knappast nåt viktigare för mig direkt”, säger hon. Tittar kort på den sovande pojken i barnstolen bredvid. ”Usch, snart måste jag börja jobba igen.”

”Ja, för min del blir det i alla fall kul när du är tillbaka.”

Jag ser på henne och hon är sådär jag-har-en-bäbis-vacker, kvittrar glatt och det skiner om henne. En till, undrar man då för egen del, prövar tanken. Trettioåtta, eller trettionio skulle man hinna bli. Det är ingen ålder idag. Det är då storstadsborna får sitt första och det skulle kanske lindra när de andra flyttar ut så småningom. Jonna lär fara iväg som ett skott och man försöker tänka att det liksom inte är som hon diskvalificerar ens liv och ens val. Men det är ju det hon gör, inte i ord men i handling, pratar en halvtimme i telefon med Eva när hon ringer innan hon motvilligt lämnar ifrån sig luren till en, pratar om allt möjligt, sådant man aldrig får höra talas om själv. Inte utan att man då lite fånigt undrar om det smittar det där, för inte kommer hon någonsin hemdragandes med några killar heller, bara böcker. Och Bo sitter väl bekvämt kvar uppe på sitt rum med datorn i några år till kanske, men mycket till sällskap är ju han inte. Och Jonna är gammal nog att kunna vara mor till sitt tänkta syskon. Och tankarna löper iväg nu, åt fel håll, och nuddar vid det ömma att man gjort allt detta för att känna sig behövd och att det var länge sedan man faktiskt gjorde det. Bygga bo och skapa ett hem, men sedan då? Bara som förvalta allt? Hålla maskineriet rullande, lappa och smålaga som en vaktmästare? Tacksamhet är väl inget man kan förvänta sig direkt, men kanske lite uppskattning någon gång ibland, om man får känna så. Inte någon bok som vill ha en till något annat, för det inte duger det man är och det man gör för de andra, och som får en att känna sig dummare än vad man är, för så jäkla dum är man ändå inte. Det kan man ju inte tillåta dem att låta påskina. Rädd att flyga, va? Är det därför det lockar att göra om det en gång till? Det att man får så mycket tillbaka i början och så lite senare? Den lilla värmen man trycker emot sig, som ligger där och andas och sover och skrattar. Och skyndade man sig lite kunde den nya och Linneas pojke kanske bli kamrater. Att inte vara ensam. Inte låta ett overkligt dygn i Stockholm slå blå dunster i ögona på en. Men det är inte därifrån tankarna kommer, inte från Stockholm. De fanns där redan innan. Ens mamma är plötsligt borta och man frågar sig vem man själv är. Hon bet ihop, gjorde hon, om inte annat så framgår det ju av vad hon skrev. Hennes ord om att stanna och ta nya tag blir till ens egen biljett iväg, det är som galet ironiskt egentligen. Att smaka på det andra livet, det som Jonna nog jagar efter. Gnida axel med de fina. Vet de vad kärlek är, att vara del av något större? Inte någon jäkla tidningskoncern, då. Utan att göra något verkligt för andra människor, inte bara göra så att de känner sig feta och fula och dumma och gammeldags för att sedan råda bot på det hela genom att sälja sina tips om smink och lättmat och lättsex och allt vad det nu är.

Det är varmt i bilen och jag krånglar mig ur kappan och lägger den bredvid på sätet. Slätar till klänningen och spänner fast säkerhetsbältet igen.

”Vad snygg! Köpte du den i Stockholm?” säger Linnea och visslar till.

”Jo. Men man är nog lite gammal för den.”

”Pytt! Den är hur läcker som helst! Men du får ju knäppa upp en knapp eller två.” Hon blinkar i backspegeln och ler. Drar ett V med pekfingret ner mellan sina bröst.

Pojken vaknar och börjar gråta, och nej, det ska fan heller vara några fler. Vad tänker man på? Men det är väl doften, han har legat här och mättat de få kubikmeterna luft i bilen med den, så det blir koncentrerat och man blir som alldeles tummelumsk och kollrig i huvudet. Linnea sträcker ut armen och stryker honom över huvudet, stoppar nappen i mun på honom och han tystnar kvickt. Och så är vi ute på E14 och kör västerut längs järnvägsspåren, knappar efter hand in på Mittbanetåget framför fast det bara är 70-väg, och de kör inte direkt långsamt.

”Vad ska ni göra av pengarna då?” undrar hon.

”Det finns väl alltid nåt hål att stoppa dem i.”

”Äh. Du får väl skämma bort dig med nåt!”

”Jo. Det får man väl”, svarar jag. Skämma bort och skämma ut. Skämma, skämma, skämmas.

De släppte av en utanför hotellet vid fem och sade att vi plockar upp dig vid sju till middagen, bara några från tidningen, lugnt och trevligt, och slappna nu av ett par timmar och njut av rummet. Men när man kom upp och tittade i spegeln så var det kört, trots att det stod en halvflaska skumpa på is på soffbordet och väntade och att badrummet var helt ljuvligt med mosaik överallt i grönt och rött och gult och ett djupt, som lite nedsänkt badkar. Och det var väl egentligen inget fel på det man hade på sig, men, nej det gick inte, inte ikväll, inte samma igen. Något nytt åtminstone. En klänning, vad som helst, bara något nytt. Och tjejen i receptionen visste ju precis vart man skulle och satte kryss på två ställen inte alltför långt bort i en turistkarta hon tog ur en trave på disken.

Klänningen sedan, i affären: Som ljust ljust beige, fast de kallade det naturvitt. Stora prickar i svart och lime på. Vissa till hälften svarta och hälften lime. Ärmlös och ganska rak, lite timglasform, lika bred över axlarna som längst ner och med en liten krage och knäppning till halvvägs ner på magen.

En kort vila på hotellet efter hetsköpet. Inte tid direkt till bad men åtminstone att få lägga upp fötterna en stund och smaka på bubblet. Blunda i tio minuter innan man fick börja fixa till sig. Sedan upphämtad, en kort promenad till restaurangen. De gav klänningen komplimanger och drog ut stolen åt en när man satte sig vid bordet. Och man bläddrade i menyn, granskade priserna och undrade stilla vad det kunde vara som nu var så fint med rimmad oxbringa med pepparrotssås. De satt där omkring en: chefredaktören, vänlig och vass samtidigt, men hon såg på en, gjorde hon, såg en i ögona och lyssnade av allt att döma när man sade något. Kanske femtiofem år gammal, smal och snygg i grå dräkt och svarta strumpbyxor. Dyra skor. Jag undrade hur jag själv skulle se ut vid femtiofem.

”Har du några barn?” slank det ur mig då, apropå, och jag bet mig i läppen för fick man ställa sådana frågor? Men hon nickade, sade att hon hade tre. Ett var redan utfluget.

”Och vad ska det bli av mig när de andra två också lämnat boet?” fortsatte hon med ett litet leende. Det var väl vad hon trodde att man ville höra, som att vi hade något gemensamt.

Två andra, yngre tjejer, men de pratade mest med varandra och stannade inte längre än tvunget. Matredaktören, några grå stänk men ung i kroppen, snabb i rörelserna men gav ändå ett intryck av lugn. Han påminde om någon, gjorde han. Uppmärksam han med, hällde upp vinet – så gott det var – kom med inpass, frågor som var så mycket mer välformulerade än de som intervjuarna ställt tidigare på dagen, sådana som fick en att glömma av sig och försäga sig och känna sig som hemma nästan. Om det inte vore för det att man kanske inte kände sig som riktigt lika hemma därhemma längre. Men gud vad gott vin.

”Kan du ta avfarten ner mot Runsvik i Berg sen?”

Linnea tystnar när man avbryter henne, inte förrän då fattar man att hon suttit och pratat med en och att man inte hört ett ljud av vad hon sagt. Hon lägger bägge händerna fint på ratten och kastar en bekymrad blick över axeln så håret slänger bak och en slinga fastnar på sidan av sätets nackkudde.

”Vill du till kyrkogården?” undrar hon.

”Jo. Om det är okej.”

”Jag har inte riktigt tid att stanna. Han ska ha mat.” Hon nickar mot pojken i barnstolen.

”Du kan släppa av mig bara”, säger jag. ”Bussen går vid ett. Det är lika bra, så kan man få handlat i centrum på vägen hem.”

Hon nickar, är sedan tyst. Svänger av någon minut senare och snart passerar vi travanläggningen i Österdälje, två ekipage springer runt, runt på motsatta sidor, det ena knappar långsamt in på det andra. Bilen hoppar och skumpar över grusvägens tjälhål men pojken verkar tycka att det är roligt. Det glittrar till i Långsjön när solen går ur moln och vintern är egentligen som vackrast när man sedan länge är trött på den, när ljuset äntligen är tillbaka och den snart kommer vara över. *I mars tisslar älven om stundande flod.* Saknaden efter mamma hugger i en och vrider om. Den stöter till när Jonna börjar nynna Dan Andersson medan hon dukar eller när pappa stum och otröstlig skjuter runt sin sorg i rullstol och man vill bara gråta när man ser det, ruska tag i honom och skrika åt honom att hon är död, fastän läkaren sagt åt en att man ska låta honom hållas så han inte får en chock igen och blir som förut och bara sitter och tuggar. Och ibland slår den till utan förvarning. Man lyfter luren på en ingivelse för att bara fråga lite snabbt om något recept eller vad det nu kan vara, och börjar knappa in numret. Fryser till is och blir sedan stående, blundar hårt och biter sig i underläppen. Försöker hålla emot.

”Jag kan ta med din väska om du vill. Så ställer jag den bara på förstutrappen hos er”, säger Linnea.

”Det vore ju jättebra. Tack.”

Jag lutar huvudet mot rutan och fångar lite av solen på näsan. Känner hur storstadsstimmet och stirret liksom börjar släppa och gå ur kroppen. Lugnet kommer också med vetskapen om att det bara är någon minut kvar tills hon ska släppa av en och jag låter solen skina i ansiktet och lämnar ontet därinne ifred för ett ögonblick. Vara lite snäll mot sig själv och låta bli att riva mer i skorpan. Ha lite, vad heter det, *misskund*.

Vi kommer ut ur skogen och Tuna kyrka ligger skinande vit i solen på sin höjd ovanför Marmen; synen tar andan ur en och man tackar tyst makterna för att det var just här man fick födas ändå.

Jag hämtar en kratta ur stället och snyggar till runtom stenen. Samlar de vissnade tulpanerna sedan förra gången och bär bort dem till soptunnan. Går in i kyrkan och hämtar ett stearinljus, tar en tjuga ur portmonnän att lägga i burken. Något färgglatt fångar blicken i handväskan: prischecken jag tog emot uppe på podiet medan kamerorna blixtrade. Femtiotusen kronor. *Till Agneta Aronsson,*

Nedansjö, vars vårdikt med titeln Vattnet i mars *fick juryn på fall. För konkret och livsnära lyrik av yppersta märke som i sin bedrägliga enkelhet både visar och skänker stort mod.* För vissa tarvar det uppenbarligen stort mod att skriva så folk kan begripa och känna något. Det är som en annan värld det där. Inte mammas, inte min. Kanske Jonnas delvis, fast hon lika gärna kan sjunga Dan Andersson. Jag tar ut en hundring till och stoppar den i renoveringsskrinet. Lånar med mig tändsticksasken.

Jag vänder ryggen mot vinden och får eld på en sticka. Ljuset är för smalt för hållaren i lyktan så jag får låta lite stearin droppa ner att fästa det i och ställer sedan lyktan på marken nedanför den vinklade stenens sträva granit, en bit bort så inte stenen ska bli sotig.

Dan Aronsson *15/6 1957 †21/6 1957

Eva var den som avslöjade vår bror i underjorden. Skrämde upp oss små med honom när hon var trött på vårt stök någon gång och Maja och jag rusade iväg och ryckte i mamma med gråten i halsen: *Hon ljuger, mamma! Eva ljuger!* Men det hade hon inte gjort. Några dagar senare åkte hon hit med oss för att visa graven.

Här fick han ligga och inte i Stöde, inte i samma kyrka som de gift sig i några månader tidigare, förklarade hon då. Att han föddes för tidigt och var svag. Att det tagit sin tid att komma över och smälta och att det hade dröjt fyra år tills de fick Eva, men att det då hade varit hög tid att börja bry sig om de levande istället för de döda och inte spilla bort livet genom att älta gamla sorger i all evighet. Men hade det varit idag hade han kanske fått leva.

”Klovyta”, hade hon sagt och dragit med handen över stenens skrovel. ”Fan heller ha en len och blankpolerad sten, sån är inte döden. Inte livet heller, för den delen.”

Efter att vi lämnat kyrkogården tog hon aldrig själv upp ämnet igen, men svarade tålmodigt på våra frågor. Majas frågor mest, för medan man själv kände obehag och helst inte ville tänka på det hade hon blivit som trollbunden, pratade om Dan jämt, fabulerade och kom ständigt med nya undringar och frågor ända tills Eva någon vecka senare tog henne åt sidan och förklarade att mamma och pappa kanske inte ville påminnas om det där hela tiden, att det för dem inte var någon spöklek utan på riktigt. Efter det höll Maja tyst inför oss andra, men ibland kunde jag höra hur hon pratade för sig själv inne på vårt rum och om jag stannade till utanför dörren och lyssnade var det alltid honom hon pratade till.

Sedan ett halvår tillbaka ett namn till: *Inga Aronsson, född Åslund* *7/2 1925 †13/9 2004

Maja hade menat att vi kunde låta stenhuggarna ta hand om det där med att göra ytan ren från smuts och mossa innan de fyllde på med mammas namn. De hade högtryckstvätt och rätt medel. Men vad skulle de tro då? Att vi inte tog hand om den själva?

”Gör vi det då?” undrade Maja och log sådär bländande som hon gör när hon vill trycka till någon.

”Jo”, sade jag och skurade i en och en halv timme.

Ingen ny bukett har jag med mig, men en symbolisk offergåva åt henne som förtjänat den; pengarna kommer ju ändå hamna på kontot till månadsskiftet minus vederbörligen dragen preliminärskatt, så det är skådebröd bara, kartongbiten jag håller i handen. Stearinljusets låga syns knappt i dagsljuset fastän man sitter på huk alldeles intill men prischecken, stor och skrikig, fattar kvickt eld när man sticker in en hörna i lyktan. Siffrorna och dedikationen går snart upp i rök, det ljusgröna pappret med de blå strecken blir till grå aska i gruset framför lyktan. Som för att besvärja den egna fåfängan och dumheten.

Förlåter du mig?

Bara tunna strumpbyxor och klänningen under kappan, som om man ville behålla lite ändå när man åkte därifrån, bära ögonblicket med sig trots allt, och mössan har jag glömt i väskan i bilen men jag får upp värmen skapligt när jag travar längs vattnet uppför Kyrkvägen i rask takt. Plogbilen har inte vart härom än men stövlarna är åtminstone fodrade och täta och jag överväger att ta vägen över bron till ICA och sedan en sväng förbi Tunastrand, men nästa buss går inte förrän vid tre och jag orkar inte riktigt med rullstolen och hela paketet och jag har inte ens sagt något till pappa om det hela. Snart nog hittar väl skvallret dit ändå så jag gör nog bäst i att besöka honom innan dess. Men inte idag, jag är för trött, alltför trött, så det får bli Tempo även om det är dyrt. Bussen kommer lagom till att jag kommer upp på Runsviksvägen så sista kilometern kan jag åka med.

Dörren har slagit igen bakom mig innan jag hinner upptäcka att det naturligtvis är Magdalena Klings osaliga ryggtavla borta i kassan och jag svär tyst över att straffet kom medsamma för att man försummade sin far. Nu kommer jag inte undan längre men jag smiter snabbt in mellan hyllorna så hon inte ska upptäcka mig. Åtminstone lite andrum att stålsätta sig och slå ner de kväljande minnena som tvunget ska väckas varje gång: folksamlingen och ropen, din far och din syster, du själv lite bakom. Slutet på barndomen. Och du är väl egentligen ömkansvärd, dum och fet och ful och utan familj, men jag hatar dig. Jag hatar dig när du fikar efter medlidande, ojar ensamheten och din döda syster. Men offer kan också vara svin och ni själva var det, allt det hat ni kallar kärlek, som drev henne över kanten. Inte Eva, inte vi. Och jag hatar dig för allt du gjort och allt du förmått andra att göra när du var för feg själv. Allt det hatar jag dig för.

Jag andas och sträcker på mig, plockar åt mig en påse ärter i frysdisken och en bit lax; tiden är knapp till bussen så det är ingen mening med att dra ut på det. Jag knäpper upp kappan, för fet har man åtminstone inte gått och blivit, till skillnad från vissa, och den sitter som den ska, klänningen. Speglar mig nödtorftigt i frysdiskens rostfria stål, är nog lite rödörad av kylan men det är inget att göra åt så jag drar handen genom håret, tar några snabba andetag och kliver bort till kassan. När jag lägger varorna på bandet ser hon upp ur sin tidning och munnen spricker upp i ett flin.

”Nämen, är det inte vår egen bygdediktare? Vilken ära! Lax, ja. Det ska firas, förstår jag. Annars har vi extrapris på fryst oxfilé.”

För en gångs skull, gudskelov, står man inte där stumslagen utan kan ge igen med mötande replik: ”Ja, vissa föredrar ju kvalitet framför kvantitet”, säger jag och flinet stelnar i alla fall en smula när hon läser av ärtpåsen och skickar iväg den nerför bandet. ”Alla kan ju inte gilla falukorv”, lägger jag till.

”Vi har beställt extra tidningar till på måndag, de lär gå åt som smör i solsken när vi nu fått oss en kändis. Men bekymra dig inte du för det, Agneta. För mig kommer du alltid att vara samma gamla Bromsgneta. Gult fram och brunt bak.”

Jag får stå och huttra för bussen är sen och när den väl kommer dessutom full av bröliga tonåringar som slutat tidigt men den är varm åtminstone och det sticker i vaderna ovanför stövlarna och knäpper lite i benen och armarna när man sträcker på dem och trots skolungarna så nickar man till och håller på att missa hållplatsen. Så är man hemma, äntligen, och jag tar in väskan som Linnea ställt utanför dörren. Därinne är det tyst, så ljuvligt tyst, när jag hänger av mig kappan och befriar fötterna från stövlarna.

Frukosten står kvar på bordet sånär som på mjölken och smöret; de hade väl bråttom eller så är det bara ovant för dem att man inte är hemma. Jag svär men kan inte förmå mig att låta det stå, får städa undan och torka av innan jag kan krypa upp i soffan i vardagsrummet med en filt svept om mig, slå på teven och dra ner ljudet till ett tyst mummel. Katten hoppar upp och lägger sig vid mina fötter och om man ändå fick ha det som hon istället och kunde rulla ihop sig i soffan och sova i all evighet. Åtminstone får man vila lite nu, blunda en liten stund.

Han satt och log över tallriken, vänlig och öppen. Som trevlig och snäll och snygg och tog en på allvar och plötsligt kom jag på vad det var, det där välbekanta, matredaktören såg ju ut lite som han i, vad heter det, *Kobra*. Och så minnet av Jonnas införstådda blick, leendet när Jerker försökte slå över till sporten eller något istället och man för en gångs skull protesterade. Hans höjda ögonbryn och det var värst vad man blivit kulturintresserad då helt plötsligt, när man sedan sällan missade det programmet efter att man väl upptäckt det, och ens tafatta försvar att man ju ville hänga med här i världen, inte bara sitta och bli som helt mossig.

Allt det satt jag och log åt medan jag åt min rödtunga och småpratade, besvarade deras frågor och försökte ställa några tillbaka, och något började som välla i en snart, en värme från maggropen och utåt och jag slappnade av, tittade honom i ögona och sedan kände jag plötsligt igen värmen och det var den sortens som man inte hade känt av på länge, länge. Just den värmen var det och den spred sig då upp i ansiktet, blossande het, och till öronen och det blev bara för mycket allt, så jag var tvungen att stjälpa i mig en klunk vin extra och ursäkta mig och försvinna ut på damrummet. Där stängde jag dörren om mig, fällde ner locket och fick sitta och hålla emot, hålla emot, hålla emot så sminket inte skulle börja kladda och jag tog lite papper från rullen och snöt ut det den vägen istället. Ställde mig upp igen och andades djupt framför spegeln, kinderna och halsen flammiga av vin och plötslig längtan, rödfläckigheten fortsatte ner i kragen och urringningen. Och jag andades och tog spjärn och återvände sedan ut; de log och jag satte mig ner och log tillbaka. Gav mig i kast med rödingen igen, och vinet, riktade blicken åt chefredaktörens håll, inte åt hans. Frågade om hennes barn, vad gjorde de? Skulle de också jobba på tidning?

”Vad synd att din make inte kunde komma loss. Det hade varit så roligt att träffa honom. Han måste vara jättestolt över dig, vad tråkigt för honom att missa allt det här”, sade chefredaktören senare och jag nickade, ryckte lite som besviket på axlarna åt henne och log lite snett. Servitrisen räddade mig, kom och frågade om dessert. Efterrätt, som hon kallade det.

”Vi har enkel smak i Medelpad”, sade jag och log mot henne. ”En bit äppelkaka och en dubbel espresso. Och en konjak till. Nä, en dubbel där med får det bli.”

Och de skrattade.

Jerker funderar, ser det ut som, och säger sedan:

”Ser den inte lite ut som en kaffekopp. Liksom i mönstret.”

Bo som sitter bredvid skrattar till. Och det var väl inte precis vad jag ville höra, men Jerker är ju inte den som anstränger sig om att säga sådant man vill höra och det var ju inte heller för den egenskapens skull jag en gång valde honom. Jag börjar plocka ut och städa undan, slänger laxskinnet i soppåsen och knyter till ordentligt. Bär ut påsen i hallen medan samtalet fortsätter vid bordet, som oavsett om man är där eller inte, och jag ställer mig vid vasken och sköljer ur karotterna, fyller diskmaskinen och lyssnar på meningarna utifrån matbordet.

”Det dras skatt på det, det hade jag inte fattat”, säger Jerker.

”Nä? Vad sniket!” säger Bo. ”Såna pengar borde det väl inte vara skatt på.”

”Jo, men det är det”, säger Jerker. ”Men det är som hygglig lön för en dikt ändå, är det inte?”

”Hur lång tid tog det, morsan? En timme? Två?” ropar Bo ut i köket och jag vet inte vad jag ska säga. Istället bryter Jonna in.

”Idiot. Och hur många dikter har du skrivit? Sånt tar skitlång tid.”

”Fem timmar då? Sex?”

”Minst!”

”Morsan, du har tjänat som åtta och tre i timman”, säger Bo.

”Minus skatt”, säger Jerker.

Jonna kommer ut i köket med en trave tallrikar och sätter ner dem på diskbänken. Ställer sig bakom och lägger armarna om en.

”Bry dig inte om dem. Den är jättesnygg, klänningen. Sextitalsgrejen passar dig. Och jag är superstolt över dig, mamma.”

”Ja, den är väl lite sextital va?” säger jag och det sticker i ögonen av det sista för det har man inte fått höra förut, aldrig någonsin. Och när det äntligen kommer så har man inte ens förtjänat det.

”Mormor skulle ha vart så otroligt stolt hon med. Och att du aldrig sagt nåt. Har du mer undangömt nånstans som man kan få läsa?”

Jag sliter mig loss, lite för abrupt. Det blir som för mycket på en gång när hon svansar runtom en, bryr sig och tycker om, pratar med en som hon inte gjort på länge och jag tar med mig disktrasan ut och börjar torka av bordet. Jonna följer efter med någon sorts min. Jerker rullar ölglaset i handen och Bo har försvunnit upp till sin eviga dator, en munk i sin cell vid sitt sprakande och larmande altare. Jonna rycker på axlarna, plockar ihop skålarna och glasen. Står och ser lite besviken ut.

”Det är som privat. En fristad”, kommer jag på och viskar åt henne på väg tillbaka till köket. Hon följer efter som en hoppfull hundvalp.

”Tror du inte jag fattar? Det är inte som att du får nån vidare uppmuntran av de där två heller”, säger hon med mild röst och en nick utåt matbordet. Hon ställer ner skålarna och stryker en över ryggen. ”Men jag skulle bli glad om jag fick läsa.”

”Vi får väl se”, säger jag och lyckas skrämma fram ett leende. Hon ler tillbaka och kramar om en innan hon smiter ut i hallen och iväg på sin fest. Jag får ordnat det sista i köket och öppnar sedan kylen.

”Vill du ha en öl till?” ropar jag ut till Jerker.

”Tack gärna!”

Ibland får man plötsligt syn på det som med ögon utifrån, i korta blixtar. Lika delar kärlek och gammal vana. Jag tar en öl åt mig själv med, dieten har det ändå gått åt pipan med de här dagarna. Gudarna ska veta att jag behöver den, ölen. Jag öppnar flaskorna och går ut och sätter mig hos maken.

”Här”, säger jag och lägger handflatan på hans ådriga handrygg. Han håller upp, tittar lite snett och buspojken finns ju därunder, med slängluggen och den oändliga ömheten. Jag tar en klunk direkt ur flaskan och känner hur trött jag är. Känner axlarna och nacken och hela gårdagen och anspänningen och helt tom är jag nu. Bredvid gäspar Jerker han med och det lär inte bli någon sen kväll det här inte.

”Hur är det?” frågar han.

”Trött”, säger jag. ”Det har vart lite slitigt.”

”Oj. Stackarn. Festa och få pris i Stockholm”, säger han och lyfter på ögonbrynet som Zeb Macahan.

”Det blir som ansträngande när man är i centrum och folk stirrar på en hela tiden.”

Han rycker på axlarna och dricker sin öl.

”Lite snålt tycker jag allt ändå att det var av dem”, säger han. ”Ett dubbelrum och en extra middag gör väl varken från eller till i sammanhanget.” Han slår en blick bortåt, mot trappan. ”Det hade vart skoj att få komma iväg nånstans tillsammans och se nåt annat. Så kunde man hjälpt till och hålla dig nere på jorden också.”

Det isar över ryggen, fast man lyckas hålla kvar handen ändå och trycker till över hans.

”Jo. Fast det var fullt upp. Rätt så tjejigt också.”

”Ändå”, säger han och tar en klunk.

Kinderna hettar; jag trycker den kalla ölflaskan mot skammen.

Inte hade man någon aning om hur man gjorde nuförtiden och det var inte direkt så att jag hunnit öva överdrivet mycket förr heller, så det fick bli lite improviserat. Man råkade snubbla till på kullerstenarna framför entrén, som av en händelse, och han fångade upp en med en stadig arm som man kunde hålla fast i och nykter var man inte och det hettade i kinderna där utanför hotellet, och i bröstet, och jag tänkte på mosaik och badskum och tog mod till mig och sade att minibaren var välfylld hade man sett och kunde man få bjuda på något? Blossande röd ångrade jag genast allt, men nu var det ohjälpligt ute, korten på bordet, och han log snett och vackert, så då ångrade man inget mer och det skuttade till i en istället av drucken förväntan, i väntan på straffet. Och till slut öppnade han mun och förklarade att han var mycket smickrad, att jag var en vacker kvinna, men att han nu var funtad så att han … Ja, att han var av den sorten och det slaget som föredrog män. Men att han haft mycket trevligt och hoppades att jag skulle sova gott, komma väl hem och om jag någonsin kom till Stockholm igen så …

Tafatt lyckades jag besvara hans kram och han promenerade vidare nerför gatan. Vinkade över axeln. Jag lommade in, tog hissen upp till rummet med brännande kinder och öron, inte längre av het förväntan, enbart av fiaskots ynklighet. Till och med en jänta från bakvattnet borde ha begripit hur det stod till, dessutom med en syster som exempel, när han nu jobbade på kvinnomagasin och dessutom lyssnade uppmärksamt och såg en i ögona. Att det naturligtvis var för bra för att vara sant och att alla ens fördomar besannats, de man inte ens visste varifrån man fått dem, även om man uppenbarligen hade lyckats lura sig själv att glömma av dem för en stund. Fjollträsk.

Och sedan tappade jag upp ett bad, hällde i alla de tre små flaskorna badskum de ställt dit och medan vattnet rann smet jag ut och fyllde mitt tandborstglas med is från maskinen i korridoren. Lade mig och plaskade med skumpan som var kvar till tröst och en isbit i och sedan en miniflaska vitvin från kylen och riktigt gottade mig i skummet och skammen, vältrade mig riktigt härligt i det faktum att det tydligen räcker med att komma några mil hemifrån där ingen känner en längre, dricka en skvätt och få lite uppmärksamhet och några vänliga ord för att man ska tappa huvudet och bjuda ut sig som en annan slinka. Och jag sög på min isbit, drog den sedan, len och kall, över pannan där det börjat dunka lite bakom, bara som en liten varning om hur man skulle må nästa dag.

”Slampa”, sade jag till speglarna och rösten slog hårt mot kakelväggarna så nästa gång mimade jag bara tyst mot spegeln och sprätte badskum mot den. *Slampa.* Man var nog rätt full ändå. Pilsk och glad, från Medelpad. Poet hade man ju till råga på allt gått och blivit också.

”Vänta, förresten”, säger Jerker och jag rycker till. Han drar undan handen under min, reser sig och travar ut i hallen. ”Jag var en sväng förbi Forsbergs på vägen hem.”

Han kommer strax tillbaka med en färgglad broschyr i handen som han vecklar ut på bordet framför oss. Knackar med fingret i den.

”Han har en sån där kvar som han skulle sälja till halva priset åt mig. Det är en utgående modell, men den har fått absolut bästa betyg överallt. Han fick en jäkla fin rabatt på pumpen vi installerade i höstas”, säger han, blinkar och ler. ”Man måste veta vars man ska lägga in sina stötar.”

”Och det har vi råd med, menar du?” skrattar jag.

”Tjugotvå och ett halvt. En femtitummare är det.”

"Är du klok? Har du vunnit på hästar, eller?"

Han lyfter på ögonbrynen, tittar som häpet på en. Till slut fattar man och den eventuella skammen i magen nyss är som försvunnen och i dess ställe börjar en röd klump av ond ilska att svälla.

"Jag tänkte att du kanske ville dela med dig av dina diktpengar", säger han.

"Du har redan gjort av med dem i tanken, eller?" får jag ur mig på väg bortåt hallen.

"Är det nu nåt att bli sur över? Det var ju bara ett förslag. Hela den här diktgrejen verkar ha gått helt åt huvudet på dig. Det är så man hellre hade vart utan både det och pengarna. Man kan ju knappt öppna käften längre utan att du skrynklar ihop ansiktet till ett russin. Ska det ta emot så att bidra lite? Vart man än vänder arslet ..."

Kappan är på och stövlarna, lite fuktiga än. Ytterdörren slår igen bakom mig och klipper av orden. Det susar från stora vägen och brummar från värmepumpen i källaren och där står man med soppåsen i handen och svär åt sin förbannade präktighet som gör att man tar med den på ren automatik, till och med mitt i ett gräl. Så trött, men jag går och slänger den i tunnan och vänder runt huset. Det får bli ner mot Ängesudden. *En gren, en sten.* Ett steg i taget. Månen står rätt över sjön och flimrar och jag tar mig ner längs vägen förbi sågen och över järnvägsspåren och vallen, sätter mig på min rotvälta och ser ut över vattnet. *I mars tisslar älven om stundande flod.* Inte riktigt än, men snart kommer den. Snart. Jag vilar huvudet i händerna, blundar. Det tisslar i mig också, öronbedövande ibland. Så man inte längre hör vad man tänker.

Av och till ända sedan jag fann lådan i dystraste november. Du i jorden sedan två månader tillbaka, pappa på hemmet, ordlös och onåbar. Den molande magvärken medan jag städade och rensade ut åt de nya ägarna efter försäljningen. Kartongen där allt låg, bland lakan och örngott i byrån i gästrummet som dubblerade som skrivstuga. Det som varit Jonnas rum en gång för länge sedan, där

Mumintapeterna satt kvar på väggen. Hur jag röjde en plats bland allt det andra som låg i travar på sängen, sådant som man skulle vara tvungen att ta ställning till, där jag satte mig med lådan i knät. Pressad blå papp, bleknad, med plåtskodda hörn, mapparna i den, de få anteckningarna och utkasten, arken med färdiga alster. Handstilen som du aldrig tyckte dög, de som förtjänat det var prydligt utskrivna på maskin och daterade. Undertecknade med Inga Åslund, det var väl symmetrin kantänka, att du inte började skriva Aronsson efter att ni gift er. Eller bara ditt sätt att markera att det här var ditt alldeles egna, privata.

Att finna ett liv i en låda, om inte det är poesi så vet jag inte vad. Hundraåttioen maskinskrivna alster i prydlig datumordning som spände över närapå sextio år, det sista ett halvår gammalt bara. Hundraåttioen dikter, iakttagelser och textstycken som befunnits hålla måttet och vara värda att spara. Några utkast i en mapp i locket, en handfull ark med ord och ofärdiga fraser som aldrig skulle färdigställas, efter det att en blixt i hjärnan plötsligt stulit språket från dig i solen på altanen en augustidag. Annars inget, inga fler anteckningar, inga block eller häften med uppslag, äldre versioner eller sådant som ratats. Ett liv i destillat. Som om du ville regissera ditt eftermäle.

Och jag satt där på sängkanten och bläddrade, läste, log genom tårarna åt dina ord, åt att ha funnit den mamma igen som ibland satt uppe när man vaknade på natten och gick på toa, efter att lyset släckts och teven, böjd över skrivbordet med gröna lampan, och som såg upp från pappren och log när plankorna knakade. Och ibland gick man då in och gav dig en kram och du kramade varmt tillbaka, men om man försökte titta ner så hade du alltid hunnit täcka över det du skrivit med en bok eller ett blankt ark papper. Men nu fick jag till slut läsa, och jag läste, läste.

Ungdomen: det sköna och det trotsigt fula. Somt tänkt att behaga, stilövningar om natur och kärlek. Annat hårdare än något jag någonsin hört från din mun, isblå blickar mot vuxenvärldens hyckleri, eldröda hammarslag mot plåtfodrade hjärtan.

Småningom mindre tvärsäkert. Ofullkomligare och levandegjort av en strimma vemod. Längtan efter något att omslutas av och uppgå i, som havet, men åren sköljer ett efter ett upp på stranden, allt snabbare. Ibland vänskap och tillfällig värme, inget som jag tidigare föreställt mig min egen mamma fundera kring eller ägna sig åt och jag rodnade där jag satt och lade arken i knät, men kände samtidigt hennes leende: Sluta fåna dig, Agneta. Hur som tror du att du själv blivit till? Och jag läste vidare:

Så, ibland vänskap och tillfällig värme. Inget som dög att fylla det lilla hålrummet med, längst in bredvid själen, men ändå något. Gott så, för aldrig att låta sig nöja med något strandfynd, vilket som helst, som råkat sköljas upp av vågorna. Till det var självrespekten för stor, den odlade ingen ynkedom. Ändå, en dröjande längtan. Ett litet stycke sorg.

Så när skenorna redan var slipade och hon försonats med tanken på att ta ut skären och skrinna på glasberget bäst hon kunde. Då först: en annan människa. Trilsk och självrådig av långa år utan vardagsjämkanden och eftergifter och skygg av ovanan han med. Bänglig, kort sagt, men öm och varm och heller inte okänslig, förståndig nog att inte hökа och bygga hägn, för andas behöver vi alla för att inte bli sjuka. Och med den ömsesidiga aktningen, kanske ändå en delad aning om något annat, något mer. En blek och misstänksam liten aning, som oroligt rymmer och flyr iväg och som man får vårda och skyla som en nerfallen fågelunge, mager och svulten, som först bara flaxar argt och hackar och näbben är vass även om den är liten. Småningom vågar den sig fram, pickar försiktigt bland fröna i ens handflata, blinkar tacksamt och stannar en stund, så man ibland börjar våga tro att den ska kunna växa till sig och överleva ändå.

Men då, oj, en liten olyckshändelse. En oförsiktighet som plötsligt naglar fast den, aningen, vare sig den vill eller inte och den hackar och flaxar vilt. Nej, mer som en vrensk vildåsna som bockar, brallar och snor runt, sparkar och biter om sig innan den utmattad fogar sig och vilar i den stilla tacksamhet som underkastelsen skänker. Och i sin nya självuppgivenhet växer den sig stark, frisk och allt rundare om magen. Två människor ser tillsammans med förväntan, förvissning och försiktig glädje hur den putar allt större.

En solig men iskall dag ser hon som bär på detta putande, växande runda på mannen bredvid och tänker att små olyckshändelser sker så väldigt lätt, av oavsiktlig oförsiktighet och hon ryser, för klänningen är tunn. Mannen vänder sig mot henne, förtrollad, ser inte den försiktiga avsiktligheten bakom hennes mages svällande o, den lyckshändelse som naken och lite orolig gömmer sig där. En sådan kan nämligen vara svår att svälja och smälta, tänker hon, och att den nog slank ner lättare oförvållad, gräddad frasig i slumpjärn och med len och vaniljsöt vådagrädde uppå.

Och det skrapar i bänkarna, den skatlika figuren framför dem kraxar med allvarsam stämma och hon ler i sin skira klänning, ryser lite i den snålt uppvärmda kyrkan. Tänker att det också bara är ett ynka litet o, en liten, liten ring, som skiljer olyckan från lyckan, oturen från turen och den ringen bryter nu mannen loss och trär på hennes finger så ogift blir gift. Och hon kysser honom.

Gommen smakade damm. Jag lade arken ifrån mig, öppnade fönstret och släppte in lite syre. Nere på gatan kastade några ungar snöboll. Blev stående i det kalla draget och tittade ut på stjärnhimlen. Lyssnade på stojet. Är det sista chansen, om man tror det, så är väl alla medel tillåtna. Det var inte svårt att föreställa sig mamma ta sig den rätten.

Var det något sådant som krävdes för att vi överhuvudtaget skulle bli till så fick man väl bara vara tacksam över det där beräknande draget hos henne. Maja har det i sig hon med. De är så lika; mer än de någonsin begripit själva. Jag ryste till, stängde fönstret, satte mig igen och drog en pläd runt mig. Stålsatte mig inför det som nu måste följa och bytte mitt ark mot nästa:

Om lilla o. Här skall förtäljas något om det lilla prefixet o- och dess beskaffenhet. I djup och drömlös dvala rullar och studsar o:et omkring i människornas tankeflöden, driver runt i de kognitiva strömmarna som en marklöpare tills det råkar stöta emot något mottagligt och moget begrepp eller ord. Och bortom gott och ont, helt mekaniskt och likgiltigt, häftar o:et fast vid detta och i den nya symbios som uppstår negerar det sin värd och vänder den i sin motsats.

Och så sker det ibland att ett sådant o inte får ordentligt fäste, utan lossnar och faller av igen, och när det då slår i marken händer det att det vaknar ur sin drömlösa dvala. Yrvaket bedömer det sakernas tillstånd och finner det då att det missbrukats och utnyttjats med flit, då förbyts dess likgiltighet i vrede. O:et fylls av harm, lossar käkarna och släpper taget om sin svans. Det slingrar iväg, nosar sig fram, sträcker sig understundom i sin fulla längd och spejar runt och det dröjer inte länge innan det får syn på något misstänkt, något som växer och putar mellan två människor. Det närmar sig och finner ett svällande runt, som ett o, som en frände. Men o:et låter sig inte bedras, för därinne i det svällande runda ligger den dold och kurar ihop sig, där gömmer sig den lyckshändelse som o:et har maskerat och sedan orättfärdigt kluvits loss från. Och nu hugger o:et tag, biter sig fast och börjar suga, suga. Det suger, sväller, svullnar, storknar, spricker nästan men sväljer undan, smackar och sticker sedan in sin tunga. Tungan slingrar och tränger längre och längre in i det runda ända tills den når allra längst in och där vidrör något litet och svagt, ett frö, en ofödd aning, ett vardande.

Och detta lilla som det funnit undersöker och palperar o:et med sin kluvna tungspets, låter sedan tungan ringla sig runt och river med ett kraftigt ryck loss och sliter ut det lilla skälvande, ofärdiga och släpper ner det framför sig. Det svullna o:et sniffar på det lilla som flämtar och bultar, grånar och skrumpnar samman, som förtvinar och utplånas och o:et rapar triumferande med en ljuvlig smak av förtvivlan och galla på sin tungspets, den kluvna. Rullar sedan ihop sig, biter sig åter i svansen i obruten självtillräcklighet som ett o är menat att göra.

Som en ballong lättar det sedan från marken, stiger allt sömnigare efter sin festmåltid högre och högre tills det slutligen står som en dallrande fet fullmåne i djup dvala högt över de två utsugna människoskalen därnere. Med drömlös likgiltighet spyr det en oändlig störtflod av nådlöst silvervitt sken över och omkring dem.

Jag lade arken åt sidan, kröp upp i sängen, drog täcket om mig, satt så med ryggen mot väggen och benen uppdragna och stirrade. Sträckte mig så småningom efter en kudde att ha i ryggslutet.

Det var nästan övermäktigt, inte bara den vämjeliga bilden i all sin skarpskurna tydlighet och det att desperationen var så skoningslöst nykter, utan mest att det inte var min mamma som skrivit detta olidliga, brutala. I allt det andra kände jag igen henne, nästan genast fanns hon där. Som om dikterna var små förlängningar av henne själv, vackra och glada som vemodiga eller förbannade. Till och med de som gjorde mig förlägen, de lystna; man kände igen okynnigheten medsamma även om man inte sett ett spår av det där andra. Eller inte velat se, kanske.

Men det här – att leta efter någon skyldig till en sådan tragedi och att lägga skulden helt hos sig själv – det var inget jag någonsin sett i henne. Och det skrämde livet ur mig. Att sorgen kunde ta ens personlighet som gisslan, röva bort den och lämna en bortbyting i dess ställe. Den tanken var inte angenäm för någon som själv hade börjat känna sig lite handfallet främmande i den egna vardagen, som inte kände igen sig själv längre, inte visste riktigt vem hon var där hon satt. Och jag blev sittande så till dess att telefonen började ringa i fickan: Var jag på väg hemåt någon gång? Klockan var ju nästan åtta och de började som bli rätt hungriga.

Dagen därpå satte Jerker av mig vid huset på väg till jobbet, hjälpte till med att bära in de tomma flyttkartongerna vi tagit med. Han lutade sin trave mot vedspisen, drack ett glas vatten och såg sig omkring i köket, kastade en blick ut i storstugan.

”Har du fått nåt gjort alls här?”

”Däruppe”, svarade jag och gick trappan upp. Hörde ytterdörren slå igen därnere och fortsatte läsa.

Långa år, lamslaget uppgivna. Så småningom anklagelser, ifrågasättande bloss av vrede utan någon enda skärva av uppbygglighet i sig. Senare, en vändpunkt. Tröstlösheten förvisad, ersatt av ett klumpigt famlande efter det vackra igen. Ovant och misstroget, som om du bestämt dig men inte riktigt hittat någon framkomlig väg ännu. En vilja att börja om.

Barn igen, ändå, tre döttrar och lyckliga år. Större närhet och ömhet, mer glädje. Humor. Vardagslivets glädjeämnen och enformighet. Ibland en diffus längtan. Mycket färre dikter. Och så den fördömda, kanske vare sig bättre eller sämre än de övriga egentligen, men den som högg djupast i själen, för det var ju mitt liv du beskrev, likaväl som ditt eget. Så fullkomligt så. Du var där då igen, som sutte du bredvid på sängen och läste över min axel, sammanknutna i vilka vi var och var vi fanns till här i världen, vad som var hemma. Vad som var värt att kämpa för.

Dikten som medgav att det inte alltid var så jävla lätt kanske, som sade att man måste få andas lite egen luft också, men att man är som del av något större och att det inte finns något som är viktigare här i världen än just det. Att man valt rätt, trots allt.

Vattnet i mars. Just den skrev du innan Eva gav sig iväg och barndomstiden var förbi. Och nu hade jag åtminstone vett nog att höra upp med läsandet i ett ljusare ögonblick än dagen innan. Vis av den förlorade nattsömnen. Jag gjorde det jag skulle istället, packade och sorterade.

Men samtidigt upplyste den ju om att man faktiskt hade ett val, dikten. Har ett val. Att man alltid har det. Och det var bitter vetskap det, för efter det måste man varje morgon bita ihop och välja, bestämma sig för allt det som innan löpte av sig självt och var som utstakat.

När mobilen börjar pipa i kappfickan så man rycker till är det inte Jerker som ringer trots att han gott hade kunnat kosta på sig en ursäkt; mobilskärmen säger Eva. Inte heller sitter jag uppkrupen bland de osorterade linnetravarna i gästsängen i mammas och pappas hus i Matfors. Jag sitter på min rotvälta nere vid älven, väntar ut signalerna och stoppar telefonen i fickan igen. Och det är mars nu, inte november, men det blåser likafullt kallt om benen och det enda jag har på mig under kappan är ju fortfarande bara den förbannade kaffekoppsklänningen. Dags att röra på sig.

Längs med vattnet invid banvallen, sedan över spåren och in i mörka skogen igen. Och man kan varje liten stig utan och innan, hur beckmörkt det än är, för just här har man bott hela livet, utom några enstaka år i början av vuxenlivet och då bodde man en mil bort bara.

Och det är ju det man vet, att man inte kan skylla på någon annan även om man kanske ändå försökt ibland. Nej, vem har rätt att komma och klaga som har fått allt precis, exakt som hon ville ha det? Som det var planerat från första början, så långt tillbaka man kan komma ihåg: En go man, en rejäl. Något att hålla i, det var så vi sade på gymnasiet. Inte någon spenslig och valpig pojke, utan en riktig man. Ett ordentligt bröllop, en triumf i vitt med hela byn på plats, alla de tjejer man snuvat på karln mitt framför deras långa näsor. Ditbjudna som hämnd, de som tråkat en för att man var magisterns dotter eller för att man en enda gång blivit påkommen med smutsiga trosor i omklädningsrummet när tvättmaskin gått sönder eller för Eva och allt det hon lämnade efter sig, som man fick stå till svars för i hennes ställe. Alla nu gröna av avund och som motvilligt respektfulla.

Så småningom två fina ungar, en av var sort och ett underbart hus, ens barndomshem, efter att vi bytte med mamma och pappa när de gick i pension och propsade på att vi ju var fyra nu och vad skulle de själva med hundrafyrtio kvadrat till som måste städas och underhållas och att gamlingarna hur som ville ha gångavstånd till affärn. Lyxen att få vara hemma med barnen i början när de var små och sedan en deltid med bra natt-ob så man fortfarande hade tid och ork med allt det andra.

Och då finns det en baksida ändå med övertygelsen, när den blir så självklar att man som helt hemmablind aldrig ens plockar fram den ur hyllan och dammar av den. Och när man plötsligt får syn på den igen har den tappat lystern, man vet inte riktigt längre vad det där egentligen är för gammalt bråte. Är det ett svek mot den man var, mot ens yngre själv som visste helt säkert, om man någonstans på vägen börjar … fundera. Nej, säg som det är: tvivla. Mot henne, som kanske fortfarande vet precis och bara är tillfälligt förvirrad. Eller har man hela tiden istället svikit den man kunde ha blivit: Den beresta backpackern? Den belästa akademikern? Sviker man just nu den man fortfarande kan bli? Om och om igen, varje dag? Något av alla ens själv kommer man att bli tvungen att svika i alla fall, och det rejält.

Runt förbi sågen och allt är som det ska vara, luktar som det ska såhär års men det är ju helvete vad man ska frysa. Kärrmarken och sedan Nytorps ängslada, den utbrunna, tom sedan länge. Ingen värme att hämta där; även de lågorna falnade så småningom.

Jotack, *bidra lite*, tänker jag men jag är inte förbannad längre, bara kall och lite sorgsen. Och inser att jag blev så upprörd främst för att de pengarna är som heliga eller tabu, kan ju inte ens ses som ens egna, men det varken kan eller får han veta. Och skillnaden är väl i själva verket den att om han trampar en på tårna så gör han det helt öppet och ärligt medan jag själv håller på och ljuger och smyger och håller tyst, och gårdagskvällen vill jag inte ens tänka på och allt detta bara för en plötslig längtan efter att någon enda gång få ha något som bara precis är ens eget. Ingen annans. Som ett rum, en inmutning av frihet. Men allt det jag har här i världen är delat med resten av familjen. Eller stulet.

Jag stänger ytterdörren försiktigt bakom mig. Stugvärmen får det att sticka i ansiktet, teven mumlar i vardagsrummet och jag smyger tyst uppför trappen för att få gå och lägga mig ostört, för nu har jag fått nog och tillräckligt av den här dagen. Men Jerkers röst hinner ifatt.

”Din syster ringde. Eva. Jag sade att du var på promenad.”

I sängen slår jag på mobilen och lyssnar av svararen; meddelandet är kort och hon är kall om rösten, biter ihop om varje ord som hon stöter ut: *Fan, Agneta. Det där är mammas dikt.*

Telefonen ligger i den darrande handen, jag vill försvara mig, förklara att jag skickade in den på en ingivelse, att jag bara ville dela med mig av den, att någon annan skulle få läsa den och kanske förstå den, förstå något om livet som det ser ut för oss häruppe. Att jag aldrig hade tänkt att ta äran själv, kom aldrig ens på tanken att den skulle kunna vinna, och när de då ringer får man inte en syl i vädret in emellan alla vackra ord och gratulationer och vips ska de skicka en fotograf och journalist och så har man tackat ja till att komma till Stockholm och så plötsligt är det ju försent. Och det är mammas dikt, visst, men den är också min, om det nu är något du kan begripa, Eva. I vilket fall som helst inte din, för det var inte du som blev kvar härhemma. Det är inte ditt liv den skildrar, så vad vet du om vem som har rätten till just dessa ord? Betyder de ens något för dig, orden? Den är min, dikten, för lång och trogen tjänst.

Allt det där vill jag säga, skrika, det vill jag. Och jag trycker ring upp, men när första signalen går fram slår rädslan till, mobilen börjar brinna i handen och jag lägger på och slänger den på golvet bredvid sängen. Det knarrar i trappen och jag ryser, fortfarande genomkall efter promenaden, drar upp täcket i ansiktet och lägger mig med ryggen mot dörren.

”Agneta”, viskar Jerker. ”Är du vaken?”

När han inte får något svar kryper han in bakom och lägger armen om, och jag vill skaka av den, men då märker han ju att jag är vaken. Och nog skruvar han en del på sig, men så småningom blir andningen tung och långsam och han ligger varm där bredvid. Andas genom munnen och man ligger fast i värmen under hans arm, ligger där med hela sin förbannade norrländska eftertänksamhet snurrande i skallen och känner sig inte ett dugg jävla trygg.

Eller kanske trygg till döds, det vet jag inte, men i alla fall fylld till brädden av den sortens bottenlösa ensamhet som man bara kan känna tätt intill någon annan och jag väntar lite till och flyttar sedan undan hans arm och sätter mig upp, med ryggen mot väggen. Knölar in den eftertänksamma tryggkudden i svanken. Blundar och lyssnar till explosionerna och musiken från Bos dator som tränger in genom väggen när jag lutar huvudet emot. Tänker att Eva tydligen fick läsa mammas dikter, om hon nu kände igen den. Varför fick hon det? Varför hon men inte jag?

Jerker famlar efter mig i sömnen och lägger armen över mina lår. Jag föser undan den lite för bryskt så han vaknar och glor sömnigt på en. Vänder om och sätter sig upp i sängen, kliar sig i bakhuvudet.

"Förlåt", säger han. "Det var dumt. Klart du bidrar, det gör du varje dag. Det var inte så jag menade. Jag tänkte bara att det kanske kunde vara en glädje att vi som gjorde nåt ihop för pengarna."

"Du kanske kunde fråga vad din fru vill innan du gör av med dem, innan hon ens fått dem?"

"Men vad vill du då? Det säger du aldrig. Vad man än föreslår så inte vill du. Du vill inte utomlands. Du vill inte hälsa på din syster i Göteborg. Du vill inte åka landet runt bak på hojen, inte ens en liten campingsväng upp till Höga kusten, fast ungarna är stora och lätt skulle klara sig själva en vecka eller två. Köket har vi redan renoverat. En ny teve är kanske jolligt och bara larv, men jag berättar åtminstone vad jag vill. Vad vill du egentligen?"

Och det är då tårarna kommer, dem man gått och väntat på hela dagen och han tittar lugnt på, vänder sig inte bort men gör heller ingen ansats att lägga armen om en eller trösta. Frågan står kvar där mellan hans blick och mina tårar, och jag försöker svara vad det är jag vill – för det vet man ju alltid egentligen om man bara vågar ställa sig själv frågan – men det kommer som bara ut något gurgel och hulk och jag vilar ansiktet i händerna och försöker svälja ner och andas. Varför ska det vara så svårt för man valde ju rätt ändå, inte som Maja som fick allt hon pekade på och den värmen när man insåg att det var man själv som dragit vinstlotten för en gångs skull då, att det var en själv han ville ha och inte Maja när han slog sina lovar kring huset på mc:n. Det var som revansch och, får man ens tänka så, än bättre när hon sedan rangsjukt tror att hon gjort stora kapet och säger att jag kan behålla honom, men att den stjärnan hon fick tag på, Raimo Antti, Timrås stolthet, den dalade snabbt även om det verkar ha ordnat upp sig på senare tid. Och det är inte heller så att man ångrar något, utom det att man skulle skynda sig så förbannat att bli vuxen; vad var det egentligen som var så fruktansvärt bråttom? Det minns jag inte längre. Och inte att man har gått och traktat efter andra heller, nämnvärt. Vem skulle det ha vart? Ingen häromkring i alla fall, men varför känns det då helt plötsligt som att man gått miste om något? Bara för man hade den otroliga turen och förbannelsen att dra storvinsten på första försöket. Inte förrän igår kväll när längtan slår i en som ett järnspett och man inte ens har redskapen att hantera det utan faller huvudstupa och skämmer ut sig. Men det hade man nog aldrig erkänt för sig själv heller, tidigare, om den lusten hade kommit över en, inte låtit sig tänka tanken ens om det var någon av kött och blod och inte bara någon på teve eller i en tidning som man kunde tillåta sig att föreställa sig i tanken någon gång ibland. När jag tittar upp igen ser han fortfarande på mig och han frågar igen, men med mjuk röst nu.

”Vad vill du, hjärtat?” frågar han och jag sväljer en gång till och andas.

”Jag …”, säger jag och sväljer, sväljer. Det känns som ovant i mun, klumpigt, och det är väl därför jag får avbryta mig helt kort för att ta sats igen:

”Jag vill nog vara ena ett tag.”

*

3

Raimo, april 2005

Fem år, jag har räknat på det. Fem år till får jag ge det men sedan får det vara nog, och under den tiden ska det gå att samla ihop tillräckligt för att man ska kunna gå i pension och leva på det. Även om pengarna flyger lätt ur Majas händer och man inte heller vill missunna henne det så kommer ungarna så småningom att flytta ut och då kommer kostnaderna också att minska får man hoppas.

Men då gäller det att knega på och kanske öppna upp någon mer filial. Om allt går bra nere i Söderhamn får man väl börja fundera på nästa. Borlänge kanske, det är redan en hel del folk därifrån har jag förstått som tar till Falun, så det kanske blir enklare där än i Söderhamn när det nu finns en liten kundbas att bygga på. Fast nog borde det funka i Söderhamn med, för nog fan behövs det muntras upp där efter alla nedläggningar, Ericsson och fan vet allt vad det har varit, för det är uppenbart, och det inte minst för en själv, att nöjesbranschen alltid går som bäst när folk har det som jävligast. Men oron finns ju där fortfarande att Söderhamn ligger lite för nära hemmet ändå.

Tankarna snurrar medan E4:ans asfalt glänser våtsvart i strålkastarskenet och även om det kunde ha varit torrare och man får hålla igen en smula så är aprilregnet i vilket fall som helst bättre än yrsnö och helvete så man kan klara av rundan någon dag snabbare. Torkarbladen sveper fram och tillbaka, fram och tillbaka över rutan och rörelsens enformighet är vilsam, sövande så plötsligt sitter man där och får tusentals watt blåsta i ansiktet av en mötande lastbil för man har suttit och blivit slö. Jag famlar efter reglaget, slår av helljuset och säger skamset ”sorry” i ren reflex, som man idiotiskt nog gör vareviga gång det händer även om ingen kan höra det.

Klockan på instrumentpanelen lyser tio över två på natten, det är åtta mil kvar till Härnösand och jag knäpper på radion. Låter vågorna av pladder och kakofoni som omväxlande men utan omväxling sköljer ut ur bilens högtalare jobba upp en viss grad av irritation och ilska i en så man håller sig lite mer alert. Det är ju fan vad den här biten mellan Övik och Härnösand alltid ska vara så förbannat motig och det är ju fan också vad man längtar hem och bara vill ha det avklarat så man kan få sova.

Jo, hemmakär och familjegubbe har man gått och blivit på gamla dar och då får man bita ihop och ta skiten som den kommer. Det är hur som helst bättre så, att man tjänar tio gånger så mycket och för det mesta bara är iväg en dryg vecka i månaden istället för att flacka omkring veckorna i ända för att mot skitprovision tvinga på folk saker de inte behöver och inte vill ha. Och det med ständigt dålig mage av allt kaffe med rulltårta som tanterna trugar på en i sin ensamhet medan man låtsas bry sig om dem. Då får man väl tåla ett par tjugotimmarsdagar med huvudvärk och magont av andra skäl och orsaker, för aldrig i livet att jag låter mig bli utsugen igen och får hålla tillgodo med småsmulorna medan jag tjänar in storkovan åt andra. Så långt har väl kommunistjävlarna rätt i analysen att det enda sätt man kan bli förmögen på hårt arbete är om det är andras hårda arbete. Då gäller det att vara i rätt ända av produktionsförhållandena, för är det ett som är säkert här i världen är det att ingen annan bryr sig och nog fan är det någon snyltare framme och blåser en om man bara ger dem en halv chans, så det gäller att hitta ett sätt att kunna rå om sig själv och de sina även om det frestar på för det är det fan i helvete ingen annan som gör åt en. Och tid till att sitta på verandan med en öl och fixa med huset, träna Hudik hockeys 92:or och göra grejer med ungarna har det ju också blivit och man får väga det onda mot det goda.

Jag slår en blick i backspegeln. Det har varit tyst där bakifrån sedan vi lämnade Övik. Flickan blundar med huvudet mot en kudde som hon klämt fast mellan kinden och säkerhetsbältet. Utan krigsmålning, i blåjeans och stickad tröja. Så mycket naknare såhär, egentligen, med ögonen slutna. Kanske sover hon och jag sänker volymen på radion tills ljudet flyter ihop med däckens sus mot den blöta vägbanan. Jag har piggnat till en smula och hon kan ju få sova ifred om hon nu kan, förstört hennes nattsömn har jag redan gjort en gång.

Och dessutom, det ska heller inte förnekas att den väger upp ett och annat, känslan när man parkerat det gamla öket på Kungsgatan och knallar in på Sellmans. När man sakta vankar omkring bland allt det högblanka. Öppnar och slår igen förardörren till en Crossfire och lyssnar till det dova ljudet som är så mycket tystare än man förväntar sig av något så gediget, så tungt, och man öppnar dörren igen och kliver in, känner doften av nytt skinn. Ställer in sätet perfekt, trycker ner kopplingen och med två fingrar för man spaken mjukt mellan växlarna. Sedan justerar man backspegeln, så man inte ska missa minsta nyans i den tjugofemårige försäljartuppens grimaser där han står och divlar med sin grisögda kollega och med ett flin nickar åt ens håll medan kollegan står och speglar sig i huven på en PT Cruiser och donar med sin löjligt breda slipsknut och pular med spretluggen. Och när man sedan åker till Maltes i Sundsvall istället och köper sin Crossfire kontant. Den känslan.

Det är den man får ta fasta på när man mot slutet av en resvecka känner sig lite modfälld och längtar hem till Maja och ungarna. Och någon vecka senare parkerar man sin nya bil lite slarvigt utanför Sellmans och knallar in och frågar om de fått in de nya kromade ventilhättorna med Chryslerloggan än. Då drygflinade de fan inte längre, valparna.

Någonstans i Kramforstrakten avtar regnet plötsligt och torkarbladen börjar gnissla mot vindrutan. Jag slår över på intervall och hör ett mummel bakifrån. Slår en titt på henne igen, Maret, men det är bara som hon pratar i sömnen. Hon stryker sig över näsan med halvsluten hand och huvudet halkar längre ner på kudden. Nu ser jag att det är Lisettes kudde, den med seriefiguren på som hon broderat i slöjden, hur den nu hamnat i Volvon. Jag krånglar bak en arm för att ta den, men hur jag än försöker så når jag inte och dessutom hugger det till i sidan utav fan när jag vrider och vänder för att komma i bättre slagläge. Jag väntar till nästa raka, slår på farthållaren och styr in mot mitten så bilen kan få högerdra ett tag utan att hamna i diket. Vänder mig sedan ordentligt om, och då går det lätt. Hennes huvud vilar hur som helst mer mot säkerhetsbältet än kudden och hon sover vidare. Eller blundar åtminstone så man slipper blicken. Jag slänger kudden på sätet bredvid och sätter mig tillrätta igen. Rätar upp bilen med en kluven känsla i maggropen och det är ju fan att man ska behöva känna sig skamsen för att man har tagit sin egen kudde, men någonstans får man ändå dra gränsen till det privata och det är helt enkelt inte rätt att hon ska ligga och drägla på Lisettes oskyldiga jävla slöjdkudde som man fått på sin födelsedag.

På parkeringen är det stilla. Inte många fönster är upplysta i sjuvåningshusen, något enstaka där det blåflimrar sömnlöst från apparaten. Flickan står och småfryser nyvaket i sin tröja och röker medan jag låser upp och lyfter ut hennes väska och jacka. Jag slänger åt henne jackan, hänger väskan över axeln och stänger bagageluckan mjukt efter mig; det duger inte att väcka uppståndelse mitt i natten och man vet ju aldrig om det står någon sömnlös kärring i något köksfönster någonstans och får griller i huvudet. Snön ligger fortfarande kvar i rabatterna. Grusgången upp till B-huset är moddig efter regnet och skorna hennes är väl inte direkt lämpade så hon har svårt att hinna med när man sätter av, fast det är jag som får släpa på väskan och det enda hon har att bära på är en halvrökt Camel.

Brevinkastskylten ser ju ut som de andra med sitt MM REDOVISNING bakom plastremsan, förhoppningen är att skylten i någon mån ska förklara springet av gubbar i trappen. M:et har hamnat på sniskan så jag får ordna med det och låter flickan ta väskan och gå in så länge. Vaike verkar ha väntat uppe, jag hör deras röster medan jag håller på och donar. De snattrar glatt men det går för fort för att jag riktigt ska hänga med och helt alert i skallen är man ju inte heller framåt tre på natten efter en lång dag.

Jag sätter fast plastremsan och stänger dörren bakom mig. Inne i rummet slår lukten emot en så man tjöjs åt det och det hoppar i halsen. Jag biter ihop och öppnar fönstret, tar ett par andetag av nattluften tills kväljet lägger sig. Utöver det ser det bra ut i lägenheten, rent och snyggt. Golvet och de få möblerna är dammfria, sängen bäddad och fräsch. Bäddsoffan utdragen, färdig att lägga sig i. Jag låter fönstret stå öppet, tar en titt i badrummet. Inget att klaga på där heller. Dasset städat, duschen och handfatet utan snusk.

Badrumsspegeln är skinande, den återger varje sorglig linje i det utmattade ansikte som jag väl får godta som mitt eget, om än motvilligt. Hon har tvättat undan ordentligt, resårlakan och handdukar ligger i prydliga travar i skåpet. Jag går ut i köket och häller upp ett glas vatten. Maret har satt sig vid köksbordet och lagt upp fötterna på väskan. Hon pratar upprymt och gestikulerar. Vaike ställer en kastrull med vatten på spisen, lutar ändan mot den och lyssnar med armarna i kors. Nickar och håller med, slänger med hästsvansen och sticker in ett ord här och var. Jag tömmer mitt glas.

"Du måste vädra bättre", säger jag på finska åt Vaike och fyller vattenglaset en andra gång. Det är väl lätt att glömma av det. Luktsinnet blir ju avtrubbat kvickt och man vänjer sig. Jag menar en halvtimme efter att man kommit ut på en gård till exempel så har man ju glömt av dyngstanken. Men kommer man utifrån den friska nattluften och in så slår det mot en som en käftsmäll, fränt och kväljande. Med en åtta–tio besök om dagen så svär jag på att det fanimej sätter sig i väggarna också om man inte luftar ur ordentligt. Hon vänder sig mot mig.

"Vai?"

Nog hade hon både hört och begripit vad jag sade. Hon har haft övning hela livet och ännu längre, ända sedan hennes mor satt med sin svällande mage om kvällarna och stirrade på grusiga YLE-program med hjärtat fullt av bortlängtan tills hon somnade ifrån. Fru Kolmonen var hennes dagmamma och förskola. Så nog begriper Vaike, det gör de alla. Men jag tar om det, tydligare och hon nickar och ursäktar sig.

Vi förstår varandra, utan det hade det nog aldrig blivit så att jag givit mig in i det hela. Efter hand blir det begripligt vad de säger sinsemellan också, när det inte går alltför fort. Om viljan finns lär man sig snabbt, det är mycket som är likt. Man får vara lite uppmärksam bara och lyssna ordentligt. Och finskan fick man väl vara tacksam för att man hade efter farsan, det var väl också det enda man någonsin fick av honom. Förutom en jävel eller två ur flaskan på fredagskvällen om gubben var på gott humör, och flinet efter om jag hostade på den: Voi voi, svedupelle, jo, jo. En riktig svedupuppeli hade han fått, hyvänen aika! Kärleken där var väl ömsesidig så varken han eller jag göt några sorgetårar direkt när han ärvde huset efter farfar och flyttade hem över Bottenviken igen och morsan såg som ingen större anledning att följa med hon heller. Och nog för att man får vara försiktig, för finnpajsare gömmer det sig i vart och vartannat skrymsle häruppe, men helt obehändigt är det inte att kunna kommunicera sinsemellan ute bland folk utan att de begriper. Men den låter ju för jäkla jollig, estniskan.

”Det är viktigt”, fortsätter jag. ”Det måste vara fräscht. Tanken är ju, och det ser ni ju om inte annat på kontot efteråt också, att vi ska hålla lite fason och en viss nivå på verksamheten.”

Hon nickar igen men tittar bort, börjar plocka med tepåsar och glas och jag får den där isande känslan i magen igen. Även om jag pratat snällt och vänligt och det knappast ens kan kallas för en skrapa, så får hon ändå det där i ögona som gör att jag förstår att hon är rädd för mig. Det känns så förbannat vanmäktigt eftersom att det har hon ju ingen anledning till, och har aldrig haft, men just denna hennes ängslan får ju en att bli sinnig så blodet stiger åt huvudet och maggropskänslan är att ge henne en flatnäve så hon får skäl till sin fruktan om man nu ändå ska vara dömd till svin på förhand. Men jag besinnar mig, det är väl snarast en reflex hos dem och man får väl klä skott för en del som man kanske inte ska ta alltför personligt.

”Ja, jag bara säger det”, säger jag, slänger rocken över den lediga köksstolens rygg och öppnar fönstret för att få lite korsdrag. ”Får man en kopp te?”

Mobilalarmet väcker mig efter vad som känns som en kvart och jag mår som en nyklubbad sälunge. Det är lite morgonrörelse på parkeringen men rullgardinerna ger skydd mot insyn och jag får på mig kläderna. Väntar tills det är lugnt omkring innan jag hoppar ut och går och sätter mig därfram. Jag öppnar handskfacket och får ut påsen med pulver. Hittar ett plastlock till en kaffemugg och häller ut. Inte mycket, bara en blommigt bitter tungspets så jag kan förmå mig att ta tag i dagen. Fuktar pekfingret och tar en liten en till direkt ur påsen och gnider in rejält under överläppen så det ska gå lite kvickt, för i näsan tål jag inte att ha den lukten. Slickar upp de sista smulorna ur locket och sköljer sedan ur munnen med en skvätt avslagen Ramlösa och lutar mig tillbaka i sätet. Väntar med slutna ögon. Solen tittar in genom vindrutan, värmen stryker mot vänsterkinden och ögat och när det så småningom börjar sticka och dra lite i ansiktshuden och man ryser till och börjar inbilla sig att det nog sku kunna bli en rätt bra dag ändå, om nu bara huvudvärken ville släppa, så kisar jag mot solen, plockar åt mig bagen och beger mig ut och iväg.

Uppe i lägenheten sover flickorna i bäddsoffan, sängen är tom och oanvänd och jag förstår dem för man får hålla isär arbete och fritid så gott det går i en enrummare. Jag låter dem sova och tar en dusch. Rakar mig, borstar tänderna och fräschar upp mig i görligaste mån. Somt går inte att göra så mycket åt, ögonlocken hänger lite och huden är grå och känns torr och skör. Det är inte bara för att känna sig som folk, utan också som föredöme för flickorna och kunderna med för den delen. För att sätta en affärsmässig ton för verksamheten så att säga. Gjorde man inte det och flickorna eller man själv slappnade av och lät det glida lite med det yttre, så skulle folk medsamma få för sig att de också kunde ta sig friheter, med betalningen eller med flickorna, och då skulle hela skiten komma på lerfot. Man måste ge ett vederhäftigt intryck.

Sådant får man förklara för flickorna ibland, att ska de tjäna som de gör får de bjuda till också och hålla sig fräscha och glada och ta kommandot i situationen. De som är nyare i branschen måste lära sig att ett gott humör är deras bästa försäkring och att de inte kan föra sig som skadskjutna rådjur för då påminns torsken, får bitter eftersmak och blir illa till mods. Då är det svårare att svara för följderna även om man bara tar in folk på rekommendation och försöker träffa alla och syna av dem för att så gott det går sålla bort fultorsken.

Jag klär mig och granskar mig i spegeln och ser väl hyggligt ut som folk igen. Flickorna har vaknat när jag kommer ut och mornar sig medan jag går ut i köket, sätter på te och dricker ett par glas vatten för att bli av med den torrklistriga känslan och den otrevliga smakblandningen av mint och kemi i mun och gom.

Jag slår två flugor i en smäll och kör ut bägge till Coop Forum, hänger på låset tillsammans med pensionärerna klockan nio så flickorna kan ordna med storhandlandet för nästa pass medan jag tar en fika och får vara ifred med pappersarbetet en liten stund. Jag tar min kopp och kanelbulle och sätter mig längst ut mot fuskpalmerna så jag har uppsikt över kassorna. Går igenom nattens och morgonens skörd av textmeddelanden och kopplar upp laptopen genom mobilen, mycket behändigt det. Kollar av betalningarna på Paypalkontot och det vanliga, kontrollerar tiderna mot kalendern och flickornas scheman och skickar bekräftelser och lösenord till berörda parter. Noterar det som är vitt så jag kan skicka fakturor. Kaffet är blaskigt men bullen går ner fint, kommer väl direkt från bageriavdelningen och har sluppit ligga alltför länge i skyltlådan med tanke på den tidiga timman.

Efter någon halvtimme går jag in och letar upp dem. Det är likadant jämt och det är kanske inte så jävla underligt heller, när de nu suttit i en lägenhet i tre veckor och gjort det de gör och glott på dumburken resten, att de går runt och tittar på allt som finns och drar lite luft ute bland vanligt folk och provar skor och vad de gör, så man får väl ge dem lite andrum. Men man har inte all tid i världen heller utan måste komma iväg, dagen är full av saker som ska uträttas och mil som ska köras och Marets första är bokad till halv elva, så någonstans får man ju sätta stopp.

Jag hittar dem bland kläderna. De är muntra och slänger en klänning över huvudet på mig, fnittrar som skolflickor medan jag trasslar mig ut och jag flinar väl tillbaka och skakar lite på huvudet. En snabb blick ner i kundvagnarna räcker för att inse att fokus nog hamnat lite snett och de mest har gått och dagdrömt om vad de ska göra med alla pengarna när de kommer hem igen, men det är ju inget att bli ond över. Vaike har varit här i tre månader nästan och ska på sitt sista pass så det är klart att hon längtar ut och hem. Vi får ta en sväng och samla på oss de förnödenheter som behövs och det går hyggligt fort, för man har lärt sig nu på ett ungefär hur mycket som går åt av det ena och det andra.

Jag betalar med kortet och vi ställer kassarna i kundvagnen och rullar ut skiten till bilen, åker tillbaka och bär upp Marets kassar. Vaike hjälper Maret att packa upp, plockar sedan ihop det sista och gör sig färdig att åka. De byter ett par ord medan jag ringer Sundsvall och förvarnar om att vi är på väg, försöker tjäna in halvtimmen som gick förlorad på stormarknaden.

Skiftavlösningen i Sundsvall går kvickt. Vaike installerar sig och Laine är färdig att åka, full av hemlängtan precis som jag själv och sitter och snattrar i baksätet. Jag gör mitt bästa för att språka med flickan, även om man blir sårig i örona av tjattret för särskilt många finnpajsare finns det inte bland kunderna av någon anledning och hennes engelska är riktigt undermålig, så det har nog inte blivit så mycket pratat för henne de senaste månaderna. De kanske håller sig för goda för att betala för sådana tjänster, finnarna.

Vi rullar på söderut och det går väl undan rätt bra, för vägen är fin och torr och ingen nederbörd och inte särskilt mycket trafik är det heller. Jobbmobilen ringer och jag får upp den ur innerfickan.

”Matti”, svarar jag.

”Det är Bengt här”, kommer det ur luren. Det blir ju en hel del folk att hålla reda på så det tar ett par ögonblick att minnas honom medan han går på och snackar, och man får hålla som god min och spela med ett slag för alla känner ju apan och det ser inte bra ut om kunderna upptäcker att man inte vet vem de är. Så småningom trillar polletten ner, och jag får ett ansikte till rösten och namnet, en rödlätt kille nerifrån Gävle med en lite lustig hälta av någon lumpenolycka som inte handlar så väldigt ofta men inte heller ställer till med besvär. Han har en ny kille åt mig, säger han. Jag svarar att jag ju faktiskt är på väg neråt, gör ett överslag och föreslår tider för att ta en titt på killen. Han säger att han ska höra efter och återkomma.

Vid Hållstaavfarten har jag sådan förbannad hemlängtan att jag stannar och tankar trots att det inte behövs förrän bortåt Gävle till. Jag tar en bensträckare i dugget och andas lite hemmaluft, sätter mig sedan bakom ratten igen och slänger åt flickan en Snickers och en Anna som jag hittat i tidningsstället så hon ska ha något att göra istället för att tjattra sönder örona på en. Medan jag sitter där ringer Bengt upp igen och vi spikar möte vid nio. Omdömet kommer väl inte vara på topp så dags, men det kan kanske vara lika gott att få en paus i körningen på hemvägen även om man hellre skulle åkt raka vägen.

Jag glor på klockan och har fortfarande alldeles för gott om tid på mig, lägenhetsvisningen är inte förrän vid halv fyra. Och då ger jag efter, startar bilen och kör hemåt. En kopp kaffe ska jag hinna med i alla fall och bara få titta till lite, även om jag vet att det är ett helvete när man måste slita sig upp och iväg igen och att det är måttligt skoj för Laine som får gömma sig under en filt därbak i bilen. Sova lär hon inte kunna göra under tiden, för hon är fortfarande i gasen och upprymd av den hägrande friheten.

Jag tar Sannavägen ner och in i stan, kluven i sinnet, och funderar på om det är värt risken. Det blir en del att förklara om Maja skulle få syn på flicksnärtan. Och flickorna ska väl strängt taget inte ha reda på vars man bor heller när man nu varit försiktig och de precis som kunderna inte ens vet vad man heter på riktigt.

"Jag ska träffa en kille nere i stan", slänger jag ur mig och hon nickar. Sedan snirklar jag runt i stan en sväng som avledning, men hon verkar måttligt intresserad av riktningen där hon sitter och bläddrar i sin Anna, så det är nog överdriven försiktighet bara och jag tar rätt kvickt av upp till Högliden. Kanske vore idé att köpa på sig en trave finska tidskrifter så man slipper lite av tjattret, funderar jag, och ungefär så går tankarna när jag får syn på snuthäcken på vår uppfart, framför Crossfiren i carporten.

"Ner, ner på golvet! Eller fan in därbak istället!" vrålar jag åt flickan och kör in till sidan av vägen utanför Stenströms och slår av motorn. Jag vänder mig bak och hon tittar upp över sin tidning, glor korkat på mig. Det knäpper som till i huvudet och jag bli helt fly, hur jävla segtrög får man vara, och lutar mig tillbaka mellan sätena och rycker tag i hennes arm så tidningen flyger ur händerna på henne. Hon blir rädd och höjer händerna till försvar och jag inser plötsligt att jag hojtat på svenska i uppståndelsen. Jag släpper taget om henne och går över till finska.

"Därbak. Nu. Ta filten med och dra den över dig."

Jag sträcker mig bak och lossar hundgallret. Hon lyder snabbt och snällt, krånglar sig över sätet utan invändningar och lägger sig på golvet. Drar filten över sig. Jag sitter och fryser, allt värre efter hand som det blir kallare i bilen, och glor på ytterdörren och snuthäcken med hjärnan full av onda aningar. Längtar efter en snus plötsligt, fast det var tio år sedan jag lade av. Men det behöver ju inte vara flickorna det handlar om, det kan lika gärna vara pulvret ifall Tony har en i mobilen eller något jävla kundregister. Jag är tacksam över de tonade rutorna och rullgardinerna men nagelbanden får ändå ta en del stryk och börjar blöda på höger pek- och långfinger innan jag lägger av och sätter mig på händerna. Under en oändlig knapp halvtimme händer ingenting, men när man till slut nästan är färdig att gå in och klå upp han bara för att det ska hända något kommer jäveln ut och ställer sig på tröskeln. Sedan ångrar han sig, vänder och sticker in huvudet i dörrspringan i ett par sekunder till innan han ger sig iväg. Det är en civilare, en pojkspoling bara, knappt trettio ens om man får gissa och han ser måttligt vaksam och alert ut, släntrar fram till häcken med ett leende på läpparna. Tomhänt är han också gudskelov, och har av allt att döma inga papper eller annat beslagtaget med sig och är dessutom ensam, så då lägger sig det allra värsta hjärtbanket. Jag tar ett par djupa andetag och ser på medan snuten sätter sig i häcken och kör iväg. Följer bilen med blicken uppför vägen till dess att han rundat hörnet. Flickan får ligga kvar i skuffen medan jag sitter där och glor på mitt hem och funderar. Helst av allt skulle jag ju vilja gå in och höra efter, se till att allt finns på sin plats men de kanske håller uppsikt och snuten kanske bara var inne med något svepskäl för att känna av läget. I slutändan bestämmer jag mig för att åka, och slå en signal hem istället.

En halvmil söder om stan när knogarna börjar få färg igen tar jag mod till mig och slår numret till Majas mobil. Hemnumret bryr jag mig inte om, i värsta fall har de väl en bugg på den, för sådant får de tydligen lov med nuförtiden utan större åthävor. Svararen hinner ta det första gången, men när jag ringer upp igen är det hon själv jag får i luren.

”Hej älskling, typiskt, jag låg i badet. Hur går det?”

Och om hon kunnat lagt sig i badkaret och som blivit avslappnad och lite varmtjock om rösten så är det väl ingen fara på taket, men det är lika bra att kolla.

”Jotack. Men alltså, jag var förbi hem om nyss, för jag var på väg neråt Gävle till och tänkte att jag skulle få en kram och en kopp kaffe, men så stod det en snuthäck på uppfarten och då fick jag som nåt bryt och körde min väg igen.”

Hon tystnar först och sedan skrattar hon till, lite hårt, tillgjort, men det är ju så hon brukar låta när hon är på väg att dela ut en näsknäpp.

”Jaha du. Vart du rädd om svartpengarna, stackarn? Eller är det nåt mer du håller på med?”

”Nåt mer, nä vad skulle det vara? Det var nog papprena och bokföringen. Du vet, inte bara för egen del. Det är ju klienterna jag har ansvar för, som drar in sina pengar på ett eller annat sätt och stoppar dem lite här och där på min inrådan, inte alltför regelrätt alltid. Det hade kunnat braka rejält.”

”Ja, då var det väl tur att du inte kom in, för du skulle väl bara ha svansat omkring med ängsliga ögon som Siri när hon är skitnödig och sett tokskyldig ut. Han hade ju anat ugglor i mossen medsamma”, säger hon lite salt och skrattar igen. Och sedan mjukare, med som dolken inlindad i vinröd sammet: ”Man har ju ingen större lust att flytta igen.”

”Jo, nä. Men vad ville han?”

”Ingen fara, du. Några ungjävlar har knyckt bilar i området och buskört och han undrade bara om vi sett till nåt, jag eller ungarna.”

Det var ju en lättnad och jag svär tyst över att man ska bli så onödigt nojig av det jävla pulvret så man inte kan tänka klart.

”När kommer du hem då? Jag saknar dig faktiskt lite”, fortsätter hon och det vassa är borta, badkarsrösten tillbaka, det varma spinnandet. Nu när man är närapå lugn igen är det nästan så att man blir sugen på att vända hem och mellanlanda en kortis, men det är ju visningen i Söderhamn och all annan jävla skit man ska bli klar med, så jag slår det ur hågen.

”Om allt flyter på som det ska så är jag nog hemma sent inatt.”

”Kvicka på då”, spinner hon och lägger på. Det är inte utan att man är varm i hjärtat och tacksam över att man har henne kvar, för där hade man en sådan förbannad tur att man råkade stöta ihop med Medelpads vackraste kvinna innan man hunnit råka göra någon av de där klubbpokalerna på smällen. De som hängde runt en ute på krogen och första- och andrafemmorna turades om att köra över och som blev gnatsura och smällfeta på ett ögonblick. Pang, sade det bara, så fort de lyckats knipa någon av killarna och tvinga iväg dem till kyrkan. Det hade lika gärna kunnat vart jag och det var väl med blotta förskräckelsen som man kom undan ett par gånger. Istället hade man då den fullkomligt oförtjänta turen att bli upplockad av henne, dryg och självgod som man var. Nästa stjärnskott som man inbillade sig och trodde man skulle till Kanada precis som Mats.

Kommer snart, sade jag när han stack, trodde som på det själv. Nästa draft. Så mallig var man i sin ungdom bara för att man kunde spela lite hockey och fick lön för det. För man var en riktig talang och hade Pekka i kassen bakanför, innan han stack efter, och det blev Gädda istället, och Matti Pauna bredvid sig i kedjan men vem fan skulle inte sett bra ut då? Sedan blev det ändå att man låg där och harvade i norrettan och allsvenskan mest hela tiden under åttiotalet, och det kom nya talanger som man lärde upp, som inte var rädda för att ta jobbet heller. Plötsligt hade de åkt om och försvunnit en efter en, medans vi andra blev kvar, kungar i stan åtminstone och klubben trogna, körde på efter förmåga och snusade våra prillor, drack våra öl. Snart vart man lite för säker ändå på sin position i laget och klubben, då när man begrep att det nog inte skulle bli någon emigrering av västerut. Lite för bekväm för att hålla igång ordentligt och då kom ovanan att dra lite pulver för att komma i slag till matcherna och det gjorde väl inte saker och ting bättre precis. Och när klubben gick i graven, för något annat kan man inte kalla den där sammanslagningen, så stod man helt plötsligt och kliade sig i huvudet utan någon utbildning överhuvudtaget och undrade vad fan man skulle hitta på, för det upptäckte man snart att någon annan klubb knappast var intresserad av att betala lön till en sådan föredetting fast man bara var trettiotvå, ingen ålder på en hockeylirare egentligen, som inte blivit bortskämd och tung i arslet då vill säga. Några tankar om framtiden hade man ju aldrig gjort sig för man trodde väl att man kunde hålla på i all evighet, i alla fall att man hade ett gäng år till på sig, och en unge hade man till råga på allt just gått och fått också.

Det vart några jävla hundår man åkte på, när man fick slå sig på det ena och andra och lära sig ett och annat om livet, och gjorde sig omöjlig så det till slut vart tvunget att flytta ifrån alltihop och ner till Hudik. Jag menar bara att hade det vart omvänt så hade jag tagit ungarna och stuckit all världens väg, men det gjorde hon alltså av någon ofattbar anledning inte. Inte ens fastän man hamnade på huset i arton månader när det hela brakade samman. Inte så konstigt då att man kanske har svårt att säga nej när det är något hon vill numera. Fast det där med att bo större om ungarna ändå ska ut ur boet som hyggligt snart, det är ju enbart dumt. Någonstans får det räcka med den där ståndsmässigheten och man får hålla igen henne en smula, för hade hon fått bestämma själv hade man väl vart tvungen att köpa loss Brunska eller Tröneska gården för att göra henne nöjd.

Även om jag är tio minuter tidig står kärringen redan och trycker utanför porten när jag kommer. Hon ler och nickar som de brukar med en mapp i näven och jag sträcker fram flathanden.

Området ser ut som de gör. Fyravånings sextiotalslängor i utkanten av stan med ett par rabatter insprängda mellan husen och grönt runtomkring ut mot parkeringsplatserna. Man får snabbt en känsla när man kommer någon ny stans, om folk har jobb eller går hemma. När industrin packade ihop och gav upp tömdes ju de flesta områdena på juggar och finnar och fylldes av flyktingfamiljer med drivor av ungar, som drar omkring de flesta av dygnets timmar och hittar på sattyg. Fram kommer de storögt och fjäskar ifall man kommer med Crossfiren, frågar hur snabbt den går och trycker sina gyrosflottiga fingrar mot lacken. Och föräldrarna går hemma hela dagarna och har inget bättre för sig än att käfta sinsemellan och stoppa näsan i blöt. Men det har väl som mest med kultur att göra för bara ett litet snäpp upp i vanliga sosseghetton, som här eller där vi bodde förut i Håstahöjden, så har folk i alla fall vett att respektera privatlivet och hålla sig på sin kant med sin flaska hur jävligt de än har det i övrigt. Och man undrar ju ibland om Tony kanske gjort rätt som satte döttrarna i kristen friskola, så gudsförnekare och förtappad syndare han är, för att de ska få vara ifred. Men jag tror trots allt det är bättre att ungarna får lära sig i god tid så de inte står handfallna när de kommer ut i verkliga livet och hittills har de åtminstone inte visat tecken på smitta, ungarna. Inget blingbling på Thimmy eller flaxjeans halvt ner på röven som Evas styvunge kör med och än har Lisette i alla fall inte släpat hem någon Yusuf Islam med frityrflottigt hår och åtta brorsor, tack och lov, så man slipper oroa sig över hur fan hans farsa har råd att dra falafelkärran med en BMW.

”Jaha ja”, säger kärringen och öppnar porten med nyckel. ”Och du var på jakt efter en övernattningslägenhet?”

”Jo, just. Så jag lär ju inte slita på den alltför mycket om jag tar den.”

”Vad för dig till stan då?” fortsätter hon och trycker på hissknappen. Sånt folk är ju bra på det där, att konversera en artigt och samtidigt sondera.

”Jag är konsult och har en del kunder här i stan som jag besöker regelbundet.”

Bolaget är registrerat så det är inget konstigt med det om de skulle kolla upp det. Vill torsken dra av nypen och ta det på företaget så fakturerar jag dem för konsultarvode och rådgivning. Det är alltid bra med lite redovisad omsättning så Skatteverket inte börjar undra över hur man får ihop ändarna därhemma. Nere i Ystad håller de minsann till på Missunnavägen, skattekontoret. Det är nästan för bra för att vara sant, men så är det. Jag har det från säker källa, en kille som kom till oss från Rögle och växte upp i stan.

”Ja, det blir väl dyrt med hotell i längden kantänka.”

”Jo, och sen är det ju det att jag sover lätt och på hotell vet man aldrig vars man hamnar. Det var därför jag ville ha en högst upp. Så det inte blir nåt klamp ovanifrån.”

Högst upp är det inget spring förbi i trappen heller och därmed färre tillfällen att stöta på nyfikna grannar. Det kan fungera längst ner också, då slipper de krocka med folk i hissen. Men då får det vara som i Härnösand, att lägenheten ligger insynsskyddat och inte vetter mot någon väg eller stig där folk går förbi och glor och lyssnar, och jäkligt viktigt att vädra emellan som sagt när man måste hålla fönstren ordentligt stängda för ljudets skull. Man får väga det ena mot det andra.

”Ja, här i området är det lugnt”, svarar hon. ”Inget stoj och stök ute på nätterna.”

”Jaså, det är det?” svarar jag. Hissen glider ner och stannar.

”Vi tar inte in vem som helst. Det är ordentligt folk som bor här.”

Hon böjer en smula på huvudet och tittar på mig över glasögonbågarna medan hon öppnar hissdörren så det inte ska råda något tvivel om vad hon menar. Jag följer henne in.

”Det låter ju betryggande”, säger jag och undrar i mitt stilla sinne om man verkligen fortfarande har råd att vara så hårdnackad när det börjar bli såpass ont om folk att man börjat riva ner sådana här områden på löpande band. Gott om tomma lägenheter häruppe är det inte ont om, som morsan skulle ha sagt och när det sociala eller Migrationsverket tar hand om betalningen är ju hyran i alla fall säkrad och inne i tid. Men det värmer ju lite att det fortfarande finns värdar som värnar om de boende och tänker med hjärtat snarare än plånboken.

”Ja, såhär ser det ut, trettiåtta kvadrat litet, men känns som mer om jag får säga det själv”, säger hon när vi kommer in i hallen. ”Ta dig en titt, och var inte rädd för att fråga om det är nåt du undrar över.”

Jag hänger av rocken och ska till att ta av mig skorna när hon nickar åt mig, med ett ”gå du in bara”, och jag tar seden dit jag kommer även om det är ett oskick. Det ser bra ut. Rummet är hyggligt stort och utan gemensam vägg med någon annan lägenhet. Yttervägg i norr och öster med fönster mot parkeringen på ena hållet och en backe upp mot skogen åt det andra, och utan balkong som de skulle kunna frestas att gå ut på. Hiss och trapphus på andra sidan västerväggen och badrum och hall söderut. Det finns plats för tvättmaskin och tumlare i badrummet och ett skåp för linnet. Jag stänger dörren om mig och slår en drill och fuktar munnen lite, för gommen klistrar och smakar kemi.

Ute i köket är vitvarorna en smula ålderstigna men det kan ju göra detsamma, koka te och nudlar kan de göra ändå och något annat verkar de aldrig stoppa i sig. I övrigt inget som inte ett par hinkar färg och en ordentlig utvädring skulle kunna råda bot på. Kärringens hoppfulla blick följer mig alltmedan jag vankar omkring.

”Skulle man kunna tänka sig lite allmän uppfräschning?” frågar jag och blickar runt mot väggarna som inte direkt är vita längre.

”Det ska vi nog kunna komma överens om”, svarar hon. Ler och ser nöjd ut över att ha fått en på kroken.

”Så ville jag be dig att gå ut och trycka ner och upp hissen. Det var ju det där med nattsömnen.”

”Javisst”, säger kärringen beredvilligt och klapprar iväg. Efter en liten stund är hon tillbaka med en frågande min och jag nickar gillande till svar, för det har inte hörts ett ljud av hissen och man kan slippa oroa sig över att folk skulle reta sig på trafiken kvälls- och nattetid.

”Hyran är på tre och ett, men då ingår egen ruta på parkeringen med uttag för motorvärmare, sade jag det?” säger hon.

”Utmärkt. Jag tror att jag sett tillräckligt”, svarar jag, nöjd i sinnet över att det hela har vart så obängligt för omväxlings skull, inte som i Falun sist när det väl blev en sex–sju lägenheter man fick gå och glo på innan något fungerade. Vi tar på oss och börjar orda om det praktiska, kontrakt och ommålning och allt vad det är. Det är inte förrän vi är utomhus igen och tar avsked som hon släpper stinkarn som får en att svära tyst över förskottssegrar och bli på dåligt humör igen. För om det var något mer jag ville ha fixat eller om något skulle hända så fanns hjälpen behändigt nära till hands, för vaktmästaren han bodde ju så lägligt i samma port nere på bottenvåningen. Alltid är det något skit och aldrig får man vara nöjd och glad, uppenbarligen, men jag lyckas tvinga fram ett snällt leende och säger att jag hör av mig.

Tillbaka i Volvon blir det handskfacket igen, jag sticker tungan i påsen, och nog piggnar jag till så småningom, men humöret blir fan inte ett dugg bättre. Laine har tacksamt nog somnat av ren utråkning, så man får sura ifred. Framåt Gävle börjar det dessutom pissa ner igen.

Otålig och rastlös blir man också så man står på litegrann i regnet även om vi inte har det minsta bråttom, för flyget hennes går inte förrän sent och tillbaka till Gävle i tid ska man nog hinna utan problem ändå. Och därtill disträ och vårdslös, för man har ju lovat sig själv att ta det lugnt när man har flickor i bilen, och som om det inte räckte med den jäveln man stötte på därhemma så står de naturligtvis där rätt vad det är med lasern och man blir omkörd och invinkad till sidan. De bromsar så tvärt framför en att man själv måste stampa till rejält på pedalen och Laine kastas framåt och vaknar till ljudet av ens osande eder. Hjärtat bultar utav bara helvete, för nu är kokfläsket sannerligen stekt och extra vidbränt, med skallen och handskfacket fullt av pulver och flicka i bilen.

”Kytät!” gormar jag. ”Ta det lugnt och håll käften.”

I backspegeln ser jag henne sätta sig upp och blekna, för den sorten har hon väl haft ont av tidigare. Hon pillar med kläderna och drar handen genom håret medan snuten stiger ut ur höger fram på häcken framför och kommer gående mot oss med en mapp i handen. Jag har sinnesnärvaro att sätta på varningsblinkern och sträcker sedan armen efter backspegeln för att kolla pupillerna, men hinner begripa att det skulle se för jävla märkligt ut från hans vinkel sett och hejdar rörelsen, vevar ner rutan istället och börjar plocka efter plånboken i rocken på sätet bredvid för att ha något att göra med händerna. Snuten har bister mun under den grå mustaschen. Han struntar i rutan, öppnar dörren på min sida.

”Körkortet, tack.”

Efter att jag famlat runt i rockfickorna en stund böjer han sig ner och ger mig en otålig blick. Plånboken hittar jag till slut i innerfickan på kavajen där jag lagt den när jag gick på visningen för att den inte skulle ligga kvar i bilen med flickan. Mina händer darrar av pulvret och när jag fumlar ut plånboken tappar jag den i knät. Det är nästan så att jag reser mig och går bort till hans kompis i snuthäcken på en gång, så han kan sy in mig medsamma så man blir besparad den här skiten när skulden ändå står skriven med lysande eldskrift i pannan. På något vis får jag ut kortet och räcker det till honom. Jag får apparaten i utbyte.

”Ta och blås i den här är du snäll.”

Jag lyder och snappar efter lite luft att trycka genom munstycket medan han granskar mig och kortet omvartannat och jämför nunor. I backspegeln ser jag flickan bleknost rulla en hårslinga mellan tumme och pekfinger. Jag lyckas få igenom erforderlig luftmängd och blir godkänd av apparaten, för än så länge har de inte funnit ut ett system som spårar pulver i utandningsluften, det ska de ha en att pissa på sticka för.

”Jaha du, Raimo”, säger snuten, spänner blicken i en och tar sig friheter med förnamnet så man ska veta sin plats. ”Har du hört talas om vattenplaning?”

Han stoppar på sig apparaten och glor på mig, framåtböjd och med högerhanden till stöd mot biltaket, medan vänster armbåge ligger vilande mot dörrens överkant. Regnet slår mot hans mössa, rinner ner längs kinderna och leds åt sidorna av mustaschen. Jag försöker låta bli att flacka runt med blicken, fäster den på honom och ber en bön att pupillerna inte skvallrar högt om intaget. Frågan hans är ju retorisk, men jag nickar till svar och försöker se ångerfull ut så han inte ska få för sig att jag är uppstudsig. Han vänder blicken mot Laine, nickar till hälsning och granskar henne i vad som känns som en minut.

”Det är min brorsdotter från Karelen som är på besök. Hon kan ingen svenska”, slinter tungan iväg när jag hade bort hålla käft, min jävla idiot, istället för att ljuga om sådant som går att kontrollera. Han sliter motvilligt blicken från henne, den kåtbocken, och glor mot mig igen.

”Jaha”, säger han. ”Då kanske du borde hantera henne lite varsammare i fortsättningen. Om du nu bara har henne till låns.” Han kan inte hejda ett litet leende åt sin egen lustighet. ”Får man komma in?" fortsätter han. "Det regnar en smula som du kanske märkt. På väglaget om inte annat."

Jag nickar och han slår igen dörren och går runt motorhuven till andra sidan. Jag lutar mig över och öppnar dörren, grabbar åt mig rocken och slänger den i baksätet. Han dimper ner i sätet och justerar det bakåt så han ska få plats med benen.

"Ursäkta", säger han över axeln till Laine som fått dra åt sig benen lite kvickt. "Excuse me."

"Anteeksi", mumlar jag ofrivilligt.

"Va?" Han vänder huvudet åt sidan, lyfter på ögonbrynen.

"Nä, inget", säger jag och slår bort med handen. Han låter det vara och lägger mappen tillrätta i knät.

"Jo du", säger han, pausar och vänder körkortet rätt, tar en ny titt. "Raimo, var det ja. Hundratrettisex kilometer i timman mätte vi upp. Kan det stämma?"

Lappen kan de ju ta efter eget omdöme om de vill och någon trettiokilometersregel finns ju inte längre, men det är knappast det som oroar mig mest.

"Ja, om du säger det så."

"Ja, du kan naturligtvis bestrida och hävda nåt annat, men domstolen brukar tro mer på apparaten och ett par poliser än på en ensam förare." Han slänger en blick bakåt. "Och hans brorsdotter. Bara så du vet."

"Nä nä. Det är säkert som du säger."

"Varför så bråttom, om man får fråga?"

"Hon ska till flyget."

Han nickar.

"Har hon körkort?" undrar han.

Det var ju fan. Den jäveln. Ska han skrämmas? Tror han inte att det är allmän kännedom att man får ett dygn på sig att lämna in lappen?

"Har du körkort?" frågar jag henne. Hon skakar på huvudet.

Han suger och drar ut på det hela ett ögonblick.

”Ja, då ska jag inte ta kortet för dig, så flickstackarn inte kommer hem. Men en minnesbeta kommer du inte undan.”

Han tittar förväntansfullt på mig, och jag lyckas klämma fram ett tack, varpå han med en nöjd min öppnar sin mapp, sätter fast körkortet under en klämma och drar en kulspetspenna ur bröstfickan. Han börjar fylla i boten, men pennan krånglar av vätan. Han skakar på den och försöker igen, utan nämnvärd förbättring. Jag ser lamslagen hur hans hand rör sig olidligt långsamt mot handskfackets vred. När luckan slår ner ser jag genast påsen, den ligger mot den bortre väggen, och lyckas till sist få min paralyserade arm att rycka ut pennan ur kavajens bröstficka och tappa ner den på mappen i hans knä. Han ser på mig, nickar avmätt till tack medan han får ut handen ur handskfacket och slår igen luckan.

Han fyller noggrant och omständligt i boten. Det sticker i hela kroppen och jag är dyblöt under kläderna. En rännil av svett rinner nerför bröstet och in i naveln och jag undrar om det syns på tröjan. Laine lutar sig fram och tittar intresserat på. Beloppet är fyrsiffrigt.

”Hinner ni fram nu då?” undrar han omtänksamt med en titt på instrumentpanelens klocka när han överlämnar boten tillsammans med körkortet. ”Om ni håller er till hastighetsbegränsningarna?”

”Det ska nog gå bra”, svarar jag.

”Fint”, säger han med ett leende och en sista blick på Laine medan han öppnar dörren. ”Ha en trevlig kväll.”

Dörren slår igen utan att jag returnerat vänligheten och snuten kniper ihop ansiktet mot regnet och kliver iväg mot bilen och kollegan därframme. Jag följer honom med blicken medan jag stoppar tillbaka körkortet i plånboken och plånboken i kavajfickan. Han kliver in och häcken rullar iväg i regnet. Jag drar ärmen över pannan, sitter kvar och andas i någon minut, lyssnar till varningsblinkerns tickande medan världen får lite fastare konturer och yrseln börjar lägga sig. Friheten och utkomsten hänger på en jävligt skör tråd, gör de. Vad fan som helst kan gå åt helvete, särskilt om man klantar sig, och jag undrar om jag kommer klara av det här i fem år till. Syr de inte in en så kanske hjärtat ger upp istället. Vilken jävla dag. Aldrig har man väl varit lyckligare för fortkörningsböter.

”Kör nu. Jag vill hem”, kommer det från baksätet. ”*Matti.*”

Det var ju fan, tänker jag, men lättnaden är ändå så mycket större.

Det kanske är överdrivet försiktigt, men jag brukar följa dem ända till säkerhetskontrollen så jag vet att de är iväg. Incheckningskön är onödigt lång så vi sätter oss på fiket intill och jag köper en macka åt henne för något ätet har det inte blivit på vägen, förutom den där chokladbiten. Själv har jag ingen aptit av förklarliga skäl, men jag tvingar i mig en milkshake för jag vet att kroppen och magen behöver något litet åtminstone att jobba med och hade jag ordnat med det tidigare så hade kanske inte omdömet varit så fördunklat att jag fastnade i hastighetskontroll.

Hon sitter mittemot och tuggar, är rastlös om de taniga benen och kan knappt sitta still. Jag glor mot incheckningskön och ser i ögonvrån av blicken jag får att hon är tämligen trött på mig och just nu inte har mycket till övers, men det är sådant man får ta och dessutom övergående för innerst inne vet de att det jag har att erbjuda dem är bättre än vad de kan få därhemma, att det är en snygg verksamhet man försöker hålla i och trygg så gott det går för den delen också. Och något varaktigt missnöje med arbetsgivaren har jag inte kunnat spåra hittills, snarare tvärtom. Så när de åker hem kan de väl få lov att vara glada över att slippa se en mer och inbilla sig att betalningen ska räcka i tid och evighet, men efter ett par månader när de levt loppan och pengarna är bortflugna så nog fan ringer de upp igen och fjäskar och går på för att få komma på en ny vända. Och det får de bara om kunderna varit nöjda, sådant får man reda på kvickt som attan, och det händer ju att de låter en förstå att de gärna ser en favorit i repris och i sådana fall kan det bli aktuellt med en ny folkparksturné.

Och ryktet sprids ju, så när vi är över till Tallinn och sonderar och sätter ihop ett par nya femmor, jag och Gädda, är det minsann ingen brist på intressenter, så de resorna brukar bli lyckade. Man får vara lite försiktig bara och inte trampa folk på tårna på bortaplan som några jävla vodkagapiga fackföreningspampar på studiebesök med spänn i byxan under kulmagen och Visakortet med medlemmarnas benägna tillstånd i pannan. Då har man sig själv att skylla om man går och blir ihjälslagen när man borde veta bättre om hur satans eländigt folk har det bara på andra sidan Östersjön.

Hon harklar sig och jag vänder blicken tillbaka. Hennes långa lilamålade naglar knäpper mot bordet och hon ser uppfordrande på mig för att påminna om mina åtaganden om jag nu hade glömt dem.

”Hur vill du ha dem?” undrar jag. ”Kroon?”

Hon rycker på axlarna, petar med en lång nagel ut gurkskivorna ur smörgåsen. Jag reser mig och går bort till växlingskontoret där jag köper estpengar för tiotusen. Kommer tillbaka, skjuter pappfickan över bordet. Hon tar den, kontrollerar innehållet, stoppar den i handväskan. Därefter plockar jag fram datorn och ordnar med överföringen av resten till hennes Paypalkonto. Låter henne verifiera och småfunderar på hur mycket av kontanterna hon får behålla för välkomstkommittén. Även om man försöker hålla småpratet till ett minimum, för man vill ju inte höra om eländet, så har man förstått av samtalen att det uppenbarligen finns många som har intressen i kakan och om de försöker sköta verksamheten i egen regi går en hel del av inkomsterna åt till att hålla ryggen fri och skyddsänglarna välvilliga. Men det änglarna inte ser har de heller inte ont av, det är därför jag öppnar konto åt dem och skickar lejonparten dit.

Och det var väl det då, kön har tunnats ut och jag packar ihop mitt och bär hennes väska till incheckningen. Lyfter upp den på bandet. Ser på när hon lämnar fram biljett och pass och får boardingkort tillbaka. Följer henne till säkerhetskontrollen och vinkar av. Hon ler skenheligt tillbaka, kastar en slängkyss.

Utanför Gävle skjuter första avfarten förbi utan att jag förmår ta av och varenda jävla cell i kroppen säger åt mig att bara skita i det och åka hem, men plikttrogen som man är tar man trots allt ändå av vid norra infarten, vrålar högt över radion för att som bli av med lite övertryck och svär över tillvarons allmänna jävlighet. Man får inte släppa efter och slappna av ens det minsta lilla, för då gräver man sin egen förbannade undergång.

Det är glest därinne och jag hittar ett ledigt fönsterbord utom hörhåll från övriga gäster och slamret från högtalarna hjälper väl också till. Servitören glor lite mulet, inbillar jag mig, när jag bara beställer en cola, och jag får ur mig att jag väntar på fler.

Jag vilar pannan i händerna och blundar och inte fan ser jag väl direkt fram emot att åka upp och hälsa på svärfar på hemmet i övermorgon. Oss emellan har det väl aldrig spullits överdrivet med kärlek direkt, gubbfan har väl aldrig kommit över att hans älskade lilldotter gick och gifte sig med en sådan odugling som en själv och inte har han vart för blyg under årens lopp för att med all önskvärd tydlighet visa det heller.

Nu har den jäveln piggnat till också, så den respit är ju över som man fick när han var borta i huvudet efter att Inga dog och vi knappt åkte upp längre för att Maja inte tålte se honom bara sitta där och glo in i väggen och nätt och jämnt svara på tilltal. Och det är nästan så att man själv är tacksam över det, för även om jag inte har mycket till övers för gubben så fick jag ändå en blyklump i magen av att se honom i det tillståndet istället för att gå på och rya som vanligt med sina eviga synpunkter om det ena med det tredje och ungarnas uppfostran ovanpå allt som grädde på moset. Det var ändå med ett lättnadens leende man hörde honom hålla låda nästan som vanligt när vi vart uppe sist, gick på om stormen och skogen gjorde han och divlade och höll föreläsning på sitt beskäftiga skollärarvis. Tyckte att det kunde vara lika gott åt dem, att Gudrun tog dem, de dumsnåla jävlarna som inte hade lärt sig läxan sedan stormen sextionio att man måste skydda runtom och blanda ut med lövträd för att bryta vinden. Käften gick ju på gubben värre än på flickorna efter tre veckor på pass. Men nog fan isade det i bakhuvudet och håren ställde sig på armarna när man fick syn på honom där han körde omkring med den där rullstolen och småpratade som om inget hade hänt.

Servitören ställer ner colan framför mig och jag rycker till för jag har inte hört honom komma. Nickar till tack och ser sedan genom fönstret hur Bengt kommer haltande längs trottoaren med en kille i släptåg. Han hejar genom fönstret och killen glor på mig. Han är högst tjugofem och har finnar och gropar i hela plytet så man undrar om han kör Nandrolon eller någon annan skit. I så fall kan de ge sig av igen meddetsamma. De kommer in genom dörren och Bengt hälsar med ett ”tjenare Matti”, haltar fram och klappar en på axeln som vore vi gamla barndomsvänner och slänger sig sedan leende ner på stolen mittemot. Killen lommar efter och när han får av sig täckjackan blir jag åtminstone lugnad på den punkten för tanigare räkel var det länge sedan man såg. Han sätter sig men har svårt att möta blicken, slänger ögonkast åt alla håll i lokalen och vet inte vart han ska göra av händerna. Ner under och upp över bordskanten flaxar de, upp och ner. Man blir nervös av att bara se på fanskapet. Jag försöker le så att han ska slappna av, sträcker fram näven för att hälsa så stackarn får något att göra med sin ena i alla fall. Han slår handen i bordskanten när han sträcker fram den och klämmer till lite för hårt; blicken går som en flipperkula mellan våra händer och mitt ansikte.

"Matti", säger jag. Han nickar.

"Anders."

Servitören börjar släntra åt vårt håll.

"Ska ni ha nåt?" undrar jag. "Jag bjuder naturligtvis."

Bengt snappar åt sig menyn som står uppfälld vid kortändan mot fönstret.

"Får vi två stora", säger han till servitören och slår sedan ett ögonkast i menyn. "Och en Bomba."

Han vänder sig mot Anders som sitter och glor mot Jack Vegas-automaterna och ser ut som om han håller på att gå åt.

"Ska du ha nåt käk?"

Anders tvingar in blicken.

"Va? Nä", får han trögt ur sig och jag undrar vad fan jag gör här när jag kunde vart halvvägs hemma redan.

"Nä tack", kommer han på sig. "Det är bra."

Jag upptäcker den orörda colan framför mig och tar ett par klunkar. Ställer ner glaset.

"Var det bra så?" frågar servitören och jag nickar. Han såsar tillbaka till baren. När han är utom hörhåll börjar jag öppna käften för att komma igång och få det undanstökat men då ska killen på dass. Han ursäktar sig och reser sig. Kilar bort förbi spelautomaterna mot toaletterna och slinker in. Det är väl lika bra så och jag får väl ta det lite lugnt, låta killen pissa och få i sig ett par klunkar öl så han lugnar ner sig. Som han är nu är det hur som helst ogörligt att snacka och få något av det man säger att fastna och sitta kvar. Jag spänner blicken i Bengt.

"Vad fan är det där för en? Knappt mer än en pojkspoling och klättrar på väggarna. Han är för ung. Du vet vad jag vill ha. Stadgade farsor på stan som har nåt att förlora och vett att hålla käft. Och som vet hur man beter sig."

Bengt flinar åt mig över bordet.

"Det är en bra kille. Han är lite nervös bara."

"Lite nervös? Kallar du det där för lite nervös?" undrar jag.

"Jag har jobbat med han i två år. Han är bra. Jag går i god för han."

"Och du går i god för hur han uppför sig med tjejerna? Vad fan vet du om det?"

"Han kommer vara from som ett lamm." Bengt lutar sig över bordet, flinet sitter klistrat. "Han är inte så erfaren, förstår du. Jag tycker fan synd om han. Du ser ju hur han ser ut. Ge han en chans."

Servitören kommer med en bricka och slänger ner två korkunderlägg, ställer ner ölen på dem. Och jag orkar inte käfta mer, tar ett par andetag och manar fram lite grabbig munterhet, kör min rutin när han kommer tillbaka från dass medan Bengt nöjt tuggar på sin gratispizza, lyssnar och garvar. Skojar med killen så han börjar slappna av: "Spänn av, Anders. Det är inte tandläkarn du är hos." En bit in på den andra ölen börjar killen flina han med och då är han hemma.

Jag förklarar hur det hela funkar: beställning, betalning. Punktlighet, renlighet, diskretion. En öl eller ett par går bra, men ingen fylla. Allt framfört avspänt och med glimten i ögat hur jävla trött man än må vara, något annat duger inte när det är snälltorsken man vill fånga, för dystra miner gör honom spänd och skamsen och som påmind om solkigheten i hela geschäftet och då skrämmer man bort honom. Så man får försöka hålla det lite på gott humör och skämtsamt, även om det tar emot ibland, och dosera lagom med flin och armbågar i sidan för att signalera att det inte är på så jävla blodigt allvar, att det handlar om att få slappna av och komma iväg och underhålla sig och glömma av sina problem någon timme när man behöver det.

Återstår bara en liten varning. Jag plockar fram plånboken, fumlar lite med den så att fotot på mig och Gädda trillar ner på bordet när jag tar ut visitkortet med mobilnumret och e-postadressen. Jag föser över kortet och han stoppar förstrött på sig det med blicken klistrad vid fotot på bordet. Han har den effekten, Gädda. Det går inte att låta bli att glo. Han är stor som en älg och ärrigare än Salming, har fått näsan krossad tre gånger och är på det hela taget en jävel på att få folk att tänka efter före.

"Det där är min kompanjon", säger jag lite i förbigående. Plockar upp fotot igen. Stoppar tillbaka det i plånboken och ler mot killen. "Men honom ska du nog få slippa träffa, tänker jag."

Bengt flinar åt mig. Jag körde samma grej med honom när det begav sig. Killen, Anders, ler snett och säger: "Det får jag fan hoppas", men blir inte skraj. Det har han blivit på för bra humör för och det eftersom man har vart en sådan jäkla trevlig och kul kille. Jag lyfter på ögonbrynen och nickar åt honom och det är ju fan egentligen vad han ser ut i nyllet, att de inte kan komma på något mot det där. En kille i klubben var likadan och han påstod att han fick börja badda ansiktet med hembränt för att det blev för satans dyrt med acnelösningen.

"Och glöm nu inte att är det röd avgång så ska det vara halva priset", flinar Bengt.

"Va?" säger killen och nu är jag fan i helvete trött på bägge två, äckelflinet och kraternyllet, så jag reser mig och lägger trehundra på bordet till notan, nickar och ger mig av.

"Äha, äha, äha!" hör jag killen gnägga bakom mig när jag trycker upp porten. "Röd avgång!"

Hemma stannar jag uppe på backkrönet under en gatlykta och stänger av motorn. Tänder takljuset och monterar hundgallret därbak. Drar ett par vändor med klädrollern över sätena för att bli av med håren, för skylla på hunden eller Lisette är det inte värt att göra när stråna är fyra decimeter långa och blonderade. Plockar pulverpåsen ur handskfacket, plattar till den och lägger den under kartongbotten i axelväskan. Sedan låter jag bilen rulla på frihjul sista biten nerför backen. Kvarteret ligger tyst, det enda livstecken som syns är en blåflimrande teve inne hos Stenströms. Jag bromsar, svänger in på uppfarten och stannar bakom Crossfiren.

Därinne är det varmt, jag får av mig skorna och ställer axelväskan på kontoret. Smyger tyst ut i köket och hämtar en öl. Slår upp en whisky ur karaffen, får av mig kläderna och sätter mig i soffan i kalsonger och linne, och sitter där med ölflaskan och whiskyglaset och låter den sista luften gå ur. Mör i kroppen och stel över axlarna utav fan är jag, och matt, tom i huvudet, men fan vet hur det blir med sovandet nu när jag fyllt på lite för ofta från påsen. Det ska förhoppningsvis kunna ordna sig efter en whisky till. Hemma är man hur som helst, äntligen och gudskelov, och lättnaden smyger långsamt över en. Två och en halv vecka fritt. Bara det löpande att ordna med. Nästan tre.

Däruppe är det stängt in till Thimmy men Lisettes dörr står på glänt och jag öppnar den försiktigt lite till och tittar in. Hon ligger på rygg och andas med jämna tag, munnen glipar öppen och högerarmen ligger som uppslängd bakom huvudet. Jag blir kvar, andas i takt med henne en stund innan jag går ut i badrummet och borstar bort spritsmaken ur munnen. Rotar lite i lådorna utan större hopp men hittar faktiskt en gammal Mogadonkarta med en kvarglömd halva i.

Maja ligger på magen i sängen och det tunna täcket följer hennes linjer, upp över vaderna, ner i knävecket, en mjuk stigning upp över lår och rumpa och sedan brant ner i svanken, svagt uppåtlut hela vägen till nacken. Täcket fortsätter över huvudet. Allt som syns är näsan och lite blont trassel som sticker fram. Jag tar av mig det sista och kryper ner intill. Lägger mig på rygg med en kudde under nacken. Hon grymtar till och lirkar ut en arm ur täcket, lägger den över min mage och jag stryker lätt över den med handen. Blundar, känner hennes persikoludd under fingertopparna. Snart andas hon tungt och långsamt igen och lugnet av pillret lägger sig över mig i mörkret så småningom. Värre kan man ha det, fast det är lögn att kunna somna. Jag ligger och blundar och lyssnar, ler nog känns det som. Tänker att fisförnämt folk som spottar på pengar aldrig har vart på Bikeport och sett en sons ögon klistras fast vid en ettrig liten åttiokubikare som han riktigt skulle kunna ut och sprätta i skogen med eller en dotters min när man råkar köra förbi stuteriet utanför Iggesund på sommarutflykten, pekar utåt stycket och säger åt henne att han där heter Kapten, och han är din om du vill ha honom.

*

4

Alex, juni 2005

Du ska inte tro att jag inte visste vem du var, där du satt med en kopp varm choklad och småhuttrade i din lånefilt under en gasolbrännare på Djurgårdsterrassen. Då, den första soliga men fortfarande kalla kvällen i maj, när hela Stockholm verkade ha fått vårkänslor och hade givit sig ut för att sitta och kisa mot kvällssolens blänk i Djurgårdsbrunnsviken, dess glitter i dina gröna ögon. Ögonen som roade och oblyga granskade mig medan du med yviga gester höll låda för dina kollegor och kvällskylan började locka fram röda fläckar i ditt ansikte. Då och då kliade du dig i bakhuvudet, rafsade med naglarna mot tvåmillimetersstubben, en omedveten handling när du funderade på något, när du letade ord.

Tro inte att jag inte kände igen dig då, även om jag inte låtsades om det, för jag ville inte smickra din fåfänga och jag är ingen groupie, ingen kändishora, trettionio år gammal och sedan länge immun mot stjärnglans, såpbubblebegär, men det var där den enda lediga platsen fanns. Mittemot dig, diagonalt på andra sidan bordet och det är hur som helst inte den du blir på scen som jag älskar. För det är visserligen ofta vackert att se på, fascinerande, men det är inte den jag älskar som står där, som rör sig i mörkret och i strålkastarljusets färgade spel, med kroppens rörelser tämjda av en koreograf och regissör till att utföra disciplinerade, förutbestämda mönster, tyglad och tuktad till oigenkännlighet så att jag nästan blir rädd. Du är inte du då utan ett redskap, rekvisita i en annan människas våld, och jag vet hur du älskar att gå upp i rollen och fly dig själv och nuet, att få vara slav och jag ler, för vad är det vi håller på med här tillsammans, är det inte samma sak? Och visst är det förhäxande att följa, förtrollande att se, men det gör samtidigt ont. Så till den grad att jag får tvinga mig själv att bortse från det, försöka glömma att det faktiskt är du som står där, som rör dig, som sträcker dig i ljuset och kryper ihop. Det kanske är svartsjukt, men hur skulle jag kunna tycka att det är då du är skönast, helt i någon annans våld och händer.

Nej, det är inte då, när du dansar, utan när vi träffas. När jag ser på dig. När ditt leende, din avspända hållning, dina ögon avslöjar att du är kåt redan innan du själv märker det. När jag vet att det räcker med ett par enkla rörelser för att göra dig galen. Som vackrast ögonblicken innan jag utför rörelsen, en nagel längs låret, min tungspets i din mungipa. När du är min, när jag äger dig, sekunderna innan du vet om det. När jag vet precis var vi kommer befinna oss en halv minut senare, medan du själv fortfarande är oskuldsfull och ovetande.

Eller som nu, en junimorgon när projektorklockans suddiga, orangeröda siffror glöder nollfyratrefyra i taket och jag ligger sömnlös, leende bredvid dig på resårbotten direkt på golvet i din ännu inte inbodda lilla tvåa högst upp i hörnhuset på Västmannagatan. Sängramen fortfarande i delar; den väntar på att byggas samman, lutad mot den kala norrväggen. Hibiskusen vid fönstret och ett nattygsbord, där klockan står, är de enda föremål som kommit på plats. Tvåan som du bytt upp dig till eftersom du vill ha nära till jobbet, fast du nog egentligen inte har råd, och rummet och lakanen och du doftar ännu svagt syrligt av svett och lite klorfränt av sperma och det svider fortfarande och ömmar lite. Rullgardinen är slarvigt nerdragen för österfönstret och den första solstrålen har trängt sig in i en glipa, vidare genom hibiskusens lövverk för att landa på den del av ditt ansikte som sticker ut under täcket, just ovanför din överläpps markerade konturlinje. Strålen och min blick landar där tillsammans och ligger och pyr och glöder på födelsemärket och på din skäggstubb som är längre och har en rödare ton än din nyrakade skalles gråsvarta rasp, och just nu är du som vackrast. Nu.

Det rycker i din överläpp. Du rynkar lite på näsan i sömnen och om fem sekunder kommer du nysa och vakna: fyra, tre, två, ett. Ljudet är kort och snärtigt, som en katts nysning, och studsar hårt mot sovrummets kala väggar. Under fönsteralkoven står en väntande flyttkartong med en inramad Hundertwasseraffisch från Moderna museets utställning 1964, ett uppförstorat, svartvitt porträttfotografi av din fräkniga lillasyster, som lyckas se trumpet flörtig ut, taget av din före detta och i nedre högra hörnet vanprytt av en svart spritpennesignatur: Arehn 2001. En tuschteckning av två pälsklädda kvinnor i en väntsal signerad Bruno Karlsson och en berbergobeläng som du köpt i Essaouira våren för fyra eller kanske fem år sedan när du körde runt i södra Marocko på hyrd motorcykel. Man hinner lära sig en del på fem veckor. Förhistoria. Psykologi. Mycket anatomi. Groparnas rundning i dina skinkor. Blindtarmsärret och den förlupna hårtussen fem centimeter höger om naveln som du svär över och rakar bort. Ditt djupa, mjuka ryggradsdike.

Framför dörren till den lilla klädkammaren står ytterligare två lådor med ouppackade kläder och nedanför sängens fotända lämningarna av den för några timmar sedan avslutade supén: en pizzakartong, en nästan tömd flaska Condamine och de två whiskyglas som fick duga eftersom de var de enda vi lyckades fiska upp ur kökskartongen.

Dina ögonlock är klistriga och öppnas långsamt, försiktigt; du kisar mot mig och lyckas ändå se förvånad ut, nästan bestört.

"Vad händer?" undrar du hest och harklar dig efteråt.

"Prosit", säger jag.

Du hasar uppåt, så att halsen och bröstkorgen blottas, platta, breda bröstmuskler, konturskarpa. Stora bröstvårtor. Du lutar huvudet mot väggen och knölar in kudden under övre delen av ryggen och skuldrorna.

"Jag nös. Nös jag?"

"Du nös."

Med en grymtning kastar du en blick upp i taket mot klockans siffror, du stönar och drar åt dig duntäcket upp till halsen. Dina vader och högerknäet blottas och du tittar sursömnigt på mig.

"Halv fem. Är du helt galen?"

"Jag börjar tio i sex."

"Omänskligt. Ring och säg upp dig."

Du hasar ner igen och drar täcket över huvudet. Det glider upp ovanför knäna. Mumlande ord tränger igenom:

"Jag kan försörja dig. Du kan gå hemma, ligga i soffan och äta chokladpraliner. Och bråka med städerskan. Det är lugnt."

"Eller hur, Nurejev?" säger jag. "Lyxhustru och städerska? Med den här lägenheten på en kulturarbetarlön?"

"Vad du pladdrar. Kom och lägg dig."

Jag lägger mig på sidan bredvid dig, lite nedanför, sticker in handen under täcket och lägger den mot insidan av ditt högerlår.

"Mm", kommer det i en lam protest. "Kallt."

Jag låter handen glida långsamt uppåt längs dina vilande, bedrägligt slappa lårmuskler, når fram och sluter den om din kuk. Jämfört med resten av dig är den morgonpiggare, yrvaken visserligen, men redan till hälften uppstigen och på väg att resa sig helt.

”Gomorron.”

”Låt mig sova.”

Du försöker tafatt, kluvet dra dig undan och jag tar ett hårdare tag. Du ska ingenstans. Med vänsterhanden lyfter jag försiktigt undan täcket och lutar mig fram. Jag vet precis hur. Djupt, långsamt. Mjukt. Dunlätt. Jag rör knappt vid, andas varmt och låter tungspetsen stryka dig längs undersidan på uppvägen. Du hårdnar, med täcket fortfarande över huvudet, ger inga ljud ifrån dig men andas grundare och din överkropp vrider sig. Ditt bäcken ligger blickstilla, som fastvuxet i sängen, men dina händer darrar. Jag vet precis och snart dunkar du handen i madrassen och jag slutar med en sista snabb slick och sätter mig upp, yr och med nästäppa. Du drar täcket från ansiktet, glor dumflinande på mig med simmiga ögon, tar tag i min arm och välter ner mig, vänder på mig, trycker upp mina knän mot bröstet och vräker dig ljudlöst, våldsamt otåligt över mig och jag svimmar nästan av chocken när du tränger in i det redan ömma och din tyngd, det smärtande ljuva i dina giriga stötar, naglar fast och fixerar mig i nuet och under några korta minuter är jag fullständigt fjättrad och samtidigt fullkomligt fri, för ingenting utanför existerar.

Vi ligger tysta, sammanpassade som två skedar i din ouppackade kökslåda, du med huvudet vilande på min utsträckta vänsterarm, med skulderbladen mot mitt bröst, din ända inkilad i vinkeln mellan min mage och mina uppdragna knän; jag med högerarmen vilande på din sida, handen sluten om din axel och näsan instoppad i din nackgrop. Du luktar du, varmsyrligt. I ögonvrån, om jag anstränger mig och fokuserar, ser jag projektorklockans siffror i taket som upplyser mig om hur bråttom jag har, men jag kan inte förmå mig att resa mig riktigt än.

”Du ska inte flytta hit?” frågar du plötsligt, rätt ut i tystnaden, och det hugger till i mig. Jag ligger mållös, förstummad.

”Så slipper vi en hyra. Då kanske vi har råd med städerskan ändå, va? Och du får bekvämt promenadavstånd till jobbet du med.”

Jag tror att du menar allvar. Det känns så, den skämtsamma tonen till trots, och jag får gåshud och letar desperat efter invändningar.

”Det är för litet.”

”Äsch. Jag gillar när det är trångt”, säger du och även om du ligger med nacken mot mig vet jag precis hur du ser ut när du säger det. Snett leende, road rynka vid näsroten, tre små skrattlinjer strålar ut från vänster ögonvrå, fyra till höger. ”Du är ju ändå jämt hos mig. När sov du hemma senast? Hoppas du har tåliga blommor.”

Det sticker i ögonen; jag biter mig i underläppen, hårt. Tar sats.

”Jag har en son.”

Du stelnar till i min famn under ett kort ögonblick och slappnar sedan av igen. Tre sekunder av olidlig tystnad och ett isande tomrum i magen.

”Hoppsan”, säger du, krånglar dig loss och vänder dig om mot mig. Bevarar kroppskontakten. Sträcker ut armen och lägger handen om min nacke, lugnande. Lättnaden över att ha det sagt sköljs undan av en våg av trotsig ilska. Utmaningar, anklagelser, orden spottar ur mig.

”Han är sjutton. Gick ut första ring för en vecka sen. Han kommer med tåget ikväll och jag ligger här och fantiserar om att ta med honom hit men det är väl lika bra att ta tunnelbanan direkt ut till

Duvbo ändå, för i helvete heller att jag tänker se på en gång till när han långsamt kommer över sin misstro och fäster sig vid ännu en extrapappa som leker och stojar och spelar badminton och allt vad de gör men sen nästa gång han kommer är borta och så får man förklara: *Nej förstår du, Fredrikgubben, vi tycker inte om varann längre.*"

Och sedan kommer tårarna och du får oförskyllt hela resten av byltet med rädslor och magont och tidigare misstag, oförrätter och svek i ansiktet, blandat med salivstänk. Och efter hand lägger vreden sig och orden, och ersätts av förvåning över att du inte bett mig dra åt helvete eller slängt ut mig utan bara lyssnat och hållit mig om nacken. Då kommer tårarna igen, så snoret får sällskap, och det hela blandar sig med resten av alla jävla kroppsvätskor i sängen och jag trycker ansiktet mot din hals medan du stryker mig över bakhuvudet och viskar milda dubblerade saker som "schh, schh" och "lugn, lugn". Jag försöker skärpa mig, få det hela på plats igen och svär tyst, sammanbitet över den förbannade hormonella nyck som alltid gör mig så jävla gråtblödig när jag är nyknullad.

Skamset drar jag mig undan och smiter ut i badrummet, jag kissar, snyter mig, undviker noga att titta i spegeln, duschar. Dofter frigörs av det heta vattnet och blandar sig med tvålens tunga olivmättnad och försvinner sedan, rinner ut i avloppet. Jag hade kunnat stå kvar i en timme, men är redan sen. Men det hjälper, en dusch hjälper, även en kort. Trycket från strålarna och det varma vattnet mjukar upp muskler och får spänningar och huvudvärk att släppa och när kroppen får sitt halkar psyket på och inbillar sig att det väl egentligen inte är så farligt, det kunde varit värre. Självrespekt går att mäta i liter runnet varmvatten. Känslan av övertramp, av att ha avslöjat sig lägger sig långsamt, sköljs undan för undan av mig och rinner ut i avloppet tillsammans med tvållöddret.

Badrumsskåpet under handfatet är fortfarande tomt, den enda handduken som redan hänger där luktar svagt av dig. Deep Blue och danssvett från gårdagsrepetitionen. Jag ser samlad ut i spegeln när jag torkar mig och i hygglig form. Jag hämtar necessären, jobbsviden och de sista fräscha underkläderna. Kavajen är veckig; jag borde naturligtvis ha hängt upp den och inte låtit den ligga slarvigt hopvikt i min medhavda weekendväska. Jag borstar snabbt tänderna och klär mig. Rotar fram en t-tröja ur väskan, luktar på den, den får väl gå, och slänger ner den, ett par byxor och sommarjackan i en axelväska som ombyte efter jobbet.

I hallen fångar du mig och mitt varma duschlugn är som bortblåst. Fylld av skam över mitt tidigare utbrott försöker jag tränga mig förbi för att komma undan, fly av egen kraft innan du hinner slänga ut mig. Men du står där naken, sömnmosig, i min väg.

”Jag är sen.”

”Jag ringer”, mumlar du.

”Efter tio, halv elva, fram till dess är det körigt, alla checkar ut och är otåliga.”

”Visst. Lär inte ha gått upp innan ändå. Repetitionen börjar inte förrän halv tre, hoppas kunna fixa lite härhemma innan.”

Du gäspar och kliar dig aningslöst i håret under den morgonputande magens knappnavel. Vita flagor av intorkat kladd lossnar och singlar ner mot golvet och jag ler, för du är det vackraste jag sett.

”Din kavaj är skrynklig”, säger du. ”Det blir bassning på jobbet.”

”Gick du upp för att inspektera mina jobbkläder?”

Du sträcker ut armen, stryker tafatt över kavajen med handflatan. Jag stålsätter mig, biter ihop. Hjärtat klappar. Nu kommer det.

”Du, jag ...”, säger du och avbryter dig generat.

Kom igen då. Gör slut på plågan.

”Alltså, jag visste om det”, får du till slut ur dig.

”Visste vad då?”

”Din son. Fredrik. Jag har hört dig prata med honom i telefon.”

Lättnaden kommer ögonblickligen och nästan omedelbart efter den följer ilskan.

”Och när hade du tänkt berätta det?” hasplar jag ur mig.

Du ler snett åt mitt förorättade tonfall, får dina linjer vid ögonen, kliar dig i bakhuvudet som du gör.

”Det där var väl min replik, va?”

Det hettar till i mitt ansikte. Jag ser ner i golvet.

”Förlåt.”

”Men det var ett par veckor sen. Gott om tid att fly, alltså, om det var det jag hade velat göra. Jag ville bara säga det.”

Du böjer dig ner, fångar min blick, lyfter upp den. Hakar av extranyckeln från väggkroken och lägger den i min hand. På prov ler jag tillbaka, nickar och klämmer till om din nakna arm innan jag smiter förbi och flyr ut i trappen.

Någonstans tror man ju att man ska bli något, av sig själv ska det gå för man är ung och tror på folk när de säger att man har talang och är driftig och smart och att man kan göra vad man vill, bli vad man vill. Man ger sig i kast med det ena och det andra, vad det nu kan vara, slänger sig handlöst med huvudet före in i olika projekt, men plötsligt är man trettionio år gammal och har stått i receptionen på SAS Radisson i sju jävla år, en skymningszon där dagarna visserligen kryper fram men åren uppenbarligen flyger förbi. Man har hundranittiosju högskolepoäng men ingen examen och cellon står i en hörna i köket i Sumpan, bredvid staffliet, och båda är kladdiga av stekos eftersom köksfläkten har varit trasig hur länge som helst och lika dammiga som alla de andra drömmarna man en gång haft och kanske inte glömt men arkiverat i något vindskontor i bakhuvudet. Där ligger de staplade, drömmarna, och alldeles intill finns hyllan med det som man faktiskt uppnått, upplevt och åstadkommit men som man flyttat från det numera tomgapande vitrinskåpet och ställt undan, för det smärtar mer än det gläder. Varför? För att det inte ledde vidare, inte utgjorde en början utan ett slut: musikklass i gymnasiet, Smålands Ungdoms Symfoniorkester, Konstfack, två viktiga biroller i välvilligt mottagna uppsättningar för Teater Iguana och ett halvår som scenografassistent på Folkoperan, två oljor och ett monotypitryck på Liljevalchs vårsalong 1991, en knapp handfull separatutställningar och en trave recensioner som berömmer ens *hypnotiska patos* eller *precision i uttrycket*, vad de nu menar med det, men det låter ju bra. Alex Lind, konstnär. Alex Lind, scenograf, skådis, cellist. Alex Lind, arkitekt. Specialitet: luftslott.

Och någon gång, då och då, tar man fram och vänder och vrider på allt detta, ler ömt åt den man varit, ler överseende och moget innan man ställer tillbaka allt igen och inbillar sig att man vuxit ifrån det. Men egentligen är det bara rädsla, inte mognad, för man vågar inte, orkar inte längre hoppas och längta och arbeta arslet av sig för att det ska ända i besvikelse. Inte en gång till, och på varje framgångssaga som seglar in i solnedgången går det tusen kulturarbetarvrak som sömngångaraktigt stapplar omkring och försöker fylla tomheten i magen med något annat innehåll. Här i stan finns det säkert femtiotusen andra människor som haft samma ambitioner, samma drömmar och kommit från alla håll och kanter i landet och gjort samma erfarenheter och som ringer hem till morsan i Arvika eller Arboga eller var det nu kan vara varannan helg och säger att allt är bra, jag mår bra, det går fint. Människor som man inte bryr sig om det minsta och som man vet inte skulle bry sig det minsta om en själv heller och ens lyxproblem. Det hade inte ens behövt bli något stort och fantastiskt och uppburet av en som man först inbillade sig, utan det hade räckt gott med att bara hitta ett fält att få finnas i och uttrycka sig och verka i, och kanske lite respekt från andra inom samma område.

Så slår man sig på kärleken istället, för av någon anledning tar det inte emot lika mycket. Man har inte hunnit slå huvudet i väggen där än och förmår fortfarande hoppas och längta och arbeta arslet av sig och Freud har ju så fel han kan ha för det är precis tvärtom: en inneboende kulturdrift, en drift att uttrycka sig som sedan har sublimerats till sexualitet när inget annat funkat. Till en början har man stora drömmar igen, där också, om intimitet, om att bli räddad och bortrövad och att nå utom sig själv och gå upp i något större, men efter hand bara att det ska fungera, snälla låt det bara fungera. Man börjar undra vad som kommer hända när man av rädsla och utmattning inte längre orkar eller vågar försöka där heller, för den punkten börjar också närma sig obevekligt, obönhörligt. Nog har man skapat lite ändå och gjort mycket och är bra på och har talang för en del, men nu när man är trettionio är det till syvende och sist, inser man, bara en enda konstart som man förfinat till fulländning, där man tillhör den yppersta eliten, och det är avsugningar.

Där är det vinst varje gång.

”SAS Radisson Royal Viking”, svarar jag i luren medan jag slår en snabb titt på väggklockorna bakom mig: London. New York. Tokyo. Stockholm. ”God middag.”

”Det råkar inte vara så att det finns en lyxsvit över med bubbelpool eller bastu eller så och du snart tar lunch? Jag är lite trött på att packa upp lådor.”

Jag ler och nickar bekräftande mot kvinnan i lila kavaj och svarta slacks som ställt sig vid desken framför mig.

”Nej tyvärr, det tror jag inte vi kan stå till tjänst med.”

”Jo då. Långlunch i badet, lite room service. Grillad lax är jag sugen på.”

”Jag beklagar.”

”Tråkmåns. Du vet hur mycket jag gillar att se dig i den där chica uniformen ni har. Fast den är skrynklig. Kom igen nu. Bara en timme. En halvtimme? Ingen svit då, ett vanligt rum och en snabbis i duschen bara?”

”Jag är ledsen, men vi har inte de resurserna.”

Jag ler urskuldande mot den väntande kvinnan. Rycker på axlarna.

”Börjar kön bli lång? Rodnar du? Kan du hålla dig för skratt?” frågar rösten i luren.

”Jag är hemskt ledsen. Då får ni söka er till ett annat hotell om ni tror att servicen är bättre där.”

”Det vet du väl att det bara är dig jag vill ha. Jag får väl dra en sorglig handtralla i handfatet istället och fortsätta med lådorna. Puss och hej!”

”Adjö.”

Jag lägger på, lätt varm i ansiktet och med svårigheter att hålla en samlad min. Vänder mig sedan mot kvinnan och skakar på huvudet.

”Vissa blir aldrig nöjda. Kemtvätt på en timme, va? Vad kan jag stå till tjänst med?”

På lunchen går jag Gamla Bro upp till Hötorget och köper oreflekterat en laxsallad i Kungshallen. Tar med den ut, sätter mig på Konserthustrappan för att titta på folkvimlet i försommarsolen. Inte förrän jag får första tuggan i munnen kommer jag på mig själv, det var ditt prat som fick mig att välja just lax. Ett torftigt substitut kanske men det du föreslog är sådant som folk har fått sparken för tidigare.

Mobilen piper till i kavajens innerficka. Jag kör ner gaffeln i plastskålen, torkar av fingrarna på den bifogade baguettebiten och plockar upp den. Textmeddelandet är koncist: *18:34 Vi ses! Kram!*

Något har man ju då i alla fall i vitrinskåpet att visa upp, en son nämligen, och det ska erkännas att honom fick man av ren fåfänga, det natur- och kulturprojektet ställde man upp på för att man blev smickrad. Det har alltså blivit det enda som givit ett påtagligt och långsiktigt resultat, det som kommit att bli viktigast för en och det största man åstadkommit, även om den ursprungliga ansträngningen i det fallet nästintill var minimal. Och det hugger man så småningom närmast desperat tag i och biter sig fast och så är det nog, att jag behöver honom så oerhört mycket mer än han behöver mig. För helt plötsligt dyker det upp en förälder till som gubben i lådan, en som han klarat sig utan hur länge som helst men som uppenbarligen inte klarar sig utan honom och jag tackar min gud för att han tog det som han gjorde och släppte in mig.

Teckenrutan slocknar. Jag sitter och fånstirrar på mobilen i min hand ett tag innan jag bläddrar fram ditt nummer.

”Hej! Har du ångrat dig?” svarar du grötigt med munnen full och ett leende i rösten. Jag kan höra grannungarnas skrik och lek så du sitter på balkongen. Jag ser för mig hur du balanserar på fällstolen med benen uppdragna i skräddarställning under dig och med en tallrik framför på bordet. Äggröra på knäcke, finklippt gräslök? Den gröna sittdynan hotar att glida av och du får då och då knycka till med kroppen för att hamna i tryggare position längre bak på stolen.

”Sorry, älskling. Jag får stå över den här gången. Hur går det?”

”Nästan klar med köket. Fan heller att jag kunde somna om sen, så jag körde igång istället. Hur blir det ikväll?”

Jag tvekar. Du tuggar vidare.

"Jag vet inte."

"När kommer han?"

"Halv sju. Med tåget."

Det blir tyst i luren. Jag klämmer hjälpligt fast den mellan axeln och kinden, följer ditt exempel och stoppar en gaffel med sallad i munnen och väntar ut dig. Min fega jävel.

"Alltså, om du känner att ni behöver tid för er själva så är det helt lugnt, annars kan jag fixa lite käk här så får jag träffa honom och så kan ni åka ut till Sumpan sen eller vad ni nu vill göra. Repan slutar väl vid sex, halv sju."

"Vi får se."

"Va?"

Jag ställer skålen i knät och håller luren ordentligt.

"Jag har inte sett honom sen sportlovet. Vi får se. Jag ringer dig när jag plockat upp honom. Är det okej?"

"Visst."

Jag anar en viss besvikelse. Eller så är det bara vad jag förväntar mig.

"Säkert?"

"Ja, ja. Pejla du av stämningen först. Annars får vi väl ses imorron."

Vi byter ömhetsbetygelser och du lägger på. Du är så jävla förstående så jag spyr och egentligen borde du slå mig på käften, så jag lär mig någon jävla gång, för jag vet inte vad som är rätt längre: kan inte skilja verkligheten från mina nojor, vet inte om mitt beteende, mina reaktioner är normala eller hårresande uppåt väggarna. Jag kanske borde spärras in? Snälla, lär mig vara människa igen. Lär mig fungera. Och så slår misstron till igen, på nästa nivå och där är jag igen, ett mähä, ett offer och tror och förväntar mig så mycket att jag börjar hoppas på att bli räddad ännu en gång. Trettionioåring i mystiskt dödsfall på Konserthustrappan. Ifrågasatte ihjäl sig själv.

Efter maten röker jag en cigarrett, anstränger mig för att göra det långsamt, dra ut på den, andas ordentligt mellan blossen så de inte ska sticka upp i huvudet och ge mig hjärtklappning. Tre om dagen tillåter jag mig, inte mer, för blodtrycket sätter stopp och även om jag rökt i tjugo år så tål jag det inte. Det blir suddigt framför ögonen, jag blir svag i benen och yr. Jag släcker stumpen i den kvarblivna vinägretten i botten på plastskålen, reser mig och slänger skräpet i en papperskorg.

I korsningen av Kungsgatan och Drottninggatan ringer Mimmi, den bästa vän jag har lyckats behålla. Som jag inte orkar gömma mig inför, som jag kan gråta hos och svära om livets allmänna jävlighet tillsammans med eftersom hon är minst lika tjatig och självömkande själv.

"Jag är kär", säger hon och eftersom det är hon så tvivlar jag inte på riktigheten. Hon trillar dit ännu oftare än jag men repar sig snabbare. Hennes meningar kommer i andlös följd.

"Förlåt att jag inte har hört av mig. Jag har cocoonat. Du måste träffa honom. Jobbar du?"

"Idag?" undrar jag.

"Ja. Nu."

"Jag slutar tre."

"Non Solo kvart över?"

"Fredrik kommer idag."

"När då?"

"Halv sju."

"Gott om tid ju. Du måste. Han är nästan mer din stil egentligen. Lova att du inte försöker sno honom sen", fnittrar hon.

"Eller hur? Troligt", säger jag. "Vadå, min stil?"

Jag visste inte att jag hade någon.

”Ja. Smal och musklad. Mörk. Mjuk men hård om du fattar. Efter behov, liksom.”

Jag fattar precis: mjuk men hård. Och får dessutom en glimt av hur hon ser på mig.

”Patrik heter han”, fortsätter hon. ”Nån sorts webbkille. Jag vet inte, ingen av oss har varit på jobbet den här veckan.”

Menande tonfall åtföljt av mer fnitter.

”Oj, oj. Ja, det får man väl inte missa. Säg halv fyra då.”

”Fint”, kvittrar hon. ”Vi ses.”

Så får man ju ändå väntetiden ihjälslagen innan Fredrik kommer. En smula distraktion. Och hon är bra, Mimmi. Hon piggar upp.

Min avlösning kommer in redan vid kvart i tre och jag lånar hotellgymmets omklädningsrum, blaskar av mig och byter om till civilt. Lämnar in jobbkläderna till tvätten. Trots att jag släntrar och drar fötterna efter mig längs Kungsgatan och Sveavägen, tittar i skyltfönster och på sommarklädda människor och lyssnar på bruset så är jag ändå framme tio minuter för tidigt. Trottoarborden utanför caféet är alla upptagna av en grupp män i femtioårsåldern. De har trevligt, firar upprymda helgens ankomst och stojar med varandra på italienska. Hejar glatt på förbipasserande, hälsar *Buon pomeriggio* och nickar när jag tränger mig emellan och in.

Någon Mimmi syns inte till i vare sig det främre eller bakre rummet och inte heller någon man som motsvarar beskrivningen hon gav mig. Jag ställer mig vid bardisken och beställer en latte och en kanelbulle, ler åt bilden som reflekteras i diskens rostfritt blanka skrattspegel medan jag väntar. Bartendern ställer fram mitt kaffeglas och jag tar med mig bulle och kaffe och sätter mig på en barstol vid fönstret där de enda lediga platserna finns. Hänger av mig väskan och ställer ner den på golvet. Solen steker genom rutan och trots att entrédörren är öppen för att släppa in vindfläktarna är det som ett drivhus och jag begriper varför det var ledigt just där. Jag hänger av mig jeansjackan på barstolens minimala ryggstöd och ångrar att jag inte tog ett glas juice istället. Italienarna på uteserveringen blinkar mot solen med kavajerna upphängda på stolsryggarna, uppkavlade skjortärmar och ett avspänt förhållande till sina kulmagar. Jag äter tjockt mjölkskum med sked och sträcker mig efter sockerströaren längre bort på bordet. Slår i två gånger i glaset och de grova bruna kornen lägger sig i en liten hög på skumtäcket. Den tredje portionen får det hela att bli för tungt och det lilla berget går spårlöst under, drunknar sakta i kaffet. Tröttheten har hunnit ikapp och blicken häftar vid koppen och fastnar.

Till en början är det bara en svag retning i ögonvrån, efter att jag smakat på kaffet och återgått till att iaktta den muntra församlingen på andra sidan fönstret, men det är något med ryggtavlan. Jag vänder blicken inåt, ser örat, nacken och fryser. Skyggar reflexmässigt tillbaka. Uppenbarligen har han gått in utan att jag märkt det, uppslukad av dramatiken i kaffeglaset. Jag drar mig mot väggen, in i hörnan, dit det direkta solljuset inte når och vänder mig ut mot gatan i hopp om att förbli oupptäckt. Lämnad ifred.

Storstaden är svekfull på det viset, med sitt löfte om att man ska få sväljas upp av massan, att man kan dra sig undan, slicka sina sår och sedan gå vidare utan att bli påmind. För när det ändå sker, två år, tre år senare, att man blir påkommen och blottad så är man fullkomligt värnlös i sin blåögda tillit till stadens utfästelse om anonymitet på ett helt annat sätt än hemma i Nässjö, där man vet att det inte finns någonstans att fly och att man aldrig kan komma undan och därför stålsätter sig automatiskt.

Nästa insikt kommer mer gradvis. Den börjar som en misstanke, en ond aning i bakhuvudet men sprider sig genom kroppen och växer snabbt till ett smärtsamt, självklart faktum. Hjärtat bankar och slår mot revbenen. Jag sätter armbågarna på bordet och vilar huvudet i händerna. Försöker mana fram ett sätt att obemärkt ta mig därifrån. Jag kastar en blick inåt och han är fortfarande där, har inte gått upp i rök, står vid bardisken och skämtar med bartendern med ryggen emot. Jag vrider stolen utåt igen och blundar. Andas.

”Hej! Hur är det? Har du ont i huvudet?”

Jag känner Mimmis hand stryka över min arm och öppnar ögonen. Drar händerna över ansiktet och tittar upp mot henne. Sträcker armarna framåt över bordet med handflatorna först. Fingertopparna nuddar vid fönstret bakom bordet; avtrycken syns tydligt i solskenet.

”Nä, ingen fara. Bara lite trött.”

Hon drar till sig en barstol, sätter sig intill mig. Beiga sommarslacks, svart t-tröja och den där militärgröna kepsen hon tar på sig när hon inte orkar fixa med håret. Hon trycker sitt lår mot mitt. Ler och himlar självironiskt och avväpnande med ögonen under kepsen. Blicken slår i skärmen. Gungar i sidled mot mig och stöter till mig med axeln. Intimt, förtroligt. Hon luktar gott och är otvunget strålande. Ledigt och självklart vilande i sitt tillstånd. Jag mår illa.

”Har du sett honom?” frågar hon viskande, munnen tätt intill mitt öra.

”Nä, var då?” undrar jag. Tittar över axeln, sätter ner en fot och snurrar på stolen, sveper med blicken över lokalen.

”Vid baren. Ser du?” Hon nickar i rätt riktning och lägger armen om mig. Jag undrar om jag ska behöva komma på något att säga, något menlöst avvaktande och till intet förpliktande så länge, men behöver inte besvära mig. Hon ger mig ingen chans.

”Han känner baristan, det var faktiskt här vi träffades. I söndags. Fem dar sen. Det är jättekonstigt med tiden. Han gick ner i förväg nu och det är det längsta vi varit ifrån varann sen dess. Jag är helt galen i huvudet, har sjukat mig och skolkat från jobbet hela veckan.

Han med. Kolla. Kolla nu. Alltså, jag blir helt yr i huvudet, jag sitter här och tittar på honom utan att han vet om det. Tror du han upptäcker oss? Jag vill bara att han ska komma hit och samtidigt skulle jag kunna sitta kvar här hela dan och bara glo, fattar du?"

Jag nickar. Jag fattar precis. Om hon bara visste. Jag kämpar med leendet jag försöker ge henne.

"Mimmi, trettifem år gammal."

Hon skrattar till. Klämmer till om min axel.

"Sällan. Sjutton. Det har jag alltid varit."

Han vänder sig bort från baren, blicken stryker över lokalen full av förväntan. Förbi mig, oseende. Fastnar på henne. Mjuknar, slappnar av. Hon släpper min axel och vinkar helt onödigt, öppnar och sluter handen i en greppande rörelse. Leendet han ger henne slår rätt in i magen så jag tappar andan. Han tar sin espressokopp och kommer mot oss. Jag vill rusa därifrån men sitter nitad vid stolen. Scenen är som en trafikolycka; jag vill försvinna, blunda men sitter där lamslagen och oförmögen att göra annat än att trollbundet och med andan i halsen följa varje rörelse, varje signal. Som om jag kikade mellan fingrarna, men händerna ligger kvar i knät.

Inte förrän ett par steg ifrån oss ser han mig. Han hostar till, en kort blixt av skräck i hans ögon inför vad han måste tro är en fälla som slår igen. En rävsax. Men han fortsätter träget fram. Modellerar ansiktet till ett neutralt, avvaktande uttryck. Spänt men närapå trotsigt. Någonstans beundrar jag hans förmåga att samla sig.

Mimmi sträcker fram handen och rör vid honom, fingrar frånvarande på hans kortärmade skjorta, kan inte låta bli. Samtidigt sitter hon kvar, med sin överarm tryckt mot min sida.

"Det här är Alex, min bästis", säger hon, leker sjutton. Är sjutton, precis som hon hävdar. "Patrik, min ..." Hon hittar inget ord som rymmer allt hon vill ha sagt, istället formar munnen ett leende och hon tittar upp i taket.

"Angenämt", säger jag. Sträcker fram handen och ångrar mig

genast, men försent. Han nickar, ser forskande på mig och sträcker trögt fram sin egen. Handslaget blir slappt. Han sveper sin espresso med blicken fäst vid mig.

En kort vissling från baren räddar honom. Bartendern knycker leende med huvudet och gör tummen upp. Patrik försvinner bort mot bardisken. Bleka blåjeans kramar om hans skinkor. Jag kommer på mig själv med att torka av handflatan mot låret.

”Så vad säger du?” frågar Mimmi.

”Snygg”, säger jag så småningom, håller mig till sanningen. ”Definitivt min stil.”

”Eller hur? Det var ju det jag sade.”

Hon lutar sig åt sidan, vilar huvudet mot min axel. Jag får tag på mitt glas och dricker mitt ljumma kaffe. Plockar med kanelbullen för att ha något att göra med fingrarna. Patrik kommer tillbaka med en grillad focaccia på en assiett. Han sätter sig på andra sidan om Mimmi och glor misstänksamt på mig. Biter i mackan, tuggar långsamt. Mimmi sätter sig upp ordentligt på stolen, snurrar runt och vänder sig mot fönstret, lägger handen på hans lår. Jag snurrar efter.

”Hur går det med din dansare då?” frågar hon, plötsligt medveten om samtalets ensidighet hittills. Naturligtvis hade det varit hennes svepskäl för att träffa mig och få lov att visa upp honom. Jag kunde höra hennes röst: *Du förstår, Alex behöver nog träffa mig och prata av sig lite …*

”Bra”, svarar jag kort.

”Kom igen nu”, säger hon leende. Lägger sin hand på min arm. Jag ger upp, spänningen släpper äntligen. Under den finns ilskan. Jag suckar och ser bort ett ögonblick, lutar mig sedan fram, ser förbi henne, mot Patrik. Ler och blinkar åt honom.

”Jag vet inte vad Mimmi berättat för dig, men jag är usel på kärlek. Lyckas aldrig få till det riktigt, om du fattar. Antingen är det jag själv som klantar mig eller så handlar det bara om sex när jag hoppades på mer eller så råkar jag ut för narcissister som inte pallar med att jag har ett barn. Eller idiotromantiker som blir fullkomligt upp över öronen och lovar guld och gröna skogar men tröttnar så fort den första förälskelsen är över och hittar nån annan att avguda i en kvart. Det är nog värsta sorten."

Han viker inte undan med blicken i alla fall, det får jag ge honom. Jag lägger in en kort konstpaus, ler mot honom igen. Följer upp med: "Om du förstår vad jag menar", och vänder mig sedan mot Mimmi igen. Hon verkar varken förvånad eller generad över att min och hennes förtrolighet nu utsträckts till att även innefatta Patrik. Ser honom förmodligen redan som en del av sig själv.

"Nä, det är bra", fortsätter jag. "Alldeles för bra. Jag är ett vrak; ena ögonblicket är jag lyckligast på planeten, i nästa blir jag misstänksam och undrar vad haken är, beter mig som en idiot mot honom och gör på det hela taget mitt bästa för att sumpa alltihop." Jag stirrar Patrik i ögonen. "Men hittills har han av nån outgrundlig anledning förlåtit mig och knullat mig halvt fördärvad istället för att slänga ut mig när det hänt."

"Precis vad du behöver", säger hon till mig och slänger en leende, nästintill salig blick på Patrik. Han glor bistert på mig.

"Berätta mer. Hur gammal är han?" frågar hon.

Trettio är han väl. Eller trettioett? Det slår mig att jag faktiskt inte vet. Trettio eller trettioett. Han fyller år i november i alla fall. Den tredje.

"Trettiett", väljer jag. Hon lyfter på ögonbrynen, trycker ihop läpparna och drar på mungiporna i en låtsat imponerad min.

"Inte lammkött direkt kanske, men ändå. Inte illa. Får man träffa honom eller tänker du gömma undan honom i några månader till?" frågar hon och stöter till min överarm med armbågen.

"Vi skulle ju kunna gå ut tillsammans nu i veckan", föreslår jag illvilligt. "Alla fyra."

"Toppen!" utbrister Mimmi. Patrik tuggar på sin focaccia, blek i ansiktet. Svettpärlor flockas i hans panna.

”Eller fem förresten”, fortsätter jag. ”Fredrik är ju här fram till midsommar.”

”Vad kul!” säger Mimmi. ”Det är Alex son. Skitgo kille. Honom måste du träffa.”

Patrik nickar lamt. Sväljer. Solen steker in genom fönstret. Han glor ut mot italienarna.

”Vi ska till Barcelona förresten. Till midsommar”, avslöjar Mimmi. Hon drar handen längs hans lår, ner mot knät, kramar det.

Det också. Det är bara att le åt fanskapet.

”Kul. Dit åkte jag också en gång”, säger jag och Patrik försöker gå upp i rök. ”Fantastisk stad. Och så romantisk. Har du varit där förut, Patrik? Mysiga labyrintgränder, Las Ramblas, till och med turistfällorna är helt okej. Och hamnen, alla de där galna Gaudí-byggena, utsikten från Montjuïc ...”

Han rodnar faktiskt.

”Fan vad hett det är”, säger Mimmi. ”Jag ska ha en milkshake.”

Hon snurrar in stolen, glider av den.

”Ska ni ha nåt?”

Jag skakar på huvudet. Patrik tuggar och gör en nekande gest med handen. Mimmi krånglar sig fram till baren. Vi följer henne båda med blicken. Ryggslutet är bart under den korta t-tröjan, hästsvansen under kepsen guppar, vajar svagt från sida till sida mellan skulderbladen.

”Sviker du henne eller sårar henne på nåt jävla sätt, så sparkar jag upp kulorna i magsäcken på dig.”

Jag vrider huvudet mot honom. Han nickar långsamt. Fortsätter tyst tuggande att stirra framåt, med blicken fäst vid Mimmis bara svank där hon står lutad över bardisken. Nickar igen.

De går strax därefter. Det var naturligtvis något han glömt som han plötsligt kom på. Hon dricker snabbt ur sin shake, han drar i henne och i dörröppningen rycker hon på axlarna och ler åt mig i tyst samförstånd. *De är hopplösa, man får låta dem hållas.* Jag följer dem med blicken när de snabbt sneddar över Odengatan, sicksackar mellan de stillastående bilarna. Han före, bestämt, hon efter med fjädrande gympaskor, hoppande hästsvans.

Jag sitter kvar, tuggar sakta på min kanelbulle. En man går förbi på trottoaren, jonglerar avspänt, nästan nonchalant med fyra bollar. Han är köttig och enormt stor, med ett grovt men tilldragande ansikte, ett par år yngre än jag. Hans händer och bollarna lever sitt eget liv medan han hälsar tillbaka på de italienska helgfirarna, stannar, leende byter ett par ord. Rösterna hörs svagt, dämpat genom rutan och entrén, men orden går inte att urskilja. Jag kan inte slita blicken från bollarna. Runt, runt.

Den jonglerande mannen låter dem en i taget glida ner i sin rymliga kavajficka och övergår till att en efter en trolla bort männens kaffeskedar som han flyhänt plockar åt sig. De skrattar och drar ut den enda lediga stolen, längst in mot fönstret, och erbjuder honom den. Han skakar på huvudet, ler, säger något, rycker kort på axlarna, slår med två fingrar på handleden, säger något igen som får hela gänget att skratta. Därefter pekar han med en förvånad min på ett kaffeglas där alla de borttrollade skedarna helt plötsligt har materialiserats och försvinner med en knyck på huvudet vidare längs Odengatan med appläderna i ryggen.

Jag reser mig, tar min väska och går hem till dig för att försöka få någon timmes sömn innan jag ska till Centralen.

Ett enträget ljud väcker mig och jag försöker stänga av alarmet, inser så småningom att det är mobilen. Mimmi står det i teckenrutan. Jag sätter mig upp, harklar mig, prövar rösten. Signalen ljuder igen och jag svarar.

”Tjena snygging”, säger jag med tillkämpad otvungenhet.

”Det är jag.” En mansröst. Välbekant.

”Vad vill du?”

”Tack”, säger han, utan ironi. ”Tack som fan.”

”Hade jag nåt val?” frågar jag. ”Det var knappast för din skull.”

”Tack i alla fall.”

”Lycka till.”

”Jag är kär i henne”, förklarar han. Allvarligt, ärligt. För andra gången på ett par timmar får jag höra de orden. ”Alltså, bara så du vet. Det är ing...”

Jag lägger på. Klockan är kvart i sex så jag stänger av alarmet, går ut i badrummet för att blaska av ansiktet och ger mig därefter iväg mot Centralstationen, promenerar snabbt för att inte låta det bedrägliga hoppet komma ikapp men känner redan smaken av det i munnen. Försommarsolen ger Bantorget ett vänligt drag som jag aldrig lagt märke till tidigare och Norra Latin glänser och prålar. Någonstans därinne på Dansens Hus står du och gör vanvettiga saker med dina lemmar.

På perrongen tänder jag en cigarrett, röker långsamt medan jag väntar, ger till slut efter. Tänker *kanske ändå.* Väljer en i taget av småfåglarna som stissar runt och för oväsen under perrongens öppna tak och försöker följa den med blicken utan att tappa bort den. När jag blir av med den väljer jag en ny. *Kanske den här gången.*

Efter några minuter rullar Göteborgståget in på stationen och stannar med gnisslande bromsar. När det börjar glesna i människovimlet ser jag honom. Han är på väg åt mitt håll från tågets främre del, går framåtlutad med sur min, nedtyngd av en stor ryggsäck. Han ser mig inte. Jag gömmer mig bakom en pelare, smygtittar medan han närmar sig, med ett argt steg efter det andra. Han har keps, vit t-tröja, en grov silverlänk runt halsen och den typen av extremt säckiga och vida jeans som kommit och gått de senaste tio–femton åren, stora nog att smuggla granatgevär i och som helt döljer, nej, begraver benens och ändans former. En svart jacka sitter fastspänd högst upp på ryggsäcken. Byxbenen släpar i backen och jag får en varm klump i magen, för han är min son. Min son. Bara någon meter bort stannar han till och söker med blicken över perrongen. Jag kliver fram från bakom min pelare. Han får syn på mig och den sura minen spricker upp i ett brett leende som i samma ögonblick gör mig lugn, bekymmersfri. Jag ler tillbaka och all arg tonårstuffhet har i ett slag runnit av honom och han störtar fram och slänger ogenerat armarna om mig som vilken jävla smålunge som helst som inte sett sin pappa på nästan fyra månader.

*

5

Fredrik, juni 2005

”Gäspa lagom. Vi körde redan kvart i fem i morse. Jag körde, rättare sagt.”

Jag ser Evas ögon i backspegeln därframme. Det är nog bäst att inte svara på det där och jag kommer i varje fall inte på något. Nästa gäspning biter jag av. Morgonfrysryser och drar ner fleece-filten från hatthyllan bakom mig. Det är svalt i bilen. Så hon ska hålla sig vaken, säger hon. Morsan slänger en trött blick på henne och lägger armarna i kors. Jag drar filten om mig och kryper upp lite i hörnan. Försöker vila huvudet mot säkerhetsbältet men Eva hugger sig fram i trafiken och det kränger och svänger för mycket.

”Om du undrar över Mamma E:s förtjusande humör så beror det på att hon inte fick jobbet i Lund”, säger morsan med en blick över axeln. Hon himlar med ögonen.

Lättnaden. Lund, liksom. Hur mycket lust hade man att flytta dit och byta skola? Tror inte morsan var så sugen heller egentligen. Det finns hur som inga spårvagnar där. Fast det kanske inte var det viktigaste skälet. Känn ingen sorg för mig, Göteborg. Jag tvingar tillbaka leendet.

”Men å, vilken skit.”

”Du behöver inte låtsas, det är okej”, säger Eva. ”Nån blir nöjd i alla fall. Och jag skulle uppskatta om Mamma S lät bli att kalla mig för Mamma E som när Fredrik var liten bara för att hon är trött på mig. Om jag överhuvudtaget är någons Mamma E längre så är det i alla fall inte hennes.”

Hon bromsar in vid ett rödljus. Trummar med fingrarna mot ratten. Morsan och jag sitter tysta och tar betäckning.

”Brädad av en kändisflata. Det värsta är att jag inte ens kan spy galla över kärringen. Hon är bra. Inte att jag jämt håller med henne och utspelen i media är väl mer till för att marknadsföra henne själv än att leda någon vart, men forskningen är bra. Men det är ju såklart inte för sin forskning som hon fått jobbet utan för att alla vet vem hon är och hon är slängd i käften och gör sig bra i teve.”

”Tiina Rosenberg”, fyller morsan i. Jag känner igen det, min sömniga hjärna knackar igång och någon sorts minnesbild dyker upp.

”Blond stubb?”

Båda nickar därframme. Det blir grönt. Bilen rycker iväg.

”Jag hade ingen aning om att hon sökt. Då hade man ju inte blåst upp förhoppningarna så till den grad. Hon skulle ju bli politiker nu, gudbevars. Det hade väl varit alldeles utmärkt?” säger Eva.

Bilen framför kommer allt närmre. Jag lutar mig fram och kollar hastighetsmätaren. Den står på 77. Jag ser ingen skylt. Men enligt linjerna är det femtioväg och nu nosar hon Volvon framför i häcken. Rejält.

”Det är inte Tiinas bakända, det där”, säger morsan med en nick framåt och Eva står av gasen, äntligen. Och det är lättnaden igen.

”Mycket tevetid hade det blivit i alla fall”, mumlar hon och trummar på ratten med fingrarna.

Vi kommer upp på E4:an och Evas körstil och liksom tonläget överhuvudtaget har fått mig att vakna till fastän solen gör det allt varmare i bilen. Men nu sitter de tysta och då är det kört, för jag börjar tänka på farsan och börjar oroa mig för att jag nog var för morgongrinig och trött för att ens krama om honom ordentligt innan vi åkte. Stressen när morsan ringde och sade att de stod därnere eftersom jag hade missat messet om att de skulle vara framme i Sumpan om en kvart. Och jag försöker minnas, för när vi kom ner var morsorna ute och sträckte på benen och efter det stod de och snackade ett tag. Då hade han armen om mig, men sedan när det tog tid så satte jag mig i bilen för jag var trött och hörde på med dörren öppen. Sedan så åkte vi rätt kvickt efter det och då blev det bara att jag sträckte ut handen och nu är jag nästan säker på att jag inte kramade om honom innan jag gick och satte mig. Och det vrider sig lite i mig, en känsla som att kroppen inte passar helt, inte sitter riktigt på plats och jag saknar honom redan fast det var jobbigt den här gången. Eller fan egentligen: Nä. Jag saknade ju liksom honom redan innan. Nästan hela tiden. Fast jag var där.

I höjd med Uppsala är de igång igen och smågnabbas, men det verkar inte vara om jobbet längre utan släkten. Jag har inte åkt med upp sedan påsken i förrfjol, förutom över dagen till Ingas begravning och då var ju allt som det var av den orsaken. Så det är väl först nu som jag börjar begripa att Eva tycker att det är rätt jobbigt att åka hem. Morsan pikar henne.

”De är de enda här i landet som verkar kunna uttala mitt namn rätt. Man får se det positivt. Men ni lär väl inte bli mindre besvärade nu när Inga inte är där och kan dela upp jordgubbarna rättvist längre. Din bästis Jerker lär inte heller dyka upp, va?"

Eva har hasat ner lite i sätet och kör mer avslappnat, fast fortfarande sjukt fort. Styr med vänster handflata mot ratten. Högerarmen vilar mot facket mellan sätena, handen ligger på växelspaken.

"Jag har inte frågat Agneta om han fått besöksrätt. Ärligt talat vill jag inte ta upp den saken, särskilt inte i telefon, för jag blir bara arg på henne. Fast jag borde faktiskt ta och ringa honom, kolla hur han mår."

Morsan nickar tyst med sitt lilla satleende på läpparna.

"Besvärad och besvärad, förresten", fortsätter Eva. "Det är väl mest för din skull i så fall, att du ska behöva utsättas för mina syrrors flatnojor. Agneta är så livrädd för att göra bort sig eller råka signalera att hon inte skulle vara okej med det hela, att hon undviker ämnet till varje pris, kommer aldrig ens i närheten av det. Bara hennes skenheliga: *Men Maja!* när hon sen börjar ställa påflugna frågor så fort hon fått ett par snapsar i sig. Liksom äcklad och kittlad på samma gång. Som om man vore en enorm prinsesstårta som plötsligt stod där framför henne två veckor in i nån av hennes fastekurer. Hon ryggar undan men nog fan är hon snart där och nosar igen med uppspärrade ögon. Kan inte stå emot, fiskar efter härliga munsbitar ur den lesbiska vardagen: *Blir det inte lite som ... torftigt?* Och så blinkar hon troskyldigt med rådjursögonen. *I sänghalmen, menar jag.* Men det är kanske inget du blir besvärad av?"

Morsan skrattar med glitter i ögonen, kontrar:

"Jag jobbar faktiskt mitt ute i den homofoba verkligheten till skillnad från vissa andra, om jag får påminna om den saken. Kvinnlig spårvagnschaffis är ju kanske inte lika flagrant jävla uppenbart som travers- eller lastbilsförare, men ändå. Man har fått lära sig att hantera det. Det är ingen skyddad verkstad där lesbiskhet är creddigt, *the preferred choice of lifestyle, darling ...*" Hon kramar om Evas hand på växelspaken för att mildra attacken. "Du behöver inte vara besvärad för min skull. Och Maja är faktiskt riktigt underhållande."

"Ja, eller hur? Jag kanske skulle slå i ett par extra snapsar åt henne ikväll och se vart det hela tar vägen. Med lite tur och uppmuntran kan hon nog fås att trilla över kanten och då kan du få nedlägga henne, min kära, och visa exakt hur torftig den där prinsesstårtan är. Efter det skulle hon nog hålla tyst. Det är till och med praktiskt genomförbart, hon spottar inte i glaset direkt när det är fest och det enda som fått henne att hålla igen tidigare är ju mamma, med spriten alltså."

"Du tror att alla är smyghomos. Tänk glädjeyran på Ikea utifall att. Nio miljoner garderober ... Och det faller dig inte in att fråga om jag alls är sugen innan du ger bort din lillsyrra sådär bara? Hon kan nog ge hyggligt klirr i kassan om du bjuder ut henne på öppna marknaden istället."

"Är du det då?"

Morsan ser fundersam ut. Kniper med läpparna. Vickar på huvudet.

"Hon är rätt läcker. Lite åt Faye Dunaway-hållet, fast med höfter."

"Så länge hon inte öppnar käften så", skrattar Eva.

"Allvar", säger morsan med nollad uppsyn. Eva tittar på henne, hennes leende mulnar till något gråaktigt.

"Lägg av. Det kan du inte tycka."

Morsan sitter tyst och tittar framåt en stund. "Svartsjuk?" frågar hon sedan, oskyldigt.

"Visst. VM i billiga knep. Går du på det, verkligen?"

"Det där gör hon ju bara för att provocera er andra, har du inte snappat det? Kanske att hon lägger an lite på Jerker också, som bonus, men mest sätter hon en vällackad nagel i ögat på sina präktiga storasyrror och rättrådiga morsa. Går ni på det, verkligen?"

Eva stirrar på henne med tom blick. Morsan skrattar, slår med handen åt Evas håll.

”Ibland är du mer än lovligt disträ, lektorn. Du borde ha fått den där professuren i Lund ändå, men ta med din analytiska blick ner och titta till oss andra här på jorden ibland. Det finns nyttiga kunskaper att hämta här med. Maja kan vartenda knep i boken, billiga som dyra.” Hon fäller bak ryggstödet några snäpp, lutar sig tillbaka och blundar. ”Jag tror inte hon röker egentligen heller. Det är nog mest för att kunna råka blåsa rök i ögonen på Agneta.”

Eva sitter tyst en stund, tittar fram över vägen, slår blickar åt sidan mot morsan. Skakar till slut på huvudet.

”Fan.”

Morsan ler med slutna ögon, famlar med handen och ger Eva en tröstande klapp över låret. Låter handen ligga kvar.

”Och är alltså rätt läcker.”

Eva biter på sin underläpp. Skakar sedan på huvudet, mumlar: ”Vi får se hur det går, det här.”

”Jo, bevare oss väl”, säger morsan med åtminstone ett litet mått allvar i rösten. Hon kramar Evas lår. ”Lite som sossarna våren 1986.”

”Det kan man ju hoppas på. Jugoslavien efter Tito ligger närmre till hands.”

Säga vad man vill om Mamma S och Mamma E men det är i alla fall raka rör där. Och allt blev liksom inte så mycket enklare med en farsa som man gick och drömde, innan man hade någon. Jag glor ut mot granarna som susar förbi. Vänder och vrider på saker. Sedan slår det mig, inte så lite skamset, att det att faktiskt ha en farsa att oroa sig över när han är jobbig ändå är så sjukt mycket bättre än alternativet.

”Morsan …”

”Mm.”

”Hur gammal var du egentligen när din pappa …”

Hon öppnar ögonen och vrider på huvudet. Tittar på mig, liksom utan något uttryck i ansiktet alls.

”Ja, när han försvann?” tvingar jag mig att fortsätta. ”Eller liksom, när träffade du honom sista gången?”

Hon lyfter på ögonbrynen. Drar ihop läpparna och vänder sig sedan tillrätta igen. Handen ligger kvar på Evas lår.

”Nittonhundrasjuttitvå, under vinterlovet nån gång. Juni, antagligen. Jag var åtta. Det var på flygplatsen. När han skickade oss till Chile, mig och mamma. För att vi inte skulle råka illa ut. Om han blev fast. Eller om de bara fick reda på vad han hette och militären skulle försöka komma åt honom genom oss. De hade väl börjat planera större saker då, farligare. Han gick med i nån grupp sextinio, efter att Médici, gamla chefen för säkerhetspolisen, blivit president. Det var droppen. Men det var mest småsabotage i början. Mest för att jävlas, om jag fattat det rätt. Mamma pratar inte gärna om det. Jag var ju för liten för att fatta nåt då, och de berättade ju inget för mig. Så jag inte skulle försäga mig eller råka avslöja nåt. Och det var kanske inget som gick att förklara för ett barn heller. Men plötsligt skulle vi flytta till Santiago för att presidenten där var *um homem ilustre*, inte som vår. Och pappa skulle komma efter snart. *Em breve, minha menina, breve, breve carinha.* Alldeles strax, sade han. Stod på huk och strök mig över håret och pussade mig i pannan. Sen flög vi.”

Hon biter sig i underläppen. Fan, vill jag egentligen höra allt det här just nu? Jag kunde ju ha känt efter lite innan jag öppnade käften, väntat till en annan gång. Idiot. Nu får jag bara en till jävla klump i magen av berättelsen som morsan i korta meningar spottar ut. Jag lutar mig fram och stryker henne över axeln. Hon sträcker bak armen, tar tag i min nacke och kramar om den. Låter sedan handen falla ner på Evas lår igen.

”Men det gjorde han alltså inte. Vi hördes i telefon ibland och han skulle jämt komma snart. *Logo, logo.* Bara lite jobb kvar. Till slut slutade jag fråga. Men innan vi lade på sade han det ändå alltid, att han skulle komma snart. Sista gången vi hördes var på min födelsedag. När jag fyllde nio. I mars pissar det ner i Rio, sommaren tar slut och höstregnen kommer, det blir översvämningar överallt och stormar jämt. Rasar lera nerför kullarna. Du fattar själv hur kul det är i favelorna. Men oss gick det ingen nöd på, jag gillade att vara ute i regnet och blåsten och fast alla andra avskydde mars så var det min favoritmånad. Han hade skickat en skiva som present, en singel med Elis Regina som målade upp precis allt det där, men ändå på nåt sätt stod och flinade glatt i regnet precis som jag hade gjort därhemma. Jag tyckte otroligt mycket om låten, spelade den gång på gång, men sen när han ringde och jag hörde hans röst blev det för mycket. Jag blev sjuk av hemlängtan och bara grät och grät och kunde inte säga nåt. Han fick prata på, försökte vara munter. Och sen när han frågar om presenten kommit fram och om jag gillar den så svarar jag: *Sí, sí. Mucho.* Och då skrattar han lite: *Minha carioquinha já fala espanhol.* Lite skämtsamt säger han det, men jag hör ju hur ledsen han är och det slår rätt in i mig hur otroligt fel allt är, det grymma i att vi plötsligt inte ens pratar samma språk. Och jag blir så fruktansvärt förbannad. Skriker åt honom att varför kommer han inte nån gång då, varför får vi inte komma hem? Och slänger luren i örat på honom. Så var det Fredericogubben. Och jag kan berätta det och veta att du fattar för du är ju nästan vuxen nu.”

Hon motsäger sig själv där, för så har hon inte kallat mig sedan jag var liten, inte sedan mellanstadiet säkert. Men hon har rätt, det lilla mormor berättade när jag var liten begrep jag ju inte då, inte på riktigt. Morfar var mer som en seriefigur, en brasiliansk Che med grön keps och cigarill i käften som man kunde skryta om för klasskompisarna. Det råkade bara halka ur en, liksom i förbigående: Morfar var gerillasoldat. Mot militärdiktaturen. Nä, är det sant? Wow, liksom … Nu är han mormors make plötsligt, morsans döda farsa och hon vrider sig i sätet, ler bak mot mig med blanka ögon. Att bli vuxen, behöva dra på andras smärta också, farsans, morsans. Jag vet inte om jag vill, det känns övermäktigt. Världen som man bara kunde klampa omkring i förut, är man tvungen att alltid gå på tå i den nu?

”Vi hörde inte av honom efter det, men mamma fick reda på att de gått under jorden efter ett misslyckat attentat mot en lyxvilla som Arenatopparna hade som semesterbostad. Det var i början av maj. Kort därefter slutade de höra av sig och när man några veckor senare kollade gömstället så var det tomt. Sen gick ju allt åt helvete i Chile också. Elfte september har en lite annan innebörd för vissa. Resten vet du, hur vi hamnade här. Mamma hörde sig för efter att vi kommit hit. Men ingen av de åtta som hade gömt sig där dök nånsin upp igen. Inte förrän då berättade mamma för mig vad pappa hade hållit på med.”

Hon tystnar. Jag vet inte om jag alls ska säga något och i så fall vad, så jag sitter där med min jävla klump i magen och mår lite illa. Lyssnar på brummet och suset. Mamma vrider på huvudet och tittar på mig.

”Vilken jävla snyftare, va?” säger hon och vänder sig sedan mot Eva. ”Kan vi stanna och äta nånstans. Jag är skithungrig.”

Vi äter på en vägkrog utanför Gävle. Efteråt blir Eva stående när hon öppnat förardörren. Hon suckar, axlarna faller ner.

”Jag är trött. Jag vill inte köra mer.”

Morsan öppnar sin dörr och sätter sig i passagerarsätet. Slänger bak sitt svarta hår. Eva böjer sig fram, stöder sig med handen på dörren. Blickar in utan att säga något.

”Fan, jag har kört saker i femton år. Det är allt jag gör dagarna i ända”, protesterar morsan. ”Jag har semester.”

”Klockan är halv tolv på midsommarafton. Det kommer tjockna rejält efter Söderhamn när det blir enfiligt. Sega fram i sjutti. Jag fixar inte det. Jag somnar.”

”Det är din familj”, svarar mamma kort.

”Ska man straffas dubbelt då, menar du?”

”Jag kan ju övningsköra”, säger jag. Morsorna ser på mig i baksätet, sedan på varandra.

En missad högerregel när jag trodde det var huvudled är enda incidenten under hela vägen, det får ändå vara godkänt. Jag rullar in på uppfarten, ställer bilen i den tomma carporten och slår av tändningen. Eva morrade såklart, men jag lyckades hålla käft och låta bli att kontra med hennes fortkörning och de sju, åtta andra grejerna som hon skulle ha blivit kuggad för på sin sträcka. Agneta tittar ut medan vi står och sträcker på oss i solen nedanför förstubron. Hon torkar av händerna mot förklät och kommer nerför trappan. Ler lite blekt, säger välkomna och kramar sedan om Eva innan hon skyndar tillbaka upp.

”Jag har grejer på spisen. Gå upp ni och installera er hos Jonna så länge”, säger hon och pekar mot fönstret på ovanvåningen. ”Hon är ner om i byn och köper jordgubbar bara. Kom ner sen så får ni nåt att dricka.”

Jag tar en av väskorna och följer morsorna upp. Kulsprutesmatter och explosioner hörs från rummet mittemot Jonnas och jag sticker in huvudet och hälsar. Bo rycker till i sin stol framför den gigantiska skärmen, slänger ett hej och en snabb blick mot mig. Skärmen blinkar som ett stroboskop och en larmsiren börjar skrika.

”Glad midsommar”, säger jag.

”Fan!” säger Bo och hamrar med tummen på sin handkontroll. Jag lämnar krigszonen. Morsan har bytt om till en blommig kort sommarklänning och står framför Jonnas spegel med en preppig rosa hårklämma i handen som hon försöker placera.

”Bo hälsar från fronten”, säger jag.

”Säkert”, svarar Eva och tar väskan ur min hand. Hon gräver fram en handduk och en blekgul blus och försvinner mot badrummet. Morsan vänder sig om och sträcker ut armarna i en fråga, lyfter på de kolsvarta ögonbrynen.

”Snyggt”, säger jag. ”Maja har inte en suck i helvetet.”

”Rätt svar”, säger hon och ler illmarigt. ”Du vet precis vad din gamla mamma vill höra.”

Hon blinkar och nyper mig i näsan innan hon studsar nerför trappan. De är inte kloka, de två. Jag skakar på huvudet, ser mig omkring i rummet. Upptäcker en svartvit katt som prydligt ligger på kontorsstolen vid Jonnas skrivbord och glor outgrundligt mot dörröppningen.

”De är inte kloka, de två”, förklarar jag för den med en nick mot dörren. Sedan kommer nysattacken. Katten vinklar bak öronen och ger mig en förnärmad blick, hoppar sedan ner på golvet och slinker iväg.

Fotografiet är stort som en plansch och inramat och det hänger bland andra mindre, uppnålade. Sammantaget täcker de nästan hela kortväggen. Det visar en skolkorridor. Färgerna glöder. Linjerna på de kaklade väggarna driver mot en punkt långt bort där allt mörknar. Killar och tjejer är i rörelse längs korridoren. De går i par eller grupper, mot betraktaren eller bort, pratar och gestikulerar.

Eller står ensamma och tysta. En lärare med rött, lockigt hår och skägg håller på att låsa upp den närmaste dörren.

"15 sekunder i mikron bara. Det blir helt sjuka färger."

Nu är det jag som rycker till och vänder mig om. Jonna står med armarna i kors och ler i dörröppningen.

"Allvar?" frågar jag och hon trycker ihop läpparna, nickar och lyckas se fullkomligt gravallvarlig under de sekunder det tar för henne att komma fram och ställa sig bredvid mig. Sedan spricker hon.

"Nä, knappast. Enklare med Photoshop", skrattar hon och jag sätter ut en armbåge i sidan på henne.

Alla på bilden har en blekgul gloria svävande en decimeter eller så över huvudet. Utom en tjej längst ner till höger som sitter hopkrupen med ryggen mot väggkaklet och uppdragna ben. Hennes ansikte är dolt av långt, blåsvart hår.

"Är det du?" frågar jag, känner igen den tidigare frisyren. Nu är håret knappt axellångt, blont. Hennes egen färg tror jag, förutom några halvlyckat blekta centimeter längst ut.

"Ja, men det gör detsamma." Hon viftar undan frågan. "Det kunde ha varit vem som helst."

Jag nickar.

"Änglaskolan heter den", fortsätter hon, vänd mot bilden. "Kameran fick stå där hela dagen på stativet i korridoren så folk glömde av att den var där. Sen hade jag fjärravlösare."

Hon tystnar, väntar på ett omdöme. Jag nickar igen, famlar för ovanlighetens skull efter ord. Hittar inga. Åtminstone inga som jag inte kan se hur hon genast diskvalificerar med ett lyft ögonbryn eller en miniryckning i mungipan eller en snabb vidgning av näsborrarna eller något annat från hennes konstnärsbreda palett av dissningar.

"Cool", kommer det till sist när jag givit upp och vad som helst ändå är bättre än att bara stå där stum som en byfåne. Hon släpper bilden med blicken och riktar den mot mig, pressar sedan ihop läpparna och knycker nästan omärkligt bakåt med huvudet.

”Sjukt cool”, utvecklar jag och biter mig i kinden. Ja, oj, vilken förbättring …

”Inte helt opjåkig”, ler hon tillbaka. Nickar åt fönstret till och vänder mot dörren. ”Kommer du? Maja och cirkusen är här.”

Det knastrar i gruset på gårdsplanen. Jag nyser, två gånger, och följer Jonna ner.

”Men Fredrik! Du har vuxit till dig rejält sen sist vi sågs, har du inte?”

Efter att hon med imponerande naturtrogen hjärtlighet klarat av sina syskon har Maja nu stannat framför mig. Hon blickar över kanten på sina solglasögon, som för att kunna se bättre. Jag undrar lite var de varit någonstans, för så brunbränd och solblekt i håret lär hon knappast ha blivit enbart av försommarsolen i Hudiksvall. Jag rycker på axlarna till svar, ler. Försöker hitta någonstans att göra av blicken. Hon ger mina morsor en imponerad min.

”Det var minsann ett ståtligt exemplar ni avlat fram.”

Det är sjukt pinsamma repliker egentligen, eller hade varit ur vilken annan mun som helst, så varför, o varför, är det ändå jag som står här med brännande ansikte och skruvar på mig och inte hon?

”Naturligtvis”, svarar Sónia, den rent genetiskt mest ansvariga av mina morsor, men som nerifrån sina en och femtioåtta knappast kan ta åt sig äran för någon eventuell ståtlighet. Maja vänder sin fingranskande blick mot mig igen, stickande och klistrig som en kardborre, och jag väntar spakt på nådastöten. Barmhärtigt nog ler hon bara, närapå vänligt, och fortsätter sedan vidare. Lämnar efter sig lika delar lättnad och hettande öron.

I svallet efter familjens isbrytare lommar Thimmy lite bortkommet omkring mellan alla tanterna medan Raimo håller sig på distans, vankar fram och tillbaka i gruset framför Volvon och pratar för sig själv med blicken i skyn i en ganska utmärkt imitation av en rymling från rättspsyk. Lisette står vid bilens öppna baklucka och slänger ilskna blickar efter de övriga medan hon gör en tafatt ansats att koppla familjens hund som med stor energi försöker tränga sig förbi och ut ur bagageutrymmet för att få hälsa hon också. Raimo stoppar ner handsfreen i kavajfickan, ursäktar sig och hejar pliktskyldigast på alla. Kommer fram och ger mig ett handslag och fortsätter sedan till Thimmy som kryssat sig fram till en livboj av grabbighet mellan skären och står och sparkar i gruset bakom mig.

”Vi får ju gå upp och säga hej också”, säger Raimo till sin son. Tillsammans flyr de sedan undan den hotande kritiska massan av kvinnliga anhöriga och upp i huset med siktet inställt på Bos rum och de enklare strider som pågår där. Raimo sträcker ut en lång arm och får med sig en flaska ur ölhinken på förstubron. Hunden är ute; spattig av lycka störtar den från en armviftande nejsägare till nästa och försöker hoppa upp i famnen på oss alla. Lisette hänger som en vante i andra ändan av kopplet.

”Sitt!” vrålar hon. ”Siri! Sitt!”

Jag backar undan ett par steg så värdigt jag kan medan Jonna hjälper Lisette med hunden. Maja drar plasten av ett oöppnat cigarrettpaket som hon plockar upp ur axelväskan. Tänder en cigg, blåser ut ett moln av rök mot sina systrar, ler mot deras illa dolda ogillande. Morsan blinkar omärkligt mot Eva och låter den lilla ryckningen i mungipan blomma ut till ett ordentligt leende att besvara Majas med.

"Matjestårta? Det var nåt nytt!"

Evas konstaterande är neutralt, går varken att tolka som uppskattande eller förebrående, om det inte vore för det att allt som sägs just nu verkar menat att såra. Agneta slår igen kylskåpsdörren med axeln, ställer ner fatet på köksbänken och drar plastfolien av tårtan. Potatisen jag släpper försvinner med ett plums ner i det grågrumliga vattnet. Jag tar en ny och skrubbar vidare i solen på förstubron med grusplan och gräsmattan nedanför mig och ryggen mot den öppna ytterdörren.

Jonna med sitt nytagna körkort fick uppgiften att hämta Edvin från ålderdomshemmet i Matfors och jag hade med facit i hand mycket hellre åkt med än skrubbat potatis mitt i ett pyrande fyrverkerilager. Men Lisette högg omedelbart när platsen som bilsällskap uppenbarade sig, tjudrade Siri vid torkvindan och giraffade med ivrigt ostyriga trettonårslemmar över gräsmattan till den otåligt väntande Jonna. Utsikten att få sätta sig i en het bil igen, i framsätet bredvid en äldre kvinnlig kusin och få ha henne, och alla hennes nedlåtande fnysningar, helt för sig själv ett tag framstod väl mer självklart för Lisette som högsta vinsten i midsommarlotteriet än det gjorde för min egen trögare hjärna. Istället satt jag plötsligt där med en full potatisbunke i knät och ett "Tack, gulliga du" från min leende morsa som strök händerna mot förklät och fortsatte ut genom dörren.

Orutinerat. Jag borde ha begripit redan när hon med målade naglar lyfte bunken ur vasken. Då får man skylla sig själv, så jag skrubbar mina potatisar oberört och utan knot, låtsas inte märka kriget därinne utan riktar mest blicken neråt sjön till. Nedanför de sluttande ängarna och bortom skogspartiet glittrar solen rätt fint i vattnet, men skuggfigurerna i det skumma köket är egentligen klart intressantare om man nu ändå är tvungen att sitta här, så jag kikar in lite i smyg med jämna mellanrum och tjuvlyssnar på de obegripliga maskingevärssalvorna.

”Det är Linneas recept”, säger Agneta och börjar stryka gräddfil över de bruna brödskivorna med en slickepott.

”Jo, skulle just fråga vem du stulit det av”, säger Eva i förbigående. Eller det är vad man skulle tro om man inte samtidigt ser hur Agneta rycker till och tittar sorgset på henne.

”Lägg av!” Maja skyndar till försvar och kastar en förebrående blick på Eva. Hon lägger armen om Agneta, ger henne sitt bästa tyska tevereklamleende och jag begriper inte ett dugg men till och med jag kan se det gapande hålet i mitten. Långsamt drar allt igång, de börjar liksom cirkla osäkert, rollerna är oklara och de vet inte riktigt vad de ska ta sig för eller säga. Fumligt hjälps de åt, springer i vägen för varandra utan att direkt komma vidare. Så fortsätter det tills Agneta motvilligt och ovant tar på sig värdinnerollen och börjar fördela bestyren; det är ju ändå hemma hos henne vi är. Då startar nästa level, som Bo skulle ha sagt, och Eva och Maja kan lättade lufta motförslag och kritiska invändningar mot den nya självutnämnda chefen och mot varandra. Pilarna flyger allt tätare och de tre bildar och bryter allianser på bråkdelen av ett ögonblick, ger och tar nålstick som jag knappt hinner uppfatta och inte ens kan börja att begripa mig på, men hålet finns kvar där i mitten, uppenbarligen, för ingen ryter någonsin till för att sätta stopp för alltihop.

Maja tonar ner teveleendet till en mild och skenhelig uppsyn.

”Jag skulle ha gjort likadant alla gånger”, säger hon med armen om Agneta. ”Det var väl bra att den kom ut så att folk fick läsa den.”

”Men det var ju inte mening…”

Agneta trillar i vad som verkar ha varit en fälla och avbryter sig när Eva och Maja suckar i kapp. Eva tittar upp mot taket med ett tyst: ”Eller hur?”

”Nu får du väl ändå lägga av med det där, syrran.” Maja kramar Agnetas axel och släpper den, tittar lite beklagande på henne. ”Du har säkert användning för pengarna och det är helt okej, Agneta.

Gudarna ska veta att du behöver skämma bort dig lite, så lite lyx i storstan var väl bara skönt och välförtjänt och Jerker är hygglig och en bra far ..."

Hon pausar, ser demonstrativt upp i trappen och nu är det ett "men" på gång känner jag lång väg, fast att det är som om några av de viktigaste pusselbitarna fattas för mig.

"Men inte hade han nåt vidare begrepp om vad en kvinna behöver, va?"

Agneta bleknar, sliter sig ur Majas systerliga grepp med sammanbitna tänder.

"Den diskussionen tycker jag att vi skippar", morrar Eva med en isblick åt Maja, vars leende stelnar något. "Nu ska vi väl försöka ha lite trevligt tillsammans."

Och tystnaden lägger sig för en kort stund. Agneta tar ut ett par skålar ur kylskåpet och börjar med ett ilsket darr på händerna att dekorera den nu helt gräddfilsvita matjestårtan med gröna dillvippor och rosaröda rädisor.

Försöka ha lite trevligt tillsammans. Ur Evas mun. Herregud, är hon sjuk? Jag hör allt de säger till varandra, hör orden. Jag till och med lyssnar på dem. Alltså, koncentrerat. Men jag begriper ingenting, fattar inte ett smack. Det är någon sorts jäkla spökboll eller rundpingis där bollarna flyger snabbare än man kan se, där det hinner gå tre rundor till innan man fattat om den första träffade eller inte. Okej att de är syskon och att det finns en massa som liksom inte behöver sägas högt eller förklaras och att de kan gå direkt på det viktiga. Men jag får inte ens upp ett litet hörn att börja riva i och jag klarar inte av att stanna kvar länge till nu. Skrubbar på lite snabbare, grådaskigt potatisvatten stänker över bunkens kanter och ner på förstubrons plank.

"Ja, inte var det jag som tog upp ämnet", säger Maja oskyldigt, och bollen är i rullning igen. Det är liksom tvångsmässigt, de verkar inte kunna hjälpa det.

”För tjugo år sen verkade du tycka att han hade som fullständigt grepp om alla en kvinnas olika behov”, kontrar Agneta tyst.

”Nämen!” Maja stannar i steget och blinkar med öppen mun, spelar häpen över den försåtliga motattacken. ”Då var vi bara småflickor ju. Tonåringar! Nej, en kvinna är nåt annat, en mer komplicerad varelse med anspråk på livet och tillvaron. Svårare att tillfredsställa. Inte sant?”

Hon nickar frågande mot Agneta och låter den glittriga blicken svepa förbi Eva, som ler snett, liksom lite motvilligt, med armarna i kors över bröstet. Maja småskrattar och tömmer ölflaskan i sin hand.

”Män däremot, är som hyfsat enkla varelser. En biff med bearnaise, ett par öl och en avsugning, mer begär de inte av tillvaron.”

Hon kliver över mina ben och potatisbunken i dörren och ställer tomflaskan i backen. Tänder en cigarrett och tar en ny öl ur kylhinken. Blåser rök åt mitt håll.

”Eller vad säger du, Fredrik?”

”Visst, absolut”, svarar jag hyggligt oberört. Den efterslängen hann jag i alla fall fatta att den var på väg. Mitt svar förtas dock en del av att rösten spricker till ett gällt kväkande. De därinne stirrar stint på mig, nästintill generat. De hade väl i stridens hetta, till skillnad från Maja, glömt att jag satt där. Jag låtsas inte om dem, rotar runt i bunken och hittar en sista oskrubbad potatis. Maja står lutad mot räcket och röker med ryggen mot köksingången. Hennes leenden och blickar är … jag vill inte riktigt tänka på vad de är, de kittlar liksom, obehagligt och spännande på samma gång. Hon ler igen när hon kliver över mig på väg in. Och plötsligt är det så uppenbart vad blickarna egentligen säger, alla hennes leenden, men jag vet inte om hon vet det själv, att det står som ett moln runt henne när man väl fått syn på det: att hon är van att få vad hon vill ha. Jag reser mig och slänger rotborsten i bunken. Det går rysningar utefter ryggraden.

”Sådär”, säger jag med lite för hög röst. Jag ler mot dem alla, knäböjer och snor åt mig en öl ur hinken innan jag flyr nerför trappan. ”Färdigskrubbat. Tar en bensträckare bara.”

Genom staketet får jag syn på hunden som till slut lagt sig ner i en uppgiven kringla på gräsmattan. Hennes sorgsna ögon följer mig nerför backen. Hon flyger upp när jag råkar möta hennes blick, gläfser glatt och viftar på svansen. Fan då.

Jag går snabbt för att få upp lite flås, hunden ännu snabbare, kopplet är som en bågsträng ut i terrängen vid sidan av grusvägen där hon nosar sig fram. Tankarna maler på tomgång och jag lyckas varken få grepp om syskonens hugg och Majas blickar eller farsan och hans humör.

En ny snubbe, igen, och det är som att han på något vis blir mer sorgsen då och inte gladare som det väl är meningen att man ska bli. Eller snarare att det svänger så fort emellan. Liksom, han far omkring, fixar käk och skämtar, hittar på en massa grejer att göra: gå på Cosmonova, spela squash, bowla. Och sedan säckar han ihop, på en sekund bara. Gör sitt bästa för att dölja det, verkligen, och kör på med vad vi nu bestämt oss för, men liksom släpar sig fram, helt punkterad. Och snubben var ju skittrevlig, man kan inte föreställa sig att det skulle vara han som är problemet. Och det var ju precis likadant förra gången. Han mår så grymt värdelöst men försöker dölja det för att inte jag ska bli ledsen och jag har inte en susning om vad jag ska göra. Krama om honom och be honom förklara så man kan fatta varför han sitter och deppar i köket på natten? Men det går inte, om man antyder något försiktigt så blir allt bara ännu jävligare. Han låtsas muntra till och vill hitta på något. Och så klandrar han sig själv ännu mer för att han inte lyckats hålla masken när vi ses så sällan, för då får han ju fan inte sumpa allt genom att vara en grinolle. Och efter ett tag går det åt skogen med snubben, och fan om han inte är på väg att göra precis likadant igen.

Men vad fan kan jag göra åt det, här och nu? Eller överhuvudtaget. Jag slår undan tankarna och ökar takten lite till. Siri hoppar upp ur diket och slänger nöjda blickar omkring sig. Tur att man kan göra någon glad i alla fall.

En bit in i skogen tar grusvägen slut i en öppen plats vid ett sågverk. Luften står still, det luktar varm kåda, solljuset silar in mellan trädtopparna. Vi står där och andas en stund, jag och hunden. Jag dricker min öl medan hon förväntansfullt tittar mot vägen som leder djupare in i skogen. Tätt, frodigt gräs sticker upp i en remsa mellan de kala hjulspåren, som en nyfärgad illgrön mohikanfrilla längs skogsvägens mitt och allt man vill är att sparka av sig skorna. Men klockan säger dags att vända. Fan.

Jag tjudrar Siri vid torkvindan igen och medan hon tillfreds lägger sig ner i gräset kommer Edvin ut genom köksdörren med ett glas i handen. Med den andra pekar han och gestikulerar, förklarar något för Agneta och Jonna som följt honom ut. De blir stående på förstubron. Edvin skuggar ögonen mot solen.

”Men där är han ju”, säger Edvin med ett brett leende när knaket i trappan avslöjar mig. ”Stora karln! Dig var det längesen man hade den äran att träffa.”

”Ja, det var väl på begr...”, hinner jag säga innan Jonnas skospets träffar min hälsena och täpper till käften på mig.

”Påsken för två år sen måste det ha varit”, säger hon med en vass blick åt mitt håll och först då fattar jag. Jag grinar illa och svär tyst åt mig själv.

”Det stämmer nog det”, svarar han och ställer ner sitt glas och kramar om mig. Agneta häller upp ett till glas saft och sätter det i handen på mig.

”Fläderblom”, säger hon. ”Det är Jonna som gjort.”

”För lite citron”, säger Jonna.

”Nä, det är jättegott”, protesterar jag.

”Kom med nu och hälsa på Inga”, säger Edvin till mig. ”Hon sitter och håller styr på flickorna.”

Eva och morsan står och breder dukar över två bord som ställts ihop till ett långt borta på gräsmattan, med betryggande säkerhetsmarginal till Siri och torkvindan. Invid bordet står en rullstol och visst har jag blivit förvarnad och ändå så håller man på att klanta sig redan första gången man öppnar käften, men det hade liksom inte rotat sig i verkligheten, inte förrän nu när jag hör hans ord och ser stolen framför mig. Magklumpen kommer tillbaka för vad jag inbillar mig är hundrade gången den här jävla dagen och jag svär inombords och undrar varför alla tvunget måste ha det så sjukt jobbigt. Och hur skevt är inte det här, ännu läskigare just för att han i övrigt är helt klar i huvudet, vad det verkar. Så att man nästan börjar undra om det ändå är han som har rätt och vi andra fel. Jag dricker upp saften och stålsätter mig.

”Då går vi, då”, säger jag och tar honom under armen. Förstutrappan ner får han ta i tyst koncentration ett steg i taget men över gräsmattan travar och snackar han obehindrat på, frågar hur det gått i skolan och hur länge vi tänkte stanna den här gången. Jonna följer just bakom med en stol i varje hand. Mina morsor passerar åt andra hållet för att hämta fler. Jonna ställer sina stolar invid rullstolen. På bordet framför står ett halvfullt glas saft. Edvin tackar henne, sätter sig ner och suckar. Skärmar ögonen mot solen med handflatan, frågar tomrummet bredvid sig om jag inte blivit stor på riktigt sedan sist, så säg. Jag tvingar mig att hälsa vänligt, det isar i nacken. Edvin nickar glatt, dricker ur sin saft. Och funnes det månne en stund över till lite kastmete nere i sjön imorgon. Ingen annan här gillar ju att fiska, så det blev ju inte tillfälle så ofta för honom.

Jag nickar, får ur mig ett lamt ”Jovisst”.

”Utmärkt!” Edvin slår sig för knäna. Vänder sig nöjd åt sidan med glimten i ögat under de buskiga ögonbrynen. ”Du släpper iväg mig då, va? I så goda händer?”

Jag sprattlar och slår, snappar hjälplöst efter ord och luft i änden av linan. Jonna lägger an den där uppgivet luttrade blicken som verkar gå i arv på mödernet och som nästintill alla människor av honkön över fem års ålder har finslipat till en koncentrerad stråle av absolut förödmjukelse. Den som säger: Jag är visserligen fruktansvärt besviken, men egentligen inte ett dugg förvånad. Hon krokar av och slänger i mig igen, för ynklig och patetisk för att ens vara värd besväret att nacka. Ber mig med lika delar nåd och förakt att hjälpa till med att bära ner resten. Edvin ber mig att ta med en öl åt honom på tillbakavägen.

Jag nickar åt honom och, efter en kort tvekan, även åt rullstolen och följer Jonna uppför backen med en märklig känsla av att ha vingar under fötterna men magen full av blysänken. Hon mumlar något över axeln.

”Va?” säger jag och stegar ikapp.

”Idiot.”

På något sätt är det ju ändå som ett fall framåt. Fram till idag har hon knappt känts vid min existens, än mindre tilltalat mig självmant. Inte ens sommaren för två år sedan när hon sommarjobbade på Liseberg. I och för sig var jag mest hos pappa då, men vi bodde ändå under samma tak i bortåt två veckor.

Midsommarmiddagen håller sig trots allt hyggligt civiliserad. Raimo och pojkarna lockas ner från övervåningen, är på förvånansvärt gott humör och bullrar av självförtroende och lyckade bakhåll, sätter sig med nöjda miner vid midsommarbordet utan att ens minsta skvätt bearnaisesås syns till. Systrarna håller igen på giftpilarna, sånär som på Majas val av samtalsämnen som man inte kan tolka annat än som indirekta provokationer. Hon snålar inte direkt med flädersnapsen heller. Mellan de små tuggorna och de djupa klunkarna berättar hon med illa dold tillfredsställelse om djuphavsmarulkens fortplantningssätt.

”Det är så sällan förstår ni, därnere i mörkret, så när den lilla hanen väl stöter på en hona så biter han sig fast. Sen växer den ihop helt med honan och hjärnan på hanen tillbakabildas ...”

Edvin har ätit upp, snabbt och med högljutt välbehag. Han sitter tillbakalutad och blundar nöjt mot solen med ölglaset inom räckhåll fastklämt mellan låren. Lyssnar mer på döttrarnas trivsamma sorl kring bordet än på själva orden, kan jag tänka mig. Raimo härdar stoiskt ut på sin kant med sonen intill och Bo mittemot. Jag ser i ögonvrån att även Jonna kollar in honom medan han till synes oberört tar om av den, ska sägas, jäkligt goda matjestårtan.

”... honan blir befruktad genom blodomloppet när de vuxit ihop helt ...”

Jonna anar väl att jag anar för nu kollar hon plötsligt åt mitt håll, med en underlig blick. Jag vänder snabbt så hon inte ska hinna undan och besvarar den. Påkommen på bar gärning skyggar hon i alla fall inte, ler istället lite. Det är så uppenbart att vi tänker exakt likadant nu, vill se allt, fatta allt, och något kränger till i magen. Det är lite läskigt, men skönt på något sätt. Sjukt skönt.

”En gammal ärrig hona kan ha som tio, tolv före detta hanar hängande som extrafenor från kroppen. Vad säger du om det, Fredrik?”

”Fantastiskt”, säger jag och rodnar inte ens när Maja försöker vinna tillbaka min uppmärksamhet. Det har självklart inte undgått henne att hon just förlorat den sista gnuttan av manligt intresse som bjuds vid bordet och hennes utfall blir klart mer hanterliga pinsamhetsmässigt när man väl insett att de rotar sig i den akuta bristen på verkliga villebråd.

”Vilket drömliv liksom: man behöver inte jobba, inte tänka, inte ens röra sig. Till och med befruktningen sköter sig själv.”

Jag nickar lite för att understryka och intresserar mig för den gräddfiliga och dilliga färskpotatisen på min tallrik. Sköljer ner den – och tillbakabildar min hjärna en gnutta – med en klunk öl. Naturen är vidrig. Men fan, jag börjar bli bra på det här. Jag måste tvinga ner mitt självgoda smil med en tugga senapssill.

Agneta ser mest matt ut under Majas totalsågning av manssläktet. In emellan fyrar hon av en storasyrrasuck och man kan se varifrån Jonna fått den klandrande blicken, även om hennes är mer ilsket frätande och Agneta kör mer blaserade pannrynkningar.

Vad jag däremot inte fattar är att Eva gång efter annan faktiskt trillar i Majas uppenbara fällor. Typ: Maja säger att jämställdhet är det värsta som kan hända kvinnorna. Varje kvinna som tar en mans plats i ett börsbolags styrelse innebär en dubbel förlust: det tvingar ännu en kvinna att gå till ett ansträngande och urtråkigt jobb, men vi får inte heller glömma den dolda kvinnofällan, den osynliggjorda andra kvinnan vars make inte längre kan försörja henne eftersom han blivit av med sitt jobb. Sånt. Och Eva kan inte hålla sig, bara måste kontra med ett eller annat, som Maja glatt vässar vidare på. Men hon är väl sur för jobbet i Lund och disträ. Eller irriterad på morsan som sitter bredvid i sin blommiga klänning och flickiga hårklämma och lägger huvudet på sned, lyssnar andäktigt och smalnar av ögonen på ett sjukt pinsamt sätt. Stöter överdrivet, på skämt såklart men liksom med ett inbyggt osäkerhetsmoment också. Och Maja märker det inte ens. Eller så är hon bara jävligt, jävligt bra på att inte bli generad.

Däremot är hon helt uppenbart toknöjd med att få sin syrra, feministflatan Eva, att trilla dit gång på gång och rycka ut till männens försvar; hon har tydligen inte greppat att Eva inte är den sortens feminist. Att hon slår in vidöppna dörrar, liksom. Det är väl i och för sig förståeligt; inte ens jag kan hålla rätt på alla varianter, fast de alla har kommit och gått, suttit med travar av papper och avhandlingsmanus kring ekbordet i vardagsrummet sedan långt innan jag kunde säga postkolonialism ens. Antagligen är hela cirkusen någon sorts trippel mollbergare för den ironiska generationen som vi åttiotalister aldrig någonsin kommer kunna begripa oss på.

Morsan fortsätter ihärdigt. Svansar till och med förtrollat efter Maja upp i köket när de röjer bordet inför efterrätten. Evas ögon är järnspett och det tar ett ögonblick innan jag fattar att de är riktade mot mig och inte morsan. Då får jag eld i baken. Upp från stolen och på med locken på sillburkarna. Jonna fnyser på andra sidan bordet där hon staplar tallrikar, ett ofrivilligt avfyrat och genast kvävt skratt. Jag fyller kvickt en bricka och travar iväg över gräsmattan upp mot huset, slår en lov runt Siri som lyckats böja torkvindan oroväckande mycket. Raimo och killarna som till skillnad från mig inte haft den stora förmånen att få en genusupplyst uppfostran sitter lugnt kvar vid bordet, gungar på stolarna och käftar utan att överhuvudtaget ana att de håller på att missa ännu en chans att hjälpa till. Stackars jävlar …

Uppe vid förstutrappen är Jonna ikapp, viskar:

”Vad är det din morsa håller på med egentligen?”

Hon frågar som om hon faktiskt tror att jag kan sitta på svaret. Eller så är det ett test. Jag rycker på axlarna, svarar: ”Ärligt, jag vet inte. Försöker stå ut, tror jag.”

Eftersom jag alls begrep frågan så torde det vara godkänt. Det är vad Jonnas blick säger också. Jag ryser lite. Fredrik, människokännaren. Respekt.

”Jo, jo. Sluta sjåpa!” Edvins ord flyger över gräsmattan, frågan hördes inte men Agneta svansar bekymrat kring honom borta vid grinden och man kan ju ana. Han släpper rullstolens handtag. ”Men du kan få skjuta mor din en bit, kan du få.”

Jag och Jonna sätter ihop stänger och reder ut snörhärvor, ingen av oss är särskilt angelägen om att bli klar överdrivet snabbt. Resten är traditionsenligt på väg ner till festplatsen vid Bystugan för att ta ett par pliktskyldiga varv kring majstången och tvinga eventuellt medföljande barn att hoppa säck och springa äggsked. Till och med Bo har motvilligt fått ge med sig. Försvinner neråt och sparkar på stenar. Efter honom morsan med armen om Eva som vankar med ungefär lika pigga fötter som Bo. Agneta börjar dra igen grinden efter sig, får syn på oss.

”Kommer ni?”

”Gå ni”, ropar Jonna. ”Kommer alldeles strax, ska bara få upp tältet.”

Det låter trovärdigt nog för att accepteras och Agneta rullar iväg med stolen efter sin far som stegar framåt med god takt och händerna bakom ryggen. Vi jobbar tyst ett tag, hyfsat synkat. Lägger ut duken och får upp stagen.

”Intressant middag?” frågar hon sedan.

Jag rycker på axlarna och börjar knacka ner pinnar i öglorna runt tältbotten med en gammal krocketklubba som jag hittat i påsen.

”Äh, det är liksom en hobby jag har.” Vad ska man säga, egentligen? ”Eller som en sorts tvångsgrej mer.”

”Vadå?”

Frågan är väl mest för att få igång mig. Tydligen vill hon ha det här samtalet. Hon vet ju, hon gör ju likadant själv. Jag försöker sätta ord på det.

”Ja, att försöka fatta vad det är som händer jämt.”

”Du verkar rätt så bra på det”, säger hon. Typisk kvinnoteknik, när de vill ha eller få reda på något så smickrar de en. Liksom: *Pallar du städa toaletten, Fredrik? Det blir så himla bra när du gör det.* Jovisst. Man trillar dit gång på gång, hugger på allt.

”Skämtar du? Jag är fullkomlig junis”, protesterar jag. Vi drar ut linorna diagonalt i varsitt hörn, spänner och fäster. ”Du skulle ha sett när jag satt däruppe med hela showen omkring mig och skrubbade potatis, när de var själva alla tre syrrorna, och begrep cirka ingenting. Det var som en Hongkongrulle på snabbspolning: det flyger snytingar i överljudsfart, så mycket fattar man, men inte ett smack mer, vem som ger och vem som får och vilka som träffar och var och varför, inte en susning.”

”Alltså, rätt bra för att vara sjutton och kille, menar jag”, rättar hon sig och pressar ner sin pinne sista biten med hälen. Vilket ju är en hyfsat brutal sänkning jämfört med det första betyget.

”Vad du än menar med det så är väl i alla fall varken skäggväxt eller penis nåt hinder för att man förr eller senare får andra intressen än att sitta och skräna på McDonald’s och försöka stoppa pommes med ketchup i näsan på varann.”

Hon skrattar, sätter sig framför den öppna tältdörren. Jag går för att hämta min ryggsäck i bilen.

”I storstan i alla fall”, lägger jag till. ”Kan inte svara för hur det är här.”

Jag får med mig ett par öl på vägen tillbaka. Ger henne den ena.

”Du är okej”, säger hon och skålar med flaskan. ”Du verkar liksom … äldre.”

Nu är hon igång och smörar igen. Jag känner värmen sprida sig i magen. Hopplöst, funkar varje gång. Jag slår mig ner bredvid henne och skickar in ryggan i tältet.

”Jag vet inte. Jag funderar rätt mycket på grejer”, säger jag och rycker på axlarna. Tar en klunk öl ur flaskan och ler. ”Lite kommer väl kanske på köpet, om man växer upp med två morsor."

"Och inte vilka morsor som helst", säger Jonna och ler. "Vilken fart det blev på dig plötsligt när vi röjde efter maten."

"Ja, du ser. Elpistolen bara *Zzzzzt*! om man inte tänker snabbt nog själv." Jonna skrattar och det uppmuntrar till att köra vidare med hela numret. "Men du fattar, man fick kanske lite försprång. Vi flyttar från Stockholm och morsan börjar jobba och man kommer hem från dagis helt konfys första dan, liksom: *Har alla barn i Göteborg bara en mamma?* Eller när man berättar att man har två mjölksnokar som heter Gender och Bender och dagisfröknarna glor konstigt, så man måste förklara att man är allergisk mot pälsdjur. Eller när de jämt ska hugga tag i armen på en efter lunch och lyfta ut en till kuddrummet. Då blir man ju förbannad på riktigt till slut och yttrar sitt missnöje, men fröken bara: *Näj döh, Freedrik, någe våldsmonopol håår vi värkligän intö häär pooh dettå dåågisätt, dee kan jå låva däj! Båra heelt vånligt. Oo fuhscht soover vi la midda efter mååtän. Diräkkt, utan oo passera gåå!* Och så kallar man henne, med all rätt, för 'hegemonisk' och då småskrattar hon bara en rakt i fejan och tillrättavisar lite snällt: *Du menar la* hämsk, *änna?* och innan man hinner svara kärringen så har hon dumpat en på närmaste lediga madrass, släckt lyset och dragit igen dörren efter sig. Sen på eftermiddan kommer Eva och hämtar och man är fortfarande helt kokt och förklarar högljutt för henne på spårvagnen hem att hon ju har helt åt skogen fel, att det är matriarkat precis överallt."

Jonna frustar och skakar på huvudet. Torkar fukten ur de leende ögonvrårna med knogen och försöker dricka öl. En rap attackerar mig nerifrån magen. Jag tvingar ner den, vänder bort ansiktet och låter den smita ut genom näsan. Vinden flapprar i tältduken och jag kollar neråt skogen. Rycker på axlarna. Drar ett djupt andetag.

"Vad?" frågar hon.

"Äh, jag vet inte. Så småningom blev jag väl sjukt arg på dem, till och från. Fattade de inte hur jävla jobbigt det var för mig?"

Det isar i nacken och sticker lite i ansiktet. Jonna ler snett, välvilligt. Jag tvingar mig att fortsätta.

"Liksom gick tio meter bakom dem på stan och glodde avundsjukt på alla fina vanliga familjer och drömde om hur alla problem skulle gå upp i rök, eller aldrig ens skulle uppstå om man bara haft en farsa som alla andra. Och sen fick jag en. I tolvårspresent, typ. Och det var ju helt galet, underbart och sjukt läskigt. Men jag upptäckte rätt kvickt att inget blev ett jäkla dugg enklare för det."

Rösten kraxar torr och jag dricker ur ölen. Lutar mig tillbaka och lägger undan flaskan invid tältväggen. Stöder mig på armbågarna och kollar upp mot Jonna. Hon nickar långsamt med blicken rakt fram.

"Hur fan fick man för sig att livet skulle bli så mycket enklare om man bara begrep sig på folk lite mer?" frågar jag.

"Jamen, eller hur?" suckar Jonna. Lättnaden när någon fattar precis.

"Din då?" frågar jag. "Var är han idag?"

"Pappa? Han skulle till Falun, hälsa på sin syrra." Jonna rycker på axlarna. Drar upp sina ben och slår armarna om dem. "Sade han. Det var inte så att han inte fick komma. Men man fattar ju, skulle han låtsas som om allt var som vanligt medan alla sitter där med stela leenden och försöker hålla rätt på antalet snapsar? Räkna tandborstarna när han går upp på toa?"

"Har Agneta nån ny?"

"Det tror jag inte", svarar hon och jag väntar på fortsättningen. Men hon sitter tyst och blundar mot solen med hakan vilande mot knäna. Guppar tankspritt flaskan i handen mot smalbenet. Jag börjar öppna munnen, men låter det vara. Inte värt att störa, hon har väl grejer att få rätt på hon med. Till slut öppnar hon ögonen.

"Det har väl varit några nätter när hon varit borta fast det inte stämt med hennes skift på sjukhuset."

Hon rycker på axlarna och tar en klunk av ölen. Grinar lite illa, efter behandlingen den fått lär den vara hyfsat avslagen, och glor hål i marken en meter framför tåspetsarna.

”Jag genomskådar alla”, säger hon sedan. ”Du kan få bli min lärjunge om du vill.”

”Gärna. När börjar vi?”

Hon vänder ansiktet mot mig, fnyser fram ett litet leende, det första på ett tag nu.

”Jag försökte skämta.”

”Vad tror du jag gjorde?” svarar jag och klingar med flaskan mot hennes. Sedan slinker det ur mig av bara farten:

”Och du då, har du nån kille?”

Hon drar ihop munnen, granskar mig ett tag. Vasst.

”Sorry, sorry!” säger jag, visar handflatorna. ”Har inte jag med att göra. Glöm att jag sade nåt.”

”Förlåt”, säger hon, skakar på huvudet. ”Nej. Ingen. Du då?”

”Nope”, säger jag och skakar på huvudet. ”Ingen kille.”

Jonna garvar men avbryter sig snabbt och harklar nervöst när jag inte skrattar med utan bara glor på henne. Fast jag pajar det meddetsamma, munnen spricker upp och ler.

”Fan då”, säger hon och småskrattar.

”Cigg”, säger jag och sträcker ut handflatan.

Jonna tittar upp, oförstående med ögonbrynen långt upp i pannan. Jag komsi-komsiviftar med fingrarna.

”Lägg av. Du snodde ur Majas paket när du samlade ihop tallrikarna.”

Hon skakar bak håret, fäster det bakom öronen. Ser påkommen ut, plockar fram en cigarrett ur den uppvikta blusärmen och ger mig den. Glor misstroget med öppen mun när jag nyper av två tredjedelar av hennes cigg och ger tillbaka filterändan.

”Å, men tack!” säger hon syrligt och tänder ciggstumpen. Blåser irriterat ut röken i ansiktet på mig. ”Har du tjejbaciller, eller?”

Sedan får hon syn på redlinepåsen som jag håller upp, tystnar igen. Det är inte särskilt mycket, bara någon nypa som blev över sista kvällen med Pierre och Peter innan jag drog till Stockholm. Jonna lyckas rätt okej med den oberört världsvana min hon lägger an medan jag rullar en snäll en på hälften av gräset, men avslöjar sig genom att följa det tekniska hantverket lite för ingående. Solen börjar gå i moln så jag rotar fram luvtröjan ur ryggan. Ler åt Jonna och sticker ner jollen i bakfickan. Reser mig och knyter tröjan om midjan.

”Ska vi gå då? Ge mina äckliga flatmorsor lite stöd nere vid stupstocken?”

”Du rullade den där för skojs skull bara, eller?”

”Nä, mina morsor är så jävla resonabla att man kan spy på dem”, säger jag och tänder roachen en sista gång, men det är verkligen bara papper kvar nu. Jag trampar sönder den mot asfalten, slår ett öga på den leende Jonna bredvid mig och fortsätter:

”Hade jag tänt en feting därhemma hade morsan bara ’Men Fredrik!’ och tittat lite sorgset med rynkad panna. Och så hade Eva dykt upp, lagt handen på hennes axel: ’Men snälla du, det begriper du väl att du inte bara kan sätta dig här och röka på.’ Och sen pekar de och säger ’Balkongen!’ i mun på varann.”

”Allvar?” flinar Jonna.

”Äh, jag vet inte”, säger jag och blinkar åt hennes fånleende. ”Brukar ju faktiskt vara sjyst och gå ut på balkongen ändå. Men typ. Eva är fullkomligt övertygad om att inget nånsin skulle kunna hända, för jag har ju en så jävla stabil hemmiljö och så fantastiskt insiktsfulla och vettiga föräldrar. Hon kan åtminstone bli skitarg ibland, men *orolig*, aldrig i livet! Morsan blir inte ens arg, inte på mig i alla fall. Hon är helt omöjlig att provocera, det är skitstörigt. Man känner verkligen för att börja skjuta heroin eller sälja sig till nån gubbe bakom en buske i Keillers park, bara för att."

Jonna frustar och vi går in genom grinden, skrattar oss förbi Bystugan där rullstolen står parkerad på grusplanen och snubblar nerför branten till festplatsen, där det lutar aningens mindre jävligt och de faktiskt lyckats få upp en majstång. Byn har gått man ur huse, horder av barn springer omkring och de som för tillfället inte dansar kring stången står i grupper och dricker kaffe med eller utan kask. Edvin sitter i en fällstol i backen, med en halvcirkel av folk runtom, såväl gubbar som yngre. Agneta och Eva står nedanför medan morsan och Hudikgrenen av familjen dansar runt stången med infödingarna. Maja svischar förbi med håret svallande och glitter i ögonen.

"Oj, det måste ha vart ett riktigt klurigt ett, tältet", ropar hon efter oss. Fortsätter efter nästa varv. "Köp ett sånt där iglootält nästa gång, vetja. De är busenkla!"

"Ignorera henne, annars erkänner du", viskar Jonna och drar tag i mig, räddar oss undan. Det går tydligen att dansa runt stången också även om det lutar något jävligt, och vi bryter oss in bland de andra, dragspelet pumpar och sången skallar och studsar ut över sjön, får jag lov och får jag lov att sjunga flickornas visa och vi snurrar med några varv, alltmedan de små grodorna raskar över isen och än slinker vi hit och än dit och än slank jag ner i det mjuka gräset nedanför. Allt snurrar rätt jäkligt, det blev nog lite väl bra med rökat och hon drösar ner bredvid mig ett varv senare. Molntäcket har skingrats i små tussar som vi fnissar åt när de glider förbi uppe i det blå och det känns som om man vore på en båt, på väg någonstans långt bort.

"Hon är skärpt som fan", säger Jonna. Avbryter min bekymmerslöst svävande färd. "Låt dig inte luras."

"Va?" säger jag, sätter armbågarna i gräset och tar mig upp i halvliggande ställning.

"Maja. Hon ser allt som händer. Kvittar om hon är full. Tro inget annat."

Jonna nickar mot stången runt vilken Maja fortfarande kretsar i omloppsbana medan resten av familjen inklusive hund har rasat ner i ängsgräset, på betryggande avstånd från oss. Visst snurrar det en del, men det går inte att missa att hon har blommat upp igen, Maja. Hon är i sitt rätta element, virvlar runt bland solstrålarna och männens ögonkast som inte ens morsans ihärdiga flugpappersklistrighet kan skrämma iväg.

”Ingen risk”, svarar jag och rullar runt och lägger mig på magen. Följer Maja med blicken och försöker hänga med i turerna; de är lika sprudlande som Eva blickstilla och sammanbiten bredvid Edvin uppe i backen, med korsade armar och ett isigt leende som sköld. Som kontrast liksom. Efter det bländar midsommaridyllen nedanför en helt, man får vända bort blicken. Någon meter nerför backen sitter Jonna tyst och blundar mot solen och man kanske skulle testa morsans trick ändå?

”Hon är snygg också”, säger jag. ”Farlig kombination.”

”Ursäkta?” Jonna skuggar ögonen med handen och ger mig en misstrogen, om än rätt stenad, blick. ”Är det vår moster vi snackar om fortfarande?”

”Alltså, rent biologiskt sett så är hon ju inte …”

”Lägg av”, avbryter Jonna med ett äcklat ögonkast upp i backen där syrrorna nu står samlade kring Edvin med varsin kaffekopp. ”Hon är ju fan porrig.”

”Jamen precis”, svarar jag och tuggar på mitt grässtrå. Vänder mig mot Jonna med oskyldig uppsyn. ”Eller hur?”

Till svar ger hon mig en blick av förintande förakt och vänder sedan ryggen till, böjer sig fram och stoppar pek- och långfingret i halsen i en jäkligt tydlig gest.

Jag ligger i det mjuka gräset, halvvaken. Solen smeker ansiktet och jag blundar. Lyssnar på dragspelet, sången, suset i björkarna och ängen, rösterna, de surrande flugorna. Jonnas andetag bredvid. Så småningom tystnar musiken. Någon närmar sig. Jag känner stegen i marken men rycker ändå till av rösten, så mycket närmre än jag trodde.

”Hej ungdomar! Sku du kunna hämta bilen, Jonna, och köra hem pappa så är du en ängel. Han är helt färdig, varenda en av hans gamla elever ska ju fram och hälsa och helst bjuda på en liten jäkel också. Man har haft fullt sjå att hålla efter dem och be dem att inte säga nåt om mamma.”

Bilnyckeln landar på marken mellan mig och Jonna, och Agneta vänder iväg uppför backen igen utan att vänta på respons. Av gången att döma har hon blivit bjuden på en eller annan hon också. Vi glor lite yrvaket på varandra och på nyckeln. Jag lyfter på ögonbrynen.

”Vad fan skulle jag säga då?” väser Jonna irriterat tillbaka. ”Öh, nä, kan inte, vi har som rökt på litegrann.”

Hon reser sig, vingligt, och börjar gå uppför backen. Jag följer efter.

”Fixar du det?” undrar jag.

”Jag får väl fixa det helt enkelt”, svarar hon. ”Liksom bara ett till bevis på att man aldrig, aldrig kommer undan med nåt.”

”Jag kan köra, det är mitt fel”, säger jag och känner mig lite skamsen.

”Lägg av, du har inte ens körkort.”

”Inte du heller längre om vi blir tagna.”

Fullt upptagna av att käfta med varandra håller vi på att krocka med Eva som plötsligt står där med ett kallt leende framför oss. Jag och Jonna stannar tvärt, svajar ostadigt och glor nollat på Evas utsträckta hand.

”Jovisst. Det är lugnt. Inga problem”, säger Eva.

Jag armbågar Jonna, nickar mot bilnyckeln i hennes hand. Hon tittar stumt på mig i en sekund innan hon fattar och med ett ryck lämnar den plötsligt glödheta nyckeln till Eva.

”Tack”, säger hon med en blinkning till Jonna. ”Sjyst av er. Det här måste väl ändå vara giltig frånvaro.”

”Du har inte druckit då?” halkar det ur mig och jag biter mig i tungan. Lovar mig själv att en gång för alla hålla käften, låsa och slänga bort nyckeln. Eva ler snett men svarar snällt på min fråga.

”Jo. Två öl och en snaps till maten”, säger hon med en blick på sitt armbandsur. ”Ingenting jämfört med resten av familjen. Efter att ha följt Majas konsumtion ett slag var jag inte så sugen längre.”

Jag nickar. Tyst.

”Ni hade väl aldrig tänkt köra själva?” frågar hon oskyldigt. Tittar omväxlande på mig och Jonna. Jag tvingas bryta mitt tystlöfte.

”Såg dig inte, skulle just upp och fråga vart du tagit vägen.”

”Skönt att man har en så smart son och systerdotter”, svarar Eva. ”Det hade varit väldigt dumt, nämligen.”

Fy i helvete, så billigt förtjänade man verkligen inte att komma undan. Jag är sådär galet fjäderlätt och samtidigt tokgenerad. Det känns som när jag googlade fram wikiartikeln om poppers efter att jag hittat farsans mysko lilla flaska i kylen och trots det ändå inte kunde låta bli att testa lite. Och det hela blandas med oro när jag plötsligt fattar att Eva nog är lite skakig på riktigt. Jag lägger armen om henne. Tacksamt.

”Läget, morsan?”

Hon mjuknar lite i uppsynen, suckar. Slappnar av och lägger i sin tur armen om mig. Ger Jonna ett ögonkast och drar sorgset på munnen.

”Jag saknar Jerker här. Mamma såklart, men jag saknar verkligen Jerker också.”

Jonna tittar kort ner mot fötterna, sedan upp mot Eva igen som lägger den andra armen om henne. Hon kramar våra axlar.

”Kul att ni två funnit varann äntligen. Utöver det känns väl familjeintegrationen inte helt på topp just nu.”

”Han är okej”, säger Jonna. ”Rumsren, vad det verkar, och hyfsat väldresserad. Fast han snackar ju hål i huvudet på en.”

”Hon är en dryg kultursnobb som kör med en ständigt. Känns väldigt familjärt faktiskt, hemtamt”, kontrar jag med ett leende. ”Självklart och invant som en gammal favorittröja, liksom.”

”Utmärkt”, säger Eva och ger oss varsin klapp på ryggen. ”Då smiter jag härifrån, så får ni pika och trampa varann på tårna bäst ni kan på egen hand. Det fixar ni, ni har det i blodet.”

Hon sträcker ut sina ben i långa kliv upp i backen. Manar oss över axeln att ”ta det lugnt”.

”Glöm inte rullstolen!” ropar Jonna efter hennes krympande ryggtavla. Eva lyfter handen för att signalera uppfattat, bestiger sedan branten upp mot Bystugan helt obesvärat och svindlande snabbt som om den vore vilken flacksträcka som helst och försvinner runt gårdsknuten.

”Ja, du fattar ju själv nu”, säger jag. ”Toleransnivån kan man liksom inte klaga på.”

Eller så är det precis det man kan. Jag vet fan inte. Jonna nappar inte. Hon står och nyper sig om näsroten. Ryser till och blinkar några gånger snett upp i himlen, glor sedan ner på sina fötter med korsade armar. Drar med handen över ansiktet, över strecken i pannan, de blanka ögonen och munnens sammantryckta skevhet. Sår i öronen, var det. Jag förbannar min ständigt glappande käft och min värdelösa timing, som gjorda för varandra.

”Äh”, snärtar hon ut. ”Det är fan bara vad jag saknar mormor ibland.”

Hon skakar på huvudet, kisar mot solen och skuggar ögonen med handflatan. Jag ställer mig bredvid och gör likadant. Skuggar ögonen, ser ut över den skirt gröngula ängen nedanför, vattnets mörka glitter och den djupgröna skogen på andra sidan. Den ljusblå, vittussiga himlen som famnar om alltihop.

”Kom”, säger Jonna. ”Vi går.”

Vi följer banvallen västerut, längs älven som i en mil lägger ut och förklär sig till oskyldig sjö. Strömmarna kommer som en rejäl bonus ovanpå smällen man redan fått av kylan. Men det är inte det minnet som får mig att rysa och jag skickar täta ögonkast bakåt.

"Ingen fara. Man hör tåget typ innan det stannat i Matfors ens", säger Jonna. "Det sjunger i spåren."

"Du menar att här dör man bara med flit?"

"Exakt så", säger hon och ler lite plågat. "Du kommer fatta. Kom!"

Hon orsakar ett mindre skred på banvallens sida när hon nonchalant först hasar och sedan rasar nerför branten. Jag är klart långsammare. Inte hemmaplan, inte mitt underlag. Jag följer henne genom ett buskage och kommer ut på en några kvadratmeter stor stenstrand, gömd bland björkar och syrener alldeles invid vattnet. Det är ett tokmysigt ställe, lite igenvuxet möjligen.

"Det här är mitt, bara mitt", säger Jonna och kravlar upp på ett omkring två meter högt klippstycke som av någon anledning slitits loss från urberget och landat just här. Förmodligen när de sprängde för järnvägen. Klippan är nästan helt plan på toppen och lutar en smula utåt vattnet. Jonna sätter sig tillrätta, låter benen dingla över kanten.

"Det är jag som röjt undan och gjort i ordning. Jag vet inte om du kan begripa hur skönt det är att ha en sån här plats. Helt för mig själv, sen jag var elva. Jag har aldrig sett ett enda tecken på att nån annan skulle ha satt sin fot här."

"Wow", säger jag och tittar mig omkring. Orden sjunker långsamt in och klarnar, får en ny innebörd. "Tack. Verkligen."

Varsågod, nickar hon tämligen tydligt tillbaka och jag får känslan av att ha klarat godkänt betyg igen. Det sväller och fladdrar i bröstet, men efter någon sekund är det inte av stolthet längre, när jag begriper att jag lika gärna hade kunnat missa det och bara liksom: *Jaha, vad fint hördu*, om jag råkat vara lite längre bort i mina tankar. Närapå att jag får riktigt skämsont i magen efter den oroliga lättnaden, liksom på mitt andra tankspriddare jags vägnar. Som sagt, inget blir lättare bara för att man ibland lyckas lägga ihop två och två. Inget. Jag tittar upp. Jonnas blick är fäst någonstans i fjärran nedströms.

”Blunda och lyssna! Fortsätt blunda tills det är helt över.”

Det är mycket som låter i den orangerosa tystnaden bakom ögonlocken: vinden, vattnet, andetagen. Jag vet inte riktigt vad det är jag ska lyssna efter, tills det plötsligt bara finns där, ljudet, svagt men klart, nästan förnimbart som ett silverlysande streck rakt emot oss. En enda ton, som efterklangen i en liten kyrkklocka kort efter att kläppen slagit till, men med en klang mer som kristall än metall och inte avklingande utan långsamt allt starkare. Starkare och starkare, silverstrecket sväller till en bjälke, som med volymen splittras i ett knippe klang- och gnisselspett som i sin tur närmar sig, växer och hotar att genomborra skallen. Istället löser den upp sig i en flodvåg av smält bly som väller över mig, som helt och hållet omsluter mig, får min kropp att vibrera och fyller ut varje hålighet i den. Och med ett kort tersglissando neråt är vågen plötsligt förbi, oväsendet minskar i styrka och släpper taget om min skalle och kropp. Knippet av metallstänger är nu på väg bort, ljudet försvagas och klingar långsamt, långsamt av, snart en tunn, blänkande kristallstav bakom mig, en silverlinje, en skugga, en aning.

Jag blinkar i det starka ljuset och känner mig tom. Nej, ihålig, fylld av klar luft.

”Helvete”, får jag ur mig. Omgivningarna börjar ta form igen allt eftersom ögonen vänjer sig vid ljuset. Jonna sitter och gapar uppe på sin klippa och jag får till årets underdrift: ”Vilken jävla snyting!”

"Det är bara för att man blundar", säger hon. "Ljudet får som ingen konkurrens. Sitter man och kollar när det närmar sig är det bara vanligt larm och gnissel en stund. Men nu efter gräset, herregud. Vilket monster."

Benen darrar. Jag sätter mig ner bland stenarna, lutar mig mot klippan och blundar mot solen. Ryser till och håller käften i någon sorts motvillig respekt. Lyssnar på andra ljud, surret av insekter och det vilsamma skvalpet från strandkanten där älven med oändligt tålamod slickar stenarna blanka och mjuka. Jonna kommer ner och sätter sig bredvid och efter en obestämbar lugn, varm och tyst tidsrymd stöter hon till mig med axeln.

"Överkörd av tåget", mumlar jag.

"Jo", säger hon och ryser till. "Man måste nog ha bestämt sig rätt säkert, ifall att."

Hon viker ner de uppkavlade blusärmarna, fejkar ett förvånat leende åt ciggen som dyker upp och sträcker fram den mot mig.

"Du först", säger jag.

Jonna skakar på huvudet. Pekar på mig med två fingrar och en snabbt krympande joint.

"Nej", säger jag. "Du först. Och sitt inte och tjuvhåll på den där, den brinner ju upp till ingen nytta."

Hon håller fram jointen. Andas ut just som jag sträcker mig fram för att ta den och skickar ett rökmoln i ansiktet på mig. Börjar fnittra åt synen innan lungorna är helt tömda och hostar därför på det sista av röken. Hon harklar sig med tårade ögon, stönar, pustar, andas och fnittrar lite till för säkerhets skull.

Jag tar ett bloss, ler åt hennes besvär medan jag håller inne röken. Kan se på henne igen nu när hennes sprängfulla lungor och tunna blus inte längre samarbetar i en konspiration för att få mig att flacka med blicken och rodna. Jag kupar handen om jollen i ett tämligen lönlöst försök att skydda den mot vindfläktarna som skjuter in i den lilla ladan genom en öppning där väggen brunnit och rasat samman. Nu är det min tur att peka på henne. Hon suckar, nästan generat. Nickar.

”Om du lovar att inte skratta, okej?” säger hon och följer upp med en vass blick för att understryka allvaret. Den hade nog funkat bättre om hon inte börjat fnittra meddetsamma igen.

Jag tittar demonstrativt på jollen i min hand. Skakar sedan på huvudet från sida till sida och gör en fånig grimas. Rycker på axlarna när hon fnittrar till ännu en gång och tömmer lungorna i en ström av rök ovanför hennes huvud.

”Ska göra mitt bästa, men du ser ju själv ...”

”Författare”, snärtar hon ut. Vrider sig besvärat när jag tittar på henne. Jag börjar asgarva.

”Fan då!” säger hon och glor surt. ”Du försökte ju inte ens.”

Jag håller på att storkna. Trycker den lediga handen mot magen, håller upp jointen till försvar mot åskmolnet framför mig.

”Nej, nej”, protesterar jag så fort jag överhuvudtaget kan säga något igen. ”Det är rökat bara. Lovar!”

Molnet skickar en misstrogen blixt åt mitt håll.

”Det är jättebra, ju!” säger jag. ”Skithäftigt!”

Gud, för det lät ju verkligen som jag menade det. Åskmolnet mulnar om möjligt ännu mer, vänder förnärmat axeln till och då är det helt kört. Munnen begraver jag i armvecket men jag kan för mitt liv inte hålla nere de ljud som väller upp ur magen och tränger ut genom näsan.

”Vad ska du skriva för nåt då?” frågar jag oskyldigt. ”Böcker, liksom, eller jag menar romaner. Eller om nåt ämne?”

Jag tittar undan så att hennes sura blick inte ska trigga igång hela cirkusen igen. Väntar ut henne. Vägghålet vetter ut mot en vildvuxet obetad äng i solskimrande gröna nyanser med stänk av kontrasterande blommor. Sju sorter skulle väl inte vara så jäkla klurigt att få ihop. Fast det slår mig att det kanske egentligen ska vara sju olika ängar också, hur det nu var, med gärdsgårdar emellan som ska klättras över, boskap som ska undvikas och diverse andra aber.

"Romaner", säger hon. "Långt, långt härifrån. Fantasy kanske, eller historiskt, så man kan drömma sig bort. Bygga upp egna världar."

Jag nickar. Vågar mig på att titta på henne. Det lyckas; jag klarar till och med av att le, förhoppningsvis uppmuntrande, och lämna över jollen till henne utan att börja skratta.

"Din tur", säger hon.

Fan då. Jag känner hur kinderna hettar. Allt jag funderat på känns plötsligt sjukt pinsamt. Liksom, att vilja känna att man gör nytta på något sätt. Pretto.

"Äh."

"Jo", säger Jonna strängt. Jag blickar ut mot ängen igen; det rullar som skimrande vågor genom gräset av vinden.

"Polis", säger jag. Stirrar på en cirklande rovfågel. Inväntar smashreturen ... som aldrig kommer. Det kommer ingen reaktion alls. Hon sitter framåtlutad med armarna korsade om magen. Glor ner i jordgolvet, det långa håret har fallit fram och skymmer hennes ansikte.

"Mår du illa?" frågar jag oroligt. Hon lösgör en arm och sträcker fram jointen, det som nu är kvar, men säger inget. Jag tar den ifrån henne. "Har du fått för mycket?"

Hon skakar lite på huvudet. Sätter sig långsamt upp. Bakom ridån av hår glittrar ögonen av tårar, ansiktet är illrött, och det börjar komma ljud ur henne.

"P-poh, p-oh, oh-s. Lsss. Liiiiiisss!"

När jag dechiffrerat blir jag faktiskt lite grinig.

"Jamen, vadå? De kan väl behöva nån där som faktiskt förstår sig på folk, eller försöker åtminstone", utvecklar jag. "Det är de inte bortskämda med, inbillar jag mig."

Hon bara frustar, nickar sedan ner mot mina händer. Där sitter roachen mellan två fingrar.

”Ja, jo. Det kan ju bli lite klurigt. Fast att kröka sig hur redlös som helst är tillåtet. Typ nästan att man är tvungen, för att visa hur tuff och manlig man är.”

Jonna rycker beklagande på axlarna. Harklar sig. Hon verkar fortfarande inte ha fått tillbaka talförmågan.

”Försvarsadvokat, då?” säger jag.

”Bättre”, får hon ur sig med ostadig röst, följt av någon sorts snarkning.

”Då säger vi det. Advokat. Eller kock, förresten. Det är kul att laga mat.”

”Kock? Varför gå samhäll i så fall?”

”För att det inte gör ont att lära sig grejer”, svarar jag.

Det garvar hon inte åt, konstigt nog. Hon sitter tyst, biter sig i underläppen.

”Nä, såklart”, säger hon sedan. ”Det har du rätt i.”

”Förresten, du vet väl vad det här är för ställe?”

”Jag har mina misstankar”, svarar jag och kämpar mig upp på armbågarna. Ser på de mossiga timrade väggarna omkring mig, högen med skrot i en hörna. Jonna ligger och blundar, huvudet vilar just ovanför mina knän, i brist på annan kudde. Själv hade jag luvtröjan att rulla ihop.

”Jag antar att det här är en guidad rundtur: nyckelplatser i familjens historia. Gissar att vi nu är inne på Evas kapitel.”

”Mmm”, bekräftar Jonna och öppnar ögonen. De är gröna, ser jag nu. Har uppenbarligen aldrig tittat efter tidigare. ”Har hon berättat för dig? Tåget hade du ju hört talas om, åtminstone.”

”Inget sammanhängande *Nedansjö, adjö!* som veckans godnattsaga liksom. Absolut inte för att det skulle vara barnförbjudet eller så, tvärtom. Men det är hyfsat motigt för henne fortfarande bara att behöva åka hit. Hon öppnar inte gärna den luckan och rotar runt för länge åt gången. Men jag tror att jag har lyckats pussla ihop bitarna på ett ungefär. Hemma hos oss avhandlas ju det mesta vid matsalsbordet förr eller senare, öppet och utan krusiduller. Har alltid gjort, så länge jag kan minnas. Oavsett om jag råkat befinna mig inom hörhåll eller inte.”

Jonna tittar upp och skrattar åt mitt fejkgenerade leende.

”Gud, det kan jag tänka mig! Stackars lilla pojk.”

”För Eva finns det väl inget som barn inte tål att höra och morsan är ju rätt ... omedelbar, kan vi kalla det. Om hon nån gång fått för sig att mina öron eller min känsliga själ behövde förskonas så var ju det försvunnet i samma ögonblick som ett eller annat dök upp i tankarna som hon måste berätta eller få utrett.”

”Och som om det inte var illa nog så får du för dig sen att du dessutom ska begripa dig på allt.”

”Ja, men det var ändå en lättnad. Numera tar man ju för givet att det är på pin kiv de gör det. Eller som sport, liksom: Den som gör Fredrik mest röd om öronen slipper disken i en vecka, eller nåt sånt. Du anar inte.”

”Det gör jag nog, faktiskt. Men berätta du, bevars!” säger Jonna och ser så förväntansfull ut att jag inte har hjärta att säga nej. Det där generade leendet känns alltmer äkta på mina läppar, men vad gör man inte för att underhålla?

”Ett exempel. Ett”, säger jag och sträcker upp ett pekfinger, ifall jag nu uttryckt mig oklart. ”I våras nån gång. Eva rättar tentor vid matsalsbordet. Morsan och jag har ockuperat varsin hörna av soffan. Hon sitter uppkrupen under en filt med benen under sig och käkar glass. Vi väntar på nån film som ska börja och slöglor på kulturnyheterna eller nåt, Greta Garbo och hundraårsjubileet i höst.

De tar upp olika evenemang och grejer som ska hända och plötsligt fryser morsan och blir sittande med skeden i munnen. Får ut skeden, viftar åt Eva med den, säger: 'Kom hit. Kvicka dig!' På teven snackar en blond kvinna i femtioårsåldern med livliga gester på engelska om Garbo i rollen som drottning Kristina. 'En kändis.' Morsan pekar på teven med skeden och Eva kommer bort och blir stående framför den. Ler. 'Nämen titta, Griselda!' Och just då dyker namnet upp i nederkant på skärmen: Griselda Pollock. Och morsan: 'Vad gammal hon har blivit', vilket får Eva att dra på munnen. 'Har du kollat dig själv i spegeln på sistone?' Och morsan garvar, suger sedan fundersamt på sin sked. 'Ja, herregud, hon var ju yngre då än vi är nu.' Och sedan stirrar de tyst vidare på skärmen tills inslaget tar slut, och lite till. 'Skoj!' säger Eva. Och de kollar på varann, blinkar, innan Eva går ut till matsalsbordet igen och sätter sig med sina tentor. Morsan återupptäcker sin glasskål och käkar med aningen av ett leende, det rynkar sig lite vid ögonen. Jag går ut i biblioteket för att kolla; det är ju liksom ett namn man minns. Och jovisst, det står säkert fem–sex böcker där. Jag tar ut en och bläddrar lite och hon är tydligen nån sorts feministisk konsthistoriker, ett superstort namn vad det verkar på blurben. Professor i Leeds och med nån sorts band till Sverige. Nästa bok jag tar ut och kollar på är signerad med *With love, G* och en streckteckning av en glad gumma, enklast möjliga, liksom bara en kjol, två hårtottar och ett leende. Småfyndigt med tanke på hennes jobb. Och det är ju rätt coolt, så jag tar med boken ut men blir stående i dörren av morsans: 'Det var en riktig vildkatta, det.' Hon stoppar glasskeden i flinet, skakar på huvudet och blinkar mot Eva som vänt sig om borta vid bordet och ler tillbaka, spärrar upp ögonen: 'Ja, herregud.' Och jag börjar backa ut i biblioteket igen, men nog fan har morsan fått korn på mig och blinkar. Och jag ställer tillbaka boken i hyllan, het om kinderna, passar på att slå en drill innan filmen börjar. När jag kommer ut har Eva snott min plats i soffan och stuckit in sina långa ben under morsans filt, och de sitter och flinar mot förtexterna på skärmen. Tevekväll hos familjen Andrade-Aronsson."

Jonnas småfnissande i början av berättelsen har frusit till ett brett flin. Hon gnyr och blinkar bort tårar.

"Ascoolt ju!" säger hon när det lagt sig lite. "Liksom jämfört med mina tråkmånsar. Jag kan inte riktigt tycka synd om dig. Kan vi inte byta?"

Hennes ord slår an något som jag inte vet om jag vill ta i riktigt. Jag hoppas att det inte syns utanpå. Tar upp den tidigare tråden istället.

"Men du då? Hur får du reda på allt? Från din morsa, eller?"

"Knappast. Mormor har berättat en del. Episoder liksom. Morsan blir bara illa berörd om man frågar om nåt mer personligt än vad hon gillade för musik eller vart de åkte på semester och sånt. Ännu värre om man frågar om andra eller om hon fattar att man redan vet om ett eller annat. Då kniper hon ihop munnen till ett litet skrynkel och tar en ny disktrasa ur städskåpet och torkar av allt borstat stål i köket. Gnider och gnider."

"Allvar?" frågar jag. Det låter som något man gör i en halvkass teveserie. "Alltså på riktigt, just så som du beskriver det?"

Jonnas sneda leende är sorgset, kanske lite generat.

"Vet du hur rent vi har det hemma? Man skulle kunna operera på vårt köksbord", säger hon. "Du anar inte hur många timmar jag suttit i telefon med Eva heller. Och chattat och mejlat. Snackat litteratur och politik. Känslor. Ensamhet. Att alltid stå lite vid sidan av. Eller ställa sig. Då har det kommit fram en hel del också."

Hon säger det avspänt, men rösten och leendet avslöjar att det nog är lite motigt för henne också, samtalsämnet, inte bara för Agneta. Och för mig … Fan, då hamnade vi där ändå. Skulle det verkligen vara nödvändigt just nu? Det var ju tokskönt alldeles nyss, att bara ligga här. Måste man snacka sönder det då? Vända och vrida på allt i varje ögonblick, inbilskt, medan resten av världen omkring en, i alla fall delar av den, bara lever, faktiskt lever. Oj, det skulle man visst göra också. Ba: *glömde* ... Klumpen i magen är tillbaka, gamla kompis. Det sticker i ögonen. För jo, visst anar jag det, Jonna. Jag bor i andra ändan av linan, liksom. Timmarna märks där också, för mig och för morsan.

"Jag sade väl att hon var min idol", säger Jonna till tystnaden. Sätter sig upp och konfronterar min motvillighet. Till mina lårs oändliga lättnad; resten av mig är mer besvärad. Jag harklar mig. Och hur gör man? Som morsan? Rätt ut: vrede, glädje, kåthet, tvivel. Beundran, avsmak. Ut med det på bordet bara?

Utom kanske sorg. Allt utom det. En aning, undantagsvis, i bilen i morse faktiskt. Men nästan aldrig sorg.

Så ändå inte.

"Jag får ibland en känsla av att Eva hellr..."

Jag avbryter mig – det här handlar inte om mig, inte just här och nu i alla fall – och börjar om igen, minus självömkan:

"Alltså, Eva har ju en jävla massa elever hela tiden. Studenter och doktorander och allt vad det är. Det har hon haft alltid, typ. Och de kommer och sätter sig vid bordet i vardagsrummet, de skriver och hon ger kritik och de käftar med henne och med varann. Och de garvar och jobbar på i några månader eller år, och dissar de andra lärarna och kursarna rätt rått men hjärtligt, oftast. Och efter hand som de blir klara försvinner de, och det kommer nya. Du fattar hur det funkar. Nån handfull har blivit nära vänner på riktigt."

Jonna nickar, lyssnar noggrant vad det verkar.

"Och nån gång ibland kanske en av studenterna sover över, ifall kvällen blivit sen och sista spårvagnen råkat gå eller så. Och då ibland inte tvunget på soffan, där har nog morsan sista ordet."

Jonna kniper ihop läpparna och spärrar upp ögonen. Bestörtningen är spelad, i alla fall till största delen. Jag vet inte vad de brukar prata om, hon och Eva, men inte just sånt här särskilt ofta, gissar jag. Jag samlar mig till avslutningen.

”Men alltså, det är en känsla jag får ibland. Till exempel när vi stöter på nån av alla de där på stan och de hälsar glatt och hur går det, vad händer, vad gör du? Och Eva minns alltid vad de heter, det är helt galet. Hon måste ju ha handlett hundratals under alla år i Uppsala och Göteborg, på littvet och sen genus. De står och snackar en stund, skrattar åt nåt minne, och sen: hejdå, lycka till, kram kram. Och visst, hon ler när vi går därifrån, nöjt liksom, och leendet sitter i rätt länge. Samtidigt är hon knäpptyst hela vägen hem, ångan har gått ur henne. Och jag vet inte om du fattar, om det är begripligt vad jag säger, men det har sitt pris, det där leendet. Det syns lång väg att det svider dyrt och därhemma sätter hon sig tungt i läsfåtöljen och det är svårt att säga om hon fortfarande ler eller om hon bara grinar illa.”

Jag kollar på Jonna som nickar; hennes blick säger att hon tar in allt, att det är viktigt för henne. Men hon har nog inte snappat vartåt det barkar än, tror jag. Verkar inte själv ha funderat på det från Evas sida. Vad det bottnar i för henne. Det är ju uppenbart vad Jonna kan få av henne, men knappast tvärtom. Krasst sett tillbringar ju Eva redan hela dagarna med att staka ut världens hörn och slipa begreppsknivar ihop med arga och, förhoppningsvis, skärpta unga kvinnor. Så varför även offra dyrbara timmar av sin fritid?

”Det där händer ibland när hon snackar i telefon också. Drar det ut på tiden börjar hon ofta strosa omkring som ett rastlöst spöke mellan rummen i lägenheten. Det är tokirriterande om man försöker kolla på teve eller läsa eller nåt. Så lägger hon på, efter en halvtimmes lägenhetspromenad, men fastnar liksom. Står och stirrar på telefonen i sin hand och ler nöjdledset tills man bara: ’Morsan, hallå?’ Och hon kollar upp, säger: ’Hälsningar från Nedansjö’, och knallar ut i köket. Så jo, visst har jag fattat att ni snackar en del, för vad skulle syrrorna ha att prata om i timmar, liksom? De kan ju knappt hålla igång ett samtal i fem minuter, vad det verkar, om inte Maja slänger in en het potatis med jämna mellanrum.”

Jonna kollar intensivt på mig, lite oroligt och jag lägger ännu mer kol på glöden.

”Jag vet inte om det bara är nåt jag inbillar mig, att jag liksom försöker hitta problemet eller felet hos mig själv som ungar gör när en förälder är arg eller ledsen, men det här är i alla fall vad jag får för mig: att Eva nog väldigt gärna haft en dotter. En riktig.”

Men fan, när det kommer ut låter det ändå som om det är jag som fiskar medlidande och det hettar i ansiktet. Jonna ler lite sorgset, rufsar mig i håret. Oron från nyss verkar vara borta. Det blir aldrig som man tänkt sig.

”Ja, det vore väl rättvist, kanske. Du ville ju ha en pappa, och fick en till slut.”

”Det var inte så jag men…”, försöker jag, men hon skakar på huvudet och börjar lyfta handen. Det blänker till i ögonen på henne så man fattar att det nog är läge att hålla tyst ett slag.

”Vet du?” säger hon och stirrar. ”Man vill så jävla mycket. Som det är hemma nu hade jag inte haft nåt emot att ha en riktig mamma själv. Nu känns det som om man får vara morsa åt mamma och pappa, trösta dem och de är fan lika ledsna båda två, jävla idioter. Och mamma har kommit på att hon vill ha frihet, men det vill hon ju inte. Hon är tokrädd för det egentligen och hon har blivit som en tonåring, som nyfiken på allt och kastar sig in i grejer huvudstupa och på samma gång så grymt självupptagen. Hon vill hela tiden ha ens bekräftelse men ska ändå tvunget jämt förhandla, liksom: Passar jag i den här? Nej, svarar man. Men vadå? Gör jag inte? Vad är det för fel? Inget, jag tycker inte den passar dig bara. Men om jag gick ner fem kilo, skulle den passa då? Nej. Säker? Jag tycker faktiskt den passar. Och så ser hon ut som en ledsen kanin. Jamen, köp den då och fråga inte mig. Och det är sjukt pinsamt. Jag menar, jag ryser ju för att jag känner igen det, vet ju att jag själv var sån för några år sen, men det är kanske mer uthärdligt hos en femtonåring.”

Jag rycker på axlarna, tänker att hade jag försökt mig på något sådant hemma hade jag blivit tillintetgjord av valfri flinande morsa. Jonna fortsätter, minst lika intensivt.

”Fan, man försöker ge henne en bok så hon ska börja tänka och fundera på sin plats i tillvaron och inte bara gå med trasan efter oss och torka, och så bryr hon sig inte ett skit men sen helt plötsligt vill hon skiljas. Vad fan, det var ju inte så jag menade eller ville, om det var det hon trodde … Men sorgen står upp till öronen på dem bägge två, och mamma kommer och fiskar lite. Efter att få höra att hon gjort rätt, hon tror att jag ska hålla med. Brorsan tror ju att det är farsan som gjort nåt, och jag tror att det är mitt fel, som satt griller i huvet på henne om jämställdhet och makt och att tillåta sig att vilja nåt själv, egna grejer. Och fan nu sitter jag här och bölar. För dig av alla jävlar! Som om du skulle kunna göra nåt åt saken.”

Hon stryker sig med knogen under ögonen, över kinderna. Snörvlar och glor ner i marken. Jag hasar bort och sätter mig bredvid henne. Det är galet ljust fortfarande men solen står ganska lågt över trädtopparna nu. Luften känns sval mot huden; det knottrar sig på hennes bara armar. Jag lägger luvtröjan över hennes axlar innan jag vågar mig på att lägga armen om.

”Det är gräset bara, ingen fara. Man kan bli sådär blödig av det ibland. Jag låtsas som jag inte märkt nåt, okej?”

Hon stöter ut ett litet skratt mellan tårarna, åtminstone. Sveper tröjan om sig, drar sedan en ärm över sitt tåriga, snoriga ansikte. Den helt aningslösa rörelsen skickar av någon anledning en het fläkt genom mig, som av en uppslagen bastudörr.

”Snygg jag måste vara nu då”, säger hon.

”Extremt”, säger jag och byter snabbt ämne. ”Dina föräldrar grälar aldrig, eller?”

När Jonna tittar upp har jag redan hunnit flytta blicken.

”Jo. Njae. Inte egentligen.”

”Mina morsor käftar jämt, och fan, de är ju perfekta. Eller

liksom inte perfekta så helt av sig själv, utan de jobbar på det. Ofta. Men dina har aldrig sagt åt varann, va? Det har varit frid och fröjd hela vägen?"

"Jo, mamma kan skicka en gliring ibland, eller kunde, fast det var sällan. Men pappa gick som inte på dem, de studsade bara av, och han sade aldrig nåt själv. Jag kan inte minnas att han nånsin höjt rösten ens. Jo mot oss, om vi gjorde nåt riktigt dumt, och nån gång hemma hos farfar och farmor, men aldrig åt mamma. Sen på slutet var hon mest sur, och han ledsen."

"Men de stod aldrig och gapade på varann?"

"Nej, aldrig. Hurså?"

"Alltså, jag har en teori om att det är bättre att käfta än att inte göra det, för då vet man att världen inte går under eller att man blir ovänner eller gör slut bara för att man råkar gräla ibland. Man behöver ju det när man är liten, få höra vad som är okej och vad som inte är det, annars kan man ju inte veta. Varför skulle man inte behöva det senare också? Särskilt om man som dina föräldrar träffas innan man är färdig, om man nu nånsin blir det, men du fattar, de var ju inte ens vuxna riktigt. De måste ju ha varit lika gamla som vi ungefär när de träffades, fast tvärtom."

"Ja, det är galet. Morsan hade precis fyllt tjugo när hon fick mig", säger Jonna med en uttryck någonstans mittemellan chock och äckel. "Konstigt att hon kanske känner att hon missat nåt. Typ hela ungdomen ..."

"Smakar det så kostar det ...", säger jag och rycker på axlarna. Hinner nästan undan med låret när knytnäven kommer. Jonna reser sig och slänger tröjan över huvudet på mig.

"Det är skitkallt. Jag är hungrig."

Huset är tämligen nedsläckt när vi kommer upp. Vi plockar åt oss vickning ur kylen. Bo kommer nertrillande från ovanvåningen med en laptop under armen, tjuvar sig en öl och sätter sig på förstutrappen med ansiktet spökbelyst underifrån av datorn i knät. Vi följer honom ut. Sätter oss och äter. Ljuset är förvillande. Allt syns klart och tydligt, men färgerna är antingen förunderligt bleka eller lätt silverskimrande. Solen går nog inte ner alls helt enkelt, men dagen har varit lång.

"Halv tolv", svarar Bo på min fråga. "Gonatt för mig."

Han viker ihop datorn och knallar uppför trappen och försvinner in i huset.

"Han hade inte med sig datorn ner till majstången åtminstone", säger jag när han försvunnit in i huset.

Jonna ger mig ett ögonkast över sin ölflaska.

"Han är rankad topp tjugo i världen på Counterstrike. Mamma och pappa har inte en aning. De har väl fattat att han visst är duktig och tävlar i nåt slags skjutaspel, särskilt när gräsmattan behöver klippas eller matbordet röjas undan. Men knappast att han har över femtontusen dollar på ett nätkonto."

Jag skakar misstroget på huvudet, dricker ur min öl. Staplar våra tallrikar. Bo och hans tillvaro kommer helt avgjort i ett annat ljus efter den informationen, även om man kanske inte skulle vilja byta rakt av.

"Börjar bli dags", säger jag och reser mig. Jonna nickar men gör ingen ansats att röra på sig. "Jag går och snokar upp min necessär."

Hon nickar igen, ler. Sitter kvar där med sin ölflaska. Jag vill stryka henne över håret när jag går förbi, men fortsätter upp bara, ställer disken i köket.

När jag kommer tillbaka är Jonna försvunnen. Jag väntar på förstubron ett tag, vänder sedan in igen. Går och borstar bort den kletiga öl- och röksmaken ur munnen, sköljer av huvudet. Tar en sväng runt huset för att säga godnatt ifall någon fortfarande är uppe. Jag hörde röster innan, någon som läste högt lät det som; man får liksom en annan röst. Undrar lite var Jonna håller till när mina morsor bor i hennes rum. Köket är tomt men från vardagsrummet hörs ljud. Dörren står på glänt och jag kikar in. Det är en märklig bild, som en lite skev dröm. De märker mig inte, sitter på golvet alldeles innanför dörren i en sorts ring nedanför tevesoffans rygg. Lyset är släckt och de har tänt stearinljus. Det ligger pappersark överallt; de plockar bland dem, läser med kisande ögon i det skumma ljuset och skickar dem tyst emellan sig.

Jag blir stående i dörröppningen, loj och lite yr när ölen till nattmaten ger efterglöden på rökat en sista skjuts. Försöker få styr på den overkliga känslan av att Agneta och Maja plötsligt förvandlats till småtjejer i nattlinnen. De sitter ett par meter bort med ryggarna mot mig, barfota med knäna uppdragna, armarna om benen. Eva mittemot i skräddarsits läser spökhistorier. Jordgubbssaften blir till blod i rödvinsglasen; ljusens lågor fladdrar till av draget från ett öppet fönster. Allt ser så invant och självklart ut. Det är som om kropparna minns; de minns hur det ska vara fast det måste vara bortåt trettio år sedan sist.

Eva nickar åt arket i sin hand, lägger det åt sidan och tar ett nytt ur papplådan mellan dem. Den ser gammal ut, urblekt blå och förstärkt i hörnen med plåt, locket står lutat mot dess sida. Kanske känner hon min blick för hon tittar upp, ser på mig en stund. Ett svagt leende letar sig fram genom tårarna och hon nickar försiktigt. Jag hälsar tillbaka på samma sätt, smyger sedan ut och drar försiktigt igen dörren bakom mig. Jag kan höra hennes röst när hon börjar läsa, men inte orden.

I tältet är kudden lite daggfuktig, orutinerat att låta den ligga ute men inget som kommer att fördröja min nattsömn en endaste sekund. Jag får av mig byxorna. Rullar ut sovsäcken och öppnar den. Kastar en sista blick ut i natten. Solen är skymd bakom skogen nu, istället står månen högt och Jonna kommer skridande över gräsmattan, som en alv. Hon blir stående en meter framför tältet. Hennes vita blus lyser i ett V över bröstet, det rör sig lite bakom, månskenet silverflimrande i de ljusa fjunen på hennes solbrända armar.

”Tjena”, säger jag.

”Tjena”, säger hon.

”Läget?”

”Lite kallt”, säger hon och korsar armarna över bröstet. ”Annars okej.”

”Jo, lite ruggigt”, säger jag och gnuggar handflatorna över låren.

”Lite gästfrihet vore kanske på sin plats då?” frågar hon med en menande blick.

”Sorry”, säger jag lite dumt och hasar åt sidan.

”Tack”, säger hon.

”Var sover du då, nu när morsorna knyckt ditt rum?” frågar jag huvudet som sticker in genom tältöppningen.

”Här hos dig, tänkte jag”, säger det och ler. Följs av en slank kropp och snart ligger hon där på min axel eller om det är jag mot hennes, det är lite sammantrasslat allt. Kropparna, tankarna. Men vilken jävla känsla, och det är den som surrar i magen på mig och upp i huvudet, för hon behöver ju inte mig egentligen, inte ett jäkla dugg. Och plötsligt fattar jag att det är precis därför jag litar så fruktansvärt på henne, så totalt. Just för att hon inte är dödligt förälskad i mig eller så, det är inte som att hon bara måste och inte kan rå för det. Och det är ju inte heller att hon vill bli sedd med mig, här finns bara hon och jag, ingen att visa upp sig för, tvärtom allt att dölja. Och inte heller att hon liksom offrar sig själv vid ens fötter och ger sig själv i gåva eller känner sig tvungen för att vi är ihop eller för att hon vill bli ihop eller något annat jävla skäl. Och det betyder ju att hon ligger här klistrad emot mig för att hon vill, helt enkelt. Fullkomligt jävla frivilligt.

*

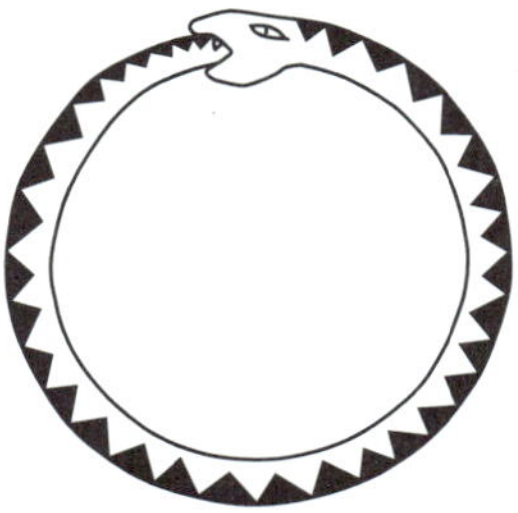

VATTNET I MARS

det är gren, det är sten, en enslig tur
en tappad vante, en plötslig skur
det är fuktig sko mot blottad mark
ett lekfullt språng, en kvarglömd spark
det är tallens strunt, ett halvsmält spår
ett plötsligt fall, ett retfullt sår
det är ekot av en tjuvskytts skott
det är harrens slag, det är silvergrått
det är vänster vid dungen, vanans makt
det är förlorat och funnet, det är hittat, förlagt
det är pälsen som fällts i rävens snår
det är slutet på mörkret, det är hoppet om vår

det är kroppen bredvid dig, det är andetag
det är maggropskänsla, det är nästan dag
det är allt du tänkt men sällan sagt
ett ögonkast, det är en ordlös pakt
det är Kurre är hemma, en lerig tass
det är snuviga ungar och kö till dass
det är mössa, ändå, det är *deras* ej *doms*
det är bussen som kommer, en gnisslande broms
det är en liten gåva: en ensam stund
det är dörrn på glänt och grannens hund
det är sånt du försakar och annat du får
det är slutet på vintern, det är hoppet om vår

det är en lastbil med timmer i morgonens dis
det är trasten i skogen, ett knoppande ris
det är sågens rytm och doften av spån
det är stickan i fingret, blåsan på tån
det är nyputsat fönster och utvädrad mal
det är solen som lyser på träffade val
ett ögonblicks ånger, ett förnyat beslut
det är råg i ryggen, det är ondare krut
för i mars tisslar älven om stundande flod
det är slutet på väntan, det är hopp, det är mod
det är ihågkommen längtan och ofälld tår
det är slutet på väntan, det är löftet om vår

Eva, min dotter.
Jag ville ge dig den här dikten, för att gengälda ditt förtroende. Det är som en norrländsk version av låten man hört ganska ofta inifrån ditt rum på sistone, eller så bara min egen tolkning, helt enkelt. Men också som förälder skriva ytterligare något litet du kanske kan ha med dig, för snart nog är du vuxen och står på egna ben. I samhällets ögon en självrådande medborgare och dina föräldrars jämlike. Det är svårt för föräldrar att vänja sig vid. Ofta fortsätter de att styra och ställa med sina barn och tar sig rätten med de godaste avsikter: de vill ju barnens bästa, vill skydda dem.

Svårt lär det även bli för mig och din far, inte minst som vi båda vet råd om det mesta här i världen och säkerligen skulle kunna peka ut en rätt riktning eller bistå frikostigt med våra kunskaper vid de flesta av livets tillfällen. Just därför har vi försökt öva så gott vi förmår på att inte lägga oss i och bita oss i tungan och låta dig få fundera och bestämma själv alltmer i stort som smått, så att både vi och du ska ha vant oss och klara av det hjälpligt när den dagen kommer.

Först ville jag säga något om skapandet, om det nu är att skriva dikter, bygga hus eller öka kunskapen om världen. Man tar av det man sett och hört, av det man lärt sig, och kopierar man inte helt mekaniskt så lägger man även till en bit av sig själv. Ett alldeles eget avtryck. Men om man granskar det avtryck som är ens alldeles egna på riktigt nära håll, så ser man att däri ligger alla ens intryck lagrade, där finns allt det man sett och hört och upplevt tidigare. Allt det man förvärvat sedan födseln och även det medfödda som man fått av sina föräldrar, och som de i sin tur har fått av sina. Allt det har man fått till skänks.

Och man bidrar själv med något litet som bär det egna avtrycket och ingen annan har gått samma väg genom världen, så ens avtryck är unikt. Så, man kan vara omedelbart igenkännlig som skulptör eller diktare, som filosof eller forskare, men allt av människan skapat är gemensam rikedom, det tillhör alla för det är sprunget ur allt du upplevt och alla du träffat och alla de i sin tur har träffat och alla som någonsin satt sin fot på planeten tidigare, och det vilar på allt som någonsin skapats tidigare. Så kom ihåg att du är unik och att det ger dig rättigheter, men även att du sitter ihop med allt annat och att det ger dig ansvar. Och det borde även ge en viss ödmjukhet inför ditt eget skapande. Varje litet steg på vägen har tusen andra hjälpt dig att ta, om du så är det ensammaste geniet i världen.

Och om man någon gång som skapande människa tycker att det är sorgligt att man aldrig är så ensam eller genialisk som man kanske drömmer om eller inbillar sig eller som tidsandan kanske vill ha det till, så kan det å andra sidan vara en trösterik tanke att vi alla hjälps åt hela tiden utan att tänka på det eller ens veta om det. Det är inbyggt och utan det hade ingenting fungerat.

När man då får till det, när något man gör blir riktigt sjuhelsikes bra, då känner man att man inte kan ha varit ensam om det. Innan glädjen har stöpts om till stolthet: enorm häpnad. Yrvaken och lycklig förundran. Vantroget leende skakar man på huvudet: Har jag gjort detta? Lilla jag? Och det har man, men inte på egen hand. Lurt är det, känns som det bara har kommit till en som en gåva, en sorts nåd. Man kanske prisar Gud eller fylls av skräck och skyller på fan. Och visst är man besatt; det är så många som bor och ryms i en, som hjälpt till.

Förundran kommer när det som skapats är det ackumulerade resultatet av något man inte kan minnas att man lärt sig och följaktligen inte visste att man var i stånd till. Som barn, ens egna barn, där man själv visserligen bidragit med en liten ansträngning i början, men där resultatet, livet, varelsen som kommer ut svårligen låter sig uppfattas som något man skapat. Då kommer den, förundran, när du ser ner på ditt barn som sprattlar eller sover. Eller din avhandling, din symfoni eller kanske din dikt. Jag tror att den förundran, den nåden, i mångt och mycket grundar sig i ens aning att man skapat något självständigt, något som har ett egenvärde och som kan stå på egna ben, eller har potentialen att kunna göra det. Och funnes det en Gud skapare, mot all min förmodan, så var det den glädjen han i så fall kände på sjunde dagen och därför han låter oss vara ifred med våra dumheter nu så vi ska få lära av våra egna misstag.

På gott och ont är det man är och det man kan, allt det man tillägnat sig, summan av vad olika människor visat, berättat eller skrivit och de egna observationerna, tolkade i ljuset av allt det man redan fått. Och utöver det, också av vad tusen, miljoner personer viskat. Som mellan raderna. Dina förfäder viskar i blodådrorna på dig, av dem har du fått mycket utan att ens vara medveten om det: du gnuggar din näsa när du tänker som din morfar gjorde, lyfter på ögonbrynet som din gammelfaster och är lika vass i tungan. Byn och samhället viskar runt dig, talar inte bara högt. Teven viskar och radion. Skolan. Din pappa och jag viskar i dina ådror, likaväl som våra handlingar viskar och vi talar också högt. Naturen viskar överallt, det är bara att promenera ner till älven och lyssna på allt på vägen. Allt detta hjälps åt att skapa och forma det som ska bli en skapande och formande människa, som själv ska viska vidare.

Så tror jag. Men jag har trott åtskilligt i mina dagar, ska erkännas. Inte som din far. Han hade långt hellre stått i rådhuset i Sundsvall och gängat sig. Det var jag som propsade på kyrkan i Stöde; ett stort kärleksoffer det, från någon som tillbringat hela livet med att glödfullt och ihärdigt avspisa allt som sades i dylika byggnader som ren goja och deras bibel som amsagor som inte ens små barn borde kunna låta sig luras av. Och jag höll väl i viss mån med om det där med amsagorna, rent bokstavligen, men ville gärna tro att där istället fanns allegoriska sanningar att utvinna, på ett symboliskt plan. (Just symbolik har väl aldrig varit din fars starka sida direkt. Han skiter högaktningsfullt i allt vad symbolik heter, men lät och låter ju en bibliotekarie hållas med sitt, på gott och ont.) Och det finns det väl också, någon sanning här och där, såväl i den kyrkan som i alla andra, men, tror jag numera, långt fler lögner.

Så du får själv tro som du vill eller som din far, inte tro alls, bara ett ska jag varna dig för. Och nu handlar det inte längre om tro utan min absoluta förvissning, och det är den olycksaliga föreställning som finns i snart sagt alla världens religioner i olika version: tanken att lidande skulle vara karaktärsdanande eller adlande för den varelse som utstår det, att mänsklig smärta skulle ha en mening. Eller att den skulle utgöra ett element av någon högre rättvisa, som straff för begångna synder eller som en prövning de ståndaktigt troende kommer att lönas för senare: i nästa liv, i paradiset eller redan här på jorden. Och även den kan sitta djupt rotad i en fast man inte vet varifrån man fått den. För även den har viskats och nedärvts från generation till generation, tillsammans med annat gammalt bråte som utgjort kittet i samhället tidigare under historien.

Man har sin grundläggande tro på orsak och verkan, den som man rotat in ända sedan man var spädbarn eftersom det är det enda som kan göra världen begriplig och hanterbar: att spisen nog är het om den glöder rött, att man blir hungrig efter några timmar utan mat, att ljuset tänds när man trycker på knappen, en självklarhet för dig åtminstone, jag förundras fortfarande över det ibland. Och den tron är också vad som ligger till grund för ens syn på rättvisa. Att vad man lägger in hyggligt motsvarar vad man får ut, att ansträngning lönar sig, att går man till jobbet och gör sitt bästa så får man uppskattning från människorna man möter där och lön i slutet av månaden och sitter man bara ordentligt med böckerna så lär man sig så småningom. Men där är det ju arbetet och ansträngningen som betalar sig, och inte det eventuella lidande de för med sig.

Så förväxlar man som så ofta orsaker med avsikter eller skäl, besjälar dem och svär till exempel åt stoljäveln när man slår i tån. Det gör vi alla, men de flesta tar ju sitt förnuft till fånga genast, och snarare än att se det som ett illvilligt påhopp från stolens sida så lägger man skulden någon annanstans, hos den egna klantigheten eller hos ungarna som aldrig verkar kunna lära sig att skjuta in stolarna efter sig eller så tillskriver man helt enkelt händelsen och smärtan den medfört slumpen.

Men om något plötsligt drabbar en, slår till oförsonligt och obarmhärtigt hårt, om man då inte ser någon uppenbar gärningsman och smärtan samtidigt vägrar lägga sig, den bara sväller och växer sig allt större och blandar sig med alla de där föreställningarna som jag nämnde, bråtet som ligger och kryper omkring helt oreflekterat i bakhuvudet på en eftersom man har fått dem med sig med modersmjölken. Då letar man gärna längre och längre, ja då finns det ingen ände på hur långt man kan söka efter förklaringar om orsak och verkan, och om avsikten bakom och rättvisan i det hela, hur orimliga de än är.

Och när sorgen och smärtan slår till måste man akta sig så det inte är den egna svansen som käkarna slagit igen om, då föder den sig själv. Har man kvar tanken på rättvisan i det ögonblicket får man alltid misstanken på köpet att man skulle ha förtjänat sitt lidande. En självklar sanning för så många olyckliga att gör det ont så är det för att man inte har förtjänat bättre. Det är en högre makts dom. Människor som misshandlas av sina gudar, kvinnor som misshandlas av sina män, hundar som får spö av husse, de flesta av dem tror så och stannar därför.

Även en normalt rätt förnuftig bibliotekarie kan hamna där, en som dittills sett på världens elände med ilska, huvudskakningar och ett mått humor för att stå ut och som oftast förmått hantera de personliga motgångarna: ensamheten och längtan med att skriva en dikt eller läsa en, med ett vemodigt leende eller ett mått ilska, men som i alla fall tagit sig igenom det hela med självrespekten i behåll. Och när hon blivit hopplöst över de trettio och redan sörjt men som försonats med tanken på att hon nog kommer få rå sig själv bäst hon kan på egen hand, ja då äntligen kommer belöningen. Och är den inte rättvis så säg, när hon hållit fast vid sina principer, varit ståndaktig och väntat på den rätte, inte låtit sig nöjas med mindre?

Bara för att istället slås till marken än värre när drömmen som besannats – tvåsamheten, familjen, barnet – förvandlas till mardröm. När han äntligen ligger där den lille, Dan, en förespegling av allt det efterlängtade, men sjuk och så oerhört liten och hjälplös att han inte orkar. Belöningen visade sig istället vara ett utstuderat straff och rättvisan som man kände så starkt vänds i en hånskrattande dödsmask som pekar rakt på en med sin illröda tunga och ifrågasätter hela ens existens: levernet, tron, mannen och knepen man tog till för att snärja honom, giftermålet, barnet. Det som skett är ett straff, naturligtvis. Någon enstaka välvillig dag är det bara en prövning, ytterligare en att stolt uthärda, med hopp om framtida löning, vad som nu skulle kunna befria en från detta monster av meningslöshet som slukat en. Mellan dessa två svänger sedan pendeln, man är ömsom den tåligt och stolt uthärdande, ömsom den som i självhat krälar i de synder man begått, av allt att döma så enorma, och som nådigt tackar för straffen och tillfällena till botgöring, samtidigt som man gör sitt bästa för att bortse från att båda dessa ju förutsätter en i sin pedagogik minst sagt tämligen illvillig gudom till lärare.

Tro inte på det, och lita inte heller på sådana som tror på lidandets och smärtans lön eller gudomlighet, för de kommer alltid att ha en morot att stöta kniven i sig själva. Förr eller senare kommer de också i ett svagt ögonblick inte längre att kunna motstå frestelsen och faktiskt hugga till. Och de som börjat umgås med den egna smärtan och lidandet på det viset, som om de vore spelmarker, insatser som kan köpa dem avlat eller växlas in mot en framtida belöning, de som av självförakt offrar sig själva och sin integritet i hopp om att lönas med förlåtelse, kärlek, befrielse, rikedom eller vad det än må vara, de börjar ofta även bagatellisera andras lidande och smärta och sätter gärna kniven i dem med eller, än försåtligare, uppmuntrar dem att för Guds och allas vår skull göra det själva. Religiösa terrorister, självspäkande munkar eller byns fingerpekande moralgubbar och kärringar som lägger en tröstande arm om och i all välmening, såklart, kommer med falskt tal om bot och bättring – samma föreställning styr dem alla.

Det existerar ingen försyn, ingen himmelsk rättvisa. Och rättvisa är heller inte någon belöning. Slumpen finns, den slår lika blint och oförtjänt med olycka och lidande som med lyckan, men rättvisa är rättvisa och den enda som finns är den som du och de dina själva eller tillsammans med andra i samma sits gemensamt lyckas staka ut åt er. Den uppstår inte av sig själv. Den största trösten som troskrämare eller överhet kan lyckas pracka på en är också den största lögnen, den innersta kärnan i varje folkets opium: detta att troget och lojalt uthärda smärta och lidande, som enbart oinvigda uppfattar som orättvisor, skulle vara skönare, ädlare, mer gudibehagligt och dessutom, om det nu inte räcker med allt annat, i slutändan även mer direkt lönsamt, än att kämpa emot med näbbar och klor.

Så Eva, jag lurar mig inte att tro att du ska lära dig av annat än dina egna misstag, säkerligen inte av mina. Och om dessa mina vindlande funderingar kan vara till nytta eller tröst för dig framöver, det vet jag inte. Men du kan ju plocka fram och titta på dem någon gång ibland, och känna efter, och någon gång när du själv är femtiofem eller sextio och råkar veckla upp pappret så upptäcker du kanske att de slutsatser du själv nått fram till inte alltid är helt olika mina. Då kan du le och tänka att din gamla mamma nog inte var så dum ändå, och det är det ena jag egentligen ville ha fått sagt: att det är viktigt att då och då stanna upp, ställa sig lite som utanför sig själv, vid sidan av känslorna som kanske mullrar och rasar, och bara fundera, så man inte blir kollrig och villar bort sig helt. Det må låta banalt, men det är oerhört lätt att glömma av, du anar inte.

Och, som en liten utvikning på temat, skulle man ha självinsikten att veta med sig att man är lite dålig på just det, så kan man ju åtminstone vara förnuftig nog att välja någon att ha vid sin sida som kanske är bättre, som kan säga till en när det behövs och vars omdöme man litar på. Din far uthärdade tålmodigt orättvisan i sitt eget liv i flera års tid innan han fick nog, ställde mig mot väggen och sade: ”Du får inbilla dig vad du vill om Dan eller att du inte gjort dig förtjänt av bättre, men jag har rannsakat mig själv och kommit fram till att i helvete heller att jag förtjänar ett liv som det här. Inte heller ser jag någon belöning hägra i fjärran så nu försöker vi igen och gör en ny. Dina skulder i övrigt lägger jag mig inte i, vare sig till Gud Fader eller fan själv, men detta åtminstone är du skyldig mig.” Möjligen uttryckte han sig mer färgstarkt och målande än jag lyckas återge här; innebörden letade sig i varje fall in bland mina sorger och så småningom fram till förnuftet och jag kunde inte ge honom annat än rätt.

Det andra är att jag vet att du kommer vara med och skapa och viska med intellektet, forma världen omkring, gestalta dina tankar och känslor, din kunskap och dina erfarenheter och bidra till allt detta vi samlat, men jag hoppas också att du oavsett vad du gör, vem du blir och vem du nu än älskar, någon gång i framtiden även kommer låta kroppen viska och skapa. Att du någon gång, på vilket sätt det nu månde vara – det finns väl olika lösningar på det där inbillar jag mig – får ett eget barn. Som din pappa då fick, till slut och äntligen. Och som jag själv. Som vi tillsammans fick, han och jag. Det var du det, älskade dotter. Och så vackert det var, så skönt. Och så outsägligt rättvist.

Med respekt och kärlek, från din mor och medmänniska,
Inga

6

Maja, augusti 2005

Ivern hörs som redan i dörrklockan. Andra signalen kommer innan jag ens hunnit upp ur liggstolen. Jag slänger tidningen på bordet, trycker upp solglasögonen över håret och går in i huset. Sveper bubbelvattnet och ställer ut glaset i köket alltmedan klockan otåligt försöker hetsa på. Stannar till vid hallspegeln för en snabb kontroll. Ögonen har inte vant sig vid dunklet inomhus men något större fel verkar det inte vara. Jag rättar till en hårslinga. Knäpper upp en knapp, ångrar mig och knäpper den igen. Konturerna av en arm rör sig bakom ytterdörrens spalt av frostat glas. Klockan ringer igen och jag torkar handflatorna mot höfterna och öppnar. Han får rygga tillbaka för dörren. Den tunna, blekgröna sommarjackan är lite för kort för att mer än nödtorftigt dölja bältet, och den bylsar sig över hölstret och batongen. De mörkblå uniformsbyxorna är omisskännliga. Minen är sträng.

”Ja?” säger jag och ler vänligt. Lägger huvudet lite på sned, stryker bak den trilskande hårslingan med pekfingret och fäster den bakom örat igen. Han låter sig inte bevekas, fortsätter titta bistert på mig.

”Vi har anledning att tro att det finns narkotika i huset och skulle vilja ta en titt.”

Jag tittar över axeln på honom, men det är ingen annan där. Han sträcker fram en polislegitimation. Jag ignorerar den, korsar armarna över bröstet och spänner blicken i honom.

”Jag tror inte du har lov till att ...”, börjar jag.

”Nu funkar det inte riktigt som på teve”, avbryter han och trycker in mig i hallen, slänger igen ytterdörren efter sig. ”Det är mycket snack nuförtiden om vad Polisen får och inte får göra”, fortsätter han och skjuter mig framför sig längre in i hallen. Det blänker i hans ögon. Det sticker i ansiktet på mig. Hettar i kroppen i vågor och hjärtat börjar slå snabbare.

”Men som jag ser det kan vi göra lite som vi vill så länge inte alltför många ser på”, säger han och lossar batongen ur fästet i bältet. ”Och får du lite blåmärken kan vi alltid sätta dit din gubbe för det om du gnäller.”

Jag backar tills jag slår i hallbyrån. Han följer efter, trycker sig mot mig. Trycker framåt med höften och överkroppen. Kanten på byrån skär in i ryggslutet och jag håller emot med händerna. Känner honom genom byxorna; batongen låter han stryka över min kind samtidigt som han viskar i mitt öra: ”Hörsamma ordningsmakten.” Batongtoppen glider av kinden och ner längs halsen och jag ryser, det sticker i huden och han trycker hårdare och jag håller emot så gott det går. Plötsligt tar han ett steg bakåt, trycket lättar och jag nästan trillar framlänges och vinglar till. Han tar tag i mig, vänder mig, skjuter mig framåt och jag tar emot med händerna mot kanten på byrån. Han får in en fot mellan mina, de grova skorna slår mot mina fotknölar och han förtydligar: ”Benen isär.”

Jag lyder, vrider mig sedan och vänder blicken över axeln och han ler och det blänker i ögonen. Han stöter till min axel och jag slås framåt, vinglar till igen.

”Stå still. Händerna på huvudet.” Han låter batongen stryka över min högra överarm och jag släpper taget om byrån och knäpper händerna på huvudet. Solglasögonen trillar ner på hallgolvet. ”Bredare”, säger han och sparkar mig på fotknölarna igen och jag lyder. Han andas tyngre och tyngre, står där och andas bara. Jag blundar. Det susar i mina öron.

”Våldsamt motstånd kallas det du pysslat med nu. Det ger straff på upp till sex månaders fängelse. Hur låter det?” frågar han och drar mjukt med batongen nerför min ryggrad, bara för att jag ska känna att han fortfarande är där och jag börjar vrida mig.

”Titta fram”, snärtar han ut. ”Hur låter det, frågade jag.”

Jag svarar inte. Drar djupa andetag. Lyssnar till hans. Släpper huvudet, böjer mig fram och vilar armarna mot byrån. Andas och tittar på det rödflammiga ansiktet i hallspegeln och inte är det så pjåkigt för att vara mor till en tonåring och en till. Men nedräkningen har börjat, spegeln räknar taktfast neråt för var gång jag går förbi och jag har fyra år kvar, kanske sex, om jag håller efter mig och fortsätter träna duktigt, att kunna väcka åtrå snarare än respekt eller, oändligt hemska tanke, medlidande; det som finns där när de börjar säga om en att hon måste ha varit så vacker när hon var ung. Kanske tvåtusen dagar innan jag blir snygg för min ålder, inte längre snygg, kort och gott, och den räknar och räknar, spegeln. Men än är den fin, urringningen, så förlåt mig Gud, förlåt Raimo, förlåt Dan som ser allt, förlåt att jag bara måste. För livet är kort och jävligt och en smula tröst, en smula lust bara och ett ögonblick av mening, av ungdom. Han är tio år yngre, knappt torr bakom öronen, och i spegeln ser jag ivern i hans ansikte, i den glansiga blicken och jag känner den i hans händer som får en att nästan kunna låtsas att man är sjutton igen. De är innanför tyget nu, trevar uppför ryggen och fumlar fortfarande med hyskan lika valhänt som vilken tonåring som helst. Och just för detta vill jag ha honom, just nu, och nog för att du gör ditt jobb, Raimo lille. Men ivern, nej. Du behöver starthjälp och det är inget jag håller emot dig; du behöver mig. Men någon enstaka gång med någon som självantänder, exploderar, för då brinner jag också helt plötsligt, lågorna slickar låren, slickar åren av mig och bara jag blundar är jag i ett kort brinnande ögonblick sjutton igen. Så jag blundar, blundar, kniper ihop ögonen och han fumlar med gummit, lilla pojken, men så ge mig det och kom nu då: kom, kom, kom …

Dan?

Inget.

Dan!

Han är inte där, jag känner inte av honom. Istället är det Siri som kommer vankande runt hörnet därute och upp på altanen. Hon sträcker på sig, släntrar förbi panoramafönstren och in genom dörren. Kommer fram och viftar på svansen, som om det inte var något utöver det vanliga, som om matte jämt låg utspilld och nypippad på ryamattan och hon bryr sig inte ett dugg om pojken som ligger där och vilar armbågen mot mitt höftben och smeker mig på axeln med fingertopparna, som andas mig lite skamset i nacken, för den där ivern kommer ju inte utan sina avigsidor ibland och idag har jag inte orkat låtsas. Nej, hon trycker bara upp nosen i ansiktet på en. Jag skjuter bort henne och hon tar ett halvt steg tillbaka och sätter sig. Tur att det inte är till skydd man har den, hundjäveln, utan till sällskap och för att ungarna ska lära sig något om ansvar. Sedan gäspar hon en pust av kadaver och kattskit rakt i ansiktet på mig till råga på allt, den äckliga varelsen, och jag slår ut med armen, träffar henne på bogen, inte ens hårt, men hon gnyr till och ser förnärmat på en, vänder tacksamt nog innan hon gäspar igen och vankar bort mot köket.

Och det mol och gnager i mig där jag ligger. Men sedan blir jag arg istället, för varför ska det behöva göra det för? Vad skulle han kunna ha att hålla emot det? Raimo, med sin alldeles egna turnerande cirkus. Vad han gör med sina flickor har jag ingen aning om, men nog får han då blunda för och svälja något enstaka snedsprång från min sida, fattas bara annat, allt annat vore hyckleri.

Nu ska det sägas att ...

Nå, där är du. Var har du varit? Det är inte som att du hade något annat liv som jag slet dig ifrån.

Du brås på din far. Fast han gör först nu likadant och pratar med de döda när han är över åttio som du gjort till och från sen du var nio, så passa dig.

Nu är det mest av gammal vana. För att sortera tankarna. Du vet att jag inte tror på dig, inte som jag gjorde då.

Jag vet. Icke desto mindre har jag följt och funnes där för dig som din storebror alltsedan dess. Så den respekten tycker jag nog att jag förtjänat, att du inte avbryter och låter bli sarkasmerna.

Förlåt. Dan, jag drömmer om mamma. Hon säger hemska saker till mig.

Skyll inte på henne.

Jag vet, jag lägger orden i munnen på henne. Som jag gör på dig. Men hon tittar strängt, du vet hur hon gör. Menar på att jag är en egoist. Självupptagen och ytlig.

Nu är du ute med håven.

Så det säger du?

Det är ett halvår nu, säger han och med det är han borta.

Jag har det jag har: min make, mina barn. Min lilla galenskap, Dan. Åtminstone en som jag valt själv, vaccin mot större vansinne och mot självbedrägeriet. På det att jag ska hålla mig klarsynt och nykter och inte överraskas, utan hinna se och förbereda mig på sådant som kommer. Och ofta nog får jag blickar och leenden. Sådana som värmer en flicksjäl, fastän jag i regel låter bli att låtsas om dem för att inte uppmuntra i onödan. Än så länge får jag dem.

Jag har det jag har: en ung man klistrig mot min rygg. Och jag kontrollräknar månaderna: ett halvår, precis som han sade. Det är mycket, är det. För mycket. Det är så länge att man först hinner odla lite champagneberusade fjärilar som man låter flaxa omkring i magen ett slag, innan de tröttnar och man själv också, tills man sedan tycker att det är rätt behändigt, att man som byggt upp ett visst förtroende sinsemellan och att det är lätt att ringa när tillfälle bjuds och man råkar vara på humör. Men han har rätt, Dan, och det går inte att lura sig själv längre att det fortfarande bara handlar om enstaka snedsteg. Så det är tid att sätta punkt. Det här var sista gången, inser jag, även om han inte vet om det än och det får man nog spara till ett annat tillfälle, för just nu är det tufft nog ändå med slutsatserna. Klumpen i magen får som nya utväxter och knölar och man kunde tycka att det hade kunnat få vara lite mer lyckat som avrundning, men nu är det som det är.

”Maja?”

Rösten, så plötsligt; han stryker mig över håret. Solen steker in genom panoramafönstret och huden är halkig av svett, hans bröstmuskel glider mot min rygg när han klappar mig. Han häver sig upp och stöder sig mot underarmarna, blickar över min axel.

”Vad gråter du för?”

Jag sätter mig upp. Drar ner klänningen på plats och hakar fast behån under den. Och han ligger nedanför och tittar på mig ömt med så försiktigt frågande jävla ögon.

”Äsch”, säger jag och torkar bort det med handryggen. Han spänner ändan, som han gör när han stöter. Får sina äppelrunda gropar i skinkorna där mina knytnävar alltid vill passa in sig och han har varit en bra kille, Johan, det har han. Jag orkar tvinga fram ett leende.

”Inget”, säger jag. ”Gå nu med dig.”

Jag duschar av mig, får på mig träningskläderna och tar mobilen med ner i källaren om någon av ungarna skulle få för sig att ringa. Ställer in långa programmet på crosstrainern, skiter i pulsmätaren och attiraljerna och bara kör. Svär över att jag inte tog musikspelaren, saknar extrakicken från hög volym och gitarrlarm. Men snart är kroppen som omsvept av ansträngning och världen krymper till ett-två-tre-fyr och andas in, andas ut och bara ett litet mol kvar i magen längst in. Jag rycks ur rytmen när telefonen rasslar till ovanpå kontrollpanelen, den skakar sånär ner på golvet. Displayen säger Annette och hon är väl den sista jag vill prata med just nu, så jag låter det ringa tills hon tröttnar. Eller prata och prata, lyssna på när hon drar en av sina outsinliga litanior, men jag har verkligare besvär själv just nu än dem hon tvunget ska skapa åt sig själv bara för att kunna ringa och beklaga sig. Om ett år eller två är ni skilda, Annette lilla. Jag lovar, för jag har hört tillräckligt och vet precis hur valserna går hos er: *Ska vi ha grönt i köket, älskling? Sku inte det passa till den spanska klinkern?* För här ska det tvingas en åsikt ur näsan på den som inte har någon, och varje tecken på bristande intresse blir en personlig förolämpning, så när han säger: *Gör som du vill, kära du*, då rinner tårarna gärna till, Annette, gör de inte? Och sedan drar cirkusen igång:

Du bryr dig ju inte ett dugg, här försöker man göra det fint, då kan du väl bidra åtminstone minimalt, men allt det jag gör för oss härhemma är väl ändå meningslöst, sånt jag tycker är viktigt. Det är väl bara som bjäfs för dig, du märker det knappt ens.

Nej, nej, jag värdesätter det enormt! Hördu, gråt inte, älskling. Grönt blir väl jättefint.

Tycker du det?

Misstroget säger hon det, med pilar i blicken. Två, tre, fyr och andas.

Jo, grönt sku som passa utmärkt till det brunröda.

Terrakotta är det. Terrakotta. Du blir inte bög bara av att säga det.

Terrakotta. Jo. Just. Det blir fint.

Jo, kanske. Äsch, nä, jag vet inte. Vadå för grön menar du då?

Ja. Som grön bara ...

"Som grön bara?"

Med bottenlöst förakt i tonen. Och ett, två ... Och han sedan, desperat:

Ja, alltså ... Olivgrön! Sku inte det som passa till Medelhavstemat? Jag menar ...

Du är ju inte klok, vad är det med karlar, att ni har som noll smak överhuvudtaget? Hur murrigt sku inte det bli? Det är som i Sverige vi bor. I Hudik, inte Marbella. Och dit lär vi aldrig komma heller, vad det verkar. Nä, ärtgrönt om nåt i så fall. En ljust ärtgrön.

Okej, ja, jo. Det blir nog bättre. Du har rätt.

Fast nä, blått sku kännas bättre. En rätt klar himmelsblå, som liksom gifter ihop ute och inne precis som klinkern, om den nu ska fortsätta ut på altanen.

Ja, men visst! Det kanske vore nåt?

Med som tillkämpad entusiasm, för han försöker ju, vill ju göra henne nöjd, men tro fan inte han lyckas med medhåll heller.

Du ville ju ha grönt?

Jo, men det här låter ju ännu bättre.

Fan, du är en sån jävla kappvändare!

Men ...

Du säger ju vad som helst nu bara för att få mig att hålla käft, du skiter uppenbarligen fullkomligt i det här. Är det fotboll på teve, eller?

Annette ... Du ...

Ja, men titta, det är det ju! Det kunde man ju ge sig på.

Annette, det ...

Det kunde du väl sagt bara, så hade man sluppe stå här och prata med en vägg. Ja, då kan ju Barcaänkan bara ta och ...

Annette, det ryker nåt i köket.

Men helvete, såsen!

Och sedan ... tre, fyr, andas in, ett, två ... kommer hon ut ur köket och dunkar stekpannan i matsalsbordet:

Här! Fläskkotletten får klara sig utan sås, om du nu ska vara så kräksig mot en att man inte vet vad som är fram och bak längre. Kommer du till bords och stänger av teven är du snäll? Det är lite trevligare faktiskt, tycker jag, när man nu ansträngt sig och ...

Ut, tre, fyr, och nog står skilsmässan för dörren. Men inte fan för att gubben tröttnar. De sorgliga jävlarna står ut med sådant i åratal, i decennier, för de inbillar sig att det är så det måste vara mellan man och kvinna. Det är som inte bara djuphavsmarulkarna vars hjärna tillbakabildas när de hittat sig en hona. Nej då, det är hon som kommer bryta och sedan ringer hon mig och gråter och säger att hon inte ville men ju var tvungen till sist. Att hon verkligen försökte allt, gjorde allt hon kunde men att han ju vägrade kommunicera med henne.

Man trycker till lite extra i maskinen och får hoppas på att man åtminstone har något tillbaka för ilskan, för nu är man förbannad igen, har givit hennes tjafs en kvart till av sitt liv fastän det var just det man ville slippa när man lät bli att svara.

Just som jag flämtande snubblar av maskinen slår ytterdörren igen så hela huset skakar av det.

"Maja! Thimmy! Hallå?" hör jag Raimo ropa och jag blir som iskall under den rinnande svetten. Han skulle inte komma hem förrän i övermorgon och här är han nu, telefonen säger tjugo i elva. Det slår på trekvart bara sedan Johan stack och hade det varit en annan gång så hade jag inte jagat iväg honom så, och då hade han fortfarande varit kvar. Nära ögat är inte ordet; som i våras när han uppenbarligen hade stått parkerad utanför samtidigt som Johan var här. Hjärtat bultar våldsamt i bröstet; det går som utanpå det hårda passet. Jag sätter telefonen på ljudlöst, flämtar så tyst det bara går. Han ropar efter mig igen. Jag väntar tills pulsen och andningen lugnat ner sig lite, tar sedan lurarna och spelaren från vägghyllan och smyger halvvägs uppför trappan, ställer mig dold bakom hans axelväska som ligger slängd vid räcket och kikar in i stora rummet mellan spjälorna. Raimo skjuter dörren åt sidan och släpper in den studsande Siri, ställer sig på knä och kliar henne på magen. Hunden gnyr förtjust och rullar från ena sidan till andra, vet inte vart hon ska ta vägen i sin lycka. Följer efter och snor kring hans fötter när han sätter sig vid långbordet. Påsarna under hans ögon syns ända hit. Han drar ett par andetag, plockar upp en mobil ur innerfickan på linnekavajen. Knappar och lyfter telefonen till örat.

”Det är jag. Allt på banan?” Han lyssnar till svaret, stryker sig över pannan med den lediga armen. Säger: ”Halv ett istället då?” med en trött blick ut i trädgården. Klämmer fram ett skratt, svarar: ”Utav bara fan, Tony. Det kan du lita på.” Avslutar med skojfrisk grabbighet: ”Ja, dra åt helvete du med.”

Hunden går fram och nosar på honom, försöker vila hakan i hans hand. Han ger henne en klapp och går ut i köket. Jag står kvar och lyssnar till ljuden: vattnet spolar, kylen öppnas och stängs, kaffebryggaren klickar och bubblar snart igång.

Svetten kallnar på kroppen och jag ryser. Ryser sedan lite extra, Raimo, för bådas vår skull, eftersom jag numer håller mig underrättad om dina göranden och låtanden. Tony är den du köper pulver av, fastän du lade av för tio år sedan, och uppenbarligen är det dags för påfyllning. Men de enda gånger jag märker av det är när du kommer hem från en tur, så det är väl bara då du tar skiten, lyckligtvis, och jag har tills vidare låtit det vara. Vi är åtminstone två om att bedra, Raimo. Och då har jag inte ens kommit till karnevalen som du reser land och rike runt med. Din estländska flygande horcirkus.

Han kommer ut i vardagsrummet igen, hänger av sig kavajen på en stolsrygg och sätter sig vid bordet. Under har han pikétröja, som spolingarna nere på stan. Blå. Ute i köket puttrar bryggaren på; Raimo vilar ansiktet i händerna. Jag går trappan upp med tunga steg den sista biten, suckar högt och flämtar som andfådd. Rynkorna som flockas i ögonvrårna när han tittar upp och ser mig, leendet han ger mig genom tröttheten är nog för att skingra alla mina grå tankar om de lögner och svek, små som stora, som med nödtvång finns inbakade i ett gemensamt liv.

”Så du är hemma ändå? Jag ropade efter dig.”

”Hårt pass. Slayer på elva”, säger jag och ler tillbaka mot honom. Skakar på lurarna i min hand.

”Akta hörseln.”

”Den har klarat sig hittills”, säger jag och stryker honom över håret. Sätter mig sedan på stolen intill och lägger prylarna på bordet.

”Vars håller Thimmy hus då?” frågar han.

”Han är uppe i Saltvik med Stenströms, de hyr stuga där.”

Han nickar, ögonen vill inte släppa mig när han backar ut i köket för att hämta kaffet.

”Jag ringde och grattade Lisette förresten, hon var ju nästintill salig”, kommer hans röst därutifrån inemellan slamret när han tar en kopp och slår upp.

”Det var en bra present, ridlägret”, säger jag.

”Jo”, säger han och kommer ut ur köket med koppen i handen. Rör runt med skeden och sätter sig mittemot. Ler trött.

”För mig med”, fortsätter jag. ”Det har vart skönt att få skrota omkring lärhemma helt ena. Så tyst och lugnt, inget man är bortskämd med till vardags ska gudarna veta.”

Han smuttar på kaffet, snurrar på telefonen på bordet.

”Ja, du är snart av med mig igen”, säger han, låtsas purken. ”Jag har ett lunchmöte på Ranchen vid halv ett.”

”Jag menade inte så, älskling. Inte den här gången i alla fall”, pikar jag och han skrattar.

”Men så är det ändå, vare sig nån av oss vill det eller inte.”

Jag lägger min hand om näven han sträcker fram över bordet. Han lyfter på rumpan, ser sig omkring demonstrativt. Slår en blick inåt köket, böjer sig fram och tittar in under soffan, sätter sig sedan igen och blinkar mot mig.

”Tänk, inga ungar hemma ...”

Och det är väl inte vad man är mest sugen på med tanke på allt, utan man hade kanske hellre setat här med sin hand på hans eller legat och hållit om varandra bara och risken finns väl att det egentligen är vad han själv helst skulle vilja också. Men man får väl se vart det hamnar, så jag smalnar i ögonen, ler på det sätt som han vet vad det betyder när jag gör och kramar till om hans hand.

”Det kan väl kanske gå för sig, möjligen”, säger jag. ”Ska bara duscha av mig.”

Jag blundar mot strålarna, med värmen som strömmar kommer också lugnet och insvept i ångande dimma kan jag tänka klart igen. Du har slitit hårt för oss, det ska inte förnekas, om än med varierande framgång. Du axlar rollen som god och hederlig äkta make. Du har full insikt om din uppgift, så god är du nog så det räcker, om än inte det andra. Jag kniper mun och blundar för jag har förtjänat det, spelar aningslös och lycklig hustru. Ovetande om dina göranden och låtanden är jag knappast, aldrig igen. Men fan om jag faktiskt inte är hyggligt lycklig för det mesta, åtminstone förståndig nog att inte bjuda in misströstan genom att gå omkring och känna efter jämt.

Så inte tar det heller emot alltför jävligt att spela lite om det nu skulle behövas en eller annan gång när känslorna hinner ikapp. Nog orkar jag det för vår skull, tills det släpper. För den sorgen, Raimo, ska inte du behöva sota för. Det har funnits toppar och dalar, men annorlunda inbillar jag mig heller inte att det kan vara. Nej, den sorgen handlar inte om dig och mig. Det är mitt egna missmod som kommer krypande, för om livet är kort så är ungdomen förbi i en blinkning och skönheten inte heller mycket beständigare än så. Och vart i hela världen ska man då bli av, med halva livet kvar att leva?

Tids nog får man bekymra sig, men nu står värmen och vibrerar omkring mig och jag anar den växande förväntan därute, i blicken som följde mig, svettig och osminkad, på väg till badrummet. Kanske att det pyr en liten glöd därinne fortfarande, brandkåren lyckades visst inte släcka helt, och den värnar jag och göder tills den flammar upp och lever av egen kraft. Jag fäster badlakanet över bröstet, snor håret i en handduk och kramar ur det. Lägger fram slingan över axeln; jag vet hur du ser på mig då.

Du står med ryggen mot, vid panoramafönstret, böjer fram huvudet och vilar det mot rutan. Axlarna hänger trött och jag blir mild inuti och mjuk, vill lägga handen i nacken på dig och jag smyger över golvet. Det knäpper i plankgolvet under mina fötter och du stelnar till. Något är fel. Det hettar i huden och jag blir stående. Hör ditt tysta gnyende, ser på när du vänder dig om; ansiktet är som skevt och förvridet, rödflammigt och ögonen kisar. Lätet fortsätter komma. Inte ur strupen, från någon helt annan plats, långt djupare in. Du gnyr som en grävling i en snara och solen går i moln. Med ens blir ljuset isgrått. Du ser dödssjuk ut, låter, kisar under tunga svullna ögonlock och jag dras framåt igen, lyfter handen mot dig, öppnar mun, hinner bara börja: ”Raimo, vad …”, innan jag ser vad det är du håller i, vad det är du håller fram mot mig.

Nuet knäar och faller framåt, olidligt långsamt som i en mardröm, orkeslöst men obevekligt i rörelsens riktning. Allt hinner uppfattas, varje outhärdlig detalj i ögonblicket och allt som har lett fram till det, men inget går att påverka eller göra ogjort. Det har slagit lock för mina öron men jag ser hans glipande mun, ser gnyet som flyr ut ur det långsamt växande hålet. Och där, mellan tummen och pekfingret i hans hopknipna hand dinglar den och dansar helt utan nåd, skrynklig och så synnerligen använd. Och den rör sig mot mig, kommer närmre, närmre och jag i min tur kommer den till mötes, faller mot den till dess att Raimos kritvita knogar dovt och ihåligt slår i mitt bröst. Nej, inget slag: en krock bara, utan avsikt men tillräckligt hård för att tvärt stoppa min färd framåt. Jag snubblar bakåt några steg, och medan mitt badlakan stilla singlar ner mot valnötstiljorna långt därnere gapar hans mun allt större bredvid strängen av snor som strukits ut över kinden och ner i hakans gråsvarta stubb. Resten blänker på skjortmanschetten och handryggen framför mig, ögonen är kisande blanka streck av smärta bakom diken av hud, som om de stirrat rätt in i solen. *Dan, var är du? Dan!* Men ingen hjälp kommer och nu sluter sig läpparna om gnyet som pressas samman till en anklagelse, en enda stöt av ljud: ”*DU!*”

Du slänger gummit mot mig, det missar, flyger förbi mig, och du närmar dig. Jag fångar din blick, backar. Snubblar över badlakanet på golvet, men hittar balansen, och backar vidare. Du följer mig. Vi korsar långsamt rummet. Jag släpper inte dina ögon med blicken.

Vågar inte, släpper jag dem så finns inget kvar som tyglar dig, med det bandet binder jag även fast min egen skräck, så den inte ska övergå i panik. Ditt ansikte har stelnat i en mask som inte rymmer vrede, inte sorg. Du avancerar i jämna steg med min reträtt, långsamt. Även du fruktar fortsättningen, jag ser det. Våra ögon är det enda som står mellan oss och den hotande avgrunden och du dröjer i blickarnas terrorbalans, vill inte, vill bara stupa, befrias och sova, tills mardrömmen är över. Det är något annat än vilja som ändå driver dig framåt.

Nu kan jag inte backa längre. Jag står i vårt sovrum och känner sänggavelns kalla metall mot mina vader. Du blir stående innanför sovrumsdörren, vankelmodigt. Rummet upphäver jämvikten, det ställer sig på mina ögons sida. Inte härinne, här kan inget våld förekomma. Den oerhörda tröttheten tar överhanden och ditt ansikte börjar få konturerna åter. Dina axlar mjuknar och sjunker, öppnar en glipa, antydan till en utväg. I nästa ögonblick står Siri plötsligt där, bakom dig, och skäller, skäller, skäller på den som står henne allra närmast, eftersom något är fel med honom, fruktansvärt fel. Skräcken står upp i hundens ögon och hon skäller och skäller på dig för att skrämma bort och jaga iväg det vrånga och främmande. Ljudet hugger i dig, du vänder dig om och vreden faller över dig igen; jag ser den svepa ner.

Ja, hunden skäller på dig, när hon borde skällt på mig, pekat ut den skyldige, föregripit ditt straff och omöjliggjort det. Men istället för att trofast ställa sig vid din sida flyr hon i skräck, flyr från dina ögon, halkar desperat över golvet och ut i trädgården och du är helt ensam i tillvaron, övergiven av allt och alla. Du vänder dig om igen, höjer handen i vanmakt och förtvivlan.

Bara hotet återstår. Enda räddningen ännu ett svek att lägga till det första: att ge en skymt av en framtid som smärtar än värre än det olidliga nuet, som snörper åt stålbandet om halsen på den redan kvästa. En påminnelse om ett decenniegammalt löfte:

”Du slår mig inte, det vet du, Raimo. Aldrig mer.”

Han hejdar sig innan handflatan når mitt ansikte. Min förvissning var inte lika stor; jag har redan blinkat i reflex, ryggat bakåt och tappat balansen mot sängkanten. Jag faller ner i sängen, ser hur han greppar tag i slagarmen med vänsterhanden, vrider sig, blundar och böjer ner huvudet och snurrar runt ett varv på stället, för att det är omöjligt att ta vägen någonstans, outhärdligt att stå kvar. Han vet det, till och med i detta ögonblick vet han det och den vetskapen skär igenom allt, till och med raseri, för förtvivlan är starkare. Han vet att jag skulle klara av det, klara mig fint. Men att han själv skulle gå under utan oss, utan minsta hopp om något annat slut. Barnen och jag är precis allt han har som betyder något. Den vetskapen kan ingen Chrysler eller maltwhisky, inget pulver i världen rucka på och ingen sorg eller vrede som ryms innanför bröstet på honom slå omkull.

Och nu lätet igen: han gnyr otröstligt. Det sticker i ansiktet, hettar och isar och först nu när ögonblicket har avväpnats och piskats fogligt känner jag hur hjärtat vill fly, det slår vilt omkring sig, hamrar mot revbenen. Svetten bryter fram över hela kroppen, tårarna tränger upp i mina ögon och jag blinkar och försöker le genom dem. Sträcker upp armarna och öppnar famnen till en sorts utväg, den enda möjliga.

Svettvallningen lägger sig, hjärtat slutar hamra och själen blir alldeles kall och tom. Tankarna plötsligt nyktra och utan rädsla eller harm, som konstateranden bara, och jag stryker honom över huvudet där han ligger ovanpå. Gråt du, lille, gråt bara. Du gör vad du ska här hemma och det är samma för mig. Vi sitter nu i båten tillsammans och jag har tjänat ihop till min del av kakan, och nog till ett visst överseende utöver det. Om inte för min absoluta trohet så väl för min absoluta lojalitet, för barnen och alla åren jag givit dig. För besökstid på fängelset och trappstädning i hyreslängorna, det att ständigt vända ryggen till, dölja ansiktet, och snart nog även den putande magen, i trapphusens skuggiga hörn när någon gick förbi, skräcken att det skulle vara någon vi umgåtts med. För flytten till Hudik och alla hundåren. För allt det som jag utstått för det gemensamma.

Gråt bara. När du gjorde din volta, tagen med åttatusen kapslar ryssfemmor i ryggsäcken, på kredit tills du sålt undan tillräckligt för att kunna betala och det plötsligt stod män från öst och väntade i hallen. Finniga, knappt mer än pojkar men välklädda i svart kostym och sidensjal och frågade efter pengarna du var skyldig och jag själv, med en knapp treåring och, ännu utan att veta om det, en liten till på väg. Vad de gjorde då, det har jag aldrig berättat, då skulle du ha drivit dig själv och oss alla slutgiltigt i fördärvet, men angenämt var det inte, så efter det har jag nog hållit uppsikt. Den sortens överraskning vill man aldrig få igen. Så nog vet jag nu, precis allt vet jag. Så gråt du, men samma spelregler måste gälla för båda. Du har din resande cirkus, direktörn, den blundar jag för och kan då någon gång ta mig friheten att inte bara väcka elden utan även värma mig vid den.

Han rör på sig under min hand, drar ner byxorna och jag hinner inte neka honom eller ens reagera innan han trycker kvarlevan av sin tidigare förväntan emot mig. Stum av motvilja känner jag kroppens ofattbara svek, inte heller den har hunnit reagera på det som hänt den senaste eviga minuten och släpper utan motstånd in honom. Han snörvlar och krymper fort, stöter halvhjärtat utan att se mig i ögonen tills orken tryter och han är still. Gråten tar slut den med och han ligger ovanpå, kvar i mig, och andas tyst med huvudet mellan mina bröst. Jag känner hans tårar kallna mot huden och stryker honom över huvudet igen. Försöker komma på något att säga, men det finns som inget.

Efter en stund rullar han av mig, slänger benen över sängkanten och sätter sig upp. Tittar på klockan, knäpper byxorna. Plockar fram plånboken ur bakfickan och tar ut en femhundring. Han ser på mig med sedeln i handen. Munnen är ett streck över ansiktet och blicken tom. Den avslöjar ingen ilska, ingen sorg, inga känslor alls. Han antyder en huvudskakning, ser ner i plånboken igen och får fram ytterligare en femhundring. Släpper sedlarna i den tjocka luften ovanför mig, vänder och är ute ur rummet innan de hunnit singla ner och landa på sängen och min nakna mage. Jag tittar på dem, stumt, hör stolen slå i golvet i vardagsrummet när han tar sin kavaj och sedan den dova stöten när ytterdörren slår igen. Siri, svikaren, vågar sig in i sovrummet och glor ynkligt på mig. Hon lägger huvudet på sängkanten med öronen bedrövat fällda åt sidorna. Volvon brummar förbi utanför sovrumsfönstret.

Är det vad du låg och funderade på? Är jag bara en i ditt stall, Raimo? En hora bland de andra. Dyr i drift dessutom, men kanske hellre det än billig ändå? Skulle du inte behållit den sista femhundringen ändå, Raimo lille? Hämnden är så barnslig att jag inte kan hålla inne med skrattet. Samtidigt är det något som brister och kokar sönder i huvudet på mig, för den sortens dubbelmoral, käre make, har du inte på långa vägar råd med. Jag kan också hämnas om det är så du vill leka.

Ungarna måste väl ha kvar någon av sina gamla mobiler med kontantkort. Jag knuffar undan hunden, slänger på mig ett par långbyxor och en topp och går trappan upp till Thimmys rum. Rotar igenom hurtsen vid hans skrivbord.

Maja …

Jaha, och vars nånstans var du för en halvtimme sen när man faktiskt kunde haft lite nytta av dig?

Alltså …

Äh, Dan. Skit samma, du. Bara stick.

Bland dvd-skivorna och datorspelen i en låda under Thimmys säng finner jag vad jag söker, börjar slå numret. Avbryter och börjar om, får med riktnumret i början. Jag förställer rösten, lägger an min bästa tevestockholmska som knappt blivit använd sedan jag skötte minigolfen på Fläsians strand på somrarna för tjugo år sedan och jävlades med turisterna: *Lessen, men nåra lengre klubber haavinte, sorry. Åsså ennöh kåålah, saru?*

När de svarar tar det mig femton sekunder att ge dem all information de kan tänkas ha användning för och sedan lägger jag på. Slänger mig i fåtöljen i tevehörnan vid trappan, tar chippet ur telefonen och känner som lite tillfredsställelse ändå. Sug på den du: en minnesbeta för att du inte ska inbilla dig att du inte behöver mig. Jag lutar mig tillbaka, blundar en stund och andas.

Efter någon minut gnyr Siri därnere, och det är ju fan vad alla ska vara beroende av en, alla ska utfodras och tröstas, rastas genast innan det händer en olycka. Snart, Siri. En liten stund till bara vill jag fortsätta blunda. Jag ger det en minut, känner sedan en plötslig oro och öppnar ögonen. Ser på stöket inne hos Thimmy, på Lisettes stängda dörr. Snurrar fåtöljen mot räcket, ser mellan spjälorna hunden som tålmodigt väntar på mig, tittar ner över valnötsgolvet, långbordet, PH-lamporna. Känner doften av kaffe från köket. Det börjar surna, har stått på plattan för länge. Jag ryser, märker att Dan är på väg igen, känner hans misstro.

Maja, lillan, nu har du väl ändå …

Jag vet. Håll käft bara.

Det är som att tillvaron gått och smugit på en hela tiden, bara gått och väntat på tillfället. Hur mycket man än hållit koll och styr på den, på farorna och riskerna som lurar. Hur mycket man än förberett sig. Råkar man få en smäll vid fel tillfälle, just när man slappnar av och tror att det är över, tappar kontrollen i en sekund bara, så kastar den sig över en och slår en till marken med full kraft som att den bara låtit trycket byggas upp hela tiden. Så fort man släpper efter minsta lilla och glömmer att hålla emot ett enda litet jävla ögonblick så exploderar allt och man förvandlas till ett fullblodsvåp som sågar av grenen hon sitter på och riskerar hela sin tillvaro. Bara för att ge igen för en barnslig jävla förolämpning som man åtminstone delvis fick skylla sig själv för, trots att den kom från någon som inte vart ett endaste dugg bättre själv. Och, för satan, vad är det nu man ställt till med?

Jag svär högt och slår Raimos nummer, försöker komma på något sätt att övertala honom att inte åka upp till Ranchen. Svararen går igång och jag spelar in något osammanhängande om att vi får reda ut allt sedan, men att han just nu ska lita på mig bara, att det är livsviktigt att han håller sig ifrån Ranchen och Tony. Sedan slänger jag mig i Chryslern och ger mig iväg, försöker ringa igen utan att den envisa jäveln svarar; han borde väl fatta att jag inte ringer tio gånger på raken bara för nöjes skull.

Kvart över tolv är jag framme. Ranchen är en platt barack vid södra E4-avfarten med en jättelik häst på taket ovanför entrén, där det serveras köttbitar med pommes och där vardagsblippandet från spelautomaterna på helgerna dränks av tonerna och banket från ett eller annat bedrövligt coverband som smörjer köttmarknaden. Jag ställer mig på den övre parkeringen där det är tomt, på den nedre ser jag vår Volvo. Därnere står även en röd skrytporsche så rimligtvis är även Tony i god tid. Jag börjar gena nerför grässlänten men en mörkblå Volvo med tonade rutor glider in på parkeringen och jag vänder tillbaka upp. Bilen parkerar vid byggnadens kortsida, utom synhåll från fönstren. En man kliver ut, vankar till synes avslappnat till restaurangen och går in. Jag sätter mig i bilen och försöker ringa en sista gång utan att komma fram. Glor genom framrutan ner mot snuthäcken och entrén.

Det värsta är att man egentligen borde ha vetat bättre, som ändå lever med tvivlet ständigt, luftar och rastar det dagligen. En sväng runt villakvarteret eller upp i skogen tillsammans med hunden, så det får göra av sig, sedan kan det nöjt krypa ihop i en hörna därhemma och somna om igen och man själv vet att inte välta tillvaron över ända. Inte att man som syrran lever tjugo år i trygg förvissning, ostött och oblött, och sedan när frågorna kommer ikapp inte vet vart i världen man ska ta vägen längre. Men nu när man själv som gubbpinkat i motvind får man allt lite sur eftersmak av sitt dryga leende och sina godsint systerliga synpunkter på hennes barnrumpighet.

Efter en halvtimme störtar de ut, som setat kvar i häcken. Tre stycken som ställer sig på ömse sidor om entrén. Det är Raimo som först kommer ut och två av männen hugger tag i honom och trycker upp honom mot väggen intill. Tony försöker backa in på krogen igen men stöter in i den förste civilarn som bryter upp armen bakom ryggen på honom och leder ut honom. Längre än så stannar jag inte för att se på när de förnedrar min make, särskilt inte som jag till råga på allt själv är skuld till det. Jag startar bilen och kör hem, funderar under färden på vad i helvete det är jag egentligen ställt till med och vad jag kan göra åt det.

Inget på egen hand, är vad jag kommer fram till, grämligt nog. Inte ett jota. Men nu finns det ju en till som är insyltad. Det lilla kruxet är bara, slår det mig, att jag faktiskt inte har den minsta aning om vad han heter på riktigt. Jag vankar omkring hemma i huset, funderar på huslån och stallplats och annat spännande och städar undan den hög som Siri i övermäktig nöd har måst lägga på altanen. Då kommer hon och ynkar och ödmjukar sig som hon har för vana att göra när hon skäms öronen av sig, svansar kring benen på en så att man snubblar på henne vartannat steg man tar och hänger en i hasorna ända tills man får nog och ger henne den rejäla utskällning som hon gått och suktat efter. När väl ekot lagt sig ger hon mig en blick av oändlig tacksamhet och kärlek, och kan sedan med böjt huvud och slokande svans lomma iväg och ringla ihop sig under altanens trädäck för att i lugn och ro begrunda vilken jämmerligt usel hynda hon är. Min avund känner inga gränser; den ljuvliga lyxen är inget jag själv har råd att unna mig. Jag går och slänger hundpåsen i soptunnan.

Duschen är välbehövlig men förmår inte göra särdeles mycket åt solket på insidan. Men efteråt, framför spegeln, skärps åtminstone tanken. Jag har bestyr för händerna, stärker konturerna och skärper linjerna här, mjukar upp där; expertisen sitter i fingertopparna och lämnar hjärnan fri. Det är som att när man får ordning på utsidan så följer insidan efter, och allt faller bättre på plats. Jag lägger sakerna i ordning och går ut på kontoret, rotar fram Raimos minnespärmar ur hyllorna och slår på datorn. Bland tidningsklippen och bilderna hittar jag ett blankt lagfoto, Timrå IK 1989, där de står uppradade i full mundering med hjälmen under armen. Och det går inte att missa honom, dubbelt så stor som de andra, som ändå inte är småpojkar, och med det ansiktet. Namnen står undertill som på ett klassfoto. Han heter alltså Jari egentligen, Gädda. Det namnet har jag aldrig någonsin hört förr, under de här snart tjugo åren. Jari Åkerman knappar jag in och på skärmen blinkar en karta fram med en blå prick på Granbacksvägen i Njutånger och ett mobilnummer. Han svarar på tredje signalen.

Jag förklarar vad som skett, utelämnar kanske en och annan

detalj om vad som föregått det olyckliga som inträffat. Antyder sedan att vi nog har en del att styra upp i Raimos affärer, han och jag, innan något spårar ur och det hela förvandlas till något långt värre än ett enklare narkotikabrott. Han svär en del och suckar medan jag berättar men tar det rätt samlat ändå, på det hela taget.

”Raimo menade på att du inte visste någonting om det där”, säger han när jag är klar.

”Å, det gör jag inte heller”, svarar jag. ”Varken tjacket eller er turnerande horcirkus har jag den minsta aning om.”

Han är tyst en stund, suckar sedan.

”Han var hem om och vände i förmiddags alltså?”

”Ja.”

”Lämnade han väskan hemma, en brun axelväska?”

Jag lutar mig fram, ser ut mot trappräcket.

”Den var med in, men han tog den nog med sig igen.”

”Fan. Vilken bil tog han till Ranchen?”

”Volvon.”

”Hade han väskan med när de tog honom så är det pyrt. Du får ta en taxi dit och kolla bilen om nu inte snuten lagt beslag på den redan. Eller fan, ta finbilen så går det snabbare, ställ den och kör hem Volvon sen om ingen verkar nyfiken.”

”Är det nåt här i huset som behöver göras av med?”

”Jag kommer upp och tittar på det. Kolla du Volvon först. Bilen är på verkstan och det kan dröja innan man får en taxi hit ner, men att få tag i en åklagare på en söndag är inte helt lätt och så många krimmare finns det inte i stan som kan hålla förhör. Om de nu har fullt upp med Tony också, så dröjer det nog tills imorgon minst innan de kan sy ihop en husis hemma hos er.”

Jag funderar, försöker måla upp scenen vid Ranchen. Nej, han hade ingen väska när de tog honom, det är jag nästan säker på. Alltid något, sa kärringen som klippte grisen för ull. Jag hittar extranycklarna till Volvon på kroken i hallen och ger mig iväg.

Volvon står kvar där han ställt den. Det finns inga misstänkta smygarbilar i närheten och jag hittar inte heller några snutämnen bland långtradarchaffisarna inne på krogen. Jag låser upp, sätter mig i förarsätet. Baksätena är fällda och Siris galler nerplockat. Raimos sovsäck ligger bylsigt slängd därbak. Han skulle kunna ta in på hotell istället kan man tycka, eller vandrarhem åtminstone. Det är knappast så att vi inte har råd. Sedan begriper jag att det nog inte handlar om någon luthersk snålhet eller självspäkelse utan gissningsvis om att inte kunna spåras.

Väskan sitter klämd mellan framsätena och är tom sånär som på ett par pennor, en miniräknare och ett anteckningsblock. Det kränger till i min magsäck som fortfarande inte fått något efter morgonens träningspass, plötsligt känner jag mig utsvulten, samtidigt mår jag illa. I handskfacket finns inget heller, bara instruktionsboken och en vägatlas som något faller ut ur när jag plockar fram den. En genomskinlig plastpåse med snabbförslutning, stor som ett kreditkort ungefär. Inuti den en halv nypa klumpigt gult smul på botten. Jag ringer upp Gädda.

”Jo, väskan är där, men det är inget i.”

”Nå. Känn efter i framkanten av passagerarsätet, nästan nere där stoppningen tar slut.”

Under ett veck i klädseln finns en öppning, en bit in hittar jag hans bärbara dator och telefonen. Jag lägger dem på sätet bredvid.

”Där var de.”

”Fy fan”, säger han och andas ut så det skrapar i luren. ”Fy fan. Jag vart lite orolig där, ska erkännas.”

”Och nu?”

”Fanns det en nyckelknippa också?”

Jag känner efter.

"Nej."

"Skit samma", suckar han. "Kör hem, jag är nästan där nu."

Jag sitter kvar och andas lite, läxar upp mig själv om det där med att ta ut sorgerna i förskott. Inget mer sådant framöver, det är tufft nog ändå att hålla ihop det och försöka tänka nyktert med ett bekymmer i taget. Raimos Blackberry står i mötesläge. Jag knäpper bort meddelandet om åtta missade samtal, sju från "Tjifen", ett från "Övik#17", ringer upp telesvar och lyssnar av. Undrar i någon kort sekund vems den upprörda kvinnostämman är. Knappt man hör vad som sägs, men rösten verkar som bekant på något sätt ...

Jag ryser till och raderar utan att lyssna färdigt. Därefter en mansröst:

"Vettergren i Örnsköldsvik calling. Sku höra ifall det fanns en lucka nånstans före lunch på söndag. Faktura till Våtrumsexperten som vanligt ifall att. Hörs."

Beklagar, bokningen är stängd. Du kanske skulle följa med frun till kyrkan istället på söndag förmiddag? Jag suddar ut honom med. Startar och rullar iväg med syrliga ryckningar i mungipan. *Tjifen*, va?

Lättnaden att man åtminstone hittat grejerna, att det finns en hygglig möjlighet att hela tillvaron kanske ändå inte kommer gå käpprätt åt skogen känns som lustgas i huvudet. Jag undrar vad Raimo kan ha för plattor liggande i bilen, men i facket mellan sätena finns inget utom lite parkeringsväxel och ett tomt tuggummipaket. I den här jävla traktorn når man inte till handskfacket från förarsätet, så det får bli radion. Bandit kör någon trist pudelrock men på Vinyl är det AC/DC. Jag drar upp tills gitarrerna fyller bilen i varje skrymsle och högtalarna krasar av bastrumman, kostar på mig ett självironiskt leende, hamrar i takt mot ratten och sjunger med allt vad jag orkar. *Dirty deeds done dirt cheap!* Tar av från E4:an just som låten tar slut och pressar lite i kurvan med ringande öron. Mitt i avfarten är det något som harklar sig alldeles bakom mitt huvud. Jag vrider nästan nacken ur led, en dödsmask stirrar mig rätt i ögonen och jag tvärnitar vår kliniskt ABS-fria Volvo med dödslängtan i den snäva kurvan. Hjulen låser sig som om de aldrig gjort annat och bilen drar trånande iväg spikrakt fram med riktning helvetet innan jag med nosen sniffande i dikeskanten får foten av bromsen. De tvärställda framhjulen får grepp igen, bilen kränger med våldsam kraft tillbaka inåt vägen, hakar i en reflexpåle och tappar iväg bakvagnen. Jag kastas åt sidan, slår i bildörren och får fönsterveven intryckt bland revbenen. Huvudet kommer snärtande efter och slår upp i kanten mellan dörr och tak. Det gnistrar vackert och brusar, smärtan står som ett spett från vänsterörat och upp i pannan, men på något vis lyckas jag häva sladden och få stopp på bilen. Hjärtat skriker och trummar, det sjunger i huvudet och någon hugger en gaffel i sidan på mig för varje flämtande andetag. Jag tvingar mig att vända mig om igen och möta mitt öde.

”Sorry”, kommer det med som skyldigt tonfall ur dödsmasken. ”Stupid of me.”

Masken är ingen mask utan ett hårt sminkat ansikte. Kvinnan samlar hjälpligt ihop sina långa ben och armar och ställer sig på knä i skuffen. Hon har glittrig topp och en liten axelväska. En bag ligger bredvid och Raimos sovsäck har kastats runt och hängt sig fast i hundgallrets väggfäste.

”Excuse me”, får jag ur mig och vänder mig fram. Försöker blinka bort det suddiga i ögonen. Så småningom tränger det in att ljuden jag hör är bilar som tutar. Jag rycker till, som yrvaket, och ser en växande kö bakom mig i backspegeln. Startar och kör hjälpligt ut och ställer mig i vägkanten. Sätter på varningsblinkern.

Bilarna rullar långsamt förbi, vissa tutar en gång extra när de passerar. Glor surt gör de också och en plötslig stöt av medlidande far genom mig: sorgliga ilska, vilken börda att släpa på. I nästa ögonblick är känslan förbi och jag är tom igen. Jag ryser till och vänder blicken utåt vägrenen istället, gräset är torrt, torrt. Det värker i sidan. Någonting börjar fladdra och bubbla i bröstet och jag blir som lite yr och lätt i huvudet. Kall. Sedan strömmande hetta och jag sitter i mitt förarsäte och gapar mot ljuset, ryser och vibrerar medan vågor av lycka slår mig bedövad, pulserar upp och ner för min ryggrad och ut i varenda nerv. Plötsligt huttrar jag till i värmen, hackar tänder. Jag får upp bildörren, lutar mig ut och spyr upp lite surt skum ur min krampande tomma mage. Sätter mig sedan upp, spottar, slår igen dörren och ringer upp Gädda.

”Ursäkta, men jag tror jag har en av era horor i skuffen. Vad ska jag göra med henne, tycker du?”

Det tar ett par sekunder innan han svarar.

”Om din man nu är så jävla smart att han köper knark med en flicka i bilen och dessutom redan har visat henne precis vars ni bor kan du väl lika gärna ta med henne hit.”

Jag lägger på, vänder mig om och sträcker bak handen mellan sätena.

”Maja”, säger jag.

Hon tar min hand och ler snett. Någon gång i en fjärran framtid kanske jag också kommer kunna se det lustiga i situationen.

”Triine”, säger hon.

Gäddas ord har påmint mig om den, så knarkpåsen jag hittade åker ut genom fönstret. En och annan svordom följer efter när jag kör iväg; det här jämmerliga tröskverket till bil har fan inte det minsta krut i sig.

Därhemma sitter Gädda vid långbordet med en trave papper. Solen steker in genom fönsterväggen bakom honom och gör hans grytlappar till öron genomsiktligt rosa där de sticker ut ur kalufsen.

”No, hei Triine”, hälsar han på henne, nickar sedan åt mig och han är ju ännu större och fulare än man minns det. Det är han varje gång. Det där eviga småleendet och linjerna kring ögonen mjukar visserligen upp intrycket till någon sorts dumsnäll bamsefar, men han är ändå en best av Guds nåde.

”Hei Hauki”, svarar kvinnan avmätt, släpper sin bag på golvet och börjar rota i axelväskan. Får fram något som hon med en snärtig handledsrörelse skickar iväg över bordet. Gäddas målvaktshand slår illerkvickt ner på föremålet innan det når bordskanten. Han grinar illa, drar undan handen och knäpper den i en handbollsstor knytnäve som han trycker mot bröstet med den andra.

”Lahja sinulle”, säger Triine och sätter sig sedan i soffan. Sträcker ut sina långa ben och blundar. På bordet ligger en tung och taggig nyckelknippa som vuxit ur sitt skinnhölje för länge sedan.

”Jaha, där hade vi den ja”, säger Gädda och lägger knippan på pappershögen.

”Hit in hade du redan en”, konstaterar jag.

”Ja då”, säger Gädda och gnider sin ömmande handflata med andra handens tumme.

”Och hur kommer det sig om man får fråga?”

”Just ifall nåt sånt här skulle hända. Akut nedläggning.”

Det har ju en viss logik får jag motvilligt erkänna, även om jag inte tycker om det. Alls.

”Vad tyckte hunden om det då?” undrar jag.

”Vi är kompisar, hon och jag”, svarar han, slänger ner en arm under bordet och ger Siri en klapp över ryggen.

Den hunden är lösaktigare än alla deras fnask tillsammans. Klia henne lite på magen bara och hon slänger sig medsamma på rygg och gnyr. Helt gratis.

”Jag har djupraderat allt som behövs på datorn därute redan”, säger han och nickar åt kontoret till, klappar sedan på pappershögen på bordet. ”Allt viktigt finns här. Det tar jag hem och eldar upp när allt är klart. Och så har jag grejat en advokat, så han inte får sig tilldelad nåt övningskörande finnigt blåbär av det offentliga. Han skulle höra av sig så fort han visste nåt. Advokaten, vill säga.”

Jag skjuter väskan med Raimos bärbara och Blackberryn över bordet till Gädda. När han slår upp datorn rasar en trave flygbiljetter ut och glider ner i knät på honom, vilket får honom att skina upp. Triine kastar blickar runt i huset från sin soffhörna, ingenting står att läsa i hennes blick.

Jag sköljer spysmaken ur munnen med lite tandkräm. Inspekterar blåmärket i sidan och bulan ovanför örat och avfärdar dem som inget att bry sig om. En annan dag än denna hade man förmodligen ojat sig värre. Ger hunden mat och vatten, dricker ett glas själv. Sätter på nytt kaffe, plockar fram knäcke och keso. Blundar, andas tills händerna slutar darra och steker sedan äggröra till lunch åt ett monster, ett fnask och en misslyckad lyxhustru.

Vid köksbordet blir Gädda plötsligt sittande och glor tomt framför sig med gaffeln halvvägs till munnen. Tuggandet stannar långsamt av medan kugghjulen därinne knackar sig fram till den springande punkten. Triine ger honom en blick och fortsätter sedan peta i äggen på sin tallrik.

”Och hur faen kunde du veta att han åkt dit?” säger Gädda ut i tomma luften.

Det är inte värt att slingra in sig i något som man ändå inte kan ta sig ur och jag kommer hur som helst inte på någon bra förklaring. Ingen halvbra heller, som skulle ha en chans att hålla ens för en ytlig granskning.

”Det var jag som golade”, säger jag med blicken bortåt kaffebryggaren. Jag tar en tugga av min macka. Sköljer ner den med lite kaffe och blir sittande med muggen mellan händerna medan Gädda långsamt vänder huvudet åt mitt håll och glor på mig med tom blick innan han öppnar käften och ska till att säga något. Fast sedan stänger han käften igen, långsamt. Glor.

”Inget du har med att göra”, säger jag kyligt och skyfflar över en liten klatt äggröra till från stekpannan och ner på min tallrik. ”Nu är det som det är och vi får lösa det.” Jag ställer ner stekpannan. ”Och ett endaste litet muspip till honom om det här så sätter jag dit dig med så det slår gnistor om det. Det kan du lita på.”

Han håller emot ett tag, tyst och med spjut i blicken, men hur arg han än må vara finns det inget han skulle kunna hitta på för att göra det hela ogjort, så till slut släpper han efter och fäster blicken i tallriken igen, hackar i sina ägg och mumlar lite. Förmodligen inga vackrare komplimanger; det enda ord jag uppfattar är ”kärringar”.

”Ursäkta?” säger jag milt och lutar mig fram. ”Var det nåt du ville få sagt?”

”Nädå”, säger han och skakar på huvudet.”Inget du har med att göra. Som lite privatekonomiska funderingar bara.”

Gädda fyller på sin kaffemugg och går ut till långbordet igen. Sätter sig vid kortändan med ryggen emot köksdörren, mest för solens skull, kantänka. Han slänger ut en gorillaarm över bordet och drar åt sig laptopen. Triine äter vidare, långsamt och oberört. Slår en halvintresserad blick runtomkring sig ibland, mot Gäddas rygg eller ut mot poolen i trädgården, och låtsas som ingenting. Av en eller annan anledning har jag som ingen aptit längre.

”Börjar få styr på det hela nu”, säger Gädda när jag plockat undan i köket och kommer ut. ”En liten stund till bara så är jag klar. Han var på väg till Gävle med hon här verkar det som i alla fall, och där finns det en annan som ska hem imorgon från Arlanda.”

Han slänger ur sig en harang på finska med ordet Gävle instoppat bort mot soffan till där Triine åter parkerat sig, ligger bedövad som en orm med matkoma och smälter lunchen. Hon tittar upp. Drar minimalt på mun och antyder en axelryckning. Låter huvudet falla tillbaka ner i kudden och blundar igen:

”Patja on patja.”

Gädda tittar tyst på henne, snörper lite med läpparna. Nickar sedan, släpper ut ett ”Kyllä”, mest för sig själv och återgår till datorknappandet.

”Vad sa hon?” frågar jag.

”En madrass är en madrass”, svarar Gädda med blicken mot skärmen. Knappar vidare utan att titta upp.

Efter middagsvilan vill hon ta en dusch och jag svarar ”Of course” och pekar mot badrummet: ”There are towels in the ...” Ja, vad det nu kan heta, skåpet, när det är i badrummet: *cupboard*? Det är ju som inga tekoppar i det. Skolengelskan ligger nedgrävd någonstans på tjugo års djup. Irriterad vispar jag med handen bortåt badrummet till.

”In there. Help yourself”, säger jag och hon vänder iväg med en nick, och hon må vara sminkad som en överivrig elvaåring och mager som en skrika men hon har bra rumpa, det kan man inte förneka. Rund och putande guppar den i ögonhöjd.

”Don’t touch my make-up”, varnar jag den.

”Oh, I’ll try to restrain myself”, svarar Triine syrligt. Hennes rumpa vaggar behagfullt vidare genom rummet, jeansen sitter som ett ormskinn. Blusen är en smaklös porrtrasa, metallglansig syntet som klistrar sig mot kroppen, för att nu inte nämna ruskan till hår. Men hon för sig bra. Mjukt och utan överdrifter, inte alls som den fullkomligt bedrövliga mejken, eller bedrövligt fullkomliga kanske? Frågan slinker ur mig innan jag hinner bita ihop om svartsjukan.

”Vad gillar han?”

”Va?” säger Gädda. I ögonvrån ser jag honom följa min blick fram till målet. Hans undrande min mulnar till en misstänksam.

”Raimo?” frågar han.

”Vem annars?”

”Det är väl du helt på det klara med redan, vad jag har förstått”, säger Gädda tyst och viker ner blicken i pappren igen. ”Han har då aldrig haft nåt att anmärka på i alla fall. Tvärtom.”

Alltid något, men om käften nu redan råkat glappa kan jag väl lika gärna försöka få nyfikenheten ordentligt stillad.

”Jo. Alltså. Men vad har han som för ... ja ... favoriter, då?”

”Raimo rör inte flickorna”, svarar Gädda med blicken fäst i pappershögen och kniper bestämt ihop läpparna som för att sätta punkt.

”Du behöver inte ljuga för mig. Jag tål nog att höra det”, säger jag och jagar reaktioner eller tecken bland ärren och groparna i hans stela ansikte.

”Nej du”, säger han och skakar lite på huvudet. Det är allt, sedan blir det väldigt tyst. Jag plockar undan efter lunchen och då och då skickar han ilskna blickar efter mig, när han tror att jag inte ser. Efter en stund går han ut och sätter på köksradion, skruvar hit och dit på apparaten, utan att något av programmen duger och skruvar sedan tillbaka till väderleksrapporten där han började.

Det hugger lite i magen på mig. Lilla Raimogubben, stackarn.

Satans idiot. Det är en obehaglig blandning av skuld och ömhet och, ändå, ett visst mått av ohelig och orättvis ilska som far genom mig. Vad ska du vara så jäkla präktig för? Ska man ha än mer ont nu för att man sannolikt satt dig i finkan? Kunde inte du varit och filat lite du med, så vore det jämnt upp oss emellan, så hade man kunnat börja om på lika fot sedan? Och varför i all världen lät du då i så fall bli? Tänkte kanske att du ställt till med nog med skit redan i vårt liv ihop? Ville kanske inte riskera något mer? Lilla gubben, duktiga fan. Dum nog att tro att jag inte skulle ha en aning om vad du sysslar med, varifrån alla pengar kommer helt plötsligt, och när jag nu givetvis vet om allt så förutsätter jag också att gebitet innebär och medför vissa bonusar och ser ingen direkt anledning till att du skulle ha låtit bli att nyttja dem.

Gädda glor surt på sin skärm och jag sätter mig vid köksbordet, snor en hårslinga runt pekfingret, runt, runt. Tuggar lite på änden. Sitter och skruvar på mig och beter mig allmänt osnyggt medan Gädda kastar alltmer vantroget ilskna blickar mot mig.

”Men för i helvete, det var väl ändå inte därför som du tjal…”, börjar han.

”Jag vet, okej. Håll du käft bara.”

Det sjunger av ilska om honom, den strålar ut från hans enorma kroppshydda och fyller rummet, hans ansikte blir lilarött, ett skrynkligt katrinplommon. Men han lyder och håller käften och jag håller duktigt masken och sitter dessutom kvar någon minut extra så han ska få öva ordentligt.

I klädkammarens avskildhet är det inte lika viktigt att hålla emot och svårare. Men en dag som denna får man stålsätta sig och göra vad som krävs. Som mamma sade: Dubbelt dumt är att älta spillda tårar, tredubbelt att begråta dem, så jag biter mig i läppen och börjar bläddra bland galgarna efter något strikt och professionellt att ha på mig. Letar sedan vidare efter något seriöst att ha på fötterna, men med lite klack så man inte ska komma bort helt bland de andra två därute. Sitter man där med ett lass dynga i knät, inte utan egen förskyllan, vad gör man då har vi sagt? Den frågan kan jag inte slingra mig undan med hedern i behåll, för just det är vad man ständigt försöker få Lisette och Thimmy att begripa, att ska man ha ridhäst får man vackert mocka efter den också och om ens kompisar inte orkar ta av sig sina våtgräsiga skor när de bara ska in i köket och hämta saft, så torkar inte mamma upp efter dem. Det är inte hennes kompisar.

Inget gnäll nu, inte ett pip, varnar jag kvinnan i spegeln. Granskar den snävt skurna dräkten i beige med kritstreck ur olika vinklar och knäpper en blusknapp till. Sin egen skit och de sinas, den tar man hand om bara.

”Så”, säger Gädda bistert när jag kommer ut. Slår igen datorn hårt. ”Då var allting uppstyrt då. Jag spelar in ett snällt meddelande på svararen om att MM Rådgivning och Redovisning tyvärr har måst lägga ner och skickar mejl och sms till alla inbokade. Du får köra hem mig, och sen fortsätter du med Triine till Arlanda och plockar upp flickan i Gävle på vägen, det är ingen i Söderhamn nu, och bokar om deras biljetter. Det finns tre flickor till ute, norrut, dem tar jag hand om på måndag när verkstan är klar med bilen. Sen så är det …”

Svadan avbryts av att Triine trippar ut ur badrummet med ett moln av ånga efter sig. Gäddas blick limmar fast, släpas hjälplöst efter medan hon sätter sig på huk vid sin bag, rotar fram en sminkväska och sedan med mjukvarmt gungande höfter återvänder till badrummet.

”Klar?” frågar jag med lite drag på munnen och en kort blick upp i taket. Gädda sliter blicken från dörröppningen. Slukar sedan även min affärsmässiga uppenbarelse med leende ögon och kniper ihop läpparna.

”Jo”, säger han. ”Alltså, sen har vi ...”

Han avbryter sig och tystnar när jag sätter upp handflatan.

”Nej”, säger jag och han lyfter undrande på ögonbrynen.

”Nej?”

”Nej.”

”Kan du låsa upp så kan du stänga efter dig med”, ropar jag från förarsätet. Något kramar tag om mitt hjärta, som protesterar vilt, hamrar våldsamt tillbaka och det sticker tusen nålar i ansiktet. Det tar en sekund innan jag begriper varför, det säger väl om inte annat något om den här dagens beskaffenhet, och en kort stund överväger jag att låta Gädda köra öket ner till Njutånger åtminstone, men det är väl lika bra att komma upp i sadeln igen medsamma.

Någon kilometer efter Ljusdalsavfarten har skräcken åtminstone lagt sig tillräckligt för att jag ska kunna lätta något på greppet om ratten och släppa ut lite blod till mina vita knogar utan att armarna börjar skaka så det syns. Siri sover lugnt i skuffen och Triine läser någon bok hon fiskat upp ur sin bag och jag får fundera på varför jag blir förvånad, men man tänker sig väl att någon som är så pass vacker egentligen, och dessutom då tydligen läskunnig också, borde kunna hitta annan försörjning. Gädda sitter och skruvar på sig bredvid mig, nyper i sin monsternäsa och ser ut att ha magknip.

”Det är helt utrensat hemma, det säger du ju själv att det inte kan finnas nåt mer kvar, och han lär knappast drabbas av nån kristlig botfärdighet helt plötsligt och erkänna alltsammans för dem”, säger jag.

”Men alltså, det är språket också, min finska är ju bedrövlig egentligen, som bara den jag och mamma pratade i köket för förti år sen och flickornas rotvälska begriper jag inte ett dugg av. Det var Raimo som skötte snacket jämt och många av dem kan ju ingen mer engelska än några runda ord. Jag begriper inte hur vi ska kunna ...”

Han rycker till när jag sträcker ut armen och smäller ner hans solskärm så hårt att den studsar till mot vindrutan.

”Nu tar du dig en ordentligt titt, Gädda, om du nu aldrig vågat göra det förr”, säger jag med två dryga mått ilska i rösten och pekar på fåfängespegeln framför honom, för det är dags att få slut på gnället en gång för alla och börja lägga krutet där det behövs.

”Se dig ärligt i spegeln utan att tycka synd om eller ljuga för dig själv och fatta vad det är du har där. Och nu hör du på, Gädda, ordentligt: Utnyttja det! Folk lyssnar på dig, förbannat noga lyssnar de. För du kan vara väldigt, väldigt övertygande. Folk lyssnar på mig också, för jag vet vad jag har där. De lyssnar för jag är attraktiv, förstår du? Och använder man det bara till blickfiskeri och behagsjukt fjäsk så är enda belöningen det tvivelaktiga nöjet att få fnittra lyckligt när man blir nypt i rumpan, men har man vett att använda det på rätt sätt får man istället inflytande och makt, och det utan att folk ens begriper det själva. Man ler lite, skickar en blick, inte nån porrig, utan nästan helt oskyldig. Nästan. Och lite som exklusiv, när ingen annan märker det om det är flera där. För då känner de sig sedda, förstår du? Verkligen sedda, inte av nåt billigt våp som bjuder ut sig och flinar åt alla håll, utan av en riktig snygging med klass som valt ut dem och tycker att just de är värda en införstådd blick och ett välvilligt leende. Och det är en ovan känsla för dem, som berusande nästan och därför värd väldigt mycket. Då blir man plötsligt dubbelt så snygg i deras ögon, och smart, och man har nog en del gemensamt ändå. Det löftet var det som låg och blänkte i blicken du gav: samhörighet, inte bara sex. Begriper du vad jag säger eller är det för mycket på en gång för din hjärna?"

Gädda sitter helt spak i sitt säte, nickar till svar så jag kan andas lite. Och min kära storasyster får tycka vad hon vill; kvinnor kan få allt de vill ha om de bara gör sig av med en ynka olat. Patriarkat eller inte, allra mest är det de själva som står i vägen, och det handlar om en så enkel sak att begripa: behaga gör man för att få makt, inte för att få pengar som hon därbak, och definitivt inte för en blick och ett flin från en karl, så billigt får man helt enkelt inte sälja sig, om det nu är det man gör. Då tar man som hellre de två fladdrande femhundringarna.

Jag ler mot Gädda, sänker rösten och blir mild igen, så han ska begripa att så mycket betyder han inte att han förmår göra mig arg på riktigt; det är bara som uppfostran det handlar om, det här. En markering av ilska, som till ett barn. Man sätter ner foten för att de ska begripa att det är allvar och lyssna ordentligt:

"Och vips är karln på gott humör och väldigt lätt att ha att göra med, för han vill ju helst inte göra en besviken sen, efter att ha fått den gåvan. Har som ingen önskan att säga emot och kommer om det överhuvudtaget är möjligt att göra allt man föreslår eller ber om. Förstår du mig, Gädda? Hade det varit nån fågelskrämma som satt här och läxade upp dig gång efter annan som jag gör hade du fått stopp på bilen och sparkat av henne mitt på E4:an för länge sen. Men som det är så sitter du bara där med halvöppen mun och låter dig hunsas och inte bara det, du sväljer precis all skit jag utsätter dig för. Visst, du surar och glor i fem minuter men sen har du plötsligt förlåtit eller helt enkelt glömt av det. Först det att jag lyckats förstöra din bästa inkomstkälla och satt din vän och kompanjon på kåken, dessutom på högst tvivelaktiga grunder, för så mycket begrep du. Och ändå lägger du dig platt på rygg och lovar att inte skvallra på mig."

Nu ser han på mig som skräckslagen men med gnistor av ilska in emellan.

”Ja, svälj undan du bara, Gädda, för det kommer mer. Sen sviker du honom en gång till genom att överge nödplanen ni kommit överens om och låter dig istället utan större besvär övertygas om att köra vidare som om inget hänt. Och när tvivlen och invändningarna börjar smyga sig på, när det ändå är försent, så är det som mest lite försiktigt ynk som kommer ur dig. Du vill inte backa och vända egentligen, bara få en försäkran om att allt kommer gå bra, slippa ansvaret och lägga de svåra besluten i nån annans händer. Så det ska jag ge dig.”

Han sitter och rodnar, men han har fått tillräckligt på käften nu så jag gnuggar inte det vidare i ansiktet på honom. Det var inte heller syftet med föreläsningen, att knäcka stackarn helt. Tvärtom.

”Men om du nu bara ville begripa att det som du har där är minst lika övertygande som det jag har”, säger jag med en nick mot spegeln. ”Fast långt enklare att hantera och mycket mer snabbverkande. Då ska du nog se att folk lyssnar ordentligt och är väldigt angelägna om att begripa vad du säger, vilket språk du än använder och hur dålig din finska än må vara. Till och med om du håller käften helt, om du bara nån enda gång ville antyda att du kan förvandlas till just precis det monster som du ser ut att vara istället för att gå omkring och småle och vara en godsint och lättmanipulerad fegpotta, vars enda önskan är att folk ska förlåta dig och tycka om dig ändå litegrann, fast du är så fruktansvärt stor och ful. För, det kan jag lova dig, så länge jag är snygg och du bara kunde vara lite stygg också, så har vi inte ett skit att oroa oss för. Och skulle du drabbas av dåligt självförtroende igen och börja lufta dina tvivel så kommer jag be dig hålla käften. Och då gör du det och tar dig en snabb titt i spegeln bara och då är vi på banan igen.”

Gädda bredvid mig tittar ut genom sidorutan i några sekunder, sedan lika länge framåt, sidorutan, framåt. Sedan kastar han en förstulen blick mot spegeln. Skakar på huvudet åt den och smäller upp solskärmen i taket. Tuggar en stund på pekfingerknogen.

”Du tänker som en man”, säger han när han tuggat klart. ”Man lurar sig, för du ser knappast ut som en, det ska gudarna veta, men du tänker som en man.”

Han menar det till råga på allt som beröm, vilket nog skulle ha fått mig att dra på mun en smula en annan dag än just denna, och han säger det med respekt, närapå fasa, efter att jag nu visat ett par centimeter blankstål. Nej du, Gädda, men jag kan snacka som en, om det är vad som krävs. För det gäller att veta vilken slags karl man har framför sig: den sorten som vill att man, med undantag för sovrummet, ska vara precis som en av grabbarna, så att de själva kan slappna av, känna sig som folk och slippa förställa sig. Eller den andra sorten: den som tvärtom vill att du ska vara så feminint ljuv och ograbbig som det bara är möjligt, så att de åtminstone i ditt sällskap ska få en tillflykt undan alla pinktävlingarna, allt det tröstlösa tuppfäktandet och bara få slappna av, känna sig som folk och slippa förställa sig. Raimo tillhör den andra kategorin. Gädda faller, klockrent som en dödsringning i Jakobs kyrka, i den första. Det gör honom lite mer hårdhudad och lättare att komma till tals med. Man behöver inte lirka eller vara så varligt ömsint som med den känsligare sorten.

Nej, inte fan tänker jag som en man, Gädda, jag vet bara hur ni tänker. Kvinnor emellan gäller nämligen helt andra spelregler; det kostar att hålla sig flytande och än mer att ligga på topp. Inte för att jag beklagar mig; har man nu gjort valet att inte jämt stå längst in, mitt i flocken, så att vargen aldrig någonsin ska kunna riva en, utan hellre står i utkanten där betet är bättre och där man syns mer och kan få sig en morot ibland, kanske tetas med hingstarna lite, så får man också betala priset. Gör man sig så märkvärdig är det givetvis många som inte direkt skulle gråta floder för ens skull ifall vargen faktiskt skulle råka ha vägarna förbi en vacker och stjärnklar natt. Inte heller kan man inbilla sig att flocken skulle dela sig som Röda havet och öppna en flyktväg åt en. Men vad man då har måst offra och aldrig, aldrig någonsin får göra inför andra, det är att slappna av, känna sig som folk och slippa förställa sig.

De ögonblicken får man stjäla sig till när man är ena: headbanga till Megadeth i bilen på E4:an, larva sig med barnen i snön när de är små, härma Debbie Allen i hissen och låtsas att man är tretton igen: *Right here is where you start paying. In sweat.* Ta ut rörelserna och stegen och fortsätta senare nere i gillestugan, sjunga i ett hopprep eller en hoprullad tidning när barnen åkt till skolan och ingen ser: *I wanna live forever ...*

”Men alltså ...”, försöker Gädda.

”Inga men”, hugger jag genast tillbaka. Gädda tystnar, nyper sig över näsan och tittar bort, ut mot vägrenen igen, och ger sedan solskärmen, nu uppfälld och spegellös, ett kort ögonkast.

”Där ser du”, säger jag. ”Vad var det jag sade? Du ser själv att det funkar. Så lätt får jag dig att hålla käft.”

Det är tyst en stund men sedan trycker jag till lite extra, som den dåliga vinnare jag är, bara för nöjet att få se honom vrida sig ännu lite mer och pinas på kroken, men sådant straffar tydligen gudarna medsamma.

”Det skulle knappast din fru lyckas med, va?”

”Min fru?” svarar han. ”Hon är död sen tio år. Jag har ingen annan än mig själv att ansvara för. Du tror att jag sku befattat mig med den här smörjan annars?”

Det var ju fan då, Raimo, din jävel, att du inte kommit på att ens nämna det för mig någon gång sedan ni tog upp tråden igen, du och Gädda. Och sedan håller jag på och börjar formulera en ursäkt, men så tränger det in efter hand vad han egentligen har sagt.

”Som Raimo gör, menar du?” frågar jag med mild röst, ler förföriskt och spänner isblicken i honom. Då kroknar han och vänder sig bort. Glor ut i sin vägren och mumlar i skägget.

”Var det nåt mer du hade på hjärtat?” undrar jag.

”Nämen exakt!” snärtar Gädda tillbaka och slänger monsterhuvudet åt mitt håll med gnistor i blicken. ”Vi verkar tänka precis tvärtom där, han och jag, för all den här smörjan håller han visst på med endast och enbart för din skull! Men vart har det fört honom då?”

”Duktig pojke!” berömmer jag. ”Du lär dig!”

Och jo, men visst. Bra fråga. Exakt vart har det fört honom?

Och om den frågan just idag kanske svider rejält om öronen, Maja, så får du istället tillåta dig att se den över sträckans hela längd och sett ur den vinkeln har vi båda fått göra offer för det vi vunnit. Och, för att som tillåta sig att slicka sin såriga självkänsla, så kan konstateras att han i gengäld åtminstone sluppit ett hem med ungar som fostrats kommunalt, av tolv skrikande jämnåriga per lomhörd och likgiltig dagiskärring, och en fru som inte ens har låtsats anstränga sig sedan första ungen kom och inte har fantasi nog att lista ut något, för endera av dem, behagligare sätt att få sin vilja igenom än evigt malande tjat vid middagsbordet där gubben får sitta med såriga öron och tugga på någon annan gammal mjölkkossas blekrosa och sega innanlår. Eller möjligen ett av Stinas uttjänta värphöns, sorgligt snustorrt i sin folieform, med pulvergräddsås till som mästerkockan har piffat till med paprikakrydda och dragon som ju sku passa så förträffligt till fågel, stod det i Amelia. Alltmedan de osnutna ungarna leker katapultkrig med pulvermoset, det som inte bara smakar tapetklister utan sätter sig nästintill lika jävligt på väggarna också.

Dit har det fört honom att han har begripit hur lyckligt lottad han är och utöver det insett att den trivseln och lyckan inte uppstår genom rena turen, dag efter dag, utan att den är resultatet av en kompetens och ansträngning som förtjänar, och förväntar sig, någonting tillbaka. Ett behagligt liv, kanske. Inte två femhundringar fladdrande och fallande efter varandra, som ett likamedtecken mellan en själv och hon därbak. Och om några månader på anstalt kan tyckas vara ett högt pris att betala för en enstaka lapsus så har jag också fått betala nog så dyrt för hans tidigare dumhet och när han kommer ut är det åtminstone till det livet han återvänder och inte bara tillbaka till fotboja och furubord och tröstlöst tuggande på livstid.

Inte förrän efter Iggesund vågar sig Gädda på att öppna käften igen.

”Du kan ta in vid kyrkan och sen följa vägen fram till järnvägsspåren ...”

”Granbacksvägen sju. Jag vet var det är.”

”Och släppa av mig vid närbutiken, skulle jag säga om du gav mig chansen. Bara för att hon vet vart ni bor nånstans så behöver hon inte hitta hem till mig med.”

Jag nickar och sedan kommer det ett leende känner jag, ett självironiskt och alldeles äkta som jag ger honom, men han är som alltför paranoid nu för att kunna tro på det och blickar bara tillbaka med ansiktet nollställt. Sedan ringer hans mobil, en hockeytrudelutt, vad annars, och han svarar. Sitter mest tyst i luren och lyssnar med ett och annat ”okej, bra” och ”jo” instucket medan jag kör genom byn och över spåren och ställer mig framför butiken. Triine tittar upp ur boken och ser sig omkring. Gädda pratar vidare och visar inget tecken på att stiga ur bilen, så jag stänger av motorn. Trummar lite rastlöst på ratten och får en brysk blick av Gädda. Sedan tappar jag tålamodet helt och snor åt mig mobilen ur hans hand. Presenterar mig.

”Jaha, så bra!” säger advokaten. ”Jag försökte ringa dig på hemnumret men ...”

”Hur länge?” frågar jag.

”Ja, alltså din make mår bra, efter omständigheterna, kan jag berätta och lär hur som helst få komma hem ganska snart i väntan på rättegång, om några dagar skulle jag tippa, men då ... Ja, han bör hålla sig på mattan, bara så ni vet det bägge två, för de kommer sannolikt att hålla uppsikt över honom för att se om det händer nåt mer och kanske försöka få korn på eventuella ytterligare personer genom honom. Men han mår som sagt bra och …”

”Hur länge?”

”Ja, alltså, det var nio komma sju gram misstänkt amfetamin han hade på sig, labbsvaren kommer väl inte förrän om några dagar, en bit in på nästa vecka, men din make har medgivit brott och bekräftat att det rör sig om amfetamin, och det är ju en bit över vad som brukar gälla som ringa narkotikabrott. Å andra sidan finns inget som tyder på att han har haft för avsikt att sälja vidare, vilket ju är bra. Men sen har vi den där tidigare fällande domen, som naturligtvis är försvårande även om det var gans…”

”Hur länge?” upprepar jag och det blir tyst i andra ändan i något ögonblick.

”Sex månader skulle jag tippa. Maximalt ett år, men sannolikt inte mer än nio m…”

Jag lägger på och lämnar tillbaka telefonen till Gädda. Siri ser lite olycklig ut, inbillar jag mig när jag tittar bak, så jag kopplar henne och knallar bort till banvallen där en remsa gräs löper högst upp utmed staketet och spåren. Hon verkar ointresserad, masar sig fram, bilvarm och sömnig, tills hon får korn på en kanin eller något. Då blir hon piggare än en hallick på tjack och drar och sliter i kopplet för allt hon är värd ända tills jag lyckas hala mig fram och skrika ”Siri, sluta!” rätt i örat på henne. Solen har gått i moln, värmen börjar bli kvav och himlen grånar i söder. Gädda stånkar sig uppför banvallsslänten med Raimos väska hängande från den enorma axeln, remmen når knappt ner under armhålan på honom. Han kommer fram till mig och hunden, lägger en hand på min axel, en halv åtminstone, och kramar om lite försiktigt.

”Det ordnar sig”, säger han. ”Bara jag blir lite stygg så …”

Jag nickar, ekar hans ”ordnar sig” med grus i rösten. Harklar mig.

”Ring”, säger han sedan och vänder. Rasar nerför backen i sina hala loafers men verkar hålla sig på benen. Jag hittar ingen näsduk i min axelväska, inget papper, ingenting. Hur orutinerad får man vara? Till slut knäpper jag upp blusärmen och torkar försiktigt under ögonen med manschettens insida. Snörvlar ur näsan och spottar ut.

Jag skulle nog vara benägen att hålla med, säger Dan alldeles innanför pannbenet. *Det ordnar sig. Skulle jag tro.* Så bestämt är det sällan han uttrycker sig, om det nu inte handlar om en eller annan kritisk synpunkt, så det får man väl då ta tag i och försöka hänga fast vid.

”Du”, ropar jag efter Gädda och han vänder sig om. ”Det var en Vennersten i Övik, söndag förmiddag om det går. Faktura. En hantverkarfirma, minns inte nu.”

”Vettergren. Har han i rullorna nånstans”, svarar Gädda och klappar på Raimos väska, gör tvåfingershonnör och lufsar vidare. Jag ger Siri stränga blicken och hon klämmer fram några droppar.

Triine övertar Gäddas plats, hon fäller bak ryggstödet ett par snäpp och sträcker ut benen. Får upp sin bok ur väskan och bläddrar fram till hundörat medan jag kryssar söderut mellan trävillorna och undrar vad en hora kan tänkas ta till som verklighetsflykt. Det är som rätt mycket verklighet att fly från, tänker man sig.

Ute på E4:an har vinden ökat i styrka, den hugger lite i bilen då och då och molnen samlar sig mer och mer för varje kilometer söderut. Anspänningen som man gått och burit på, som hållit en på benen under dagen genom alla turer, mjuknar av tystnaden i bilen och den kvava värmen och än så länge är det bara trött och ihåligt i skallen och man begriper bättre nu varför Raimo har varit som utslagen i två dygn efter att han kommit hem. Det är lite skamset för det hade ju inget att göra med att bli inlåst i chokladfabriken, så att säga, som man kanske fick för sig ibland, i ett annat liv. Ett som tog slut för några timmar sedan.

När man så länge blundat av bekvämlighet, för att man äntligen kom bort från Håstahöjden, för att barnen slapp skämmas i skolan, för att kunna lyxa lite igen efter alla hundår, så får man också snällt betala priset när räkningen kommer. Då har man inte råd att stoltsera med en snövit själ och rynka på näsan åt ens makes skitiga händer. Ingen har väl någonsin sett utgifter och amorteringar ta semester bara för att intäkterna råkar göra det, men även om man känner sig nödd att driva det hela vidare ett slag så frågar jag mig om det inte får vara slut med sånt här så småningom. Det är ingen långsiktig lösning direkt, det kan knappast ens Raimo ha inbillat sig. Förr eller senare lär man ju åka dit, och om vi innan dess kanske kunde slå våra kloka huvuden ihop och hitta på någon annan form av försörjning. Och inte för att man som gått och blivit nyfrälst direkt, men man kunde väl om möjligt låta de värsta Bonnie och Clyde-alternativen vara.

Men i hela dess vansinne kan man ändå inte låta bli att känna lite andnöd nästan i den kvava luften inför de offer ens make gjort för det gemensammas skull, när man tänker på vilka eviga, oräkneliga timmar han måste ha setat just såhär med hemlängtan och en flicka i bilen och glott på vindrutetorkaren och asfalten på väg mellan hålorna. Och ännu fler innan dess, när han körde med sina Tvättexhinkar och all annan smörja som han sålde till folk och nog saknar jag honom lite ändå, min idiotiska karl.

När regnet äntligen kommer faller det tungt och häftigt, smattrar hårt i plåten och mot vindrutan, och det blir genast lättare att andas. Triine blickar upp ur boken och ut i ovädret, stryker undan en hårslinga ur sin fuktklibbiga panna. Jag får av någon anledning för mig att jag borde sällskapa lite med flickstackarn så jag plockar fram skolengelskan igen och frågar vad det är hon läser. Hon vänder framsidan mot mig. Bokstäverna hoppar obegripligt och jag försöker utan större framgång nagla fast dem med blicken tills jag inser att det är franska: *La vie*, någonting.

”What does it mean?” frågar jag.

”The life ... in front?” säger hon med en fundersam rynka vid näsroten. ”The life ahead of you.”

”Well, it's coming fast”, säger jag och nickar mot vägen framför. Hon knycker på nacken och det är svårt att avgöra om det är som hon håller med. I den åldern inbillar man sig fortfarande att man är odödlig och evigt ung. Och i hennes särskilda fall kryper väl veckorna här i landet fram, kantänka.

”So you can speak French?” ska jag tvunget fortsätta, som hurtigt och lite förvånat. ”Well, it's the language of love, they say.”

Triine svarar med ett iskallt ögonkast och då först fattar jag sarkasmen i vad jag suttit och sagt. Som att: *Nämen, tänka sig, en sån som du!* Och sedan: *Men såklart, så dumt av mig! Det ingår väl i utbildningen!* Ja, ska man göra något ska det vara ordentligt, som mamma fostrat en. Jag får skylla på det, men jag förstår inte varför det händer just med henne hela tiden. Det är som om jag vore rädd för henne; horder av nervösa grodor skockas i munnen och skuttar ut vid minsta chans. Jag kallsvettas, försöker låta bli att gny högt; har fått ett hum om hur Siri känner sig när hon lagt en hög på altanen. Döljer skammen så gott jag kan medan Triine hugger tillbaka.

”Bien sûr”, säger hon, spärrar häpet upp ögonen, som att det vore en självklarhet. ”Pas vous? You do speak a little bit of English, I've heard. Sprechen Sie vielleicht auch Deutsch? Vy gavaritje pa russkij? Puhutko suomea? Kas te räägite eesti keeles?”

Och budskapet är så tydligt det kan vara. Här ska ingen korkad hemmafru utan utbildning komma och tro att hon har anledning att vara nedlåtande. Det var väl kanske mer eller mindre vad Raimo ville ha sagt innan också, med sitt sedelregn. Men hon kan ju skryta med sina språk, vilken nytta har hon haft av dem? Det är knappast som att hon har någon internationell kundkrets häromkring att småprata med innan de sätter på henne. Om etterstriden nu ändå är igång så är det väl bara att följa morsans råd igen; jag fortsätter på det inslagna spåret.

”Oh, I know all the French I need”, säger jag med ett litet leende, och hon tittar misstänksamt på mig. Vänder sedan bort blicken och tittar ut genom sidorutan medan jag sjunger några takter.

”Very useful, don't you think?” frågar jag hennes nacke. ”I learned it from LaBelle. Now, of course that was long before you were born. *Ce soir* means tonight, right?”

Hon ignorerar mig, glor ut genom rutan och försvinner sedan in i boken igen medan jag leende nynnar vidare och trummar lite på ratten i takt med vindrutetorkarnas piskande svep över rutan framför mig.

Livet framför en, jo tack. Och ett kort, kort ögonblick är det nästan en sorts pervers lättnad man känner, inför det att snart slippa tävla hela jävla tiden, och det med hela självet som insats, allt det man är. Det man kommit att bli eller valt att vara beroende på vem man nu väljer att skylla på.

Så frågan kvarstår, blinkar i neon mot den gråmulna himlen vart man än tar vägen: Vad kan man ha för talanger utöver det man nu redan sysslat med i tjugo år? Fanny tjänar ju rejäla fickpengar på nätpoker och visst är hon hyggligt kvicktänkt, men ändå. Hur svårt kan det i så fall vara? Eller som Annettes gubbe som säljer utbildningspaket till Arbetsförmedlingen. Det kan inte vara helt dålig förtjänst på att lära bidragstagarna skämmas och veta hut ordentligt om det räcker till BMW och skrytvilla på Domarevägen och några veckor om året i strandhus i Koh Samui med egen kock. Och Gädda, han har ju ett normalt företag också och håller kurser. Internet för seniorer och allt vad det är. Men vad skulle det handla om då?

Hur man får ett förhållande att hålla, kanske? Det är nyttiga kunskaper. Där är man ju expert, gudbevars. Och efterfrågan torde finnas, det är bara att se sig omkring. Sverige världsmästare i skilsmässa, nästintill i alla fall, och säkerligen i att gå över ån efter vatten när man letar förklaringar till statistiken. Är det kanske för att männen här skulle vara större lurkar än i resten av världen? Knappast, va? Tvärtom verkar det som inte finnas några gränser för deras tålamod, åtminstone i nyktert tillstånd. Eller som att det skulle bero på att svenska kvinnor är så mycket mer ekonomiskt oberoende än alla andra och därför mer självständiga. Visst, i vården och kassan på ICA vimlar det ju av nyskilda ensamstående morsor för att de tjänar så fantastiskt bra och för den sakens skull inte behöver ta någon mer skit från sina hopplösa karlar.

För inte kan det väl bero på att det krävs ett visst mått av insikt, kunskaper och färdigheter även för att få tvåsamhet och familjeliv att fungera, precis som för allt annat, eller? Något som är en självklarhet för kvinnor världen över, utom då just här, regionalt begränsat till en handfull frigjorda och jämställda så kallade föregångsländer längst upp i Nordeuropa, där det av någon lika outtalad som självklar orsak istället handlar om tur eller otur, om att *ha träffat den rätte*, bevare oss väl. Och det fast att man här till och med har den sällsynta förmånen att få välja karl själv, vilket ju borde minimera just den faktorn och åtminstone på pappret förbättra chanserna att få till ett fungerande samliv, men som i praktiken bara gör att man inbillar sig att det hela kommer bli fantastiskt utan minsta ansträngning, helt som av sig självt bara och för all framtid, som jorden snurrar och solen går upp om morgnarna. Såklart, man älskar ju varandra. Som om kärleken, i förekommande fall, någonsin hade gjort livet enklare.

Och det här ska då komma från kvinnan som av och till fått lida verkligt ont av sitt sämre omdöme i urvalet, vars hockeystjärna till man aldrig tog sig till Kanada, inte ens lyckades hitta någon ny klubb när hans egen konkade, eftersom han var korkad nog att lura sig själv att tro att talang i längden kan kompensera för bristande arbetsinsats. Och för att hans kvinna hade det dåliga omdömet att blunda för det som komma skulle, ung javisst, men också bortskämd och barnsligt självupptagen, så som man blir om allt dittills gått som på räls, om man haft den enorma turen och dessutom inbillar sig att man förtjänat det. Och som valde att inte märka av det och i tid påpeka för honom att det i vuxenlivet möjligen kunde vara precis tvärtom, men att man i de allra flesta fall inte klarade sig utan endera. Hon var nämligen precis lika skicklig i självbedrägeri hon, i sin ungdom. Den läxan lärde vi oss åtminstone av varandra, att när det handlar om långdistans så bleknar såväl talang som tur, och hur mycket man får tillbaka handlar i slutändan enbart om hur mycket man själv är villig att sätta in.

Faktiskt skulle man ju egentligen passa långt bättre där, längst fram och hålla låda, än man gjorde i bänken. Om nu bokstäverna vägrade vara still när man läste så lärde man sig åtminstone att observera och lyssna ordentligt för att ta in saker. Och att prata så att folk lyssnar har man ju alltid varit bra på. Det skulle bli lite av en husmorsskola för 2000-talet. Man får väl lägga upp det enkelt. Börja med rena självklarheterna; okunskapen är skriande. Herre min skapelse vad folk värjer sig. Att det ska vara så hemskt och fruktansvärt med lite kompetens just på det området? Det är som rätt enkla saker det handlar om, inte mycket svårare egentligen än att fälla ihop en barnvagn eller göra ett överslag på vad man har i kundvagnen. Det mesta går som att bena upp i några enkla handgrepp och lite psykologisk insikt.

Allt det ingen berättade i plugget. Medborgarskolans fortsättningskurs i hem- och livskunskap för vuxna kvinnor som följer upp vårterminens populära introduktionskurs: "Hur svårt kan det vara?" Tolv lektionstillfällen, kvällstid. Ur det rikhaltiga innehållet: Sätt guldkant på natten med manglade lakan. Mjukmedel i tvätten – när, när inte? Hemmagjord bea i fem enkla steg. Grundläggande manlig psykologi. Och vad som hette det nu igen, fellatio? *Fellatio för dummies.*

Jag känner leendet i mungipan, kan helt enkelt inte låta bli:

"I know a little latin too", säger jag lite nöjt åt sidan. "If you want I can tell you."

"Oh, please spare me", svarar Triine med ett kallt leende. Hon viker ett hundöra i boken och lägger undan den. Rätar upp sätet några snäpp och korsar armarna över bröstet.

"Vi kan prata svenska om du vill. Bättre än latin", slänger hon ur sig, helt krasst med blicken ut genom vindrutan. Rent och klingande på ärans och hjältarnas språk, utan tillstymmelse till något triumferande i rösten. Och man får väl tacka sin läggning, att man i akuta krissituationer bara fryser till is och ler svagt tills tvätten tumlat klart därinne och man fått någon sorts grepp om läget, för då ser man i alla fall kyligt oberörd ut på ytan. Jag håller blicken på vägen och händerna på ratten, gudskelov är det raksträcka, och försöker gå igenom vad vi har sagt och talat om under dagen, Gädda och jag. Och det är som rätt mycket det, kan jag tämligen snabbt konstatera; oron växer och kniper allt hårdare om hjärtat och jag får anstränga mig rejält för att bita ihop om lugnet och likgiltigheten. Samtidigt lyfter snärtan lite till i mina ögon, får jag motvilligt medge. Inte bara boskap som låter sig skyfflas omkring då, alltså. Långtifrån.

”Jaha, så bra då. Det förenklar ju”, får jag ut mellan mina läppars frusna leende. ”Hur kommer det sig?”

”Det är praktisk”, säger hon. Och det går ju inte att förneka. Väldigt ”praktisk”, faktiskt, om ingen vet att man lyssnar. Eller begriper, snarare.

”Hur mycket har du varit här?” frågar jag, som om det vore kallprat bara.

”Tre rundar? Rundor? Tredje rundan.”

”Oj”, säger jag. ”Ja, då är du verkligen duktig.”

Hon ger mig en föraktfull blick, glor sedan framåt igen. Det är tyst ett tag. Vägsus, regnsmattret avtar; torkarbladen börjar gnissla. Jag klickar upp reglaget, drar ner på takten. Mina naglar har tagit stryk, ser jag. De också. Och jag funderar på hur mycket tillfälle det egentligen kan bli att prata svenska med kunderna.

”Tallinns universitet, tre terminer”, säger hon till vindrutan och jag nickar. Hon tar fram en tröja ur bagen i baksätet och rullar den till en kudde. Lutar sig tillbaka, blundar och låter mig fundera på det hon givit mig att fundera på. Och regnet hamrar vidare medan jag ruvar klumpen i magen, försöker gissa vad hon hört eller inte, vänder och vrider på konsekvenser och implikationer och mellanlandar med jämna mellanrum i brännpunkten: skälet till hennes avslöjande och vad hon hoppas vinna med det.

Efter några mil utan att komma någon nämnvärd stans är det kört, jag har tröttnat på tankarna, torkarticket och tystnaden och blivit alltmer förbannad på flicksnärtan som ligger och sover räv bredvid mig. Hon har ju alla förutsättningar, för helvete.

”Och varför håller du på med det här?” frågar jag, med något högre röst, kanske, än avsett.

Hon ligger kvar utan att röra en fena, öppnar inte ens ögonen, bara käften, säger: ”Pengar.”

Jag biter ihop om ilskan, slår undan impulsen att lappa till henne. Trummar bara lite med fingertopparna på ratten. Lägger an vänaste, omtänksammaste mammarösten.

”Var det här det bästa du kunde komma på? Har ni ingen fantasi, inga ambitioner, dagens ungdom?” hör jag mig själv säga. Jag staplar några retoriska frågor till på varandra medan Triine långsamt öppnar ögonen och rätar upp sätet ett par hack, sträcker mig sedan bort och slår ner solskyddet med spegeln igen, för uppenbarligen ska man behöva hålla föreläsning en gång till idag. Med den skillnaden att ilskan den här gången fanimej är äkta.

”Din tur nu. Fatta! Se dig i spegeln: du kan göra det du gör ett par gånger i veckan, istället för, vad är det, en sex–åtta gånger om dagen kanske? Med en man och inte hundratals. En du valt själv, dessutom. Med lite tur en som du faktiskt kan tänka dig att tycka om. Det kan till och med vara rätt trevligt ibland om man som inte är tvungen jämt och ständigt. När du kommer hem använder du pengarna du pippat ihop lite förnuftigt och köper kläder med klass att ha på dig istället för sånt där vulgobete, för man får vad man gör sig förtjänt av, inte ett skit mer. Och du vill som gissningsvis ha nån med mer raffinerad smak, du med dina böcker och alla dina språk, för i slutändan handlar det om vem och vad för sort du själv vill bli. Med livet framför sig, va? Vem och var du vill vara om tio år. Och sen lägger du några kronor på drinkar på dyra ställen, du lär inte behöva köpa många för egna pengar, och kniper dig en politikerpamp eller vad heter de … oligark, en oligark, eller vad du nu föredrar. En språkprofessor kanske, om du nu vill vara lite fin i kanten, vad vet jag?”

Under min föreläsning har en antydan till ett leende börjat leka i mungipan på henne.

”Ah. Som du kanske?” säger hon. ”En … pimpare?”

Jo, där fick man äta upp, minsann. Och går i försvarsställning när jag egentligen bara borde slå tillbaka än hårdare: ”Det har han inte alltid varit!” Biter mig sedan i tungan, svär inombords över att jag så enkelt lägger upp smashen åt henne.

”Nej, inte? Och vad gjorde han före? Sålde narko på skolgården? Smutsig metkatinon från badkaret?”

Doping faktiskt. Femmor och testo från ditt hemland, flicka lilla. Men det var länge sedan, mer än tio år, och det är inget jag tänker sitta och småprata med dig om.

”Han var hockeyproffs.”

”Oh!” säger hon och gör stora ögon. ”Fantastisk! Nå, jag är glad för er, att du och pimparen Gretzky är så lyckligt par.”

”Hallick!” rättar jag, som om det överhuvudtaget spelar någon roll när hon av allt att döma begripit exakt vad det såta paret har ställt till med här under dagen. ”Hallick heter det!”

”Hallick, mm? Tack. Sådant finns inte i ordboken”, säger hon lugnt och sakligt. Nickar och gör som en mental notering.

”Och varför inte? Varför inte en hallick?” säger jag. ”Då betalar du långhelgen på lyxhotell i Barcelona med andras ihoppippade pengar och slipper göra skitgörat själv!”

”Aha, mycket moralisk”, säger hon och ler. Och jag är som hjälplös plötsligt, märkliga känsla. Sprattlar i trådarna bara, reflexmässigt, fast jag mycket väl begriper vad hon håller på med. Och jag inser att det nog måste vara just så Gädda känner det, till exempel.

”Och att hora har då inget med omoral att göra?”

”Nej, vem får lida utom hon själv? Men att stjäla och slösa andras pengar.”

”Ja, känner du dig bestulen så kan vi ju åka till Arlanda direkt”, säger jag med tillkämpat lugn. ”Inte mig emot.”

Men hon menar det inte ens, trissar mig bara och jag trillar dit och går i försvar gång efter annan, maktlöst som vilken lättmanipulerad karl med bypassopererad hjärna som helst. Och hon ler överlägset från sina en och åttio, och det enda man vill till sist och har kvar i reptilhjärnan är att hitta något att säga som kan täppa till käften på henne och stryka hånflinet ur hennes spacklade ansikte.

Och nu när jag tittar lite närmre upptäcker jag att det inte ens är något billigt stormarknadsskräp som hon använder till krigsmålningen: konturerna och linjerna är skarpa, övergångarna mjuka utan kladd, ingenstans smular det eller kakar sig. Vilket bedrövligt slöseri med bra smink.

"Och pengarna borde räcka till att gå på spa också, och kanske en salong, så kunde du passa på att få ett och annat stalltips där", säger jag och ler. "Har ärligt talat aldrig begripit varför ni östtjejer alltid ska bre på så tjockt, men nu har man ju faktiskt tillfälle att fråga."

Provokationen faller platt till marken när den speglas i hennes ögon och, nästintill omärkligt, i mungiporna. Men nu har hon uppenbarligen tröttnat, vill sätta en på plats och orden är vassa men rösten och tonfallet inte det minsta upprörda, som att det vore en helt vardaglig och stillsam redogörelse om sakernas tillstånd, som om jag frågat vilket schampo hon föredrog.

"Oh, vet du? Det är för ni fina nordiska flickor lugn och trygg ska kunna sätta oss i lådan. Ni filar naglarna framför teve och hånar att vi är så … vulgar? Visar varandra senaste Trish McEvoy, praktisk matchad shadow/linerbox från taxfree på Heathrow. Diskuterar kanske att byta foundation istället mot dagkräm, försiktig färgad, för naturlig look. Samtidigt era män smyger hos oss på liten visit för att de hemma tråkar till döden."

Ja, då handlade det inte om dålig smak i hennes fall åtminstone, spacklet, eller ens om bristande förfining för nog sitter man där genomskådad i sin lätt tonade Lancôme Imanance, tillräckligt för att täppa till truten på en och bli som lite "försiktig färgad" om kinderna känns det också som. Och stukad lite extra som bonus ovanpå allting annat, för så jävla raffinerat är det inte i Hudik att man behöver låta sig rånas av Trish McEvoy, det duger gott med en Macpenna eller så till ögonen.

Jag styr tyst bilen vidare i regnet. Irritationen lägger sig och ersätts av en sorts misstrogen nyfikenhet; jag begriper mig verkligen inte på henne. Frågar mig vad hon sysslade med på universitetet egentligen. Vem som helst med minsta lilla ambition hade väl hängt på rätt ställen och träffat läkar- eller handelsstudenter, eller vad man nu personligen blir minst matt och led av att höra tjatas om på kvällarna.

”Jag jobbade på kvällarna, nätterna för att betala för skolan, *tetka*”, svarar hon när jag frågar. Pausar kort och sedan kommer det: ”Och för min dotter.”

Hon lutar sig tillbaka och blundar. Ja, där fick man äta upp och svälja igen. Men nä, fan heller, det är som ingen vettig ursäkt det heller. Tvärtom. Det borde ju vara ens räddning.

”Är hon en horunge då, din dotter, eller åtminstone efter nån du tyckte om?”

”Någon jag tyckte om”, svarar hon utan att öppna ögonen.

”Varför gör du henne till en då?” frågar jag. Det väller upp ur maggropen, när man ju som själv också har vart ner om på botten med ett barn och vänt. ”Då skulle du ju såklart jobbat på läkar- och handelshaken i så fall. Om inte för din egen skull så åtminstone för din dotters. Det handlar bara om att lägga ner lite energi på att hitta rätt man, en med ordnad ekonomi som du tror du kan stå ut med några timmar i veckan, svårare än så är det inte för nån som du. Med eller utan dotter.”

”Jag är fri”, säger hon obekymrat och rycker på axlarna. Vänder sig mot mig och ser mig i ögonen. ”Är du?”

”Vad är det för frihet alla inbillar sig och tjatar om? Ingen är fri, och du allra minst! Du säljer dig, slavar långa rundor, långa pass. Jag kan inte ens föreställa mig. Jag begriper det inte. Och snart får du börja svälta dig eller spy för du har inte tid eller ork att ta hand om din kropp, äta och träna ordentligt, eller kanske köpa dyra piller på nätet som du blir smal av. Smal och finnig och nojig. När du är tretti kommer straffet, senast då, för att du inte tagit hand om dig, linjerna sitter kvar där de satt sig och det börjar hänga i skinnet och då får du börja hålla dig till ställen med dämpad belysning för att hålla prisnivån uppe eller kanske börja skära istället och det kostar ännu mer pengar kan jag berätta, och inte fan ser det nåt vidare ut heller. Det är knappt männen låter sig luras särdeles länge. Men nej, du ska tvunget ändå rea ut vad du fått och blivit bortskämd med, till vem som helst", säger jag med en nick åt spegeln på hennes solskydd. "Kom och fynda, allt ska bort! Och det för nån jävla frihets skull som ändå inte existerar. Och ifall den nånsin ens funnits så upphörde den i samma ögonblick som du fick din dotter. Har du som överhuvudtaget ingen självrespekt?"

Hon tittar på mig lite fundersamt, lyfter sedan ögonbrynen i en fråga:

"Är du hm … feminist?"

"Ha! Eller hur?" stöter jag ut. "Tycker du det låter så? Är du dum, eller?"

"Konstig", säger hon med vänlig röst och rakblad i blicken. Rycker på axlarna. "Du exakt gör som feminister. Tar rättighet att tala för alla kvinnor. Men det är okej, Maja. Jag … domar inte. Domar?"

"Dömer", säger jag och hon nickar.

"Jag dömer inte, man hittar sitt eget sätt. Du kan gärna vara slav åt pimparen Gretzky, men tvinga inte mig. Jag hellre är hans hora, okej? Självrespekt sitter hos mig här." Hon knackar sig med pekfingret i pannan. Särar sedan på låren, stryker med handflatan över jeansgylfen och ner i skrevet. "Inte här."

Och fan då, hon kan till och med vara vulgär med som viss finess.

”Triine, fiiiina flickan i ulvakläder?” säger han i luren.

Jag kom som ingen vart med tankarna, Gävle kom allt närmre och till slut fann jag ingen annan råd än att stanna, förment för att låta Siri lätta på trycket, och byta ett ord eller annat om situationen med Gädda i enrum för att se om jag kunde få någon vinkel till på det hela. Så efter att jag först undrat hur det gått med allt och hur det kändes utan att lyssna nämnvärt till hans svar kunde jag fråga, som i förbigående, vad han egentligen visste om flickan.

”Va?” säger jag och kastar en blick bortåt bilen där hon ligger och sover räv igen; hon vet väl ungefär vilken sits hon satt mig i och gör sig nog inga illusioner direkt. Siri sliter i kopplet, dugget som faller över rastplatsen känns kylslaget jämfört med den tidigare kvava hettan och hon vill tillbaka till sin filt i skuffen.

”Ja, nå. Privatskola, internat och hela skiten, minsann. Förde sig som en adelskärring med som åttahundra år av makt och förakt i ryggraden när hon kom första gången. Och det var ju lite märkvärdigt tills vi fick reda på att det var precis vad hon var, familjen bodde i exil i Tyskland under Sovjettiden. Vi fick slumma ner henne rejält, vet du. En riktig fulrenovering: bredspackla och så på med lite skabbiga åttitalstapeter.”

Gädda skrattar till innan han fortsätter, vältaligare än jag någonsin hört honom vara innan. Nästan så man börjar oroa sig för att han tappat respekten för en.

”Hon var så jämrans perfekt vet du, att hon skrämde livet ur killarna. Hälften av dem fick storskälvan Viklund av långa gudinnan. Hennes farfar blev jordbruksminister efter att Estland blev fritt och hon blev utslängd i slutet av nittitalet när hon blev på tjocken i tonåren och hamnade sen hos nån gammelfaster eller dylikt som förbarmade sig. En riktig tuffing till kärring tydligen, en gammal familjeavfälling och kommunistmedlöpare, flygare under kriget dessutom, kan du tänka dig? Som blev kvar efteråt och sku bygga landet ihop med arbetarna och bönderna. Spred bekämpningsmedel över kolchosåkrarna och vart såklart förgiftad och fick dödfödda barn och lungskrump och blev avtackad med lägsta möjliga sjukpension och en etta med kokvrå i nån skabbig förortsskrapa i Yttersta Tröstlösa, där Triine då fick flytta in. Hon är visst fortfarande hjälpligt på benen fast hon måste vara bortåt nitti, kärringen, och tar hand om ungen medans Triine är här, fast de har visst flyttat in till Tallinn numer. Det är som riktigt rörande, nästan. Hennes kollegor har minsann låtit käften glappa, så man har fått höra allt, hela långa historien. Men det får man väl förlåta dem, flickorna. Att se nån falla hela långa vägen ner från sådana himmelska höjder ger väl dem en smula hopp om tillvaron och dess rättvisa, kantänka. Ja, så kan det gå."

Jag sitter på min bänk, tittar ut mot rastplatsen i grådugget och lyssnar på honom. Minns plötsligt mamma och hennes motattacker när man hamnat i värsta prinsessåldern och började tjata om locktång, guldtiara och vitt tyll och allt vad det var. Lite pompösa berättelser som man svalde med hull och hår och andäktigt satt och lyssnade på. Om den verkliga och sanna aristokratin som inte nödvändigtvis hade papper på att de var kungligheter eller av fin adelsfamilj eller ens några vackra kläder alltid. Det hade inget med blodet i ådrorna att göra som vidskepligt folk inbillade sig, men om folk som fötts in i uppgiften att förvalta mänsklighetens arv och föra det vidare. Att bära kulturen och civilisationen genom de ljusa och mörka seklen: skönhet, kunskap, allt det förfinade, så att det alltid som skulle finnas en fyrbåk och ett riktmärke för människan, hur eländigt det än blev, med krig och lidande och förstörelse. Eländet handlade då inte om någon ondska som gick att bekämpa med svärd och våld, utan om dumhet. Dumheten var ingen immun mot; dårskapen smittade och den kunde alla drabbas av, för ett ögonblick eller en livstid: prinsessor som trälflickor, människor som gudar. Ur det uppdraget kom all deras värdighet och obändiga styrka, känslan att de bar något med sig, att de inom sig rymde något mer och större än enbart det egna giriga och futtiga egot.

Och om vi mot förmodan någonsin skulle råka stöta på någon av dem, som hör jag mammas röst säga, så ska vi akta oss noga för att försöka slåss mot dem. Deras försprång hinner vi inte ikapp på en livstid en gång, vi som inte har något gratis med oss och får kämpa på bäst vi kan med det vi har och det vi efter hand lyckats lära oss. Dem rår vi inte på, tänk inte tanken ens.

De berättelserna var det väldigt länge sedan jag påmindes om, känner jag. Så overkligt främmande nu, men så nära ändå.

”Maja, hallå?” hörs Gäddas röst i luren. ”Är du kvar?”

Jag klickar bort honom och stegar över rastplatsen i duggregnet, tillbaka till bilen. Öppnar åt Siri och drämmer igen luckan efter henne. Slänger mig ner bakom ratten och slår igen dörren. Triine blinkar yrvaket av smällarna, hade tydligen somnat på riktigt till slut. Hon sitter rätt upp i sitt säte och blickar skyddslöst och storögt omkring sig, spänd som en slalompjäxa, för att orientera sig i tid och rum och få styr på tillvaron. Adelsskölden har som inte fallit på plats än och hon ser helt ung ut, knappt mer än tonårig ens fast jag nu vet på ett ungefär hur gammal hon är.

”Förlåt”, säger jag och ler. Stryker henne försiktigt en gång över axeln med handryggen, lägger i växeln och rullar iväg mot påfarten. Hon samlar sig kvickt, slappnar av och sjunker tillbaka i sätet. Jag styr ut på motorvägen med mammas berättelser snurrande i huvudet, och Gäddas. Funderar på fall från höga höjder och famlande efter utvägar och nog har man lärt sig en del om det själv också, kanske till och med något litet om värdighet och styrka. Men mest om vad som händer när människan begraver allt vad värdighet heter och svullar kolaglass och jordnötsringar framför den flimrande teven till tröst för allt det oförtjänta elände som drabbat henne. Dyrköpt kunskap för en bortskämd flicka som visste med sig att hon till skillnad från de andra förtjänade så mycket bättre än att helt oförskyllt ha kastats ner i en lemlästad skuggtillvaro i bottenträsket. Men när det till slut knackade på dörren så var det var ingen god fe som stod där, som uppdagat det beklagliga misstaget och kommit för att ställa allt tillrätta. Det var finniga rysspojkar i sidensjal och svart kostym som undrade var deras chefs pengar blivit av, gav två veckors respit och tog ut räntan i det hon hade att betala med.

Och när sedan dag efter tröstlös dag passerade utan att någon högre makt visade minsta tecken på att ingripa så växte ynkedomen snabbt, ältade sig djupare och djupare ner i självförnedring, och den enda gud som hörde bön var hjälplöshetens, som nådigt lät en befriande glömska sänka sig över sitt lamm efter varje nattvard av lådvin och Stesolid.

"Klarar ni det här?" säger Triine plötsligt efter ett par tysta kilometer fyllda med tankar.

"Det ska nog gå", svarar jag.

"Jag vill inte hem fortfarande", säger hon. Rynkar sedan pannan. "Nej. Ännu? Redan?"

"Båda funkar."

Hon nickar och det blir tyst igen.

Svårare att känna sig oskyldigt drabbad har man när man kommer till sans kvart i tio en lördag förmiddag och huttrande kravlar upp ur soffan och går och stänger balkongdörren, det är mars månad och tolv grader i lägenheten. Man skulle ju bara vädra ut cigarrettröken men glömde visst stänga eller hann som inte och nu kryper skräcken upp ur magen och slår. Hon ligger på sitt rum, inte nerbäddad i sängen utan vitfrusen och insmord i sin egen skit på filten i hagen där hon somnat. Hon har legat övergiven utan att ha ätit eller druckit något sedan halv sju kvällen innan, vrålat utan att man hört något. Ögonen stirrar tomt och sätter ens egen hjälplöshet och utsatthet, den så oförtjänta, i perspektiv. Tvingar en att välja. Skammen är rakbladsvass, snittar själen i strimlor.

Var det där man tänkte sig hamna? Knappast, det kan ingen svara ja på, men när man börjar upptäcka att ens drömmar i längden inte förverkligas av sig själva, då har man inte bara ansvaret gentemot familjen att tänka på. Det handlar i slutändan om ansvaret man har mot sig själv. Om att vara lojal mot den man var då och ens drömmar och faktiskt göra något för att förtjäna det man då önskade sig, och att vara solidarisk med den man kommer vara nästa år, om tio år. Vad kan man egentligen nedlåta sig till att utsätta henne för?

Så då böjer man på huvudet och uthärdar mammas blick när hon säger: ”Jag vill inte veta nåt” och ger en pengarna, när förfallodagen står för dörren och man är i föräldrahemmet på besök för man vet ingen annan råd, förklarar med den största skam man någonsin känt att Raimo nog ställt till det som lite extra också, utöver tiden inne.

Då biter man ihop och blundar när läkaren gratulerar, intalar sig att det ska gå, måste gå. Och lika oförtjänt som man tyckte dråpslaget var när man slängdes ner i helvetet ett par månader tidigare, en lika oförtjänt nåd är nu lättnaden när man räknar efter och inser att han måste vara Raimos ändå, pojken därinne, och inte någon finnig rysstorpeds. Då är det bara att tömma pillerburken på dass, spola och hoppas på att de inte redan gjort skada, och lova sig att nästa flaska skulle man inte köpa förrän man förtjänat den och då fick den inte kosta mindre än hela kartongen man just hällt ut i vasken.

På städfirman på måndag morgon börjar man urskilja dem som har siktet inställt längre fram än den kommande helgen. De som hellre gör sig en föreställning om var de tänker befinna sig nästa år och vad de kommer göra då. Och så följer man deras exempel, och tyr sig till dem med den långsiktigheten.

Och mamma fick sina pengar igen. Det tog fyra år men det fick hon, och det utan att Raimo anade ett dyft, och efter det kunde hon glo bäst fan hon ville.

Jag stannar vid en mack för att låta henne gå på toa. Eller så vill hon bara ge mig några minuter ifred med telefonen, sista chansen innan Gävle. Jag funderar, följer henne med blicken och tänker på vilka vi är, jag och Raimo. Gädda. Och vem hon är. Och mammas historier har fallit på plats och satt sig, klarnat efter hand som milen avverkats längs E4:an. Allt det man förstod på ett sätt då och som man inte tänkt på sedan dess, får helt andra innebörder idag. Hur de levde lite vid sidan av, aristokraterna, i en upphöjd och avskild borg, så de slapp öda kraft och tid på att tampas och försvara sig nere i den fula vardagen som vi andra ständigt måste göra, och kunde fokusera helt på sin uppgift istället. Och om de attackeras och måste fly eller om någon möjligen skulle bege sig ut självmant i världen av övertygelse, för att gå i strid mot dumheten kanske, tänker jag nu, eller för att sprida bekämpningsmedel, eller om en olycka eller ett misstag skulle få någon av dem att störta ner till marken, så följer ett stycke av borgen alltid med, som en mur av värdighet mot utsidans dårskap och fulhet. I tysk exil eller i Tallinns betongförorter bär de den i sig. Mamma hade ett namn på den borgen, minns jag. Integritet hette den.

Plötsligt väller den i mig, stoltheten, och sedan som lite ömhet ovanpå, och de förluster på poäng som jag gång på gång och allt skamsnare fått utstå under dagen, de förvandlas och blir till triumferande segrar nästan, för inte blev man nerslagen och uträknad, utan kämpade tappert alla ronder ut. Det bubblar i mig och jag kan inte låta bli att vinkla ner backspegeln och se den i ögonen som efter vad som visat sig vara en hedersam förlust kanske har självrespekten intakt och i behåll trots allt. Där, bakom ögonen, pannbenet. Inte därnere. Inte enbart i alla fall. Och helt plötsligt slår tanken en och man undrar om det möjligen kanske inte alltid varit klander och tadel av ens livsval som man sett där i mammas ögon genom åren, utan att hennes genomträngande blick kanske bara som borrat sig in till de korn av självförakt man gömt undan för sig själv, och att det var dem man såg speglade.

Och nu kommer hon ut, går perfekt i sina klackar, skrider över asfalten bort mot ingången till affären. Jeansen sitter som ett korvskinn på henne, blusen är en smaklös porrtrasa men hon för sig som en gudinna. Låt vara en djupt fallen en. De berättelserna fick man också med modersmjölken om intrigerna uppe på Olympen, lyssnade andlöst med gapande mun och bad om mer, långt efter att Agneta tröttnat och somnat, och mamma börjat gäspa. Så det vet man att det finns väldigt mycket som en gudinna kan se sig tvungen att göra, men samtidigt annat som hon aldrig någonsin skulle nedlåta sig till.

Och paradoxalt nog är det den vetskapen som gör det hela så enkelt och lätt, och jag får upp telefonen och ringer upp Gädda, lyssnar till signalerna och väntar. För nu handlar det inte längre om någon kohandel som man känner sig tvingad till. För hon är inget hot, kommer aldrig utnyttja vad hon vet som tvångsmedel eller vapen. Hon behöver oss inte ens, klarar sig ändå på ett eller annat sätt, och precis därför litar jag nu på henne. Och med den insikten, då begriper man, med lite som häpen glädje, att man faktiskt vill, att det är helt jävla frivilligt man gör det.

Gädda svarar: ”Och vart tog du vägen innan?” frågar han. ”Du gick väl aldrig och blev lite pjoltig helt plötsligt?”

Jag höjer blicken igen och ögonparet i backspegeln ler tillbaka; dagens duster har väl dragit ett eller annat nytt streck ovanpå de gamla, erfarenhetens pris. Något för något och man går åtminstone inte tomhänt från slagfältet.

”Å, var lagom raljant du, Gädda. Du vet likaväl som jag att Triine är en sån som kan täppa igen käften på dig bara genom att höja en millimeter på ena ögonbrynet. Så vem var det nu egentligen som fick storskälvan Viklund, sade du innan?”

Tystnaden talar, klart och tydligt, och jag väntar. Och det är självklart nu, det som så fullkomligt övergick mitt förstånd när det som var en såpass skärpt och så fruktansvärt vacker kvinna därunder spacklet och de billiga paltorna. Att fnaska kan hon väl till nöds göra, en tillfällig affärstransaktion, inget annat, men sälja sig hel och hållen? Till vem skulle det vara, någon politruk i skottsäker Hummer eller nyrik mafioso i bepansrad elvameters grisskär skrytlimousin? Jo, det hade man väl själv kunnat överväga och leva med, utifall att det varit därborta man haft oturen att födas, och inte här, men naturligtvis inte någon som hon.

Till slut får han mål i mun: ”Du behöver inte bli dryg. Jag ville bara berätta, det är ju en spännande histo...”

Jag avbryter honom: ”Hon pratar svenska. Riktigt bra, ska sägas. Och begriper ännu mer. Som snudd på allt man kan tänkas haspla ur sig, faktiskt. Det var det ingen av er som upptäckte, varken du eller käre Raimo, när ni som undersökte hennes talanger och lämplighet för jobbet?”

Igen tystnad medan han funderar, som jag gjorde, över allt som avhandlats under dagen. Han kommer väl fram till liknande resultat, för han säger: ”Gudars helvete. Och vad fan gör vi nu då? Lägger ner i alla fall, skickar hem dem allihop snabbt utav bara fan?”

”Gädda. Litar du på mig om jag säger att det är lugnt?”

”Maja, alltså för fan, hon vet ju precis allt, hela skiten har hon i sina händer och hon är inte dum, hon.”

Jag hittar lite kolsyreis att lägga i rösten.

”Jari, hör nu på vad jag säger. Det är lugnt.”

Och jag förklarar kort hur man kan ordna upp det, och vilken nytta man kan ha, inte minst borta i Estland, så det handlar ju inte bara om eftergifter. Tvärtom. Och Triine är på väg tillbaka nu, närmar sig över asfalten och blir som hänsynsfullt stående utanför bilen när hon får syn på telefonen, men jag vinkar in henne, sätter punkt för resonemanget medan hon sätter sig tillrätta. Jag nickar åt henne och startar motorn medan jag väntar ut Gädda. Rullar iväg med luren fastklämd mellan axeln och örat.

”Ja, okej då”, kommer det till sist, följt av en suck. ”Fast om det går åt pipan, då jävlar i helvete …”

”Då vadå?” undrar jag och styr upp på påfarten.

”Då blir jag stygg”, suckar Gädda.

”Bra. Nästan så man hoppas, bara för att få se det hända. Det lär vara vårt minsta problem ändå, utifall att”, säger jag och lägger på, axar ut öket på motorvägen och skickar ett leende mot Triine bredvid:

”Skulle du kunna ta skivorna i handskfacket är du snäll?”

Hon öppnar luckan och samlar ihop en slarvig trave av omslag och skivor och godispapper emellan och lägger i knät på mig. Fan då, hopplösa karl. Jag kastar snabba blickar neråt och bläddrar igenom skivorna, hittar den jag hoppades på: hembränd och silvrig med ett stort blått märkpenne-M på. Nu jävlar, om den bara funkar. Jag sticker ner skivan mellan låren, slänger bak de andra och torkar av den mot byxorna. Trycker in den. Slappnar av när gitarrintrot börjar, nickar i takt. Höjer volymen ett par snäpp till. Triine ler snett, men det är som en lite nyvaken erfarenhet man gör, att när man blivit helt avklädd, när det inte finns någon fåfäng strid kvar att förlora så har man heller inget att dölja längre. Märkliga känsla. Så det kan man väl bjuda på då, i så fall, och jag flinar brett mot henne och åt texten när den börjar.

Master of puppets is pulling your strings ...

Jag trycker ner gasen igen, som mest av princip, inte för att det händer så mycket, men traktorjäveln segar långsamt upp i hundrafyrtio och det får väl till nöds räcka så, och jag sjunger, vrålar: *Your life burns faster!* Och hon sjunger med i fortsättningen, tillsammans vrålar vi: *Obey your master! Master!* Och sedan kommer sticket, hon slår med huvudet så hennes bedrövliga åttiotalsruska slår och piskar fram och tillbaka utan minsta spår av förfining eller aristokratisk värdighet och jag sjunger och längtar kanske lite efter Raimo och hoppas de inte kör alltför hårt med honom. Han är lite känslig, min gubbe. Men det kommer ordna sig så småningom, det gör det. Livet är långtifrån över och jag tänker att det nog inte skadat att få ut och röra på sig lite, annat än mellan frisören och Lisettes ridlektioner, och som få en liten minnesbeta ibland om hur jävligt folk har det här i världen. Dagboken blir nog glad när den får något helt annat att tugga på än det gamla vanliga tjatet, och nog svider det kanske en smula och bränner om öronen, men inte mer än man förtjänat. Då är det som det ska bara, för det ska nog svida till lite ibland också så man inte glömmer av att man lever, för snart nog är man död på riktigt.

Så helt plötsligt upptäcker man att man slappnat av, faktiskt, att man känner sig som folk och inte måste förställa sig. Man headbangar på E4:an med sitt sällskap i bilen och vrålar med: *Your life burns faster. Obey your master! Master!* Och fan om man inte sprattlar rätt glatt ändå i sina trådar, alltmedan livet brinner upp för en. Och ifall det nu är fnask vi alla är, om man då inte är ett hyggligt lyckligt ett trots allt, på det hela taget. När Triine drar upp volymen ännu lite mer så högtalarna börjar skorra, tar i ännu lite högre och trummar på knäna, så vet jag, att just i detta ögonblick, i åtminstone tre vrålande minuter till – det kan jag sätta Crossfiren på – så är hon det också.

För sedan är det dags att ge henne ett erbjudande hon inte kan motstå, ett karriärlyft som heter duga, och om jag tänker efter är det nog det hon sitter och väntar på, och sedan, efter att man ringt upp och meddelat de inbokade i Gävle att tyvärr, men att de antingen kan få tillbaka sina pengar eller bli ombokade till nästa vecka, så är det äntligen dags att boka ett hyggligt hotell och se vad ett proffs möjligen skulle kunna göra åt den där häxkvasten och ordna med en akut facial recovery och fan om man inte fick skämma bort sig lite själv också, inför de hårda dagarna som väntar. Göra henne sällskap så hon inte förgås av uttråkning, för att sedan imorgon förmiddag se ifall Gävle möjligen har en boutique som kan ha något med lite stil att erbjuda en modellång aristokratisk trettiosexa utan bröst, men okej rumpa. Och en kurvig men vältränad trettioåtta för den delen.

Jag hinner hem med god marginal. Städar och torkar av i Volvon, kollar så det inte ligger fler små påsar eller annat suspekt i något skrymsle, ringer barnen: Och jo men visst får Thimmy stanna någon dag till, inga problem, ha så skoj, älskling, och hälsa Stenströms. Får lite lunch i mig och städar upp i köket. Hinner till och med fräscha upp mig och sedan sitta och plita en halvtimme i dagboken i solen på terrassen med en välförtjänt, om än något för generöst blandad, vodka och tranbärsjuice innan de ringer på.

Och ivern hörs redan i dörrklockan. Andra signalen kommer innan jag ens hunnit upp ur liggstolen. Jag trycker upp solglasögonen över håret och går in i huset. Sveper drinken och ställer ut glaset i köket alltmedan klockan otåligt försöker hetsa på. Stannar till vid hallspegeln för en snabb kontroll. Konturerna av en arm rör sig bakom ytterdörrens spalt av frostat glas och jag stoppar dagboken i axelväskan. Klockan ringer igen och jag torkar av handflatorna mot byxorna och öppnar. Snuten är civilklädd, runt de femtio om än väl dolt, och bredaxlat vältränad. Har salt-och-peppar-hår i välskött kort frisyr. Han sträcker fram sitt tjänstekort, minen är allvarlig.

"Ja?" säger jag vänligt och ler mot Mats Lindbom, som silverräven framför mig enligt brickan heter. Lägger huvudet lite på sned, stryker bak en trilskande hårslinga med pekfingret och fäster den bakom örat. Han presenterar sig, knycker sedan snett bakåt med huvudet:

"Det här är min kollega, Johan Stark."

Jag låtsas först nu upptäcka Johan som står där och svettas och skruvar på sig i uniformen bakom sin chef. Han ser allmänt tafatt och valpig ut och som inte ett dugg attraktiv, avlägsen som en gammal högstadieförälskelse man stöter på av en slump på stan.

"Maja", säger jag med en blinkning och mitt soligaste leende, sträcker fram handen. Han tar den lamt, stackarn, och undviker min blick. Räven kommer till saken.

"Vi har anledning att tro att det finns narkotika i huset och skulle vilja ta en titt."

Han förklarar kort ärendet, visar de erforderliga dokumenten och beklagar intrånget. Jag visar mig vederbörligen bestört, samlar mig sedan och visar in dem, möter i förbigående Johans blick i hallspegeln och kan inte hålla tillbaka leendet, fastän jag gör mitt bästa att fortsatt verka som lite tagen av situationen. Hans uppsyn ligger någonstans mellan misstrogen och fåraktig och det lär nog inte enbart vara sommarvärmen som gör öronen högröda. Jag sätter mig ner vid långbordet medan Mats ser sig omkring. Siri kommer springande från trädgården och dundrar glatt in i Johan, svansar kring hans ben tills han generat böjer sig ner och kliar henne bakom örat.

”Ska jag visa er runt eller hittar ni själv?” frågar jag sedan när jag låtit min klentrogna häpnad landa helt i en som mer ståndaktig bisterhet. ”Annars har jag nog en del som jag måste ta itu med nu.”

”Det klarar vi nog själva”, säger Mats milt, med ett lite ömkande leende. Vänder sig sedan till sin underordnade. ”Jag tar kontoret, så får du börja med rummet bredvid”, säger han med en nick mot sovrumsdörren.

Johan vänder sig långsamt om, skickar ett sorgset ögonkast över axeln och lommar iväg efter sin chef. Något stör min blick på golvet bortåt sovrummet till; insikten slår som en örfil. Jag skyndar bort för att som lite förekommande öppna dörren åt honom, får ut en strategiskt placerad fot. Räven försvinner in på kontoret och jag plockar upp det kvarglömda gummit från golvet. Följer efter Johan och smyger ner det i hans uniformsficka. Sin egen skit tar man hand om. Så att inte andra råkar trampa i den, det måste man allt lära sig. Han känner min hand, vänder sig om.

”Bara nåt litet du glömde sist.”

Han ser undrande ut, börjar lyfta handen för att känna efter. Jag skakar på huvudet.

”Inte nu. Sen”, säger jag och blinkar. ”Hej då.”

Han hejdar sig faktiskt och jag blinkar igen, vänder på klacken och travar iväg. Kantänkas då att man har ett eller annat år kvar ändå när folk fortfarande gör vad man ber dem om utan att det kostar mer än ett leende. Men just idag smakar den sötbeska trösten mest unket, som en knappt påbörjad flaska Marinella som gömts och glömts i en halvt nerbrunnen ängslada i skogsbrynet, inuti en kabelvinda: den går fortfarande att dricka den dag man hittar den igen, smakar faktiskt inte mycket jävligare än den gjorde från början; skillnaden ligger väl mer hos en själv, att man kanske inte är lika desperat efter ruset längre, inte just det ruset i alla fall.

För säkerhets skull skyndar jag mig ändå på med träningsskorna, innan han blir alltför nyfiken, hänger på mig axelväskan och kopplar Siri som hoppfullt kommit springande ut i hallen och stegar iväg längs vägen uppåt skogen till.

I skogsbrynet blir jag stående med en tom känsla i bröstet, lite märklig men lugn, inte ihålig eller sorgsen. Siri står och drar i kopplet, studsar omkring vid grinden till friluftsområdet och jag släpper henne lös. Står och tittar på hennes viftande svans medan den försvinner längs stigen inåt skogen. Det slår mig att jag inte märkt av Dan alls, inte sedan igår på banvallen i Njutånger. Och inte har jag kallat på honom själv heller. Mer än ett dygn är det och det har nog inte hänt sedan mamma dog och det är snart ett år sedan nu.

Dan? Är du där? frågar jag och jag behöver inte vänta.

Ja då. Jo, svarar han, men inget mer, allt omtumlande som hänt till trots. Gnuggar sig om näsan bara, som att han inte har något direkt att dryfta. Han finns där bara, sitter på sin plats i bakhuvudet. Men det har ingen av oss tydligen, som tankar att lufta, så. Vi börjar samtidigt, tänker i mun på varandra, eller hur man ska säga. Och allt annat vore väl omöjligt egentligen.

Jo. Dan. Jag tror inte att du behöver …, börjar jag, men tystnar av hans: *Du, lillan, jag tror nog att du kanske ordnar upp det …* Och även han blir tyst ett kort ögonblick och grinar snett innan han låter den nu onödiga svansen följa efter: *… på egen hand framöver.*

Jag ler. Dan nickar och ler tillbaka, börjar vända sig bort: *Vi ses, lillan.*

Det vete fan, ärligt talat; jag vickar på huvudet. Men som bara utifall att, ändå:

Dan, hälsa mamma.

Han stannar till, kastar en blick över axeln.

Säg att …

Han ler som ett av mammas okynnesleenden åt min tvekan, får lite glitter i blicken. Ena ögonbrynet kryper halvvägs upp i pannan. Jag suckar.

Säg att om hon nu någon gång har vart orättvis mot mig, så är det som ingenting mot vad jag har vart mot henne. Säg förlåt, och att jag saknar henne.

Dan blinkar åt mig, sätter som två fingrar till mössan och knycker till med handen. Ler och vickar på huvudet, svarar: *Ni är då lika, ni två.*

Sedan krymper han inåt, bortåt i mitt huvud tills det bara är ett silvrigt stoftkorn kvar av honom allra längst in, och en fuktig blinkning senare ingenting alls.

*

7

Jerker, oktober 2005

Det är helg. Om man vaknar av blåsan och inte alarmet är det helg. Jag sätter mig upp och gnuggar gruset ur ögonen. Bäddsoffan knakar. Helg. Åtminstone träffa ungarna lite. Jonna hemma från Göteborg. Fullt upp har de väl som vanligt så man får vara tacksam om man får en timme eller två. Och just det, ut och fira ikväll, bevare mig väl.

Morgonljuset kryper in genom fönstren vid taket. Teven spelar dvd-menyns melodisnutt tyst. Grafiken rör sig över skärmen, blinkar till och försvinner. Sedan upprepas slingan. Måste ha somnat ifrån filmen igår. Har inget minne av den. Mobilen på soffbordet säger en kvart i nio och ett nytt sms. Klickar fram det. ”Passa på att skicka en hälsning till vänner och familj. Mms:a gratis på lördagar under hela oktober och november för dig med Comviq Knock

Out!" Jag klickar bort det och reser mig. Knallar bort och stänger av teven. Får på mig träningsoverallen, rullar ihop sängkläderna och fäller ihop bäddsoffan. Går bort till trappan; chipssmulor har gömt sig i heltäckningsmattan och klistrar mot fötterna. Man skulle väl kunna dra en sväng med dammsugaren sedan.

Upp och in på gästmuggen. Pinka och blaska av. Klinkern i köket är sval under fotsulorna. Sören sitter i kalsipper och t-tröja vid köksbordet med en mugg kaffe framför sig. Han bläddrar i ST och tittar knappt upp.

"Det finns kaffe." Han nickar bort mot bryggaren bredvid kylen.

Jag tackar, går bort och slår upp en kopp. Plockar fram smöret och prickig korv från min hylla i kylen. Limpa från påsen. Fixar en macka, lägger den på en tallrik och tar med den och koppen och sätter mig mittemot.

"Hur gick det?" undrar han. Ser på mig över kanten av tidningen; munnen är dold där bakom men flinet syns i ögona.

Jag sköljer ner min tugga. Kliar mig i bakhuvudet och slår undan med handen.

"Äh. Nä, men det var väl trevligt", får jag ur mig och nyper mig över näsroten. Blundar. Öppnar ögona igen. "Käket var bra där, som du sade. Det var riktigt okej."

"Va?"

Han lägger ner tidningen och glor på mig. Leendet är borta nu. Jag suckar, får väl mana fram lite styrka och sätta emot. Det var ju inte på eget initiativ och jag sade ju åt honom att jag inte visste om det var någon särdeles bra idé. Jag glor tillbaka.

"Nä, men vi hade som inget att prata om efter ett slag. Det blev rätt tidig hemgång."

"Men vad fan, om frugan nu besvärat sig och fixat opp dig", säger han irriterat. "Vad fan, hon är ju snygg, kvinnan. Och trevlig. Och nyskild som du, det borde inte ha fattats samtalsämnen. Du kunde väl åtminstone ansträngt dig lite. För vår skull om inte annat, så Britta slipper få höra på jobbet vad det var för en tråkmåns hon lurade ut henne med."

"Jag är inte skild", säger jag.

Han skakar på huvudet. Dyker in bakom sin tidning igen.

Jag trycker in resten av mackan och sväljer ner den med kaffet. Ställer in porslinet i diskmaskinen och torkar av vid min plats.

"Är hon hemma?" undrar jag. "Ja, om du nu tycker att en har nåt att be om ursäkt om."

"Britta?" Han tittar upp över tidningskanten. "Hon jobbar helg. Sätt dig."

Jag drar ut stolen och sätter mig ner. Gnider lite med trasan mot en kaffefläck. Sören lägger undan tidningen, plockar upp något från stolen intill. Det är ett litet blått paket. Han vänder och vrider lite på det framför näsan, slänger en värderande blick på mig som för att överväga om jag verkligen förtjänat någon present, lyfter på de tjocka ögonbrynen och rynkar på näsan. Skjutsar sedan iväg paketet över bordet.

"Grattis på födelsedan."

"Det är imorgon jag fyller", säger jag och plockar upp paketet. Det är tungt för sin storlek. *Till Jerker på 40-årsdagen. Grattis önskar Britta och Sören.*

"Det är idag vi firar", svarar han. "Det är nåt litet bara. Inget att bry sig om."

Jag pillar bort snöret och tejpen, vecklar upp pappret. Ett sätt dartpilar. Mässingskropp, glasfiberskaft. Giffarnas emblem i guld och blått på flightsen.

"Tack", säger jag. Väger en i handen.

"Du har väl kört slut på dina. Du gör ju knappt nåt annat därnere, så egentligen var jag tveksam och det vore bättre om du kom ut lite bland folk istället, men nu fick man väl ge dig nåt du faktiskt uppskattar när du ändå fyller jämnt. Men ikväll får du fan skärpa dig och bjuda till lite."

”De är fina. Känns bra”, säger jag och nickar. Reser mig från bordet och börjar gå nerför trappan. ”Jag tar en dusch.”

Jag stänger dörren till verkstan med duschen och den summande Nibepumpen och torkar av mig. Hänger handduken över axlarna. Pilarna ligger tungt i handen. Sylvassa. De hugger bra även om tavlan är sliten. Jag kör några klockan runt för att få in känslan för dem. Efter fyra rundor bara går jag rätt igenom på minsta antal kast, enda skönhetsfläcken att jag checkar ut på en ytterbulle. Men lite nöjd får man vara. Jag låter pilarna sitta kvar på tavlan – 19, 20, bulle – och torkar håret med handduken. Plockar fram en ren uppsättning underkläder ur sportbagen och klär mig. Tittar på klockan, ett var det sagt. Hämtar dammsugaren ur förrådet och drar en vända. Tar en pall och ställer upp fönstren för att vädra ut medans jag håller på. Luften biter kallt ute.

Skiten försvinner inte av sig själv, så mycket har man i alla fall fattat och lärt sig såhär på egen hand. Man undrar ju vad man gjort för fel, men inte fan var det heller så att hon tackade mig för att det kom nya fräscha pengar till kontot varje månad och en hygglig årsbonus för det mesta att göra något extra för. Man har sin roll och sin uppgift som man sköter efter fallenhet och förmåga. Det är väl som det man har familjen till? Att dela på det. Allt. Dra strået till stacken utan att behöva bli applåderad för det i tid och otid, för man gör det med glädje för det gemensammas skull. Det har som aldrig varit något problem förut under alla år, aldrig någonsin, inte förrän efter att Inga dog och de där grubblerierna började. Men aldrig en vink. Surar och går iväg bara eller vänder sig om i sängen och låter en fatta att nu har man gjort något dumt igen, men säger aldrig vad. Inte ens om man frågar. ”Inget, lite trött bara.”

Man kan älta i evighet, amen, men Sören slår i ytterdörren däruppe så dammet yr ur spontskårorna i furupanelen och singlet knastrar när han går förbi de öppna fönstren och där sitter jag på soffan med slangen i handen. Jag stänger av den ylande dammsugaren och ställer tillbaka den i förrådet. Slår igen fönstren och rafsar ihop lite skitiga kläder och slänger i maskin ute i verkstan. Tittar på klockan igen, fem i tio. Drar en suck och slår på teven, sätter igång filmen och parkerar mig i bäddsoffan.

När filmen är klar är tvätten det också och jag hänger upp den på linan i verkstan. Tar på mig och går ut. Bilen är smällkall och jag ryser och huttrar när jag rullar inåt centrum, trots tjocktröjan under jeansjackan, och jag borde väl egentligen plocka upp täckjackan och lite höstkläder hemma i Nedansjö, men det tar emot något jävligt för det vore som att ge upp helt. Kylan biter i nävarna om ratten men det är samtidigt inte utan att man längtat efter den, så man får mer för händerna. Folk fattar ju inte förrän det börjar smärta i plånboken när elräkningen kommer eller etter värre när det är dags att fylla på oljetanken och det går på över trettiotusen helt plötsligt. Då kommer de springande och då är det genast jävligt bråttom, det de hade hela sommarn på sig att ordna med. Man fick försöka fylla arbetsdagarna hjälpligt med erbjudanden om att trimma och se över kundernas system till halva priset. Passa på att fixa och gå igenom hos dem med serviceavtal. Mycket rulla tummarna och läsa Expressen blev det ändå och chefen kom och undrade till slut vad man skulle säga om två veckors extra ledighet med halv lön. Vad fan man nu skulle fylla den ledigheten med. Spände packväskorna på Viragon och körde upp till Höga kusten. Tältade och lyssnade på sommarpratarna. Promenerade och kokade frystorkade grytor på gasolköket. Efter fem dagar tog batterierna slut i radion och jag körde hem igen.

Jag cirklar runt kvarteren kring Stora torget och lyckas sno åt mig en lucka som någon precis lämnar lagom till att värmen i bilen kommit igång. Solen är skarp när jag kommer ut, men luften klar och hög så den värmer inte nämnvärt. Men det är en fin dag, det är det och folk ler där de går och tittar i skyltfönster och pratar. Vid City Café slår jag en blick in genom rutan men de är inte där än och varför skulle de vara det? Klockan är bara tjugo i, så jag tar ett par steg till, bort till Videoteket för att lämna tillbaka filmen. De har lärt sig vad man heter nu. Helgtjejen, Jenny, hälsar glatt, ”tjena Jerker”, när man kommer in och undrar vad man tyckte när man räcker över fodralet. Bara det är illa nog. Jag säger några ord, som för att ha en åsikt, som att man vore intresserad på riktigt. Det är ju därför man hänger där ständigt och inte för att man inte har något liv längre, utan får hålla tillgodo med att se på andras påhittade, och hon nickar, svarar att men då har hon nog en annan här som man skulle se. Och jag språkar med henne en stund, så får både hon och jag några minuter ihjälslagna för det är hur som helst tomt i butiken. Jag får två nya med mig därifrån på rekommendation: *Love Actually* och *Åter till Cold Mountain*, och det är lustigt hur smaken som förändras; jag har dåligt tålamod numer inser jag med skjutafilmer och rymdskepp när inte Bo sitter bredvid och svär nöjt åt explosionerna och slår näven i soffans armstöd tillsammans med en.

Jag går in och beställer, sätter mig vid fönsterbordet längst ner som ett pensionärspar just lämnar. Brokigt femtiotalsmöblemang: perstorpsbord, noppiga soffor och pinniga stolar, rödmålade väggar, rejält inpyrt tjäriga så man fortfarande anar tobakslukten sedan i våras, och alla dessa lampor överallt. Det är som ett lätt obehag över stället men nu är det Jonna som valt den här gången och hon skäms åtminstone inte över att ta med och visa upp farsgubben på sitt gamla stammisfik. Jag tänker mig att caféet normalt är fullt av skolkande gymnasister på vardagarna; nu är det familjer med plastpåsar som pausar från lördagsshoppingen. Det är varmt och luktar bröd och kaffe. Jag tar av jackan och hänger den på stolsryggen. Kvinnan vid kassan kommer med min beställning och plockar undan på bordet, torkar av. Jag nickar till tack, doppar min ostfralla i den varma chokladen och det går som en rysning över ryggen när jag tar första tuggan för jag inser då, med blicken och smaken samtidigt, vars den lite kymiga känslan kommer ifrån; det är för att det påminner om föräldrahemmet. De har grå tapet därute, samma som de alltid haft, men annars är det inte olikt. De skulle bara veta att det gått som varvet runt och är på modet igen. Jag skakar av mig känslan, fortsätter tugga och läser baksidorna på filmfodralen.

”Nämen, har vi fått finbesök”, hör jag kvinnan säga och jag tittar upp, och där står hon, Jonna, och Bo bakom med kepsen långt ner i pannan. ”Är du hemma i stan? Vart var det nu som du flyttade?”

Och då var det som man trodde och hon är hemmastadd här. Hon blickar in i lokalen, får syn på mig och vinkar med ett leende och jag vinkar tillbaka.

”Göteborg”, svarar hon och språkar en stund med kvinnan innan hon snirklar sig fram mot mig mellan borden. Jag reser mig för att ge henne en kram men hon hinner slå sig ner på stolen så det blir mest kinderna som möts när jag lutar mig ner. Hon tar av sig handskarna och jag sätter mig mittemot igen. Sträcker mig fram, stryker henne över armen och hon ler lite matt, säger ”Hej pappa”. Bo tar sin ständiga cola ur kylen bredvid disken och kommer släntrande efter. Rasar ner bredvid Jonna intill fönstret och gäspar stort.

”Du kan väl hålla för mun när du är ute bland folk”, säger jag och biter mig i tungan för han har varit tvär mot mig ända sedan jag flyttade ut; han är väl ledsen. Det kan fan inte vara lätt för honom heller och så ska jag hacka på honom det första jag gör när vi ses. Han ser upp och jag skymtar hans ögon under kepsskärmen.

"Jag kan gå igen", säger han.

"Äsch", säger jag. "Förlåt, det är fint att se dig. Trött?"

"Turnering i natt", säger han och gäspar igen. Utan att hålla för. Och jag undrar kort vad det kan vara för något man har turnering i på natten, men det måste ju såklart vara de där datorspelen som han håller på med.

Kvinnan kommer och ställer en kaffe latte framför Jonna som presenterar mig, säger: "Det här är min pappa, Jerker", och kvinnan nickar och säger: "Så trevligt. Gunilla."

"Hon satt väl inte här på lektionstid?" säger jag och nickar mot Jonna.

"Det kan jag väl inte tänka mig", svarar Gunilla och blinkar åt mig med ett leende. "Bara på håltimmarna va, Jonna?"

"Inte så att det syntes i betygen i alla fall", säger hon och ler nöjt, stora flickan, det är galet egentligen.

"Skolans ljus", säger jag. "Lärarnas fröjd och föräldrarnas stolthet."

Gunilla skrattar och går tillbaka mot disken där det dykt upp nya kunder.

"Fåna dig inte!" säger Jonna och slår efter mig med en handske. Bo dricker sin cola nerhasad i stolen.

"Hur gick det då?" frågar jag honom.

"Va?" säger han.

"Turneringen."

"Sådär", säger han, rycker på axlarna och sörplar på colan och man undrar ifall det ens är värt att försöka. Men om man väntar ett par år blir det väl med lite tur folk av honom också.

Jonna har fastnat i någon fundering, ser bister ut och tittar ner i sitt kaffeglas. Hon har inte tagit av sig jackan, någon bylsig armé-parkas från Överskottsbolaget. Hon upptäcker att jag ser på henne och tvingar fram ett leende. Sätter ner glaset.

”Hur är universitetslivet i storstan då?”

”Oj. Mycket nytt”, säger hon och stryker håret ur ansiktet. Smuttar på kaffet. ”Mycket plugg, jag har tvåtusen sidor att läsa till nästa tenta.”

”Trivs du?”

”Som fisken”, säger hon och nickar.

”Sett nåt av din moster då?”

”Nä. Inte hunnit. Det har varit för mycket med allt annat nu i början.”

”Fryser du?” undrar jag. ”Ska du inte ta av dig jackan?”

Hon knölar av den, lägger den i knät. Ändrat stil har hon, inget kroppsnära mer, istället utanpåskjortor och säckiga huvtröjor och det är ju synd egentligen för annars har hon mognat till sig lite känns det som, bara sedan hon flyttade. Blivit lite rundare, kvinnligare. Brösten har vuxit om man får se det på sitt eget barn som nyss var pappas lilla flicka. Å andra sidan har hon slutat färga håret korpsvart och spreta det; det är blont svall nu som det var menat. Hon stryker det från ansiktet dit det trillar ner hela tiden, fäster slingan bakom örat och hon är ju så jäkla vacker att man undrar hur fan det kan komma sig att man själv varit inblandad i det hela. Men det var ju åratal sedan hon kom hem med någon kille, men det fattar man kanske att de inte vågar gå i närheten av henne; man minns ju hur det var själv, så länge sedan var det inte. Det var ju rena självbevarelsedriften att man gick på dem som öppnade sig lite mer, där man faktiskt trodde att man hade en chans och lät istapparna vara, de ouppnåeliga. Man vågar inte tänka tanken riktigt men frågan är om hon tar efter sin moster. Det är ju henne hon vänder sig till hellre än mamma eller pappa när det är något, har man förstått. Drar sig undan när det enda man vill är att få göra något för henne. Hon är så nära, ens eget barn, och samtidigt är hon främmande och man undrar om det är något man själv kan skyllas för eller kan göra något åt, eller om det bara är som livets gång när hon börjar bli stor på riktigt. Vuxen. Om man bara ska sluta bekymra sig och ta ett steg tillbaka och låta henne vuxna ifred. Sedan att hon har ett och annat att lära sig fortfarande, det där lite findryga, förmerkänslan. Hon döljer den bra för där vet hon att hon inte har något att hämta, vare sig hos mig eller sin mamma, fast visst känner man att den finns där. När hon pratar om andra smyger den fram ibland och man undrar vad hon säger om en själv när …

Jag sitter väl och fånglor i tystnaden för hon lyfter frågande på ögonbrynen.

”Äsch”, säger jag. ”Det är som det är.” Vänder undan blicken från hennes granskande uttryck. Tittar mot Bo som pillar med sin keps, stukar till skärmen. ”Berätta nåt du då. Vad gör du? Hur är gymnasiet? Vad pysslar ni med?”

Han rycker på axlarna.

”Nåt gör ni väl?”

”Vi ska på skolresa”, säger han.

”Vad kul! Vars? När då?”

”Stockholm”, säger han. ”Nästa vecka.”

”Och vad ska ni göra där?”

”Äh, jag vet inte. Lära känna varann säger de. Kolla riksdan och slottet antar jag”, säger han och skruvar på sig inför spärrelden av frågor.

”Behöver du pengar?” frågar jag.

”Nä, behöver du?” svarar han och jag ser hur Jonna sparkar honom på benet under bordet. Längre kom man inte den här gången. Jonna himlar med ögonen. Rättar till skjortkragen.

”Det där är ju min skjorta”, upptäcker jag.

Hon slänger en blick neråt på min rutiga blå, den med örnmärket på bröstfickan, och ler lite som påkommet.

”Jag gillar den. Är det okej?”

Och det värmer, jag ler tillbaka, värmer mer än hennes ord när hon säger att hon saknar mig i telefon. Och visst är skjortan snygg, men alldeles för stor. Den hänger som en säck över hennes flickaxlar.

”Javisst”, säger jag.

”Tack”, säger hon. Sedan mulnar uppsynen och hon samlar sig, öppnar munnen för att säga något men tar en smutt kaffe istället.

”Vad?” undrar jag.

”Mamma vill att du hämtar dina grejer.”

Bo tittar bort. Sätter på sig den nystukade kepsen igen och glor ut genom fönstret.

”Du vet, det är dåligt med plats. Jag har ju inget eget än.”

Hon rycker på axlarna. Smuttar vidare på kaffet.

”Jag skulle bara hälsa det.”

Vi sitter där i tystnaden ett slag och tänker väl alla på ungefär samma sak: en familj som inte är en familj längre. Någonting bubblar i magen på mig, ligger och pyr; vanmakt tror jag det är. Jag nickar mot hennes skjorta. Min skjorta.

”Vill du ha nåt nytt istället? Vi kan gå och kolla på nåt sen om du är sugen.”

Hon skakar på huvudet.

”Jag är trött på kläder”, säger hon och jag måste ha sett lite besviken ut. ”En annan gång kanske.”

Bo tittar på sin klocka och det rycker till i mig, flammar upp i huvudet.

”Har du nån turnering att passa, eller?” snäser jag åt honom och sedan lägger det sig lika snabbt och ersätts av skamsenhet för det är ju inte hans fel, allt det här. Han vänder blicken mot mig. Den isar av klander och ilska under skärmen, men han är lugn om rösten.

”Folk sover fortfarande i USA.”

Samtalet haltar vidare en stund, Bo surar och Jonna verkar vara någon annanstans, i Göteborg kanske, och hon frågar om när man säger något och försvinner iväg i tanken så fort det blir tyst en stund, men så kan det ju vara. Vissa dagar kommer man som ingen vart och man får hoppas på att det blir bättre imorgon.

”Vill ni ha nåt mer?” frågar jag så småningom, mest för sakens skull och får huvudskakningar till svar. Så vi packar ihop och jag går och betalar.

"Jag kan köra er hem", säger jag utanför. "Så slipper ni vänta på bussen."

"Jag ska stanna i stan. Ska till Sofias."

"Okej. Du då, Bo?"

"Jag kan ta bussen, det är lugnt."

"Strunt. Jag ska ändå åt det hållet, ska vidare sen till farmor och farfar."

Han rycker på axlarna. Det är så han borde få träningsvärk av allt axelryckande.

"Vi ses imorgon då", säger jag till Jonna. "Det är min födelsedag så jag bestämmer vad vi ska göra. Giffarna har hemmamatch. Ett par pizzor sen och en bio, vad sägs om det sådär i all enkelhet?"

"Det blir jättebra, pappa", svarar hon och jag försöker krama om henne, men hon slinker undan och försvinner nerför Kyrkogatan med en vinkning. Vill hon inte ta i en ens, undrar man och det ömmar i halsen någonstans.

"Bilen står bara runt hörnan", säger jag och travar iväg, Bo lommar efter ett halvt steg bakom.

Resan blir tyst och jag samlar ihop mig, funderar på om jag inte skulle stanna till och försöka byta några ord med Agneta, men slår det ifrån mig. Bo fipplar med radiokanalerna men hittar inget han är nöjd med och stänger till slut av. Sitter bredvid och glor ut genom sidorutan. Har väl någon turnering att tänka på och jag har väl haft kul tillsammans med honom också framför datorskärmen. Blivit rejält utskåpad av honom förr när han hade tålamod med en, eller som kunde bräcka farsan i något och det var också en känsla man unnade honom; jag önskar att jag hade kunnat bräcka min egen farsa i något i tonåren. Men det är ju inte samma sak som att hålla ett vapen i händerna, bli som vän med det och känna tyngden. Trea i DM 1986 på femtio meter stående. Eller som darten nuförtiden för den delen. Väga, avväga, lära känna. Få in flödet när hela rörelsen flyter i ett enda svep och den sitter exakt där man ville, pilen.

Jag gör ett försök. Ett sista. Manar fram lite farsighet på slutbiten efter avtaget från Vårbacken och ner.

”Du skulle inte vilja pröva på att skjuta på riktigt?” frågar jag. ”Vi kunde åka upp till Blåberget du och jag nån dag och slänga iväg ett par skott. Det hade jag tyckt vart kul, och se om takterna sitter i. Jag tror torsdagar är öppen dag på banan.”

Han vänder på huvudet. Ser på mig som om jag hade föreslagit att vi skulle gå hambokurs ihop. Vänder blicken framåt igen.

”Inte min grej riktigt.”

Jag drar ett andetag, slår ifrån mig det. Tar höger ner på grusvägen och rullar de sista meterna. Inget skulle bli bättre om jag började vråla på ungjäveln. Han går som helt in för att få en ur balans av någon jävla anledning. Sticker knivar i en och vrider om. Hur når man igenom det? Hur, om det är det som satt sig i sinnet på honom? Man måste ju försöka, det är inte så mycket annat man har kvar så man har råd att vara i fejd med sin son.

”Jag skulle kanske följa med in och prata lite med din mamma”, säger jag och parkerar framför huset, slår av tändningen. Huset där man bott i femton år. Huset man inte bor i längre.

”Morsan jobbar”, säger han och när jag slår en blick in mot carporten står ju inte bilen där, så det är väl som han säger. Eller så är hon någon annanstans. Hos någon annan.

Bo drar i handtaget, dörren glider upp och han börjar kliva ur.

”Vänta lite”, säger jag och han suckar, så jag ska höra det, och sätter sig tillrätta igen. Stirrar ner på sina knän.

”Bo”, säger jag. ”Jag förstår om du är ledsen och besviken men det här är inte mitt val ska du veta. Jag hade kommit hem imorgon om jag bara fick.”

Och han rycker på axlarna. Han rycker på sina jävla axlar och blodet rusar upp i huvudet och det sticker i ögonen och jag slår flatnävarna i ratten.

”Vad har jag gjort? Kan du berätta det för mig? Vad fan är det jag har gjort?” vrålar jag och jag vet inte vem det är jag riktar mig till, om det är honom jag frågar eller Agneta eller Gud Fader själv kanske. Och han skriker åt mig att ”det vet du väl fan bäst själv” och kliver ur och drämmer igen bildörren så ljudet ekar och bilen gungar till. Han går uppför gången, gruset krasar under fötterna på honom, sedan uppför trappen och han trycker in nyckeln och låser upp och drar handryggen över ansiktet och jag tror han bölar; det ser ut som han bölar och han försvinner in och slänger igen dörren efter sig.

Och jag bölar, jag med. Sitter kvar i bilen och bölar och snorar som en liten gris och det är den jävla maktlösheten, att man varit någon, pappa och make, och nu är man ingenting, inte minsta lilla kryp och varje snölykta, varje kojbygge, varje sparkad fotboll och varje övertidstimme, varje morgonkaffe på sängen, vartenda dugg man har gjort och åstadkommit här i världen har blivit noll och assint värt.

Uppe i Lillström stannar jag till. Tittar på mitt sorgliga ansikte i backspegeln, rotar fram en dassrulle ur handskfacket och snyter mig. Jag har gråtont i halsen och harklar ett par gånger. Spottar i snorpappret. Prövar rösten innan jag kör den sista biten fram till huset, ställer bilen och öppnar grinden. Klappar två gånger med portkläppen innan jag går in och hojtar: ”Goddag i stugan!”

Tanten kommer ut i farstun med förklä på sig och jag hör hur bryggaren drar igång ute i köket. Hon har haft den färdigpreparerad och slagit på den så fort hon hörde bilen utanför.

”Hej lilla mamma”, säger jag.

”Hej du”, säger hon. ”Kom in.”

Hon återvänder ut i köket och jag tar av mig skorna och följer efter. Golvet är kallt. Huset är kallt, och man minns hur det var när man började slå sina lovar kring Aronssons, värmen hos Inga och Edvin och hur man som hittade hem medsamma i det hjärtliga käftandet och bullrigheten. Fast de var lastgamla tyckte man då, om än yngre än ens egna till sinnet som man snart upptäckte och bara det att de eldade ordentligt i pannan och inte snålade så förbannat på sig själva. Det är väl inget fel på tanten och gubben, de är inte onda människor egentligen. Bara så fruktansvärt rädda, har man kommit att begripa i vuxen ålder, och det är inte mycket de säger som inte är en eller annan form av klander, för det som redan är som det ska är väl knappt värt att nämna för det är ju just som det ska bara, helt enkelt. Kopparna står framme på köksbordet och guldrandsassietterna med små gafflar bredvid.

”Slå dig ner du”, säger hon och jag sätter mig vid bordet och sätter upp fötterna på tvärslån till benen på stolen mittemot. Jag hör slagen av yxan mot kubben och slamret av kluven ved som hoppar och slår mot andra bitar. Tanten öppnar köksfönstret och lutar sig ut.

”Han är här nu”, ropar hon. ”Kaffet är snart klart.”

”Hur är det med er?” frågar jag. Gnider händerna mot varandra.

”Det är som det är. Inte blir man yngre.”

Vad svarar man på sådant? Jag nickar långsamt.

”Inte du heller visst”, säger hon. ”Grattis i förskott. Jag har gjort en liten tårta.”

Hon öppnar kylen och ställer ner krusidullfatet på fot bredvid tårtspaden i silver som ligger och väntar på bordet redan. Blåbär.

”Men tack. Inte hade du behövt åbäka dig”, säger jag som i reflex för så fort man kommer hem faller man in i det, utan att ens märka det själv. Pang, så slår gallren ner bara. Ytterdörren öppnas och slår igen ute i farstun och farsgubben kommer intravande i köket, en lukt av gubbsvett står kring honom.

”Tjänare Jerker”, säger han och klappar till en på axeln. Tvättar händerna i diskhon och sätter sig mittemot medan tanten häller upp kaffet. Jag skålar händerna runt min kopp.

”Vill du karva?” säger tanten och jag ställer mig upp och skär tre bitar ur tårtan och lägger upp på faten.

”Dylikt är man inte bortskämd med till vardags”, säger gubben. ”Du får allt fylla år oftare.”

”Du stoppar i dig nog med sött”, säger tanten och jag frågar mig om det är därför, om Agneta är livrädd för att det är såhär det ska bli. Att man håller samman enbart av sin misstro mot resten av världen, sitter i sin stuga och går och skaver mot varandra i evighet, amen. Förebråelser eller tystnad, de enda två möjliga alternativen. Men det var ju hon som tystnade. Hur jag än vrider och vänder får jag ingen rätsida på det.

”Väldigt god, mamma”, säger jag. ”Mycket god.”

Hon nickar. Tar försiktiga små tuggor medan gubben slevar i sig.

”Det var ju bra att du kunn komma idag istället. Du vet det är så tjockt på söndagarna ändå, med kyrkan och kaffet och sen föreningen på eftermiddan”, säger tanten.

”Och så ska vi hämta ny hund imorrn”, säger farsgubben nöjt och får en sur blick. Då var det där skon klämde egentligen.

”Jo. Nä, det passade bra. Jag hade ändå tänkt göra nåt med ungarna imorgon.”

”Hur är det med dem?” frågar hon.

”Jovars, fint”, säger jag. ”Vi tog en fika idag. Jonna är hem om från Göteborg. Jag sade väl att hon börjat plugga där?”

Sedan barnen föddes har man ju kunnat ha dem med upp som buffert emellan. Och de har varit något att samlas kring, något litet gemensamt i alla fall. Gubben och tanten har levt upp och tinat lite, blivit nästintill ömsinta; bjudit på godis och stuckit åt dem en femtiolapp var när vi skulle till att åka. Nu sitter man här utan den skölden och bara väntar på nästa fråga.

”Och Agneta?” frågar hon, och där kom den, och nu är det gubbens tur att skicka en blick. Som hon inte låtsas om.

Jag rycker på axlarna. Som Bo gör, och jag frågar mig om det är så han känner för mig. Som jag känner nu och det är en fruktansvärd tanke.

”Inget nytt.”

Hon skrapar upp det sista på tallriken och spänner blicken i mig. Den förebrående och det känns som man dinglade med benen från stolen, som att man inte nådde ner till golvet och var fjorton, nio, fem år gammal och hade gjort något orätt nu igen. Igen, igen, igen. Hennes bannor först och sedan gubben med remmen.

”Man undrar ju som vad det är du har ställt till med där egentligen”, säger hon med smala ögon.

”Jag har inte gjort näge”, säger jag, rösten tuppar sig i halsen, och jag hoppar ner från stolen, tassar ut på det kalla golvet till farstun och in på dass. Sätter mig på locket, andas lite och hör deras röster genom väggen. Hans röst hög och upprörd, hennes lugn och metodiskt malande. Sätter man en dassrulle till väggen och lägger örat emot kan man höra orden, om man vill. Jag spolar och sätter på varmvattenkranen, låter vattnet skölja fram och värmer händerna, kupar dem och sköljer av ansiktet.

”Du måste prata vett i honom”, hör jag henne säga när jag kommer ut i farstun och sedan blir det tyst. Jag går in och sätter mig.

”Vill du ha en bit till?” frågar hon.

”En liten då”, säger jag. ”Och gärna en skvätt kaffe till.”

Hon skär en bit åt mig och häller upp. Farsgubben sträcker sig efter tårtspaden och ger tanten en svart blick när hon lyfter fatet från bordet och ställer in det i kylskåpet igen.

”Nu spar vi en bit så har vi till kaffet imorgon å.”

”Har ni hört ifrån syrran nåt?” frågar jag lite oskyldigt för att försöka flytta brännpunkten.

”Inte värst”, säger hon. ”Carina behagar som du säkert vet inte ringa särdeles ofta.”

Jag undrar hur ofta hon själv lyfter luren, men sitter tyst och nu är det inte längre man själv som är bekymret för stunden, och det är väl ett svek egentligen mot syrran som inte haft det så jävla lätt heller, men ibland orkar man bara inte. Jag lyssnar ett tag på tantens beska och ser på gubbens korsade armar och får lite vila ifrån deras omsorger.

Tanten ställer undan kopparna och gubben reser på sig.

”Påt igen”, säger han. ”Kan du göra ett handtag och hjälpa till med att stapla undan lite därute?”

Jag vill säga till honom att i helvete heller, jag har brutit ryggen nog för en livstid för din skull, men inte fan är det vad som kommer ur munnen.

”Självklart”, säger jag.

Den kluvna veden ligger såklart i stora drivor kring kubben och jag tar skottkärran och fyller den och rullar bort till den påbörjade rundstacken bortom de andra, drygt två meter höga och prydligt färdiga, och börjar stapla medans gubben hugger vidare.

”Barken neråt”, säger han. ”Och stapla luftigt.”

”Det är knappast första gången”, säger jag. ”Ni skulle ha en pump istället.”

”Det kostar.”

”Vi har ett par äldre inbytes, fullt funktionsdugliga och genomgångna som ni kan få för en spottstyver. Jag ordnar med installationen och det enda ni behöver betala för är brunnsborrningen. Staffan fixar säkert gärna med det svart på helgen, så ni kommer undan billigt. Driftskostnaden för huset, jag har räknat på det, borde bli en femton–arton per år, inte mer. Stort är det ju inte. Och då har jag ändå räknat med en inomhustemperatur på tjugo grader, det håller ni fan inte idag.”

”Jag betalar inte mer än åtta för veden”, säger han. Hugger så träna flyger.

”Nä, men den ska huggas och staplas och bäras in och pannan ska eldas två gånger om dan och …”

”Morgonen räcker”, avbryter han mig och jag vet att det är lönlöst egentligen, men jag fortsätter ändå i hopp om att han någon gång ska komma till sans.

”Två gånger om dan”, vidhåller jag. ”Och askan ska rakas ur. Och pannan måste man göra ren och serva ibland. Byta tändelement. Sotarn kostar också. Har du nån som helst aning om hur mycket tid du lägger ner på allt det här?”

”Det håller mig igång”, säger han.

”Du kommer inte orka länge till, pappa. Du är snart sjutti.”

”Ett tag till ska det nog gå”, säger han och avslutar därmed diskussionen. Hugger och klyver med eftertryck så svetten lackar, som för att bevisa sin tes. Stor och stark. Och jag staplar. Rullar och staplar och svettas. Får i alla fall upp värmen, till skillnad från därinne. Efter en trekvart sätter han yxan i kubben, säger: ”Nu tar vi kväll”, och promenerar mot mig men väjer in bakom den sista fulla stacken i raden.

”Kom du”, säger han och jag lägger upp de sista vedträna i skottkärran och följer efter honom. En tåt hänger över kanten på stacken och ner längs sidan. Han drar i den, halar fram en gammal potatissäck ur stackens innandöme och fiskar upp en knappt halvfull sjuttiofemma utan etikett. Så det är där trösten ligger nuförtiden, och han korkar upp, drar någon deciliter och suckar nöjt. Platsen är väl vald; stacken skymmer husgaveln och köksfönstret. Han sträcker fram flaskan.

”Jag kör”, säger jag, som om han inte visste, och han knycker på huvudet och tar en munfull till innan han skruvar på korken, ställer ner flaskan på marken och slår sig för knäna. Nu kommer det väl, då. Jo, för han drar ett andetag och hämtar luft och det är nästan så man blir nyfiken. Han ser på en och sedan förbi, blicken lite vid sidan av, utåt tjärnen och skogen till.

”Jerker”, säger han och det är som en föreläsning han förberett. ”Ibland gör man misstag och ibland sker det olyckor i en familj, och saker går emot en ibland så man har nära till ilskan, det hade du redan som ung och där är vi inte olika, du och jag. Det har du nog efter mig det, tyvärr.”

Din jävel. Din jävla jävel. Är det dit du är på väg?

”Och då kan det räcka med lite för att det ska slå slint. Ett förlupet ord vid fel tillfälle kan vara tillräckligt, eller så kanske man har tagit en jävel och mist nåt av omdömet.”

Ska du ha det till att jag är som du själv, att …

”Men man får efteråt inte då vara för egenrättfärdig och inbilsk för att inse sitt misstag och tillstå det.”

… jag slår? Att jag skulle ha slagit? Är det vad din utblick och synvinkel säger dig om det som skett? Det är så långt din näsa räcker?

”Att visa lite ånger och ödmjukhet. Det mesta går att lappa ihop, Jerker.”

Men vissa saker inte, du. Därtill har bältet kommit till för stor och regelbunden användning, lilla pappa, och om det bara vore på mig, så kanske. Eller om det bara vore en enstaka handling i vanmakt och desperation mot kvinnan som kväste dig, förminskade dig och som du aldrig någonsin dög åt. Men Carina, inte Carina. Så lappa kan man göra …

”Bara man gör bot och ångrar sig. Jag har själv inte lyft handen mot nån på mer än tjugo år nu.”

... men inte utan att sömmarna och stygnen syns och finns kvar och kan berätta att här har något varit trasigt. Och säger du något om Gud nu, din jävel, så sparkar jag dig i skrevet.

”Och det är väl en senkommen ursäkt från min sida kanske, men nu kommer den, för jag kan inte se på när du förlorar din familj på det här sättet utan att säga nåt för att försöka hjälpa dig.”

”Stig”, säger jag för jag förmår inte fjäska med något pappande mer just nu. ”Tro mig, jag har inte rört nån, absolut ingen har jag misshandlat, vare sig man, kvinna eller barn, sen jag var nitton, och den personen hade verkligen samlat ihop till det under lång tid.”

Han viker undan med blicken och jag klappar honom på axeln och går. Ta du en klunk till din stackare, din stackars jävel. Vilket skitliv. Jag slår igen bildörren och startar motorn och det som vanligtvis är matthet och som hjärtkrymp blandat med lättnad när man åker därifrån är bara ilska idag, ren och skär. Det är nästan tacksamt för den skyler åtminstone sorgen från innan, men kan man få komma hem någon jävla gång och ställa bilen så man äntligen kan få en öl i kroppen.

Jag sträcker ut stegen och det är skönt och den stelhet efter arbetet som inte försvann i duschen ger efter nu, och jag tar mig från Sallyhill och in till centrum på dryga tjugo minuter. Det är mycket folk i rörelse i Stenstadens krogkvarter. Början av månaden och folk har fortfarande lön kvar och jag hoppas att de andra har haft vett att beställa bord. In på Nybrogatan och sedan slår värmen i ansiktet tillsammans med lite stekos och öldoft när jag öppnar porten och kliver in på Irish. Jag är lite andfådd för jag har gått snabbt, försenad som jag är, men det mesta av ilskan har åtminstone givit med sig så nu är jag mest törstig. Jag slår en blick runt den fulla och stimmiga lokalen och där sitter de, längst ner i hörnan, och det är Sören, Mats och Staffan och stämningen verkar vara på topp. Staffan vevar yvigt med armarna och berättar något och de andra sitter och flinar med pintglasen i handen. Jag hade tänkt mellanlanda i baren, men Staffan får syn på mig och vinkar bort mig med sina ivriga armar.

”Här har vi ju vår nyblivna gubbe!” säger han. ”Välkommen i klubben.”

”Å”, säger jag och tittar på klockan. ”Ett par timmar till har jag. Sorry. Jag fastnade i en vedstack ute hos föräldrarna.”

”Grattis!” säger Mats och ser finurligt på mig över kanten på glasögonen. ”Det smärtar att säga det men härifrån går det enbart utför, ska du veta. Det börjar växa hår på märkliga ställen, man börjar lukta underligt och saker och ting pekar inte rakt upp längre utan mer som åt sidan. Hur känns det?”

”Törstigt”, säger jag och får upp plånboken ur innerfickan.

”Du tror väl inte du får betala själv idag? Nu lägger du undan den där för kvällen och sätter dig ner”, säger Staffan och reser sig från stolen. ”Vad ska du ha?”

”En East India”, säger jag och sätter mig ner intill Sören.

”Ett utmärkt val.”

Jag följer Staffans rygg med blicken där han tränger sig fram till baren. Blundar i ett par sekunder, lyssnar på stimmet och ställer in mig på att slappna av och få bli lite bortskämd en stund; snart kommer lugnet, det lägger sig över mig som en varm filt. Sören klappar mig på axeln och jag öppnar ögonen och sätter mig upp i stolen.

”Det var jävla bra pilar”, säger jag och han nickar och tar en klunk öl.

”Det var meningen.”

Staffan återvänder från baren och ställer ölen och ett whiskyglas framför mig.

”Du fick en Tullamore också. Skål alla gubbar!”

Ett par timmar senare är vi rätt dragna och fina allihop, utom Mats som har sina ungar imorgon och tar det lugnt och sitter och segdrar på sina öl i en timme, minst. Men han är glad ändå, sitter där och skämtar och drar sina historier som han halar fram ur bakfickan. Apropå det, säger han och sedan är han igång och man har hunnit med ett par garv och skåpat ut dem rätt rejält också vid darttavlan och man hade inte blivit så full än då, så man fattade ju att den där dartgrejen mest var för att muntra upp och få en på gott humör. Man vill ju inte förhäva sig eller så, men om de nu bönar och tjatar kan de väl få pisk om de nu vill ha det, och tre öl är exakt lagom för fokuset, för sedan börjar man trubbas av och bli slarvig. Men tre öl är perfekt och man fattar ju varför det är förbjudet och dopingklassat vid tävling, så sedan fick man jubel och hyllningar efter en liten uppvisning när man körde klockan runt rätt igenom. Lite yr är jag nog men mår fint, men borde nog ha ätit något mer än, vad är det, en frukostmacka, två ostfrallor på fiket och två bitar tårta idag, inser jag och säger åt Staffan som är på väg till baren att beställa pommes eller något. Sören dunsar ner bredvid med en nöjd suck, och har uppenbarligen filosoferat inne på dass.

”Ett tecken på att vi accepterat att vi är gubbar nuförtiden är ju om inte annat att vi sitter här bland propert folk på finpub med god men dyr lyxöl från ställets eget mikrobryggeri, istället för att ta ner till Daltons och dricka Norrlands för tjugonio spänn och kolla in utbudet på kvällsmarknaden för att som i bästa fall få en örfil och nån att tänka på tills nästa gång man får komma till därhemma.”

Mats flinar snett och säger: ”Jag som inte har nån därhemma längre hade förmodligen stuckit dit senare och tagit mina chanser om jag nu blivit full och dum nog att komma på tanken. Det har hänt förut.”

Han reser sig från stolen, säger: ”Min tur”, och går iväg mot dassen. Sören följer honom med blicken, och vänder sig sedan mot mig, för han har väl tagit mod till sig nu på fyllan.

”Jerker, jag vill inte förstöra födelsedan för dig, men jag säger det nu så har jag det sagt. Frugan, ja hon börjar tröttna lite, du vet. Du sku kunna börja fundera på bostadsfrågan, det är ju ändå ett halvår nu. Och jag vet, du gör rätt för dig, det är inte det, men du vet. Britta är lite ...”

Orden rinner ut i tystnad. Ett halvår, tänker jag och räknar månaderna. Kontrollräknar.

”Jag vill inte vara tuff med dig, Jerker, men du vet. Det är nog kört, va?”

Han lägger handen på min axel och kramar om.

”Jo”, svarar jag och nickar. ”Alltså, det är bara ...” Jag tappar fortsättningen och skakar på huvudet.

”Det är ett jävla skit, är vad det är”, säger han och lägger armen om. ”Du behöver inte störta ut imorgon, inte alls på det viset, men du får nog börja kolla upp och planera för nåt eget. Okej?”

Jag nickar.

”Bra”, säger han. ”Men nu skiter vi i det. Det bekymret tar vi en annan dag.”

Och det är klart man inte blir munter av att han tar upp ämnet, men nu mår man ju så pass bra i just detta ögonblick att man kan slå det ifrån sig och göra precis det, skita i hela skiten, ta en öl till och kanske en whisky.

Jag slickar saltet av fingrarna, torkar av dem med servetten och det är skönt att ha fått något i magen. Sören tittar på klockan, säger: ”Dags pojkar”, och de reser sig upp. Skrålar *Ja må han leva* och halva stället faller in och sjunger med och hjälper sedan till med hurrandet efteråt så man blir helt röd i plytet, fast det var man väl redan. Bartendern klingar i klockan och kommer runt med en bricka, håller den högt på fingertopparna och det gnistrar om det hela och när han kommer närmre ser jag att det är någon giftig sak i olika skikt med fruktskivor, är det nog, runt glasets kanter och ett sprakande tomtebloss högst upp. Han ställer ner den framför mig, slår ihop klackarna och bockar och går tillbaka och killarna hojtar ”grattis på förtiårsdagen” i kör runt mig.

”Drick nu”, säger Sören när blosset falnat. ”Du behöver nåt stärkande. Vi har en liten överraskning på gång nämligen.”

”Va?” säger jag och det simmar lite för ögonen när jag försöker granska leendet han ger mig och jag ser på de andra. Mats och Staffan nickar, säger: ”Drick, drick”, och jag vet inte hur jävla smart det är, men fin är den ju så jag skjuter fruktskivorna åt sidan för att som få plats med munnen och sveper ner den till killarnas hejarop och applåder.

”Frukten med”, säger Mats och flinar när jag ställt ner glaset och andats ut. ”Vitaminer är nyttigt för gamla gubbar. Du kommer behöva dem.”

”Vi har skramlat ihop till en liten specialare”, säger Sören och plockar jackan från stolsryggen och börjar sätta på sig den.

”Men vad fan, ska du gå redan?”

”Vi har en liten surprise till dig”, säger Staffan och härmar den där skåningen i chipsreklamen, är det väl, och han och Mats börjar också ta på sig.

”Vadå?” säger jag. Flinar och skakar på huvudet lite.

”Kom nu”, säger Sören.

Mats han kör, och så pass med är jag fortfarande att jag undrar om det nu är så jäkla klyftigt, men han säger bara att han tagit det jäkligt lugnt, fyra öl på nästan fem timmar och att han är fullkomligt nykter. Fyra hjul är hur som stadigare än två ben och vi ska en liten bit. Sören sitter bredvid och vänder sig bak och säger: ”Vad fan, Staffan, är vi helt torrlagda?” och Staffan han ser lite finurlig ut, ser sig omkring i baksätet, kollar i fickan på sätets rygg framför sig, klappar sig på rockbröstet.

”Men hoppsan!” säger han och knäpper upp och plockar fram en kvarting whisky ur innerfickan. ”Fanns det inte en liten apunge till! Vi måste ju hålla oss varma under tiden.”

”Vad är det för jävelskap ni nu hittat på?” frågar jag.

Sören ler och tar emot flaskan och det knastrar om skruvkorken när han öppnar den. Han tar en klunk, aahar belåtet. ”Dags att deklarera!”

Mats och Staffan garvar högt och man sitter där som ett annat fån och garvar med och fattar inte ett jota, lite yr och alldeles lätt i huvudet. Jag kollar ut genom rutan och vi är på väg bort från centrum, västerut längs ån åt Bergsåkerhållet till och det är lite bluddrigt och gatlyktorna drar som spår av ljus efter sig i ögonen på mig när vi passerar dem och jag är varm och bara flinar och boxar Sören på axeln och han ler tillbaka.

”Jerker”, säger han. ”Lyssna nu ordentligt.”

Mats tar av in på en parkering, och det borde vara i Granlo, framför en rad stora jäkla huslängor intill skogen och jag är yr i huvudet och får inte ihop det hela för fem röda korvöre.

”Skattekonsult? Vad fan gafflar ni om?”

”Jajemän”, säger Staffan och garvar. ”Du ska få redovisa dina tillgångar, så ser de nog till att de kommer till bättre användning.”

”En jäkla tillväxt blev det för mig i alla fall”, säger Sören. ”Vilka resurser man fick!”

”Ja, alltid finns det nåt hål att stoppa dem i”, säger Staffan och de garvar ikapp så de får hålla sig för magen.

”Och det ska komma från en brunnsborrare”, säger Mats och ställer bilen i en ruta och slår av tändningen. ”Jerker. Upprepa.”

Jag upprepar deras instruktioner så gott jag kan minnas och de rättar mig ett par gånger, men sedan blir de nöjda och skickar ut mig i nattkylan, inte för att det var mycket varmare i Mats Volvo. Jag andas ett par gånger och försöker klarna lite och vinglar sedan gången fram mellan buskarna till huset och letar rätt på 73C. Hittar rätt knapp på porttelefonen och trycker på den tre, sedan två, sedan tre gånger och det känns som man är med i någon jäkla agentfilm. Porten summar till och jag går in, tar hissen högst upp och sedan till höger. På brevinkastet längst ner i korridoren står det ”MM Redovisning” så småningom när man lyckas fokusera ordentligt, precis som de sagt. Jag stannar framför dörren och väntar, lyssnar lite, för jag har blivit som lite nervös och undrar vad fan det är fråga om egentligen. Jag har väl lite undanstoppat, så man klarar sig ett slag, men får inte ihop vad man gör där på fyllan, mitt i natten på sin fyrtioårsdag, men det är väl något jäkla practical joke de har totat ihop. Man får väl bita ihop och ta det som en man istället för att stå där och vela och jag ska precis till att ringa på klockan när jag minns att det var knacka jag skulle, inte ringa på, och jag knackar fyra gånger som de sade.

Dörren öppnas medsamma så man nästan rycker till och kvinnan som står där nickar, ler och vinkar in en och man följer henne in och hon stänger dörren efter oss.

”Welcome”, säger hon och den glansiga blusen räcker knappt ner till naveln och man är som lite häpen där man står och svajar i hallen, för det var inte vad man förväntat sig riktigt. Hon vänder sig om och går in i lägenheten och kvinna och kvinna, hon är väl inte så jäkla mycket äldre än Jonna och kör med mycket svart kring ögonen och röda läppar precis som hon gjorde också ett tag, fast hon här är nästan lika lång som jag och mer mager. Och rejält varmt är det när man kommer in från en kall bil så jag hänger av mig och följer henne in. Det är skumt ljus och ett litet rum med en stor säng och hon står där och lutar på huvudet, fingrar på en blonderad hårslinga och ler. Det är inte förrän då jag fattar, min dumfulla jävel, vad det är de har kokat ihop och det skälver och blixtrar för ögonen lite och jag snubblar till och får ta stöd mot soffan, men det är pinsamt att vingla omkring som ett annat fyllo inför henne av någon anledning så jag försöker skärpa till mig, släpper soffan och sträcker på mig.

”Laine”, säger hon och pekar på sig själv och jag svarar automatiskt ”Jerker” och hon bara fortsätter le och tvinna håret i fingrarna och snurrar runt en gång på stället lite långsamt. Jag vet inte vad jag förväntas göra riktigt, så jag tar ett steg fram mot det där leendet och känner lite på hennes bröst genom blusen, och de är små, mindre än Agnetas är de.

”Schh. Gentle”, hyssjar hon och jag rycker åt mig händerna av förebråelsen men hon fortsätter le, har släppt håret och ser som under lugg på mig, som busigt, medans hon långsamt knäpper upp blusen. Ingen behå under, men blusen den skyler, fast den är uppknäppt, man ser som bara klyftan och början på de små kullarna på ömse sidor. Hon stryker med fingertopparna från halsgropen och ner mellan brösten, ner mot naveln och så tar hon min hand varsamt och för in den under blusen och lägger den ovanpå sitt bröst medan hon backar oss in mot sängen.

Det är den lena huden och den lilla knoppen mot min handflata, och saknaden slår en järnbalk i magen på mig. Jag tappar luften, rycker åt mig handen för den bränns och sätter mig ner i sängen och håller om min krampande mage. Det grusar sig i ögonen och jag släpper magen, lägger huvudet i handflatorna och lutar mig fram. Hon sätter sig intill, stryker mig över håret, säger ”Schh, schh” och jag kan inte rå för det, för nu kommer de jävla brinnande tårarna. De bara forsar ur mig, mitt jävla gråtfyllo och där sitter man och grinar av saknad och längtan efter huden, alla ställena på kroppen, kurvan under brösten, nacken, kälkbacken från höften ner till midjan när hon ligger på sidan. Jag har aldrig legat med någon annan sedan vi vart ihop och bara två innan, aldrig ens tänkt att det funnes någon annan. När grabbarna har som snackat igång på jobbet eller puben och käften går på dem om det ena med det tredje har man mest setat och hållit käften och lett lite i mjugg åt dem, tyckt synd om dem.

”Förlåt”, börjar jag. Skakar på huvudet. ”I'm sorry.”

Och nu blir man tröstad och struken över huvudet av en hora och de skulle allt sett en nu de därute i bilen, herregud, och hon stryker mig över håret och hyssjar. Orden bubblar upp i halsen på en, trycket är övermäktigt och det går inte att hålla emot, men det kan ju vara skit samma för det är som ändå kört allt.

”Min fru”, börjar jag.”My wife, she kicked me out.”

”Yes”, säger hon och stryker mig över håret och jag hulkar på.

Det är inte ditt fel. Förlåt. I'm sorry. Jag är bara väldigt full och ledsen. I'm just very drunk. Och gammal. Jag gör så gott jag kan med den knaggliga engelskan. Berättar. My son don't talk with me anymore. Jag har inte gjort nåt. I didn't do anything. Och hon stryker mig över håret mjukt, säger Yes och jag berättar. Sedan hennes mamma dog. Tystnad och bara ryggtavlan när hon vänder sig bort. Jag vill vara lite själv, she said all the time.

”I don't know why”, säger jag. ”I really don't know what's wrong.”

Och jag rätar på ryggen, sätter mig upp och vänder mig mot henne. Rycker på axlarna.

”Maybe I'm just boring.”

”Yes”, säger hon och ler mot mig, som håller masken. Och det drar i mungiporna bakom tårarna ändå och jag känner mig lite lättare.

”I'm really, really boring, yeah?” säger jag och hon ler och skakar lite på huvudet åt mig och jag torkar ögona med skjortärmen, drar armvecket över min snoriga näsa och ett halvt som sorgset skratt bubblar upp i bröstet.

”I don't want to ... you know, but maybe I can get a hug”, säger jag, lite blyg helt plötsligt när jag nu vräkt ur mig. Jag sträcker ut armarna åt henne och hon ler och hasar närmre på sängkanten, kryper upp i famnen på en, och fast hon är lång är hon späd som en fågelunge och jag blundar och håller om hennes axlar.

”Okay now?” andas hon i örat på mig och hennes fingrar kommer krypande upp längs mitt innanlår som en insekt och handen landar i ljumsken och glider in upp över skrevet och mitt kön och det exploderar stjärnor framför ögonen, flimrar och spränger och hon har ju inte fattat ett jävla skit. Jag vräker bort henne – ”Rör mig inte för helvete!” – slår undan hennes jävla arm, och henne har man gråtit ut sitt jävla liv för, och hon faller bak i sängen och jag ställer mig upp. Hon sätter sig upp, håller sig för munnen, stirrar på mig med hat i ögonen, och tar handen från munnen och ser på den; den är blodig, en sträng av blod rinner från hennes läpp nerför hakan och droppar ner i sängen och jag fryser till is. Hon skriker åt mig, en svada på något språk: ”Mine põrgu suhuvõtja! Mine persse!” och man förstår inget och samtidigt allt och hon stirrar och pekar utåt hallen. ”Out!” skriker hon sedan, reser sig och jag står som förlamad medan hon slår mig i bröstet, knuffar, vrålar ”Go! Go!” och till slut vill benen röra sig igen och jag vänder och stapplar ut.

De jublar och applåderar när jag kommer fram till bilen och jag blir stående, stödjer mig mot motorhuven, kallsvettas och det gungar utav bara fan medan de hojtar genom de nervevade rutorna.

”Det gick undan!”

”Det är väl klart, han har ju lagrat opp länge. Va, Jerker?”

”Kom nu inte och säg att vi inte visste precis vad du behöver!”

Det gungar och magen vänder sig och jag spyr ut pommessörja och öl och drink och kanske tårta och det stänker på mina skor. Sedan spyr jag en gång till och jag fryser något fruktansvärt och Mats kommer ut och leder mig runt bilen, skickar bak Sören och sätter mig därfram. Rotar i handskfacket och får fram en plastpåse som han ger till mig och jag fryser som en hund. Sitter och darrar och skakar och motorn brummar och gatlyktorna flimrar förbi och de klappar mig på ryggen och jag sitter framåtlutad och håller i påsen och undrar när nästa ska komma. Mats kastar blickar åt sidan på mig.

”Var har du jackan?” undrar han och jag vickar sakta på huvudet.

”Hann du med nåt innan du blev dålig?” frågar Staffan och han är väl mån om pengarna de lagt ner. Så småningom slutar jag darra och blir som ljum och lite tom inombords och jag stör mig på den tryckande tystnaden i bilen och tänker att jag vill sjunga något. Månen tittar in genom sidorutan och jag ylar åt den.

”Jerker …”, säger Sören och jag avbryter honom för jag vill inte höra. Nu ska vi sjunga, det är min födelsedag och jag bestämmer och jag sätter igång, men tråkmånsarna sjunger inte med.

”Kom igen nu!” försöker jag. ”Åskan har gått. Och om kvällen blir det möööörkt, stjärnorna syns nu på himlen igen! Allt jag vill haaa. Är ett halsband av koraaall! Ingenting annat, det kostar för my...”

Jag böjer mig fram och spyr i påsen, sitter och andas och Mats lutar sig över och öppnar handskfacket, ger mig en dassrulle och jag torkar mig om munnen och snyter mig och tårarna kommer igen, rinner, rinner och ljusen ute står still nu och jag känner en hand på axeln.

”Jerker”, säger Sören. ”Vi är framme nu. Nu går vi och lägger dig i säng.”

”Jag är så jävla tråkig”, snörvlar jag fram och han går ut och runt och öppnar bildörren åt mig. ”I'm so really really boring.”

”Ut med benen bara”, säger han och jag lyder och han tar tag under armarna och lyfter upp mig och jag hänger mig om hans hals för allt är förlorat.

Jag vaknar till och försöker fatta var jag är, och det är bäddsoffan, inser jag snart, men den är inte utfälld och jag ligger på den med kläderna på och en filt över mig och jag känner mig yr och lätt i skallen som om den vore tom eller fylld med helium och som helt blank. Det är något rabalder däruppe, arga röster och lite slammer; det är väl det jag vaknat av och jag sätter mig upp. Sparkar till något, en hink, som Sören nog har ställt där utifall att jag skulle behöva den. Reser mig för att gå upp och kolla, men det gungar till och yrseln slår på och knäna ger efter och jag dunsar ner på soffan igen. Håller fast huvudet tills det börjar gå över lite och det lugnar sig snart däruppe, bara röster nu, lägre. Jag undrar vad klockan är och känner efter mobilen på bordet, men hittar den inte och det snurrar rätt bra fortfarande. Sedan exploderar lyset i ansiktet på mig, bränner sig in och jag vänder mig undan och får upp armen över ögonen och hör hur det knakar i trappan.

”För i helvete!” säger jag men det blir mest krax och ögonen börjar så småningom vänja sig och jag kan kisa över armen. Då står det en där, alldeles framför mig där jag sitter i soffan, ett jäkla monster, stor som ett hus och en massa ärr i ansiktet fast ändå med snälla rynkor kring ögonen, som en ärrig Karelin. Han står och tuggar tuggummi och jag undrar om det är spriten eller vad det är, för det är helt jävla overkligt.

”Du är ju full som ett ägg”, säger han och ser bister ut framför mig och han har något bylsigt i famnen. ”Det får vi ordna med först så du hör och fattar vad man har att säga. Här har du din jacka.”

Han slänger det bylsiga på mig och nog fan är det min jacka.

”Tack”, säger jag.

”Gädda?” hörs det bakifrån och jag ser mig över axeln. Sören står uppe i trappen och håller sig för ögat och ser orolig ut. ”Gädda, hör nu. Det här är mitt fel. Låt han vara så ordnar vi opp det, du och jag.”

”Håll käften och fixa en kopp kaffe.” Sören öppnar mun för att svara något, men besten framför mig glor på honom och lägger armarna i kors. ”Nu”, säger han och Sören med sina nittiofem pannor ser rent fjuttig ut i jämförelse med besten och smiter ut genom dörren däruppe. Jag börjar skratta för det är så absurt och han ser så larvig ut där han står och blänger med armarna i kors, besten, och store, tuffe Sören som bara följer minsta lilla vink. Och han vänder sig mot mig och skakar på det ärriga huvudet och småskrattar han med.

”Det var väl som jag misstänkte. Du är för plakat du, för att ens bli orolig”, mumlar han och ser sig omkring i rummet, går bort till verkstadsdörren, öppnar och tittar in. Tänder lyset där också. Jag känner på jackan. Plånboken är där och mobilen med, det var ju för väl och jag kollar klockan, hon är nästan halv fem och i det ögonblicket slår det mig var jag glömde jackan och det hugger ner en istapp längs ryggraden på mig och huden prickar sig som fryskallt och kokhett på samma gång. Besten kommer gående mot mig igen och hjärtat dundrar och slår extraslag och han lutar sig över mig och jag försöker öppna käften men får inte ut ett ljud.

”Jaha du, nu börjar det klarna”, säger han med ansiktet tätt intill och det slår en pust av mint mot mig och när han hugger tag i mig, lyfter mig utan ansträngning som om jag vore fem år gammal, så känner jag hur det släpper för mig, blir varmt i jeansen, hur det rinner ner längs benet. Och jag börjar skrika och sparka av skräck medan han bär mig ut mot verkstan.

”Tyst”, säger han och klämmer till och jag blir som lam i hans armar. Han går ut genom dörren, förbi cyklarna och värmepumpen och trycker in mig i duschkabinen och jag rasar ner i en hög på golvet. Han slår på kallvattnet och det brinner i huden, så kallt är det, och jag skriker och sprattlar men han håller ledigt fast mig med ena monsterhanden och spolar med den andra. Han stänger av till slut och jag ligger där på golvet och darrar och försöker andas och Sören kommer ut med en kaffemugg och håller en kylklamp över ögat. Besten tar muggen och sätter mig upp, säger: ”Drick nu”, och trycker muggen i ansiktet på mig så det skvimpar upp över munnen och det bränner och jag skriker.

”Gädda”, säger Sören.

”Gå du, jag kommer upp sen om du nu tvunget vill diskutera mer”, säger Gädda och vänder sig mot mig igen när Sören smiter iväg. ”Ursäkta”, säger han och spolar lite kallvatten från duschen i muggen och sträcker fram den igen. ”Drick nu upp ordentligt.”

Jag tar muggen och han ser nöjt på medan jag dricker och läpparna bränner men det är lite varmt i alla fall där jag sitter och huttrar med isande kläder. När jag tömt muggen tar han den ifrån mig.

”Så. Nu när du är vaken och har nyktrat till lite ska vi prata du och jag”, säger han och lyfter upp mig. ”Kan du stå?”

Jag nickar och han leder ut mig och det rinner från mina kläder över heltäckningsmattan. Han sätter ner mig på soffbordet och sätter sig själv tillrätta i soffan. Lutar sig fram och vilar armbågarna på knäna. Pratar med mig, sakta och övertydligt, som om jag vore ett barn eller efterbliven.

”Regeln är att ingen träffar flickorna utan att ha gått en liten kurs i ordning och uppförande och blivit godkänd, då får man bland annat veta att man absolut inte får boka tid och sen låta nån annan gå istället. Inte heller att man får vara packad när man träffar dem. Det kunde naturligtvis inte du veta, det förstår jag, det är det Sören som får stå till svars för. Är du med så långt?”

Jag sitter och huttrar och skallrar tänder och jag hör Sören och Britta däruppe. Vad fan är det vi har ställt till med; hon skriker åt honom med hysteri och skräck i rösten och han försöker lugna och det känns som jag kommer gå i kras vilken sekund som helst.

”Lyssna på mig istället du”, säger Gädda. ”Förstår du?”

Jag nickar.

”Bra”, säger han. ”Dumhet finns det ingen hjälprå för. Mot den kämpar själva gudarna förgäves, men okunnighet kan man råda bot på genom utbildning. Vissa saker tillhör ju allmän hyfs, Jerker, och det borde väl du ha förstått även utan kurs, att man aldrig, aldrig får bruka nåt som helst våld mot flickorna.”

Han lyfter på ögonbrynen och de där skrattrynkorna han har slätas ut. Jag nickar till svar.

”Man ska överhuvudtaget inte slå på såna som är svagare och du är ju en vuxen man så det här borde du egentligen veta sen länge. Uppenbarligen inte, och det är därför vi sitter här nu och samtalar. Och jag gör bara ett litet undantag från den tämligen enkla regeln för dig nu, och jag tycker inte särdeles om det, men det är för din egen skull. Bara för att kunskapen ska fastna ordentligt och sitta kvar ett slag och dessutom som stöd för minnet så du inte ska vakna imorgon och tro att allt det här bara varit en nattmara. Förstår du?"

Jag tittar ner i vattenpölen vid mina fötter.

"Förstår du, Jerker? Se på mig och svara ordentligt."

Jag lyfter blicken och han har rest sig och ser på mig med ett bekymrat uttryck.

"Ja", säger jag och hinner knappt se näven ens.

När jag kommer till sans har vi bytt plats; jag sitter i soffan och det spränger i halva ansiktet, vänsterögat är igenmurat. Han sitter mittemot på soffbordet en bit ifrån vattenpölen och ser på mig. Plockar fram ett anteckningsblock ur innerfickan när han tycker att jag är vaken nog.

"Då skriver vi en liten faktura tillsammans", säger han och börjar skriva. "A&O, det är ett litet fortbildnings- och kursverksamhetsföretag som man driver här. Femtontusen till flickan för sveda och förlorad arbetsinkomst, för inte kan hon jobba med en sprucken och svullen läpp, det begriper du nog. Det är för det första inte attraktivt och för det andra bjuder det i värsta fall in till mer besvärligheter. Okunniga människor kan ju få för sig att det är tillåtet att bete sig på det viset om andra redan gjort det före, om du förstår. Sen tio till mig, utöver tusingen du hade i plånboken, och det är inklusive OB för helg och natt och att man får rycka ut akut såhär och köra hela vägen från Njutånger när kunskaperna tryter och hålla föreläsning, en lektion i kärlek."

Han blinkar åt mig och fortsätter: "Man får ta det med lite humor i den här branschen, annars hade man inte stått ut en vecka ens, och jag beklagar summan men det är ink moms och sociala.

Det blir bara en tre, fyra över till mig själv efter skatt, så det är inte som jag försöker skinna dig. Och det är värdefulla kunskaper du får för dina pengar, som du väl behövde. Jag är inte så kinkig av mig så vi säger femton dagar, som brukligt. Jag skriver upp bankgirot här. Du är ju en lärd man med utbildning nu, så det här behöver jag väl inte säga till dig, att det finns många sätt att göra livet surt för den som inte betalar i tid eller får för sig att prata för mycket."

Han ger mig en frågande blick och jag skakar på det sprängande huvudet.

"Bra. Nu skulle du egentligen få åka med och säga förlåt, men hon vill inte se röken av dig", säger han och reser sig. "Lägg nåt kallt på det där, det hjälper."

Han river av pappret från anteckningsblocket och lägger det på soffbordet framför mig. Går bort till trappen och tar ett steg upp men vänder sig sedan om.

"Ja, det var ju lite underligt att det var din jacka och ditt körkort jag hittade när det var Sören som bokat tiden, men det hela föll ju på plats sen när Jonna sade hon att hon hette – det är väl din dotter det? – förklarade att det var här du bodde. Men hon såg inte så glad ut direkt över att behöva gå upp mitt i natten och öppna när jag knackade på, så vad jag skulle komma till är det att du får hälsa och be så mycket om ursäkt från mig, även om jag faktiskt tycker att det främst är din egen skuld. Och med det sagt tycker jag att du ska lägga allt det här bakom dig, det är över nu, och du har säkerligen lärt dig läxan. Tänk på nåt roligare istället. Du ska ju bli morfar, till exempel. Det blir väl skoj? Godnatt."

Han nickar, försvinner uppför trappen och de arga stämmorna tystnar. Kort därefter slår ytterdörren igen och sedan kommer Sören nerdundrande för trappen med sin kylklamp för ögat och jag önskar jag hade en likadan och han glor och gormar långt borta någonstans.

”Vad fan, du slog henne! Är du helt jävla svagsint? Vad fan är det för jävla fel på dig, Jerker?”

Han försvinner upp igen, slår igen dörren hårt efter sig. Jag känner hur jag är på väg att slockna, krånglar av mig de våta kläderna och välter bak i soffan. Det sista jag hör uppifrån är Brittas röst, skriker gör hon:

”Han ska ut härifrån! Fattar du det? Imorgon ska han ut!”

Morfar?

*

8

Eva, december 2005

Till slut får jag nog av det flämtande lysröret – en elektrisk parodi på ett stearinljus i oroligt drag – och slår av brytaren. Lampspalten närmast fönstren slocknar och när det varmare molndämpade vinterskenet får en chans att leta sig in blir ljuset också behagligare: blåtonerna i hennes bleka hud mildras, det orangeröda blir djupare i hennes hår. Jag släcker även den andra spalten och genast är hon en alv istället för en häxa.

”Är det okej?” frågar jag och får mumlanden jag tolkar som bifall till svar från bänkraderna. Hon ser på mig från sin plats, lite avsides på flanken, antyder en nick och jag förstår ju varför, förstår precis. Dragningen. Den lilla rysningen längs ryggraden. Varför blicken landar där hela tiden. För hon är allt Sónia inte är. Hon är sval och blek och lång. Ung och lite återhållet trumpen. Hennes sällsynta leende en glimrande belöning; man bara måste locka fram det igen. Min Sónia döljer inga känslor. Hon är het och kort och mörk, skrattar nästan jämt. Skrämmer bort bekymren med just skrattet, betvingar allt det svåra med det och jag vet fortfarande inte om man får göra så verkligen, om det inte egentligen är att beteckna som fusk. Jag ser ut över bänkraderna, orden flödar närmast av sig själva:

"Observerade skillnader som ständigt återkommer, åtminstone i västvärlden, och ni har hört det här till leda säkert: Män är i större utsträckning resultatorienterade, sakliga, följer övergripande allmänna principer om regler som ska gälla lika för alla och är rädda för intimitet. Kvinnor är i högre grad än männen relationsorienterade, känslomässiga, tar hänsyn till omständigheterna snarare än går efter principer vad gäller regler och söker intimitet."

När jag säger *intimitet,* drar ut på det, *in-ti-mi-tet,* möter hon min blick som letat sig dit igen och jag väjer undan, sveper vidare och hittar en helt oskyldig pojke att spänna ögonen i. Han skruvar osäkert på sig. Hon är skärpt, jag vet det, annars hade inte känslan kommit smygande och jag kommer på mig själv med att raljera mer än vanligt med vissa av A-kursstudenternas medhavda vulgärideologiska skygglappar, bara för att försöka locka fram det igen. Leendet.

"Vi skulle kunna nöja oss där, peka finger och kalla männen för instrumentella, rigida, oempatiska och känslomässigt underutvecklade jämfört med kvinnorna. Ni känner igen egenskaperna? Psykopater i värsta fall. Nördiga Märklinfetischister eller inbundna samlare av superhjälteserier i bästa ..."

Pojken sprattlar till under min blick, en groda inför skalpellen, men fogar sig i sitt öde, sänker skuldmedvetet huvudet, vänder upp den bleka magen för välförtjänt uppfläkning och dissektion. Vansinnigt nog är det oftast killarna som framhärdar, de heterosexuella. De som hittar hit till institutionen bär årtusenden av patriarkal skuld på sina taniga pojkaxlar. De skäms som hundar på hela sitt köns vägnar och sumpar sällan ett tillfälle att brista ut i mea culpa, mea culpa! Tillfällen råder det inte heller brist på här. Ge dem ett gissel och en klostercell så blir de lyckliga, gänget därbak. Jag ler mot stackarn för att mildra mina ord och vänder blicken mot samlingen av rakryggade flickor med korslagda armar och bister kvinna-ta-din-rätt-uppsyn.

”Men nu är det genusvetenskap vi sysslar med, inte plakatfeminism, och de tidigare nämnda kvinnliga egenskaperna, om de är tillräckligt framträdande, motsvarar faktiskt mer eller mindre en borderlinediagnos. Jämrans också.”

I ögonvrån ser jag henne. Leendet är snarast pliktskyldigt. *Yond Cassia has a lean and hungry look. She thinks too much; such women are dangerous.* Det är öppna dörrar jag slår in, förmodligen. Nivån är för låg, hon nedlåter sig inte.

”Inbilla er alltså inte att ni kommer att få världen förenklad eller förklarad för er. Och definitivt inte genom nån reflexmässig hänvisning till könsmaktsordningen eller det patriarkala förtrycket varje gång vi stöter på missförhållanden och analyserar samhälleliga och psykologiska fenomen. Tvärtom hoppas jag kunna komplicera saker och ting för er en smula, och få er att betrakta och begrunda saker och ting ur flera vinklar och perspektiv. Om ni tycker att den ansatsen verkar ointressant eller ovidkommande, eftersom vi ändå egentligen alla vet vems fel allting är, så är det nog bättre att ni går ner på Vasagatan och reclaimar nåt istället för att söka till B-kursen.”

Nu ler hon faktiskt lite grann, otvunget, just som solen letar sig in och får fräknarna i hennes ansikte att glimra. Det sticker lite i mina fingertoppar och i ansiktet av tillfredsställelse och jag känner mig larvigt ömkansvärd, gamla tanten, men samtidigt upprymd. Så jag ger efter, släpper ut blicken ur sin politiska korrigeringsanstalt där den ylar i sin cell och kastar sig mot väggarna: min skamlösa blick, min male gaze. Den överger henne för en stund, sliter sig loss och sveper ut över salen för att ge alla en ärlig chans att bli orättvist bedömda.

”Frågan blir då: hur går vi bakom de könsskillnader som gång på gång beskrivits i genusforskningen, de jag tog upp innan och alla andra. Om vi då, istället för att observera allt som är fel här i samhället och världen för att hitta nån att lägga skulden på, skulle ta och ställa oss frågan varför de mönster återkommer, generation efter generation, som delar upp världen i manligt och kvinnligt. Oftast helt arbiträrt när det som är manligt i en kultur är kvinnligt i en annan. Om ni nån gång skulle träffa en massajkrigare skulle ni uppfatta honom som en superfjolla, medan de själva ser sig som sinnebilden av manlighet …”

Plötsligt finner jag mig själsligen befryndad med de gamla libertinerna till litteraturföreläsare jag hade i Uppsala för mer än tjugo år sedan. De hade ett gott öga till alla sina tedrickande studentskor som ibland knackade på för att fråga om något och bestod oss alla med små vänligheter och komplimanger. Även mig, fast de mycket väl visste vem och vad jag var. De kunde helt enkelt inte låta bli, ett sympatiskt drag, eller kanske i mitt fall, en ren provokation. ”God morgon, patriarker!” hälsade jag. ”Nämen, hej lilla gumman”, svarade de och vi log ömsesidigt åt våra roller, åt vilka vi var och vad vi representerade. Gamla tänker jag på dem som, men de var väl då som jag är nu – och gjorde likadant. Min blick är som deras, ni skulle bara veta, kära studenter, den finns till och med här i den genusvetenskapliga institutionens hjärta, era stackare. Om det är det ni inbillar er att ni lyckats undfly. Så går det när själva föreläsningen går på rutin, hållen hundra gånger förut och min blick dömer fort, den värderar och sorterar, en modellmamma på jakt efter något nytt, eller kanske något klassiskt som kan återanvändas, medan föreläsaren i mig inte lämnar några öppningar för slumpen eller det oförutsedda. Jag är helt enkelt inte längre lämplig, ärligt talat, och borde göra något annat.

”Så hur reproduceras de mönster som begränsar vårt handlingsutrymme enbart på grund av kön, som gör det svårt för oss, nästintill omöjligt, att förstå oss på varandras respektive konstigheter? Måste man byta gardiner jämt? Måste man ens ha gardiner? Eller: är det verkligen nödvändigt för självbilden att kissa så det skvalar? Måste man ens stå upp? Mönstren som ger oss könsspecifika neuroser och en begränsad uppsättning psykologiska verktyg och copingstrategier för att hantera våra respektive neuroser. Som gör oss till halva människor med halva verktygslådor.”

Det hela går på retorisk automatik och min blick glider vidare; ligger befrielsen i att slippa den blicken, i att locka den eller i att tillägna sig den, flickor och pojkar? Snabbt sveper den, lite besviket ska erkännas, förbi dem med stålverk i ansiktet och mer eller mindre kala huvuden, där det utomparlamentariska gatumodet av allt att döma denna vinter föreskriver spridda sparade tofsar i två till tre nyanser. För så gammalmodig är jag, återigen i likhet med mina gamla stötar på littvet, att det är någon form av skönhet, hållning i ett vidare begrepp, ibland stil eller attityd, som väcker min nyfikenhet eller lust, och inte ett brutalt uttryck. Så ni har faktiskt lyckats, skrothandlarflickor, man får lov att gratulera. Ni löper ingen risk att bli sexuellt objektifierade av någon äcklig, snuskig gammal schöngeistgubbe. Eller dito kärring. Därmed inte sagt att ni undgår att placeras i ett fack, stuvas undan och bli avfärdade på tre underläppspiercade sekunder när ni träffar någon utanför er egen ingrupp. Men den sortens objektifiering, den sociala, bekommer er kanske inte? Ni speglar er i varandra istället, ser varandra som subjekt och hela människor. Det är inte så svårt, mina sköna, när det enda ni ser är reflektioner av er själva.

Eller bekymrar jag mig i onödan, flickor? Är ni kanske bara hycklare och objektifierar varandra i det privata lika mycket som vilken ful gubbe, misogyn pösmunk eller sprängfylld tonårspojke som helst, men menar att det bara är förnedrande och vidrigt när de gör det i offentligheten, som maktens representanter, eller vad ni nu kan komma på för att ursäkta dubbelmoralen.

”Så hur går det egentligen till när vi tillägnar oss allt detta? Jo, det börjar nämligen långt innan manssamhället och makten fått grepp om oss, långt innan vi ens uppfattar, än mindre internaliserar, de reaktionära mediebilderna av handlingskraftiga män och sköna kvinnor. Den kvinnliga intimiteten, relationsorienteringen och det manliga oberoendet och intresset för den fysiska världen uppmuntras redan från första början. En klarsynt kvinna vid namn Carol Klein kände det här på sig och beslöt sig för att undersöka mödrar med ettåriga barn, studien finns i ert kompendium. Små flickor och pojkar slår sig såklart ibland och reagerar då naturligtvis på samma sätt. De springer till mamman och gnäller och gråter. När en flicka kommer till mamman för tröst blir hon upplyft och omkramad och mamman ger ett mjukisdjur till henne. När en pojke kommer till mamman tar hon fram en plastring, visar den för pojkbebisen, rullar den över golvet och säger: 'Ser du ringen? Hämta ringen till mamma! Ta ringen!'”

Min gaze snuddar flyktigt vid en ung kille med slänglugg och manchesterkavaj, en återfödd 68:a kanske, men dras irriterat tillbaka till de rostfria flatorna. På min tid var det tjugotalslook som gällde, tyvärr i mitt fall, eftersom jag inte såg klok ut i bobfrisyr och fick ha Garbokostym istället för flapperklänningar och silkesstrumpor. Hur som helst var det absolut inte så uteslutande, man var glad över att ha hittat ett likasinnat umgänge och brydde sig inte nämnvärt om yttre attribut, skapade inte exkluderande småklubbar för inbördes bekräftelse. Inbillar jag mig.

”Om vi kvinnor nånsin ska kunna inta en rättmätig och jämställd plats i det offentliga rummet handlar det främst om att lyckas medvetandegöra, analysera och omprogrammera en reproducerad och internaliserad förment kvinnlig identitet, rester av historiskt avskräde, som vi alltså allra först och främst har – lyssna nu noga – våra mammor att tacka för. Samhället har utvecklats i rasande fart, men män och kvinnor bär fortfarande omkring på socialt och psykologiskt bråte från en tid när vår kronsessas namne blundade och tänkte på England, undra på att vi mår dåligt."

Jag blir dock lite nyfiken på hur mycket det skramlar när ni älskar, o ni skruvburksmaracas, för älskar det gör ni väl nog ändå? Inte som heteroflickorna på mittraden, de förment feministiska med armarna i kors. De som ser samhällets maktstrukturer förkroppsligade i könsakten och därigenom, stackars jävlar, har fått den nedsolkad och antingen inte tål den eller skäms i djupet av sin existens om de faktiskt skulle njuta av den. Hur gör ni när era kroppar vägrar ta sitt politiska förnuft till fånga och känslorna väller fram, denna förunderliga längtan efter underkastelse eller makt, jagupplösning eller herravälde? Tvingar ni era stackars hunsade pojkvänner som även de skäms, över sina patriarkalt förtryckande drifter, att älska jämställt, det vill säga på neurotiska heterokvinnors villkor? Och hur går det till rent praktiskt? Man föreställer sig något sådär helylle, hälsosamt friskvårdsaktigt, respektfullt och välsignat halal och kosher. Inga tvetydigheter, inga rollspel, definitivt inga maktlekar. Parterna under hela akten nogsamt aktande att inte låta sig svepas iväg och råka objektifiera varandra, gudbevars. Minns att människan under dig, över dig, bredvid dig, i dig, du i henne, som gnyr okontrollerat, kulspruteaktigt, u-uh-u-u-uh-u-uh, med förvridet ansikte i ett helt främmande tonläge är ett reflekterande, inkännande och unikt subjekt med egen vilja och ambitioner. Inget skälvande njutande djur, o nej. Inte något oscillerande svart hål bortom alla tankar. För i helvete, befria varandra! Ta vara på de dyra tillfällena i livet när ni för ett ögonblick slipper vara människor: förtryckta, civilisationsbyggande neurotiker. Slipper vara dessa förbannade subjekt.

"Den vår relationella orientering som gjort kvinnor från övreståndsmiljö alldeles utmärkt lämpade att brodera, skvallra med bekanta, hålla gubben på gott humör och köra med personalen, respektive vår omsorg om nära och kära, som gjort dem från underklassen till experter på att nedvärdera sig själva medan de utstår livslångt otröstligt slit, föder skaror av barn utan att knota och uppfostrar dem till nya småpåvar och patriarker respektive förekommande och omhändertagande duktiga flickor. Men den relationella orienteringen och omsorgen, som vi beroende på vilken falang vi tillhör antingen hyllar som bevis för vår etiska överlägsenhet och vill föra fram som allmänt rättesnöre, eller kasta i soporna tillsammans med alla andra bojor som patriarkatet fjättrat oss med, måste uppenbarligen kompletteras. Inget ont om egenskaperna i sig, de är väl värda att behålla, men kanske inte att förhärliga, för de räcker uppenbarligen inte till för att vi ska kunna fungera ute i det moderna samhällets offentlighet där hälften av oss förr eller senare drabbas av stressyndrom, utbrändhet, utmattningsdepression eller vad man nu kallar det i år ..."

En i mea culpa-gänget viftar med handen, deras talesman. Det är tredje passet jag har dem och jag borde verkligen ha lärt mig hans namn vid det här laget.

"Ja?"

"Men det är ju männens offentlighet, som de ... som vi har skapat efter våra egna spelregler."

Varför undervisar jag på A-nivån? Jag kan inte göra något för dem. Första året består enbart i att röja bort gammalt skräp och städa. Det patriarkala samhällets ogenomlysta normer och sexualskräck, fördummande gammalt bibliskt bråte. De olika feminismernas fingerpekande och förenklingar. Och tunnelseendet och sexualskräcken som är lika stor där, rädsla förklädd till moral. Slagordssanningar så urvattnade att de tappat allt förklaringsvärde. Reflexen att ständigt vilja ställa det kvinnliga mot det manliga istället för att genomlysa båda de rangligt neurotiska konstruktionerna, de två Pisatorn som håller sig upprätta enbart genom att stå nödtorftigt lutade mot varandra alltmedan världen snurrar allt snabbare och puts och takpannor flyger. Utrensning, allt ska bort!

”Naturligtvis, en mansvärld, männens språk, männens regler, men menar du då att de egenskaper som krävs där inte går att lära sig för en kvinna? På samma sätt som män är genetiskt oförmögna att till exempel byta blöjor eller hjälpa morfar i duschen? Eller menar du kanske att man skulle ha förlorat nåt centralt i sin kvinnlighet om man klarar av att hävda sig i det offentliga rummet, om man lyckas spela det spelet också? Och kanske blir lite som en man, hemska tanke? Thatcher?” säger jag, men henne är de ju för unga för, de flesta. ”Som Angela Merkel?” säger jag. ”Är hon en riktig kvinna? Men det enda hon avstått från eller försakat är sin fåfänga, den tvivelaktiga rättigheten att använda sex som maktmedel, nåt hon kanske ändå inte hade förutsättningar att göra särdeles framgångsrikt, så offret kanske inte var så stort. Det är allt hon behövt göra för att komma till maktens centrum, till och med i ett land med i övrigt väldigt förstockade genusroller, de har knappt några dagis ens. Det är inte en slump att hon växte upp i DDR. Och det är naturligtvis en kvinnas rätt att klä sig hur som helst var som helst kan man tycka, i individualismens namn, men en push upbehå har som jag ser det, jag är månne konservativ, inte i ett styrelserum att göra, åtminstone inte så länge männen i samma rum tacknämligt nog avstår från motsvarigheten att stoppa tubsockor i kalsongerna. Då hamnar fokus på fel saker. Och att ge upp det är inte att ge upp ett uns av sin kvinnlighet om begreppet alls ska stå för nåt som är värt att bevara.”

Fokus: med just det ordet är jag ironiskt nog tillbaka hos henne, blicken i skön vila från metall och sura miner. Det är svalt i salen och hon har hängt jackan över axlarna, skapar spänning och dynamik genom att kontrastera det anemiska, vidjespröda med en arméjacka. Men den är definitivt för kall för vintern därute; med den kroppen och hudfärgen är hon säkert frusen. Valet träffat mellan det förnuftiga och det sköna. Under jackan, blusen: enkel, vit. Ett djupt, uppknäppt V ner mellan små, brett sittande bröst som, trots att blusen är snäv, knappt mer än anas förrän hennes små rörelser när hon antecknar ett eller annat gör att skuggorna faller annorlunda över tyget. Eller så klottrar hon bara, så mycket minnesvärt har jag inte sagt än; kanske en karikatyr av sin tantsjuka föreläsare. Huden som blottas är blek, så blek, och tätt beströdd med lysande fräknar nerför halsen, ner, ner, ner i blusens uppknäppta V och jag vill bara fortsätta, anar knapparnas släta välvning i fingertopparna.

”Ett barn vid tolv års ålder, när grunden för identiteten kan sägas vara lagd, den identitet som nu står inför den omvälvning som puberteten och det sexuella uppvaknandet utgör, har tillbringat i runda slängar tjugo gånger mer tid tillsammans med vuxna kvinnor än med vuxna män. I hemmet, på dagis, i småskolan, överallt bara kvinnor. Det lär inte bli bättre nu när de fåtaliga männen i barnomsorgen undan för undan flyr yrket eftersom de inte längre bara ses som allmänt kufiga velourtomtar utan som presumtiva pedofiler. Det är snudd på enbart inom idrottsrörelsen som barn undantagsvis kan stöta på män i fostrande roller. Vi ska även komma att ta en titt på vad detta kan föra med sig framöver.”

Mea culpa-killen vill ha replik. Han skruvar irriterat på sig med armen halvt uppe, men jag släpper inte in honom. Hittar en gyllenslingad, smal pojke i vita jeans och tajt t-tröja, med vältecknade om än ganska små muskler under. Han och hans likar svär sig, helt i motsats till heteropojkarna, fria från allt ansvar. De tillhör nämligen en förtryckt minoritet, de och butcharna. Visar en häpnadsväckande hycklartalang när de tolkar alla utsagor eller påståenden om den egna gruppen som grovt kränkande samtidigt som de i diskussionerna förtjust hjälper till att baxa upp ytterligare några knippen självförakt på de självkastrerande heteropojkarnas tacksamt krökta flagellantryggar.

”Och även undersöka vad hbt-rörelsen eventuellt bidrar med, om nåt. Vi klappar oss ofta själva på axeln för att vi utmanar samhället genom att inte gömma oss längre utan kräva dess respekt och sätter en stolthet i att vi trotsar genusnormerna. Men är det inte så att många av oss egentligen bara tydliggör och bekräftar rollerna genom att iklä oss dem i nästintill parodiskt mått. Verktygslådan är lika halverad, vi har bara bytt det egna könets rollrepertoar mot det motsattas. Vari ligger värdet i att homovärlden bryter sig loss från samhällets förväntningar och normer och kommer ut för att leva sina egenvalda liv om de ändå faller in i lika begränsande rollmönster? Ut ur ett fängelse och direkt in i ett annat. Vem har förbjudit fjollor att lyssna på death metal och byta däck på bilen. Patriarkatet?”

Nej, vad världen behöver är inte fler män som beter sig som kvinnor, extra allt med sprejgrädde och ett körsbär högst upp och vice versa, utan fler män och kvinnor som beter sig som folk och inte stympar sina livsregister, oavsett vilka de föredrar att ha sex med och helt bortsett från den totalt irrelevanta frågan om de vill ligga underst eller överst, sluka, slukas, omsluta eller penetrera.

Jag tystnar, har tappat tråden. Sade jag det där sista högt eller tänkte jag det bara? De storögt häpna, blanka eller öppet irriterade uttrycken har redan sett ut sådär i en kvart nu och kan inte ge några ledtrådar. Jag drar händerna över ansiktet, suckar och ger dem ett ursäktande leende. Känner hur blekt det måste vara och hoppas att det åtminstone för med sig att jag blir en smula mänskligare i deras ögon. De tittar tyst på mig.

”Förlåt. Var nånstans var jag?”

Det är hon som svarar, illgrönt och småleende: ”Du såg bristen på däcksbytande dödsmetallfjollor som central för genusfrågan.”

Hon belönas med lättat fnitter från bänkraderna och jag förtjänar det, ler tillbaka lite skamset.

”Precis”, säger jag och nickar, stämningen har blivit mindre tryckt och nu ler till och med mea culpa-killen. Jag passar på att skynda ihop en avslutning innan jag lyckas provocera någon igen och delar ut deras kompendier och hemuppgifter. Lättad och samtidigt lite illa berörd fångar jag in min estetiserande blick och trycker in den i sin madrasserade cell igen. Stänger och låser om den. Och om jag lämnar mina fördomar därhän och väljer en mer välvillig och inkännande syn kan jag till och med förstå skrothandlarflickorna; jag förstår befrielsen i att förkasta den traditionella kvinnlighetens yttre attribut och inte ställa upp på spelet, att trotsigt manifestera sitt utanförskap, tydligt, i själva kroppen, även om det inte varit min egen väg. Jag borde inte ha invändningar, de vidgar definitivt det mänskliga handlingsutrymmet om än kanske inte det egna. Där blev jag räddad av min alvflicka, tack du vackra för att du punkterade predikan; de kommer nog inte rikta några klagoböner till studierektorn riktigt än.

Efter att jag släppt iväg dem sätter jag mig och låtsas plocka bland mina papper. Andas ut lite medan de stimmar och packar ihop, driver ut genom dörren i klasar. Förlåt mig, pojkar och flickor, ni är vackra allihop. Det är säkert inget större fel på er egentligen och ni kan naturligtvis inte rå för att jobbet jag traktat efter gått till någon annan och att man sitter kvar på en sketen lektorstjänst med 50 procents undervisning när man ser sig som en av fältets främsta. Nej, ni har bara hamnat i skottlinjen för den smygande bitterheten; det att jag börjar tvivla på hela cirkusen, konkurrensen, antalet publicerade artiklar, antal källhänvisningar. Att tävlingsinstinkten börjat trubbas av och även känslan av att befinna sig i ett sammanhang. Man har gjort sina undersökningar, analyserat resultaten, som jag nu analyserar mig själv, och byggt vidare på andras idéer. Ibland formulerat egna åt andra att bygga vidare på.

Försökt att stävja en del av de befängda föreställningar som framkastats inom fältet. Ibland en känsla av att man faktiskt bidragit något till att vidga mänsklighetens kunskap och luckra upp gammal inskränkthet och idioti. En liten smula, säg att jag åstadkommit en liten smula åtminstone.

Surt, sade räven, det man inte lyckades få var i efterhand ändå inte värt att ha, och man börjar fundera på vad man kan göra, trots mammas ord, som bara är ens eget, som bara är för ens egen skull, något alltigenom egoistiskt, som man inte kan inbilla sig att man gör för mänskligheten, vetenskapen eller något jävla allmänna bästa; mänskligheten skiter ändå högaktningsfullt i vilket, tackar som frågar.

Och sedan skrattar man lite åt sin egen fantastiska självgodhet, att man förväntat sig att bli någon sorts profet, som den viktigpetter – förlåt, viktigpetra – man är, och då slår det till med full kraft. Det skriande obetydliga i det man sysslat med, en liten såpbubbla bara. Tanken är outhärdlig och man slår den åt sidan, kan inte ha offrat mer än tjugo år på något i slutändan fullkomligt meningslöst. Men för att få distans måste man göra något och tankarna börjar komma på att säga upp sig. Kasta loss och göra något helt annat. Något drastiskt som kan ge nya perspektiv. Kanske fullkomligt utmana sig själv och sina tidigare val och ställningstaganden här i livet, hemska tanke. Att omfamna den biologi man tidigare fnyst åt och viftat bort, den man valt att bortse från av ren princip, för att bevisa att den inte måste ha någon makt över en människas val och liv. En helt befängd tanke, kanske just därför plötsligt så lockande. Åtminstone ta långledigt från jobbet. Fyrahundraåttio dagar om jag minns lagstiftningen rätt.

Hon dröjer kvar, packar långsamt ihop sina grejer medan de andra störtar ut, lättade att slippa ifrån den gamla bitchen kan man anta, och trots den respit jag nu fått ser jag vare sig fram mot kursutvärderingarna i slutet av januari, eller prefektens bistra min och korsade armar när jag försöker förklara för henne att jag inte ska undervisa på nybörjarkursen, att jag inte har tålamodet och att jag kommer mycket bättre till min rätt på doktorandseminariet. Men jag får väl visa min soligaste uppenbarelse efter juluppehållet och försöka låta bli att slakta deras sorgliga papers och inlämningsuppgifter.

Medan jag samlar ihop mitt och hämtar kappan från galgen i hörnet försvinner de sista ut genom dörren, dundrar nerför villans trätrappa som knakar och gnisslar i protest. Nu är bara hon kvar. Hon ser på mig, knäpper sin jacka. Den är snäv, lite intagen för att följa kroppens linjer; hon skäms inte över sin kropp, dess magra kantighet. Inte heller över sin rödhårighet och sina fräknar; en silverinfattad bärnsten, stor som en enkrona, hänger i en kedja mot den vita huden och plockar upp hudens och hårets koppartoner, kontrasterat av jackans färg och de djupt liggande ögonens gröna. Hon framhäver sin kropp, sina färger, sig själv. Försöker inte dölja eller tillrättalägga för att bygga konventionellare skönhet. Försöker inte streta emot. Hon tycker uppenbarligen om sig själv, så befriande ovanligt, och då är det av sensualism hon visar upp sig och inte på grund av något tvångsmässigt bekräftelsebehov. Förlåt, jag kan inte rå för det. Det borde vara förbjudet för rödhåriga att klä sig i militärgrönt.

”Hur många barn har du?” frågar hon med huvudet lite på sned.

”En son”, halvljuger jag. Underförstått antas en kvinna väl ha burit barnet själv när den frågan ställs och besvaras. Och jo, det måste vara en enorm skillnad. Men det har å andra sidan inga pappor heller gjort, och inte adoptivmödrar, så jag kanske talar sanning i alla fall. Men Sónia och Fredrik har en väldigt egen relation. Det kan vara jag som tagit ett halvt steg tillbaka, det var ju hennes barn och jag som ställde upp på henne. Gav mitt nådiga tillstånd och försökte låta bli att låtsas om att det var ett ultimatum jag stod inför. Även där antar jag att det är likadant för många män. Sedan handlar det säkert om i vilken grad vi blir insläppta av de biologiska mammorna, de med besittningsrätten, som mutat in området. Åtminstone, och det är en trösterik tanke, slipper jag manskönets historiskt eviga gnagande oro över att avkomman möjligen inte skulle vara ens biologiska barn.

Tankarna glider iväg. Plötsligt disträ nu när jag äntligen har fått henne för mig själv. Hur fan ska jag ha det egentligen? Hon iakttar mig, som om hon väntar på ett svar.

"Förlåt, vad sade du?"

"Jag undrade om han sportar." Hon lyfter på ögonbrynen. "Så han får träffa lite manliga förebilder och bli en hel människa?"

Jag skrattar. Hon har mest suttit tyst under de tidigare föreläsningarna – inte för att jag givit dem överdrivet många tillfällen att prata – men nu kan jag höra värmländskan. Hennes ögon smalnar till springor när hon ler tillbaka. Blir som bara ett litet glimmer djupt därinne och det hettar i huden på mig.

"Nej, det kan jag inte påstå. Det var lite innebandy ett tag, men han tröttnade. Sportar du själv?"

"Inte nu längre", säger hon och tittar ner på sin kropp. "Tyvärr. Nån joggingrunda då och då, när samvetet börjar klia. Men jag krossade skolrekordet på milen i gymnasiet", säger hon och det kommer som en stöt i mellangärdet. Hon är jag är hon och det känns plötsligt som om jag är på väg att börja gråta. Jag knäpper kappan, taggarna utåt, drar på mig mössan. Det sticker i ögonen och jag tvingar fram ett leende, undviker hennes blick och klämmer mig förbi med ett "ursäkta". Förnimmer hennes doft, märker hennes förvåning, känner den undrande blicken i min nacke och ryser till. Låter handen glida på den blanknötta ledstången när jag går trappan ner och ut i Göteborgs evigt råfuktiga vinter.

Snön börjar bli moddig där solen legat på, döljer fläckar av ishalka i trapporna ner mot Götaplatsen och jag får navigera försiktigt. I skuggan biter kylan i ansiktet och flickan undrar väl vad det är för vrak hon fått till lektor som först tillbringar hela föreläsningen med att spana in henne och sedan rusar iväg med gråten i halsen. Det är den jävla ägglossningen naturligtvis. Blödig självömkan och fortplantningsdrift i en högst oskön blandning, månatligen återkommande. Missklädsam för alla, åtminstone alla över tjugofem. Och till vilken nytta, Eva, till vilken nytta? Jag slår undan henne, men minnena hon väckt låter sig inte jagas undan lika lätt, tankarna rastlösa och flackande alltsedan mamma dog, men vänder ständigt åter.

I början en smygande aning, något som inte gick att sätta ord på, inte då, inte än: att bli så oerhört fäst vid sin bästis. Man måste röra vid henne, lägga armen om, luta sig emot när man läser serier, irritationen när hon ständigt ska prata om killar, den ene eller andre, dessa ointressanta, meningslösa varelser, bullriga och bråkiga. Känslan av att vara generad i omklädnings- och duschrummen, men så uppenbart ensam om den känslan bland alla dessa skepnader som sorglöst tvålar in sig, blundar och vänder ansiktet mot duschstrålen medan man själv skyndar sig, vänder sig bort utan att riktigt förstå varför. Samtidigt förstulna ögonkast på de andra, deras kroppar, deras våta hår, munnar, ögon: att snabbt vända bort blicken om man möter någon annans, rodnaden.

Senare: killarna har omärkligt förvandlats till bundsförvanter i omedveten igenkänning. I gemensam förundran inför förvandlingen de spetiga flickorna genomgått, som i ett slag, ansiktena smalare med skarpare drag när barndomen börjar släppa taget, de mjukare linjerna har istället fallit ner över kroppen, över höfterna. Bröst, häpnadsväckande i sin mångfald; mina egna förblir små, små, små och jag skjuter i höjden ytterligare en gång när de andra istället stannar och fyller ut det de redan har. En kantig gestalt i spegeln, en sticka, planka. Befryndad med pojkarna även i det att finna glädje i kroppens rörelse, i den fysiska ansträngningen. De andra flickorna bråkar med sina nya kroppar, med sina nya ovana kilon på opraktiska ställen, ger snart upp och avstår helt från stora och snabba rörelser och förflyttningar, för att istället finslipa de små gesternas och åtbördernas färdigheter. Huvudets vinkling, tvinnandet av en hårslinga runt ett finger, att diskret gäspa med handen för munnen för att sedan oskyldigt sträcka på sig så att trycket mot blusen skingrar varje eventuellt tvivel om vilken sort de nu skulle tillhöra.

Medan de övar sina flickkonster gör jag pojkarna sällskap på idrottsplatsen, för Eva stillastående framför spegeln må ännu vara en benig och oskön giraff till uppenbarelse, men Eva i förflyttning är något annat; det är en vinthund. Det är smidighet och styrka, det är flytande, precisa rörelser och ett lätt och vägvinnande steg. Det är trummande puls, sinnlighet och kroppslighet, om än kysk, och distriktsrekord i höjd- och längdhopp. Friidrotten en tillflykt, den är ambition och distraktion, andfåddhet och endorfinrus. Tävlingsinstinkten vässas och trimmas, snart är den knivskarp och permanentad, en livslång följeslagerska. Och en utmattad Eva skjuter upp läxorna till morgonen därpå, duschar, äter och stupar sedan i drömlös, ofarlig sömn. Hinner inte, orkar inte tänka på mjuka nack- eller höftlinjer, läppar eller bröst.

Men allteftersom insikten mognar blir också rädslan för att bli avslöjad större. Något så oerhört måste ju rimligen märkas, kännas, synas. Sippra ur porerna, dunsta och lämna en kvardröjande lukt på huden som inte går att duscha bort. Varje gång någon ser på mig känner jag mig utpekad och till slut på en skoldans, disco hade vi börjat kalla det, ser jag ingen annan utväg än att manifestera min normalitet genom att fråga chans på en finnig och huvudet kortare pojke som jag böjer mig ner och byter lankiga kyssar med i uppehållsrummet under två veckors tid innan han, till min oerhörda lättnad och lika oerhörda grämelse, gör slut med motiveringen att jag bara vill hångla när det är andra omkring, aldrig när vi är ensamma – vilket jag sett till att vi varit så lite som möjligt – och att jag dessutom inte har några bröst.

Och jag viskar i hans öra: *Tror du att jag nånsin ville ha dig, ditt finniga lilla äckel? Skulle jag ha åtrått dig?* Det vrider sig i mig av minnet för så brådmoget uttrycker jag mig. *Vad fan inbillar du dig egentligen?* Men han skrattar mig bara upp i ansiktet, säger: ”Vem var det som började kladda på vem? Alltså, jag tyckte ju synd om dig bara”, och går rakryggat och flinande därifrån, som den moraliska, om det nu verkligen är rätta ordet, segraren.

När jag stänger ytterdörren om mig har jag jobbat upp en ansenlig irritation och rodnad; det är inte bara vinterkylan som givit mig rosor på kinderna och gjort mig avslöjande rödflammig på halsen och bröstet. Det är min förbannelse att hela världen, åtminstone den uppmärksammare delen, kan se när jag är kåt.

Jag hittar Sónia vid diskbänken med händerna i vasken. Hon ger mig ett leende över axeln. Vi är inget vackert par – det är någon storlek för mycket emellan som gör att vi inte blir stiligt kontrasterande utan bara lite klumpigt hopkomna och omatchade. Snygga var och en för sig och hittills hyggligt behagfullt drabbade av åldern. Ingen av oss kan klaga – hon är så liten, lätt och slät att åren inte hittar något fäste och jag kämpar emot som en vettvilling, med så pass mycket framgång att jag sporrats att inte ge upp kampen. Nu slipper vi se oss tillsammans särskilt ofta, kan njuta av åsynen av den andra och skyndar snabbt förbi eventuella hallspeglar. Jag ställer mig bakom och håller om henne. Lutar pannan mot hennes bakhuvud.

”Hej du”, säger hon och diskar vidare. Jag svarar inte, sänker ner händerna i diskvattnet, det svider och sticker i dem. Värmen sprider sig uppför armarna, ner längs ryggen, och ja, jag vill, och samtidigt, den senaste tiden: *allt det jag tänkt, men inte sagt*. Dikten bor i mig, knackar på ibland och dyker upp när man minst anar det, hur fortsätter den? *Ett ögonkast, en ordlös pakt*. Jag skakar hjälpligt av vattnet ner i vasken och för ner händerna i glipan mellan hennes svank och byxlinningen.

”Mm, du är visst kärvänlig”, säger hon.

”Det var en liten flicka på föreläsningen som väckte nåt”, erkänner jag.

”Ah, un objet trouvé”, säger hon och vänder sig mot mig. Franskan som alltid ett tecken på viss gäcksamhet. Mina händer glider ur hennes byxor i rörelsen. Hon knäpper lite diskmedelsskum i ansiktet på mig. ”Behöver jag bli orolig?”

”Aldrig”, säger jag troskyldigt och blinkar bort skum. Och jag menar det av hela mitt hjärta. Ändå ska jag snart, manligt nog, komma att först knulla dig, sedan få dig att gråta förtvivlat och ge mig av utan att ens trösta dig efter att ha ljugit dig rätt upp i ansiktet, gång på gång …

”Smal, lång, blond?” frågar hon.

”Rödhårig faktiskt”, svarar jag och det slår mig nu att hon ser ut som en tavla av Klimt. ”Hon ser ut som en tavla av Klimt.”

”Det låter nåt det”, säger hon. ”Vill du att vi tar en fika med henne?”

Jag överväger det, men nej, vad jag behöver för meningens skull, och sinnesfridens, rastlöshetens, för livets skull är inte någon ny liten historia – delad med Sónia, som allt annat, som allt alltid har varit. Inte någon liten äventyrslig flicka, en reflektion av den jag själv var för tjugofem år sedan, om än långt mer stilmedveten, som burit sin bortlängtan under långa gymnasieår ute i obygden, utmanat den egna kroppens gränser i hård träning, förläst sig på, i hennes fall säkert, Birgitta Stenberg och, äntligen, kommit mager och hungrig till storstaden för att utmana den och ta den i besittning. Hur söt hon än är med sin keltiskt fräkniga hy och sitt kopparhår i hästsvans mot arméjackan. Utan något helt, helt annat. Något helt eget. Att för en enda jävla gångs skull få strunta i att be om lov. Jag slår undan med händerna.

"Äh. Nej, det tror jag inte. Inte nu i alla fall."

Sónia rycker på axlarna och ler. Under lugg, om hon hade någon, istället en svart slinga rakt hår som trillar ner i ansiktet på henne när hon lutar huvudet fram.

"Du är lustig, du", säger hon. "Ibland vill du bli förförd själv istället, uppvaktad, min lilla garderobsfemme."

"Kalla mig inte det ...", försöker jag.

"Och helst av nån som är lik dig själv", fortsätter hon. "Näst mig är det dig själv du tänder på. Ja, inte mig emot, jag gillar ju din typ, älskling, men lite kul är det ändå. Är det nåt du tagit upp med din psyk..."

Jag lägger handen över hennes mun, stryper ordflödet, döljer kivleendet men det skiner ut i ögonen istället, glittrar. "Håll käft nån gång", säger jag och hon biter mig i tumroten, lägger tungspetsen mot min handflata. Jag drar handen upp över hennes kind, stryker bort hårslingan, drar fingrarna över hennes öra och sticker in dem i det tjocka svarta håret, som en kam. Sluter handen, tar tag och drar försiktigt men bestämt.

"Objektifiera mig", säger jag. "Hårt."

Efteråt ligger jag lite ovant på Sónias sida av sängen, tom, lättad, och ser upp på sprickorna i stuckaturen, inbillar mig att de från den något annorlunda vinkeln fått en fascinerande förskjutning.

Malandet i huvudet är borta under några tysta och befriade ögonblick, Sónia en varm hopkrupen klump på sidan med en hand mellan knäna, den andra vilande på min höft. Jag sparkar undan täcket som hamnat på mina fötter, hennes ögonlock öppnas i en minimal glipa och hon mumlar halvsovande.

”Väck mig halv två, jag måste till jobbet.”

Ögonblicken är korta, så korta och medan Sónias andhämtning blir tyngre glider jag själv iväg; jag kommer inte undan.

Darrande av ilska såg jag den finnige ansluta till sitt gäng, flina åt mitt håll. Aldrig att jag skulle förnedra mig så igen, ett trotsigt beslut på löprundan efter skolan med benen ilsket trummande mot backen: *jäv-la-skit, al-drig-mer, jäv-la-skit, al-drig-mer.* Insikten att det måste hållas hemligt, men också vägran att se mig själv som ett missfoster. Stoltheten, säkert från mamma och pappa som gjort egna erfarenheter av illvilligt tal, ett framhastat bröllop och min döde bror. Lyssna inte på skocken, men, allra helst, ge dem inget att skvallra om. En överlevnadsfilosofi som skulle komma att kapsejsa redan under jungfrufärden. Men i det ögonblicket: *AL-DRIG-MER-JÄV-LA-SKIT-AL-DRIG-MER-JÄV-LA-SKIT!* Vrede och personligt rekord med 35 sekunder på femkilometersrundan, dubbel stolthet och en fast föresats att lära mig mer om vem jag var, om min sort.

Sommaren efter nian en blek sommar, tillbringad på biblioteket just de veckor när mamma var ledig, bland böcker jag inte vågade låna hem, med att forska, nysta upp de fåtaliga antydningar och vinkar som jag snappat upp i skolan, från teve och radio. Det ena kunde ge en ledtråd till det andra. Karin Boye, naturligtvis, och hur kommer det sig att varenda grundskoleelev på sjuttiotalet kände till Boyes sexuella läggning, men inte för sitt liv kunde påminna sig om någon ytterligare lesbisk kvinna? Undra på att hon tog livet av sig, världens enda flata. Boye ledde till Sapfo, som ledde till sportiga, sinnligt kyska, kyskt sinnliga och manlösa (manfria!) grekiska gudinnevarelser. Igenkänningen! Glädjen! Artemis och hennes nymfer, stackars, stackars Callisto, Iphis och Ianthe … Och sedan en rysning – hade de alla stannat i flickstadiet hela livet utan att förlösas? Olympiskt ohyggliga tanke: terränglöpning, jakt och spjutkast i evighet, amen! Vidare, vidare. Jag högg på allt som rörde sig, hellre fälla än fria.

Kvinnor ur historien: Jeanne d'Arc och drottning Kristina? Gärna! Katarina av Medici, mindre smickrande i så fall. Så författarna: Virginia Woolf, Djuna Barnes, Gertrude Stein. Patricia Highsmith. Georges Sand. Nya bekantskaper, de fick följa med hem. Selma Lagerlöf. Selma Lagerlöf? Verkligen? Plötsligt blev hon intressant, kärringen, som de tvångsmatat en med på svenskan. Och stoltheten som bultade, Tove Jansson, du är som jag. Du som redan finns i hyllan, älskad. Och varför egentligen bli stolt, frågade jag mig sedan, lite förvirrat, hon är ju lesbisk helt oavsett mig? Men ändå! Och de glittrande stjärnorna, till och med bland dem fanns vi representerade: Josephine Baker. Marlene Dietrich, kanske till och med Greta Garbo.

Och vi måste alla ha gjort ungefär samma historiska upptäcktsresa då, i Nedansjö som i Kautokeino och Karlstad. Jag var inte ensam längre. Man är aldrig ensam, skulle mamma säga. Idag får de allt serverat, paketlösningar för identiteten, prêt-à-porter, bara att plocka från galgen och iklä sig. Jag avundas dem inte. Nåväl, jag var inte längre ensam, och dessutom stolt, nästan. (Tove Jansson!) Åtminstone utan skam. Fri att fantisera, om inget annat.

Skamlöst.

Sónias hand faller ner från min höft och efter en blick på klockan stryker jag henne över huvudet.

”Hon är tjugo i”, säger jag.

”Fan.” Hon vänder sig om, sätter sig upp med ryggen mot väggen, drar upp knäna och knäpper armarna runt underbenen.

”Bråttom?”

”Inte akut men jag vill hinna duscha och äta nåt.”

”Duscha du så fixar jag en äggröra”, säger jag. Sónia blinkar tacksamt när jag slänger benen över sidan på sängen. Jag trampar på en tidning, uppslagen bredvid sängen och det är den fördömda. Dikten och bredvid den min leende syster i sitt nyrenoverade kök. Jag slår ihop den och slänger den på nattygsbordet. I ett irriterat ögonblick: *Den var till mig, Agneta. Från mamma till mig.* Sónia sveper en badrock om sig.

”Du, det stör mig lite men jag känner igen den på nåt sätt. Det ringer nån sorts klocka”, säger hon och nickar mot tidningen. Hon rycker på axlarna och försvinner ut mot badrummet och jag dunsar ner på sängen igen. Rullar bort och lägger mig i den varma gropen hon lämnat efter sig. Drar handen genom håret. Något eget, nåja, det vill vi alla ha eller skapa och det är ju den eviga förbannelsen och välsignelsen enligt mamma att inget man någonsin skapar är helt eget, man fäster bara ytterligare en legobit på ett fundament som byggts av tusen generationer före en själv, så när jag nu känner efter har jag nästan förlåtit min syster. Med minnet av midsommarens försoningsseans på vardagsrumsgolvet. Och då, först nu, när harmen lagt sig, kan jag nog berätta vad jag vet för Sónia.

Jag får på mig min joggingoverall, går ut och gräver i kökslådorna efter vindsnyckeln och tar sedan hissen upp.

Och jag är sexton år och sitter på sängen med min lilla skivspelare och lyssnar, lite besviket, på reabacksfyndet, för det var ju inte som Simon & Garfunkel direkt. Inte alls faktiskt, utan tråkiga ballader och en massa smetigt piano istället för de akustiska gitarrerna. Omslaget är mer intressant. En skarp haklinje, en hårslinga, ett nästan helt dolt öra, läppar: en nästan sluten mun, ett nästan slutet öga, antydan till ett ögonbryn och det isar längs ryggraden, känns som ett hål i magen, tomheten där som längtan, och jag vet ju, redan då. Jag vet ju, sedan månader, år vet jag vad det är som får mitt hjärta att slå snabbare, vad som ger mig tunghäfta och gör mig generad. Och jag har sedan förra sommarens efterforskningar valt att omfamna faktumet. Men att reagera så på ett fotografi, det blir en sorts definitiv bekräftelse. Ett bevis på att det inte handlar om något val. Det finns ingen väg ut eller bort från det jag är. Människor kan man ju bli konstig av och med och omkring, det kan bero på lite vad som helst. Det behöver inte vara förälskelse eller åtrå. Eller kärlek. Det kan vara avund, beundran, ren skönhet, mindervärdeskänslor, respekt. Allt det kan få hjärtat att klappa snabbare i en verklig persons närhet. Men ett fotografi? Väcker ett fotografi ens ömhetslängtan, fantasi eller helt enkelt kättja, då är det kört. Utöver det rent löjeväckande i faktumet. En nästipp intill en kind, om det bara vore min, men det är hans, Arts. Det är honom hon lutar sig mot, och hans pojkaktiga ansikte. Ska hon viska något, kyssa honom? Spelar hon? När man tänker så, då vet man. Då är man plötsligt kvinnan till vänster om Art, hon i mitten. Hon den lite kantiga, med täta ögonbryn, den världsvana, lite farliga, syndiga som sitter brunbränd där vid bordet, det av glas och askfat så belamrade. Någon som för länge sedan kanske slog alla skolans friidrottsrekord utom i kula, ja faktiskt, men som nu låter en eller annan okänd man tända hennes cigarrett och låtsas som ingenting. Kyligt. Fast urringningen avslöjar hettan, revbenens konturer glänser av fukt. Då är man jag, då är jag lesbisk.

Musiken tränger igenom, nu är det något annorlunda: en enda akustisk gitarr och Garfunkels röst helt nära, som om han satt där på sängen. Sist på skivsidan, rytmen, de underligt kalla instrumenten som följer på gitarren, syntar? Och ovanpå allt rösten, Arts ljusa klockstämma dovare än vanligt, så olik sig men ändå så väldigt personlig, bearbetad på något sätt så att den låter lite metallisk. Det är märkligt kyligt, något helt annat än de tidigare låtarnas insmickrande pianokladd. Så distanserat, nästan blasé, men något gömmer sig bakom det nästan avmätta framförandet, något som griper tag och inte släpper, och blandar sig med stämningen på omslaget: tomheten, askfaten, drinkglasen. Blandar sig med vetskapen om vem och vad jag är. Jag stryker fingertopparna över läpparna. Hennes. Mina. Och nålen raspar i innerspåret.

Igen. Jag lyfter pickupen, sätter ner den.

Sångmelodins repetitiva fraseringar: *A stick, a stone, it's the end of the road. It's the rest of a stump, it's a little alone.* Hans röst alldeles där i mitt öra och orden. Naturen, solen men fortfarande den ruggiga senvinterkylan han manar fram, i enkla ord, de flesta, och hoppet, och kvinnan på omslaget som jag inte kan släppa, den kyligt blåtonade men uppenbart varma inomhusbilden, och allt passar så illa ihop. Kanske då att det lite resignerat världsvana och luttrade kan binda samman helheten, det finns där i rösten och även i bilden, i kvinnan, men det är kluvet och jag får inte ihop det. Inte i huvudet, bara i magen och runtomkring, ovanför, i bröstet, och nedanför, där är det ömt och sorgligt och hett, som att vara olyckligt kär eller snarare som man inbillar sig att det skulle vara, nej, som man *vet* att det kommer bli någon gång i framtiden, natten före ett svårt avsked. Ömhet och sorg och kropp och närhet. En saknad som inte väntar tills någon faktiskt har försvunnit, utan kommer krypande redan med vetskapen. Klistriga läppar. Och skivan heter förstås *Breakaway*, upptäcker jag med mina nya ögon och känslorna faller på plats och jag blundar, föreställer mig henne och vet exakt hur fånigt det är, ett fotografi för guds skull, ett jävla foto. Och Art är försvunnen; jo, han sjunger för oss från stereon, men är borttrollad från bilden på ett ögonblick.

Ett nästan slutet öga, en nästan sluten mun, läppar: hur mina fingrar nuddar vid det ansiktet en sista natt, hur mina fingertoppar löper ner över hennes mun, blir röda av hennes läppstift. Hur hon kysser dem, suger in dem i munnen.

Musiken tystnar, jag spelar låten igen: *A sliver of glass, a life, the sun, A night, a death, the end of the run. And the riverbank talks of the waters of March, It's the end of all strain, it's the joy in your heart.*

Igen.

Igen.

Och igen.

I veckor, månader, oändliga av längtan.

När Sónia kommer ut i salongen med en handduk om nacken och ett badlakan runt kroppen står jag på knä och försöker koppla den vindsdammiga skivspelarens kablar till rätt kontakter på stereons baksida.

”Blev det nån äggröra?” frågar hon försiktigt, trots att svaret är tämligen givet.

”Vänta”, säger jag, viftar undan hennes fråga och tar ut skivan ur sitt omslag. Ett par pappersark följer med ut: mammas dikt, hennes brev. Orden sticker upp i ögonen medan jag med kall och varm förväntan i nacken sätter ner nålen i rätt millimeter av tystnad, och jag minns. Jag känner till och med igen knastret innan låten börjar, de tusen gånger man satt ner nålen just där har satt sina spår, ljudet av bacon i en het stekpanna.

”Lyssna”, svarar jag Sónias undrande blick, och en dag, jag minns det precis, klampar mamma in på mitt rum, bara efter en kort knackning, utan att man ens hinner samla sig så man sitter där på sängen med brännande kinder, het och generad till döds för det måste ju synas på en lång väg. Man trycker omslaget i famnen så hon absolut inte ska se det, få syn på dess syndiga kyla, dess kyliga syndighet och på kvinnan man levandegjort i fantasin, och det måste bara skrika ut om en, från en, var man nyss hade fingrarna: i ljuva marsvattnet, djupt, djupt i vårfloden.

”Vad är det för låt du spelar jämt? Få höra igen”, säger mamma då och verkar inte märka av min blossande oro när jag med darrande hand sätter ner nålen. Snart rör sig hennes tår med rytmen, och hon nynnar med, omedvetet. Falskt.

Allt detta minns jag, det bor i mig allt redan innan nålen träffar skivan, det har vällt fram i stötar under besöket på vindskontoret, medan jag rotade i kartongerna efter grammofonen, stående i ett doftmoln av lika delar dammig kyla, svett och sex. De inledande gitarrackorden lägger sig över knastret och jag sitter på huk framför skivtallriken och ser den snurra. Det är länge sedan nu, decennier sedan jag hörde den sist och jag är en annan människa, men ändå samma, och någonting förändrades när mamma sedan vred låten ur händerna på mig, gjorde den till sin egen och gav den tillbaka till mig som någon sorts vuxengåva. Och nu, mer än tjugofem år senare, hade Agneta i sin tur stulit den, och blivit rik (nåja) och berömd (femton minuter, helt enligt Warhols ordination) på kuppen.

Men det kom att utspela sig på ett helt annat sätt. *Breakaway.* Det där avskedet jag hade fantiserat om, mitt första, egentligen mitt enda, kom att ta en helt annan vändning. Inte alls dröjande lojt och klistrigt. En gren och en sten, *a stick, a stone.* De blev något annat för mig, vet ni, kära mor och syster; snart skulle de inte vara natur längre utan vapen, riktade mot mig. Under några månader var den låten en livboj, helt oundgänglig och brännpunkten för en väldigt ung kvinnas alla romantiska känslor och drömmar och den har följt med, skivan, överlevt varje flytt, varje flykt. Men förmått lyssna på den igen, det har jag inte. Inte förrän nu. Och jag har ju verkligen valt det idealiska tillfället att dela med mig av allt detta till Sónia, för om en halvtimme ska hon vara på sitt jobb och om en dryg timme jag själv sitta på tåget. Men nu börjar Art Garfunkel sjunga över gitarrerna och jag sliter loss min blick från den snurrande skivtallriken, vänder den mot Sónia och börjar öppna munnen.

Hennes reaktion är obegriplig. I ena ögonblicket står hon i badlakanet, gungar på hälarna, spretar med tårna och börjar klappa håret torrt i handduken. I nästa fryser hon i rörelsen, bleknar, armarna faller ner vid sidorna, handduken till golvet. Läpparna börjar röra sig, hon sjunger med, viskar snarare, men det är inte samma text och jag hör inte vad, och sedan sätter hon sig ostadigt ner på stolen bredvid sig och läpparna rör sig fortfarande när tårarna börjar rinna. Det är portugisiska, hör jag nu. Några ord lyckas jag urskilja: *É um pouco sozinho* ... Det är lite ... Ensam? Något faller på plats: *It's a little alone.*

Sónia ligger med huvudet i mitt knä i soffan, berättar mellan tårarna medan nålen tickar i innerspåret, armreturen trasig sedan mer än tjugo år. Jag stryker henne över håret, tröstar, lyssnar. Förundras av hennes berättelse, men slår den ifrån mig, stålsätter mig, för lutar jag mig bara fram lite så ser jag klockan på köksväggen genom valvet, och visaren hackar fram obönhörligt. Snart måste jag avbryta. Hur skär man försiktigt, sårar så ömt man kan? Förlåt, men jag har inte tid att lyssna på din historia, inte tid att trösta dig mer, jag ska med tåget?

”Och ibland är Fredrik så oerhört lik honom, så fruktansvärt lik.

Vissa ögonblick är det helt galet. Hur han drar handen genom håret när han är besvärad, innan han ska till att säga nåt som han vet inte kommer falla i god jord. Och lugnet, blicken – han ser på en och plötsligt är det som om man vore den enda människan i universum och jag känner för att krypa upp i knät på honom fast jag är hans morsa. Han lyssnar ju verkligen, jag vet ingen annan tonåring som gör det. Gudarna ska veta att jag inte gjorde det. Det är därför alla gillar honom, tjejerna faller som käglor. Det är så att han blir besviken på dem, fattar du? Att de inte kan bete sig som folk. Men sen också det där bestämda, den jävla orubbligheten. Den jag avskydde hos pappa. Du vet, det gör mig rörd, att han lever kvar ändå, i alla fall delar av honom. Och lite sorgsen. Jag saknar honom fortfarande, samtidigt som jag som vuxen är så fruktansvärt förbannad och besviken på honom. Man kan väl för fan inte ta till vapen, välja att föra krig, när man har en familj som man älskar och som behöver en?"

Hon snörvlar till igen, reser sig tacksamt nog själv så jag slipper be henne, och går ut i badrummet. Jag stänger av skivspelaren, lyfter tillbaka armen, hör henne snyta sig och skölja ansiktet. Köksklockan tickar, tickar men jag sätter mig igen. Skivomslaget, dikten och brevet, de ligger alla på soffbordet framför mig och skriker.

Om hur mamma klampar in på mitt rum, står med huvudet på sned och nynnar falskt till låten och om hur generad jag är och hur jag sedan minns att jag ju har bestämt mig. Att jag inte ska förneka mig, att jag är utan skam, och sedan väller trotset och ilskan fram. Och jag ser ner på omslaget, hämtar mod i scenen där, hos henne, och med skälvande dödsförakt säger jag till ryggtavlan framför mig, mammas, där hon står och stampar takten:

”Jag älskar kvinnor.”

När jag hör min röst, när det verkligen är min mun och tunga som klumpigt formar de svåra, svåra orden, så faller jag genast i gråt. Hon vänder sig långsamt om, kommer fram till sängen och sätter sig bredvid mig. Lägger armen om den gråtande flickan.

”Jo, jag anade det. Det är inte lätt, inte för mig och än värre säkert för dig. Vi får väl se gumman, det kanske går över och gör det inte det så ordnar det sig nog ändå.”

Och hon sliter sig, flickan; jag sliter mig loss, säger: ”Går över?” Tänker på finniga, lankiga kyssar och ryser. Känner ilskan välla upp, glor sturskt. ”Vadå, går över?”

Hon sitter tyst, men utan att vända bort blicken. Samlar sig till ett svar.

”Förlåt, jag tänkte bara högt. Det handlar inte om att jag inte älskar dig som du är.”

”Med som alla mina fel och brister?” avbryter jag med sarkasm i rösten, för nu skulle ingen längre få lov att …

”Som den du är”, säger hon lugnt och bestämt, på ett sätt som kväser mitt trots, min avsiktliga, grälsjuka misstolkning, och sedan fortsätter hon utan att lämna någon paus mellan meningarna för att få tala till punkt och inte bli avbruten av sin surmulet och tyst lidande tonåring, den ensammaste och mest ömkansvärda i hela universum, eller åtminstone Medelpad.

”Eva, förlåt. Det var bara ett fåfängt hopp om en enkel lösning, den som gör minst ont, för dig, och ja, det ska erkännas, även för mig, för det smärtar att se dig olycklig, men jag borde hållit käft. Förlåt. Och nu ska jag dessutom säga nåt mer som smärtar. Det gör mig väldigt ont att be om det, Eva, men säg inget till din pappa om det här. Inte än. Du vet att han är en god man, en fantastisk far, och att han älskar dig över allt annat, men ingen av oss är purung längre, vi har inte fått sett så mycket av världen, tyvärr, och är inga kosmopoliter direkt, annat än möjligen i anden och den har sina begränsningar, anden, det ska gudarna veta. Och det man inte känner till är man allt som oftast lite rädd för, till och med din pappa, hur stolt och dumtrotsig han än är i övrigt. Och om den plantan ska kunna få fäste och gro så måste jag nog få gödsla en tid och plöja ordentligt först. Förstår du?"

Och flickan sväljer och nickar tyst, trotset ersatt av ett frö till ödmjukhet. Ett frö som är en aning, en aning som spirar, en spirande insikt om att hon nog kanske inte är den enda här i världen som kan ha det svårt.

Toaletten spolar och när Sónia kommer ut är hennes hålögda sorg förbytt i glödande ilska. Hon skriker åt mig och jag står handfallen, stum och undrar vad som hänt, om det bara är det att jag kommer lämna henne såhär. Ge mig iväg när hon behöver mig. Eller om det är något annat ömmande som vi har kommit åt tillsammans och slagit upp.

"Men snälla du, kom här. Vad är det?" frågar jag och sträcker ut armarna, försöker hålla om henne. Det har jag tid till, knappt. Men mina omsorger verkar bara göra henne mer förbannad, hon sliter sig.

"Åk du på din jävla kongress", stöter hon ut tillsammans med lite snor. "Jag måste till jobbet."

"Jag måste ...", säger jag och det skär i mig när jag ljuger, för det gör vi inte. Inte för varandra. Aldrig. "Jag har ett anförande och en workshop."

"Fan, vad hungrig jag är", säger hon och går ut i sovrummet. Hon slänger det våta badlakanet på sängen; hon vet hur jag avskyr det. Börjar dra på sig underkläder ur byrån. Ylleställ. Spårvagnen är kall och dragig.

"Det är en betygsnämnd också", slänger jag på den allt yvigare lögnhögen, den reser sig högt, står som ett majbål mellan oss. ”Jag kan inte bara …”

Hon tar fram uniformen ur garderoben, får på sig den och stolpar ut i hallen medan hon nogsamt undviker min blick. Jag följer efter, försöker fånga hennes. Hon klär på sig skor och ytterkläder, kappa, handskar, sjal och går ut genom ytterdörren med ett isande: ”Vi ses på måndag då kanske”, och slänger igen dörren, men fångar den igen innan smäcklåset slår i, öppnar: ”Hösten, fatta att den handlar om hösten! Inte nån jävla spirande vårfitta!”

Dörren slår igen framför min halvöppna mun och jag blir stående handfallen i hallen. Mars, Brasilien, södra halvklotet. Höst. Men jag kan inte stanna. Jag kan helt enkelt inte. Jag måste, varje tillfälle nu kan vara det sista. Och jag har redan ringt. Kommit överens. Köpt biljett. Förlåt Sónia, jag måste och det är vansinne egentligen. Jag sätter vårt liv tillsammans på spel, snart två decennier, bryter mot alla principer bara för att en enda gång få fatta ett eget beslut, om mitt eget liv, utan att lufta det eller förhandla, för tvivlet ligger för nära.

Men det finns ingen tid kvar till funderingar och jag sätter fart. Skriver en lapp till Fredrik:

Mamma S på jobbet, hemma sent ikväll.
Om förbannad, så inte ditt fel, utan mamma E:s,
som är i Stockholm, tillbaka måndag förmiddag.
Lasagne i frysen om du inte orkar fixa något själv.
Kram.
/Mamma E

Jag stänger väskan. Samlar ihop kläderna på sovrumsgolvet, klämmer dem under armen och hänger upp hennes badlakan över en stol. Tittar på klockan och bestämmer mig för att jag hinner ta en dusch om jag unnar mig en taxi till tåget.

Det ringer på dörren, Sónia har väl glömt sin nyckelknippa i röran och det hugger i magen. På väg ut i hallen skickar jag allt överbord och bestämmer mig för att stanna hemma och bara hugga tag i henne. Slänga en sticka på hela högen av undanflykter och lögner. Bålet. Få henne att sjuka sig från jobbet så vi kan lägga oss i soffan med en filt om och hon kan blunda med huvudet i mitt knä eller på min axel igen. Jag kan stryka henne över pannan och det svartglänsande håret och torka bort hennes tårar med min pekfingerknoge medan hon fortsätter sin berättelse om den lilla flickan och pappan, om längtan tillbaka till barndomen innan allt förstördes. Pappan som slängde dig upp i luften, som drog dig i vagn, som ännu inte försvann i veckor eller bara satt vid köksbordet tillsammans med andra bistra, tystlåtna män och gjorde upp planer, bytte sorgsna och ilskna blickar. Som satte ner dig på golvet och med trötta leenden sade åt dig att gå och leka när du försökte krypa upp i knät på honom. Och duetten om vattnen i mars, flodbanken och höstregnet som störtade ner precis som hemma och leran och gyttjan och längtan och döden, den förbannade pistolen du hittade under madrassen och huset vid vägens slut, *o fim do caminho*, precis som i sången, precis som hemma.

Och istället för att som planerat ljuga och smita kan jag stanna hemma och hålla om dig, avslöja min galna plan och förundras tillsammans med dig över ett stycke musik som bundit oss samman, en käringknut över Atlanten, långt innan vi ens träffats. Jag kan i min tur få berätta om vårfloden, den spirande vårfittan, som du kallade den och du kan få skratta igen som du gör, som du annars alltid gör, utom just nu. Vi kan skratta åt det tillsammans. Och sedan om mamma och hur hon kom till mig med sin egen tolkning, dikten, hur det var fler som rörts av den långväga musiken. Hur hon satte sig bredvid mig på sängen och gav mig den, tillsammans med brevet och en föreläsning. Och en allvarlig blick, den hon använde när hon krävde något av mig.

”Jag har skrivit ett brev Eva, som du ska få, och en dikt, som inte är helt min egen. Det finns det visserligen inget som är, men den handlar åtminstone om mig själv. För du har givit mig ett förtroende, när du nu berättat vem du är och hur du känner, och förtroenden är dubbla gåvor, de är tecken på respekt och vänskap, på jämlikhet. Men de kan tynga och smärta också, som ditt, och då är det inte mer än rätt att du får bära ett också i utbyte, så kan vi börja vara vuxna människor med varandra på riktigt, du och jag.

Jag visar sällan nåt jag skriver för din far, bara det mest harmlösa, och jag älskar honom än mer för att han inte heller snokar. Du vet ju, du känner din far, att det inte är av ointresse, för han sticker sin tyckglada näsa överallt där den kommer åt i vanliga fall. Utan det är av respekt för mig, och säkert en gnutta självbevarelsedrift, för dum och okänslig det är han inte, och viss vetskap den sårar bara när man försöker leva ihop som kvinna och man … ja, eller hur man nu väljer, min vackra dotter. Och bara för att man aldrig är ensam, innebär inte det att man inte vill vara själv och ena ibland, ifred med sina tankar och sin kropp och sina tvivel. Det vet både han och jag.”

Tvivel, hör jag. Och *kropp*, av alla ord, *kropp!* och ingetdera har jag tidigare satt i samband med mamma.

”Så nu får du de här”, säger hon och viftar med arken i sin hand. ”Så jag får vara lite människa för dig också, och inte längre bara mamma: *Mamma, kom hit* och *Mamma, gör det*, och bara för jag är glad till vardags och inte går och trular och beklagar mig jämt över tillvarons allmänna jävlighet och karlarnas särskilda hopplöshet som de andra kärringarna gör, så innebär inte det att jag inte tycker det är lite motigt ibland. Och skulle den insikten smärta lite, Eva, så får du bita ihop.”

Dörrklockan ringer igen och jag vinglar till på väg mot hallen, yr och darrig av det uttänjda ögonblicket mellan de två signalerna. Glappet, de tolv meterna men nästan trettio åren fram till ytterdörren. Jag får tag i handtaget, vrider om låsvredet och öppnar.

"Förlåt ...", börjar jag säga men det är inte Sónia som står där och jag avbryter mig själv, förvirrad med pulsen bultande i öronen. För ett kort ögonblick ser jag flickan från föreläsningen framför mig, Klimtflickan, hennes namn har försvunnit, vips, borta, och det enda jag får ur mig är ett frågande "Ja?" och nu skriker också fåfängan i mig, som om det inte räckte med allt annat som skriker och ylar, åt mitt knullrufs och min sladdriga träningsoverall, skitig och dammig efter kartongrotandet på vinden. Sedan faller konturerna på plats, stresshormonerna lägger sig, och det är inte hon, naturligtvis är det inte hon, utan det är ju Jonna som står där. Hennes huvud sticker ut ur en enorm vit dunjacka; hon är en storögd och sammanbiten Michelingumma.

"Förlåt Jonna", säger jag och nyper mig om näsroten. Blinkar. Försöker få ihop det hela, alla hjärnfragmenten, för nu är det många faktorer, för många. Jonna tittar på mig med blanka ögon. Mina fingrar luktar kön och jag släpper näsan, knäpper händerna bakom ryggen. "Jag är lite stressad. Kom in."

Jag tar ett halvt steg åt sidan och Jonna tränger sig förbi in i hallen. Av alla tillfällen. Hon har bott i stan i snart ett halvår men inte behagat hälsa på trots allt det vi sade att vi skulle göra tillsammans i midsomras. Och så kommer hon just nu och det slår mig att hennes frånvaro under hösten kanske har bidragit till beslutet jag fattat. Tvivlet jag nyss kände, önskan att bara lägga sig i soffan med Sónia och ge upp alltsammans, är som bortblåst.

"Det är inte världens bästa tillfälle, vet du. Jag är på väg in i duschen och sen ska jag till Stockholm."

Jonna kastar en orolig blick in i lägenheten.

"Är Fredrik här?"

”Nej, men han borde komma om nån timme. Stanna om du vill. Det finns lasagne i frysen så det räcker till dig med.”

Hon skakar på huvudet och rycker på axlarna i en svårtolkad gest, sparkar av sig skorna. Jag går för att hämta ett badlakan och hon följer mig i hälarna genom lägenheten som en hundvalp.

”Ett ögonblick”, säger jag och stänger badrumsdörren framför näsan på henne. Klär av mig overallen och ställer mig i badkaret. Blundar. Försöker koppla bort tankarna, hitta tillbaka till den rena viljan. Den som finns där bakom alla dagens förvirrande händelser. Låter det varma vattnet skölja över mig, och redan nu vet jag att det kommer ta lång tid att reda ut den här dagen. Jag hör hur dörren öppnas och genom duschdraperiets kondens ser jag hur hon sätter sig på toalettsitsen och någon jävla måtta får det väl ändå vara. Plötsligt generad och lite arg; den här gamla fåfänga flatan vill kanske inte visa sin drygt fyrtioåriga nakna kropp för sin unga vackra systerdotter, hur mycket bästisar och bundis de i övrigt än må vara. Eller har varit.

”Jonna ...”, börjar jag säga, med den stränga rösten, föreläsningsrösten, drar draperiet lite åt sidan och sticker ut huvudet. Avbryter mig när jag upptäcker att Michelingumman gråter. Hon ser upp på mig och vänder sedan blicken ner i knät igen.

”Det går inte längre”, säger hon.

Jag stänger av vattnet och sträcker ut armen efter badlakanet. Virar det om mig. Drar undan draperiet, kliver ur och sätter mig på badkarskanten. Stryker henne över kinden.

”Vad går inte längre, lillan?”

Hon drar ner blixtlåset på jackan.

”Vad är det som inte ...”, börjar jag upprepa, men sedan ser jag och stumnar. Sväljer. Hjärtat bankar hårt, pulsen bultar i öronen. Hon snörvlar på och jag registrerar det och hennes stötiga ord när hon bekräftar det jag redan sett. Sedan drar hon en bit toalettpapper från hållaren, torkar tårarna och snyter sig. Ser oroligt på mig, när jag inte säger något.

”Oj då”, är vad jag oerhört välformulerat till sist får ur mig. Och: ”Hur gick nu det här till?”

Dum fråga. Som vanligt, gissningsvis: vaginalt samlag med ejakulation. Knappast den helige Ande. Jag ler försiktigt och får henne att gråta igen, så jag sätter mig på huk och lägger armarna om henne.

”Det ordnar sig, lilla vännen. Vi syr ihop det. Du får hjälp. Det grejar sig. Vad säger dina föräldrar?”

”De har ingen aning”, snörvlar hon. ”Jag har inte sagt nåt.”

”Men herregud, hur då? Du var väl hemma till Allhelgona?”

”Nej, jag fegade ur i Alingsås”, säger hon och ler snett genom tårarna. ”Hoppade av tåget och skyllde på maginfluensa. Moget, va? Har inte varit hemma sen pappas födelsedag, ett par dagar bara, väl inpackad. Morfar undrade om jag gått upp i vikt och mamma sade genast att så säger man väl ändå inte till en kvinna. Själv hade hon säkert gått ner en fem, sex kilo. Pappa tyckte att jag såg annorlunda ut, mer vuxen, glodde sorgset på mig när jag smet ifrån hans kramar, som en övergiven labrador. Han kunde ju inte begripa varför, stackarn! Trodde väl jag var sur bara eller besviken, som Bo, och jag bara kunde inte säga nåt, som om inte de hade bekymmer nog redan ändå liksom.”

”Jonna, jag måste iväg. Vill du att jag pratar med din mamma?”

Hon skakar på huvudet.

”Nej, det får jag nog allt göra själv. Jag åker hem över jul i övermorgon.”

”Det är bra, Jonna. Du är stark.”

Hon fortsätter att svansa efter mig medan jag klär mig och samlar ihop det sista och jag känner mig rutten igen. En bulnande surströmmingsburk av jästa och uppsvullna lögner. Varför idag? Varför just den här dagen? Sónia, Jonna. Fattas bara att Fredrik trillar in storgråtande. Jag tar fram en uppsättning extranycklar och ger dem till Jonna.

”Stanna så länge du vill och bara kom om du inte vill vara själv, när som helst. Fredrik är väl hemma om nån timme eller så och Sónia kommer hem framåt elva. Hon kan nog vara lite sur, möjligen, men det är mig hon är förbannad på och du vet att hon tycker jättemycket om dig."

Hon nickar, biter sig i läppen, och jag ringer efter en taxi, klämmer fast luren mellan huvudet och axeln medan jag drar ut väskan i hallen och börjar ta på mig. Får besked och lägger på.

"Jag saknar mormor", säger hon och det hugger i mig när någon annan säger det. Man får den onda drömmen bekräftad. Oftast kan det ju vara något man själv fått för sig bara. Det blir så verkligt. Tomheten man känner speglad i en flicka som biter sig i läppen. Jag nickar.

"Jag med, vackra. Så otroligt mycket. Men vi grejar det. Det är inte hela världen", säger jag och öppnar ytterdörren. "Du kommer bli en sjuhelvetes morsa."

"Det är inte det", säger hon och har fått en annan röst, mer stursk och bestämd. "Jag är glad också, även om jag är skiträdd. Jag menar, jag har ju valt det själv, så. Jag kunde ha valt det andra, jag kanske till och med borde ha gjort det. Men nu gjorde jag inte det."

Hon är tuff, Jonna, verkligen. Dum i huvudet – mamma när hon är, vad är hon, nitton? – men tuff. Och jag tycker verkligen om henne. Och jag undrar hur det hade känts om det vore mitt eget barn som blev på smällen, intalar mig att jag hade kunnat hantera det också. Och vet att jag bara för ett år sedan hade reagerat helt annorlunda: inte ska man slänga bort sina ungdomsår på att byta blöjor.

"Vad är det då?" undrar jag och hon ser bort ett ögonblick och stirrar sedan på mig.

"Är det mitt beslut? Det valet?"

"Definitivt", säger jag och sträcker ut handen genom dörröppningen för att trycka på hissknappen. Jag ser henne i ögonen. "I slutändan måste det vara kvinnans beslut. Är det problem med pappan eller? Du ska veta att jag står bakom dig till hundra procent där. Din kropp, du bestämmer."

”Det är Fredrik.”

”Vad är det med Fredrik?” frågar jag och hon tittar tyst på mig. Är han kär i henne eller något, är hon rädd för hur han ska reagera? ”Jonna, jag har inte tid. Taxin är här när som helst. Vad är ...”

Hjärnan arbetar på egen hand medan jag pratar och om dagen inte redan hade spårat ur helt hade jag säkert fullkomligt gått i taket. Särskilt av den intrikat gillrade fällan, att jag inte kan klandra henne längre. *Kvinnans beslut.* Som det är känner jag mig bara bedövad. Jag kommer på mig själv med att stå och gapa och stänger munnen.

”Han vet inget än”, säger hon och böjer ner huvudet lite, stålsätter sig mot duschen av invektiv, utskällningen som hon förberett sig på. Men jag orkar inte, inte idag. I helvete heller. Jag är ledsen, Jonna, över att behöva göra dig besviken men det blir ingen välförtjänt och själsrenande avhyvling efter bikten, och ingen botgöring heller. Jag orkar helt enkelt inte, tjejen. Istället, med min allra mildaste röst:

”Jonna, jag har haft en jävla skitdag och ni är uppenbarligen fan inte kloka nån av er. Du får ta det där med Fredrik och Sónia efter hand som de kommer hem. Vi får prata senare, du och jag. Nu åker jag ifrån det här dårhuset.”

Hon ser lika tom ut i synen som jag antagligen gjorde själv för bara ett ögonblick sedan.

”Grattis”, lägger jag till med ett visst mått av frambubblande vanvett och ett leende på det, sedan stänger jag dörren om hennes häpna blick. Fredrik, ditt klantarsel. Och eldgaffeln Eva, kvinnornas ståndaktiga försvarare, som idag hjärtlöst lämnar två gråtande vrak efter sig, tar hissen ner, kliver ut på Haga Kyrkogatas ishala kullersten till den väntande taxin och kokett undrar om det någonsin blir hennes egen tur att äntligen få lov att gråta, som suktar och längtar efter tårarna samtidigt som hon mycket väl vet att hon aldrig skulle tillåta sig den sortens självömkan. Någon jävla ordning får det vara.

Taxichauffören är lovvärt tystlåten, nickar bara till bekräftelse på mitt ”Centralstationen, tack”. Reklamradion surrar tyst i högtalarna och färden är behaglig, mjuka kurvor och inbromsningar. Minnet av mammas vuxensamtal, hennes krävande ord, en välgörande sveda, och dikten, för en sjuttonåring som fick sig insikten till livs att hennes mamma tvivlade och längtade bort ibland, från sin make, sina barn, det liv hon valt. Det kanske inte var så konstigt, så var det väl för alla kanske. Men det krävde ju den tankeomställningen, att mamma var av samma sort som jag själv, och den kom nog sent för mig, den insikten. Jag tror att Maja fick den tidigare, väl verserad som hon redan som ung var i kvinnligt och manligt, spelet dem emellan och tvåsamhetens inneboende paradoxer. Det är trösterikt som vuxen när nu tankarna kommer, att det att vara kvinna och människa inte behöver ta slut när man blir mamma, att man inte tas över av en annan monomant altruistisk, behovs- och jaglös utomjording om man inte väljer det själv. Det var det Sónia visste redan då, som gjorde att hon kunde ha sådan tillförsikt, att det var så självklart för henne.

Nuet och det förflutna konspirerar idag, kastar sig över mig och hugger efter strupen och jag sitter där stum och gapande i det taxisäte jag unnat mig, oförmögen att värja mig. De gaddar sig samman i min överhettade hjärna och det är inte längre ett vintrigt Göteborg i eftermiddagsljus som passerar utanför rutan, det är Sundsvalls byggnader en ljus försommarkväll. Det är inte en taxi utan en nästan tom buss på väg hemåt redan klockan tio, för utanför den festlokal där sommarens början firades av stadens gymnasister, bland alla de rökande och skrålande, hade ilskan vällt fram, och motviljan. Och självrespekten frågade mig om jag verkligen ville bevista ännu ett tröstlöst skoldisco där den ena eller andra till vardags vackra och intelligenta flickan, föremålet för de senaste fantasierna, som vanligt skulle förvandlas till ett våp fastklistrat vid en eller annan gormande tölp och sedan, efter tryckaren, sista vingliga dansen, skulle följa honom ut, sätta sig ner på trottoaren intill och stryka honom över ryggen medan han satt med huvudet mellan knäna och snuset rinnande från överläppen ner i pölen av hemkört och Fanta vid hans fötter.

Bussen stannar, släpper på någon. Hon passerar i mittgången med ett artigt hej och jag nickar tillbaka. Hon sätter sig bakom mig. Rebecka. Från byn, andra ändan. Jag hade inte sett särdeles mycket av henne sedan högstadiet och hon var ett år yngre, gick i en annan skola. Fick hon vara ute såhär sent? Traktens frimicklande ungdom hade kanske hållit skolavslutningsandakt med saft och bullar.

Min skamlöshet hade mötts av ett rungande intet. På sjuttiotalet visste de tonåringar som skällde varandra för bögjävel knappt vad ordet betydde och jag hade slutat oroa mig för att få en etikett som det ändå inte fanns någon med insikt eller fantasi nog att fästa vid mig. Jag slutade hejda mig själv och min blick när jag såg något som jag gillade, men förtvivlade samtidigt: måste jag verkligen behöva dö okysst, ensam och grå i ett hus fyllt av katter och böcker och förtorkad isolering? Lösningen var att flytta till någon storstad långt bort, plugga på universitet och hoppas på att där kunna nosa rätt på en gemenskap men det var en oändlighet dit, ett år kvar tills gymnasiet var avklarat.

”Du är lesbisk, va?”

Orden kommer bakifrån och jag fryser till is, påkommen till sist. I nästa ögonblick vill jag slå henne på käften. Varför vet jag inte, men en oerhörd ilska blossar upp mot den stackars snälla missionsförbundsflickan, jotack. I sin vita tantblus, plisserade långkjol och obligatoriska strama fläta ställer hon en till svars med en viskad utmaning i glipan mellan sätena. Jag vänder mig om och hon ryggar tillbaka, men håller stånd, och jag ser något i hennes ögon, ett gäckande leende i den skygga blicken och allt det mod som hon manat fram för att våga ställa frågan. Något litet gömmer sig där, som vänder upp och ner på hela tolkningen och sätter magen i fritt fall, men det är säkert bara jag som är desperat och så oerhört ensam och nu så fruktansvärt avslöjad. Jag griper efter varje halmstrå och ilskan blir än starkare under det korta ögonblicket, riktas nu även inåt men samtidigt vill jag kyssa henne överallt och krypa in under skinnet på henne, under tantblusen, under den jävla flätan. Och plötsligt är ilskan försvunnen men det fortsätter bulta i halsådern, bränner i kinderna och jag vet att jag är högröd i ansiktet, flammig på halsen och bröstet. Du är en av dem jag aldrig ens tittat åt och nu, stum och häpen, undrar hur jag har lyckats missa dig; först nu ser jag hur du ser ut egentligen. Under. Avskalad. Allt på en gång, samtidigt som jag vet att jag förmodligen skulle svimma bara av att sitta med sammanflätade fingrar och kanske luta huvudet mot din axel, och säkerligen om våra läppar skulle råka, befängda tanke, nudda varandra.

Långsamt lyfter jag på ögonbrynen, spänner blicken i dig, försöker lägga an Dietrichkylan.

”Och?” säger jag, så oberört jag kan. Svarar enstavigt så jag inte ska hinna börja darra på rösten.

”Tänk om … om jag också är det?” viskar Rebecka Kling, pastorns systerdotter, och ler skyggt, men med trotsigt framskjuten haka, och det ilar som små möss nerför ryggraden, med vassa klor klättrar de längs nervbanorna och de släpar havrevippor efter sig.

Jag betalar chauffören och kabinväskans hjul smattrar taktfast mot skarvarna i plattläggningen på vägen in mot Centralstationen. Rytmiskt, som en travhäst, dokdok-dokdok-dokdok, och de kortslutande kopplingarna i min hjärna fyrar av fler synapser, frammanar träningsanläggningen i Österdälje. Sommarjobbet värker i axlarna, grepen ger blåsor i händerna som blir till valkar, cykelsadeln skaver i ändan, det sticker i näsan av hästliniment och gödsel på väg ut mot spåret och det väntande X2000-tåget. Jag letar upp min förstaklassfåtölj och lyfter upp väskan på bagagehyllan. Ramlar ner i fåtöljen, utmattad och med en förnimmelse av varm och lite stickande solbränna i ansiktet. Tidiga morgnar gör att det är mycket dag kvar när jobbet är klart, allt det fysiska arbetet gör kroppen sprängfylld av energi och hälsa och den är oförskämt vacker. Det kan jag se nu, då var jag blind, men ett fotografi finns kvar i en låda någonstans, filmen från den sommaren framkallad långt senare i ett anfall av svårartad självspäkning. Fotot visar gröna leende ögon, solblekta hårslingor. Vadmuskler under knälånga arméshorts. Jag tål inte att se det – som en propagandaaffisch för *Kraft durch Freude*. Starka axlar i ett linne och slät brunbränd hud. Nej inte helt, men skråmorna och blåmärkena förstärker bara det aktiva och kärnfriska intrycket; om de bara visste hur jag fått dem. Inte på någon vanlig hajk eller stärkande skogsmarsch. Hårt arbete är välgörande för kropp och själ och förhindrar månget tillfälle till synd. Men efteråt då? *Bunte Abende* kallades den fritidsverksamhet som anordnades så att arbetarna kunde hållas under fortsatt god uppsikt även kvällstid. Brokiga kvällar? Kvällar av mångfald? Ja, herregud, de skulle bara veta …

För kroppen värker överallt men den är ung, så ung och efter halvmilen på cykeln till Matfors och sedan bussen hem, en dusch och en halvtimmes vila och mammas middag på det är klockan inte mer än halv sex och det finns urskogar av minuter, strida älvar och svarta, bottenlösa tjärnar av tid innan nästa arbetsdag tar sin början. Kroppen som nyss var så utmattad är redan en spänd stålvajer igen, ett hållfast brospann av styrka och begär och den självsvänger, vajern, sätt bara fingrarna till; beröringen får den att sjunga. Sommarkvällarna är oräkneliga, de är våra allihop. I Nytorps övergivna ängslada, i slänten ner mot spåren, i brynet där skogen och betet möts, där vet jag att du väntar; du är där redan, du kan inte hålla dig. Varje eftermiddag ger du dig av för tidigt, går längs spåret, längs vattnet, längs hela den utsträckta byn och klättrar sedan upp till skogsvägen ovanför vallen, följer den ett stycke upp mot sågen, genar mellan tallarna till byggnaden i brynet invid ängen där ljuset silar in i gliporna mellan de timrade väggarnas stockar.

Vi har gjort den till vår, skuffat in metallskrotet i en hörna, en improviserad och ranglig mobil av rostiga ekerfälgar, tunga järnbeslag och plåtstycken staplade på en gammal harv – några år senare när jag för första gången besöker Moderna museet kommer jag att bli stående framför en skulptur av Tinguely med en länge oförklarlig känsla av obehag. Vi har sopat och möblerat med höbalar och plädar, en kabelvinda i trä till bord. En plåthink passar precis i bordets mitthål, fylld med älvvatten håller den några flaskor Grape tonic kalla hela kvällen i hettan. En vuxen smak, som din. Under hinken ett insyns- och dammskyddat utrymme för glas, muggar; te i termos tar vi med ifall kvällen skulle hinna bli sen och sval. Min gamla kassettbandspelare med tröga knappar gömmer vi där när vi går, extra batterier och mina blandband, din kassett med Barbro Hörberg, vilken uppenbarelse. Henne tog du med och gav mig, hon som redan visste allt om oss. Barbro, vår musa. Älskande ungdomar behöver en sådan musa, inte sant? Någon som vägleder, kupar sina händer om dem. Helst en tragiskt avliden, och Barbro, ingen kunde gjort det bättre än hon: *Sommaren var varm, sommaren var het och solen brände över allt som hände. Å, vad den sommaren brände …*

Där halvligger du på filtarna, på balarna, halvsover och lyssnar till den tysta musiken, dit smyger jag. Du hör mig men låtsas inte om det, sover räv medan jag smyger fram och först ögonblicket innan jag ska väcka dig med en kyss i mungipan, när du kan känna mina andetag mot ditt ansikte, så kan du inte längre hålla tillbaka ditt leende och det är en klarvaken mun, pigga läppar som möter mina. Och jag drar av dig kläderna, tantblusen eller polotröjan som bestämmer din vardag, den stramar rejält om halsen, tuktar till foglighet och anpassning: leenden, nickar, känslodisciplin, nedkämpad vrede.

Sträck! säger jag. *Upp med armarna!* Du lyder – för sista gången idag – och jag drar tröjan av dig, över huvudet. Kragen smiter åt, håller emot men jag är din barnmorska. Vi är varandras och när vi klätt av varandra helt hjälper du mig med resten: förbehållen, invändningarna, tvivlen. Förmår man med någons hjälp lägga dem åt sidan så följer även hämningarna efter, och då finns det inga gränser längre för hur mycket man kan lära sig eller hur snabbt. Det sker oförmedlat, med hjärnan bortkopplad, så att intrycken istället får göra direkta avtryck i kroppen.

Så vi lär oss snabbt, saker vi inte visste om oss själva, om våra kroppar och om varandras. Det är en ny och märkvärdig känsla, det att häpna inför sig själv. Man tror att man känner sin kropp: en bostad för jaget, medvetandet, själen om man så vill, och ett verktyg, ett arbets- och idrottsredskap, en smärtkälla vars signaler man lär sig att betvinga och bortse från. Jo, *det är stickan i fingret, blåsan på tån*. Och det är valkarna efter grepen och träningsvärken. Det är illamåendet, obehaget som man måste löpa sig igenom, de sprängande lungorna på upploppet, den hamrande pulsen.

Så plötsligt vänds allt det i sin ovana och yrvakna motsats, att istället välkomna och gå upp i alla kroppens förnimmelser som kropp – ett knippe hungriga och darrande sinnesorgan. Att återupptäcka kroppen som kontaktyta, mot den fysiska världen och mot andra individer. Den gränszon man ständigt utforskade som spädbarn. På så vis avklädd och befriad får det taktila en helt ny mening. Sinnesintrycken djupnar och man kan avsmaka dem som vore det en vinprovning, utvinna varje liten nyans: en duschstråle mot huden, en gräsklädd sänka på sensommaren att sjunka ner i, mossan, dess doft, det fasta men å så mjuka underlaget mot ryggen, silande ljus genom skir lövskog, ett bärnstenssmycke i en fräknig halsgrop. Berusande sinnlighet, att blotta sina nervändar och vända dem utåt, mot varandra och mot världen. Blir man bara hjälpt till att våga öppna upp sig för allt detta skrämmande underbara så knoppas intrycken, de spricker och blomstrar och alla, till och med de banala och vardagliga, får sin egen lyster, till och med smärtan. Smärtan inte minst, hela paletten av smärtor, för inget kan nagla fast en i ögonblicket som den: den strida älvens bedövande kyla, örfilen, bettet, risporna, ett hårt tag om håret eller ett grepp om armen. Smärta som efterlämnar avtryck, minnen, märken: Så Rebecka, märk mig! Så kan jag bära dig med mig när vi skiljs åt.

Med hela utanpåverket bortskalat är det ofta ändå inte lyckan eller sinnenas berusning som spränger starkast i dig, som de gör i mig, inte ens den bultande, trängande lusten, utan lika ofta ilskan. Ilskan! Så mycket vrede lagrad i din späda kropp. Och begäret efter smärtan som kan underblåsa och förlösa den. Så vi befriar även ilskan, låter den spela fritt och hårdhänta, högljudda, hänsynslösa tar vi plats i och fyller ut det lilla frirum som vi upptäckt och mutat in: stångas, krockar, brottas, älskar.

Andhämtning, svett. De ligger där bredvid varandra efteråt, din oändliga tacksamhet och min. Ömhet och paradoxal blygsel, helt plötsligt, för vad säger man? Hur gör man nu? Motstridiga känslor, svårt det som var enkelt nyss, och jag är lite rädd för dig nu, inte förrän efteråt skrämmer du mig, när du är mjuk och öm och allt raseri är borta. Först då blir din ilska oförklarlig.

Men dina ögon glittrar och du ler och sträcker ut armen, sätter på bandspelaren, och vi är inte längre ensamma. Musiken vårdar oss, smeker våra blåmärken. Barbro sjunger: *Sommaren blev ett rum för våra möjligheter och vi tvekade aldrig, och vi tvekade aldrig. Låg på din arm, rörde din rygg och minnena brände sig kvar i mina händer. Å, du finns kvar i mina händer.* Och allt blir lätt igen. Vi lånar varandras ögon och ser, jag lånar dina och ser mig själv, ser att mina tidigare så yviga girafflemmar förvandlats till en loj och slank kropp, vuxen äntligen, nöjd och varm och befriad från tillkämpad disciplin och självkontroll, och de utstickande knotorna, benen, är de inte rundare nu? Har de inte förlorat något av sin kantighet?

Efter klicket när kassettbandspelaren stannar blir du rädd igen, vänder blicken mot väggen. Sedan mot mig igen.

”Räddar du mig?” frågar du tyst, med oroligt allvar och jag rullar intill dig där du ligger utspilld. Öm och varm och förälskad och sömnig och bara lite, lite rädd gömmer jag huvudet i din armhåla och nickar till svar, för du luktar så oerhört mycket du och allt kommer att ordna sig.

Och medan flickan vaggas till slummer av rösten och musiken, tätt intill sin första kärlek, sjunger spåren när ett tåg bromsar in någonstans utanför Skövde och dunket skakar en trött gammal vinthund vaken. Och det kränger i mig när jag närmar mig de minnena, den gränslösa narcissismen, så hjärtskärade naiv. En uppväxt och ett hem, en familj och en gemenskap, ett sammanhang och en tro, ett helt liv i ena vågskålen, en nyförlöst och självuppfylld tonårsflatas nyckfulla ömhet och kärlek och ett lättvindigt avgivet löfte i den andra. Den omänskliga bördan av två oförenliga världar. Ett teglat missionshus i verklighetens mitt och en liten timrad ängslada gömd i ett skogsbryn, den vi tillsammans gläntat på dörren till. Och allt det du lärde mig Rebecka, om att släppa allt, stänga av omdömet och tankarna och framstå i full värnlöshet, helt naken – jag såg dig, såg hur du gjorde och gjorde likadant – detta rus av sinnlighet var för mig en outforskad gåva, en verklig väg till befrielse. Men för dig ett tvång, ett måste. Att tillfälligt utplåna verkligheten utanför var enda sättet att få fly in i ladans lockande och frestande men omöjliga dröm. Och jag begrep inte ens varifrån all din ilska kom.

Du hugger omkring dig, en räv i en snara, för det gör ont, så ont, och visst gör det, även för mig, så förlösande ont att födas och jag är blind, hur öppna mina sinnen än är, för din desperation och ilska är en het krydda, och jag sätter berusat mina märken, lämnar mina spår, du sätter och lämnar dina och jag vårdar dem ömt, alla de ömma, bär dig med mig överallt, varje sveda ett leende minne, varje styng en våg av varm närhet.

Vi dalar flämtande och utmattade ner mot marken efter varje ljuvligt experiment. Och när vi vilat tillsammans, lyssnat på musik, druckit te och nuddat vid varandras fingertoppar, strukit med fingrarna över det skira håret på den andras utsträckta arm, så vaknar verkligheten till liv omkring oss igen. För mig, å, alltmer uthärdlig för varje gång, men för dig alltmer olidlig. Utom synhåll, fastän alldeles framför näsan på mig, gör skammen vad skam alltid gör: den skämmer. Den skämmer allt: erfarenheterna, kärleken, glädjen, kunskapen, smärtan, ömheten som följer efter, blåmärkena. Så börjar oron så småningom att växa i dig och du samlar dina plagg och saker, ger mig och vårt rede en smärtfylld blick som jag inte förstår och ger dig av neråt spåren och älven.

Där står han, ödmjuk, i en enkel grå kaftan och bidar sin tid. Han vet att du kommer till slut, vet bättre än att träda fram och röja sig. Han tröstar, övertygar milt och försåtligt och ger mig aldrig chansen att försvara dig, oss. Tar emot dig med förlåtelsens utsträckta armar och följer dig ner mot vattnet och talar vänligt; det är inte han som dömer, aldrig att det är han. För det är hans uppgift och kall att lida i människornas ställe när de felar, att bära deras tillkortakommanden. Hans hand vilar lätt och vänligt i nåd och kärlek på din axel, utan att tynga, utan att lasta. Det blod som stadigt sipprar från såret i handen som vilar mot din axel, det sipprar enkom till påminnelse. Dömer är det du själv som gör.

Illamåendet väcker mig och jag vinglar fram i mittgången till toaletten, sköljer ansiktet i kallt vatten. Ser den trötta vinthunden i spegeln, torkar av mig med sträva pappershanddukar och återvänder till min plats. Hjulen slår lugnande och rytmiskt mot spåren. Solen tittar fram, den står vinterlågt och blinkar genom förbipasserande skogsdungar och mellan husen i byarna. Det slår mig att mammas dikt och brevet ligger kvarglömda på soffbordet tillsammans med skivomslaget och det lär nog svida för Jonna om hon ser dem, även om min egen vrede har svalnat och jag börjat förlåta Agneta. Inget är ändå ens eget och tillsammans, på ett vardagsrumsgolv, har arvskiftet till slut förrättats, det egentliga, och allt det dyrbaraste var sådant som inte behövde styckas upp, sådant som berikar mer ju fler som delar. Men det vete fan om Jonna kan förlåta det. Intelligenta ungdomar är ofta sådana fruktansvärda moralister. De genomskådar människan, vuxenvärlden, men utan misskund. De har ännu inte stötts emot tillräckligt många egna omöjliga dilemman, olösliga situationer och fått kanterna slipade runda. Fråga mig, jag vet. Men det får vara som det vill med den saken och Jonna, med tanke på vad hon själv bär omkring på just nu, lär nog ha trillat av sina höga hästar. Den som nått medelåldern och fortfarande är dömande har levt ett liv fattigt på intryck; ingen som hungrar efter erfarenheter, som omfamnar livet kan bli något annat än förlåtande. Några visdomsord till min dotter, om jag hade någon … Ännu några till, det börjar bli en liten samling. Men jag stänger ändå av mobilen, för säkerhets skull. Jag vet vilka minnen som står på tur; de trängs och knuffas rastlöst i sin långa kö.

De skulle haft facklor, men de behövs inte. Den sena augustikvällen i Medelpad är ljus, så ljus och klar och oförmögen att dölja några synder. Det bubblar i bakhuvudet och sticker i hårbotten och Rebecka, jag ser dig. Genom köksfönstret ser jag hur du står med huvudet nerböjt framför din far. Han har handen på din axel, föser dig framför sig, som sköld kanske när du nu redan är besmittad. De andra bildar en parentes av hat kring er. Jag uppfattar inte mycket av anklagelsepunkterna som de riktar mot mig, men efter ett tag nämner de honom. Djävulen.

Och lilla Magdalena håller avståndet till dig, Rebecka. Hon trampar oroligt omkring med flackande blick, men håller hela tiden er far mellan sig själv och dig. Hon skräms av det hon satt i rullning, som blivit så övermäktigt stort; hon som bara ville ge igen lite, hämnas sin storasysters otålighet och avsnäsningar och kanske få höra ett ord av uppskattning. Vrede strömmar från er alla och nu är hon rädd men samtidigt uppspelt, överraskad av sin makt, var den så enorm? Och ändå så flyktig, den ovana och härliga hettan i kroppen av att för en gångs skull befinna sig i tillvarons mittpunkt, men värmen är kort som av att kissa på sig, snart över och förbytt i något annat.

Sju veckor, så länge, så kort, inramade av två ögonpar. Ett utmanande i en glipa, ditt mellan sätena i en buss. Det är där det börjar, exploderar på en millisekund. Och det slutar med ännu ett, skyggande i glipan mellan två timmerstockar. Uppspärrade, slukande ögon som vi upptäcker när lätet når oss: Magdalenas häpna gny, det hon omöjligen kan hålla inne med. Och slutet går nästan lika fort.

Skräcken i dina ögon medan du ordlöst sliter åt dig kläderna, och jag ser i dem att det är över. Oavsett om du kan förmå henne att hålla tyst eller inte så är det förbi. Du klär dig snabbt och springer efter din syster, utan att se dig om. Efter att långsamt ha klätt mig blir jag sittande en stund, ser på allt omkring mig en sista gång. Metallskrotet, de grå stockarna, bordet med muggarna, redet. Ditt hårspänne på marken låter jag ligga, men jag tar med mig Barbro, trycker kassetten mot mitt bröst, just där det bottenlösa hålet döljer sig, och går. Och stöld är det inte, för jag vet att du aldrig kommer återvända för att hämta den, aldrig någonsin kommer lyssna på Barbro igen.

Och nu står du utanför vårt hus, Rebecka, och ser ner i marken. Jag kan se dig genom fönstret. Du står omgiven av de andra och din far skäller på dig. ”Berätta”, skäller Jakob Kling, pastorns svåger. För helt utan skuld är du naturligtvis inte, det anar också han även om han väljer att fästa den vid någon annan. ”Berätta vad hon gjorde, Rebecka, vad hon tvingade dig till!” Och dina läppar rör sig till slut, tyst, för polotröjan sitter på plats igen, stramar åt ordentligt som den ska och måste göra, och det är svårt med luften och orden. Och med låg röst förråder du. Vad kunde du annars göra?

Pappa har gått ut och mött er; i övernaturlig storlek står han framför er på gräsmattan, rak i ryggen, och lyssnar med korsade armar till flickans redogörelse, står som ett bålverk mellan folksamlingen och huset. Hans arga stämma har tystnat, hans rosenröda ansikte bleknat, men ilskan finns kvar i hans spända axlar och skuldror.

Flickan tystnar. Och nu gör hon det, hon visar sina blessyrer och rispor, de avtryck vi i ivern gjort på varandras kroppar, de som med nödvändighet uppstår när man prövar gränserna, det vet varje barn. De avstår inte leken för att de räds smärtan, inte heller kärleken. Det gör man först som vuxen. Våra lekars blåmärken visar hon. Deras syskon och makar finns på min kropp, smyckar den. Men för de förskrämda, rädslans apostlar, utgör de bevismaterial.

Det är Guds år 1979 och, ändå, nu pratar de om djävulen igen. Han är verklighet för dem. Pappa skakar på huvudet. Han börjar invända men det är tydligt hur all hans ilska plötsligt blåser bort och han stumnar redan i första meningen. Axlarna sjunker ner och sedan skrattar han. Han kan inte låta bli, han skrattar desperat, skakar på huvudet i vanmakt, vänder dem ryggen och börjar gå inåt igen. Maja och Agneta har vaknat, sömndrucket nyfikna tassar de ut från sitt delade sovrum, men hela köket andas skräck och flickorna tystnar och blir stående, bleka. Mamma skyndar fram, lägger armarna om och försöker lamt skyffla in dem i deras rum igen, men stelnar i steget när den första dunsen ljuder. Den ilskna och kränkta folkmassan gör vad ilskna och kränkta folkmassor gjort alltsedan tidernas begynnelse; den ylar och kastar sten. Stenarna slår dovt mot ytterväggen och dörren som pappa just slängt igen efter sig. Ett vedstycke kommer snurrande och slår igenom en spröjsad ruta; glaset krossas och det knotiga träet faller ner på köksgolvet.

Och där, i det ljudet, det av glas som krossas, besinnar de sig, plötsligt skrämda av det egna våldet, den egna makten, för det är trots allt även civilisationens år 1979, om än kanske inte nådens, och till och med folkmassor har under historiens lopp synbarligen hunnit tillägna sig ett litet mått av självbespegling och impulskontroll. Så de tvekar, litar inte helt och fullt på att deras Gud faktiskt givit dem rätten de nu tagit sig. Att döma ja, men att utmäta straffet? Jag ser dem genom fönstret och känner det genast. De kan inte bära det, ansvaret som kommer med makten. Vedkastaren, fönsterkrossaren försöker spä ut sin handling genom att dela den med de andra, gormar nöjt men med oroliga ögon, söker stöd runtomkring sig, men får inget gensvar. För makten är tung och skitig och het som en eldgaffel och de släpper den snabbt, när den börjar bränna, och torkar av sina svidande handflator mot byxbakarna. Speglar sig i varandras blickar och ser de sista glimtarna av trubbigt våld som gömmer sig i ögonvrårna blinka till och dansa iväg som irrbloss ut i skogen.

Och genom fönstret ser jag dem stå och trampa, tyst byta vankelmodiga ord och alltmedan ilskan falnar i deras blickar och vänds i oro, så släpper istället skräcken hos dig, den som under hela detta eviga ögonblick tyngt ner ditt huvud och fäst din blick vid en punkt strax framför dina fötter. När ni nu slutligen sakta börjar lomma iväg lyfter din blick från marken och du vänder den bakåt, över axeln. Letar, ser in mot oss, mot mig, tränger sig in genom fönsterrutan. Jag går fram till fönstret, höjer handen till avsked i sorg och förlåtelse, söker din blick, finner den. Men det är inte rädsla jag ser i dina lysande ögon då, under de olidliga sekunder när våra blickar möts en sista gång, inte heller din ilska, den heta och strömmande, den eggande men skrämmande, det är inte heller den. Jag ser ditt ansikte och samtidigt mitt eget reflekteras i fönsterglaset. Jag ser mig själv; jag ser det du ser och du ser mig som orsakat allt detta, nu ser du djävulen de talat om, den som frestat och förlett dig, förhäxat dig med illusionen om en annan värld. Du ser mig och jag ser dig och det är inte rädsla i ditt ansikte, i dina ögon och det är inte ilska, inte ens sorg. Det är avsky.

I Skövde ett ögonblicks respit när en underskön kvinna av obestämbar latinamerikansk eller karibisk härkomst slår sig ner i fåtöljen mittemot. Hon har svart hårsvall och guldhy, nickar kort och ler med sin skarpt tecknade mun som enkom för att rädda mig från minnena, för när kaninen skuttar förbi så rycker det i nosen även på en döende vinthund.

Kanel och dunkel regnskog, gissar jag, väl medveten om att jag med största sannolikhet kommer att ha fel. Vilket skulle bevisas när hon så småningom reser sig igen, stryker förbi mig och jag känner hennes doft. Koriander och citron. Och det är nya världens hela bredd, alla distinktionerna och orden som uppenbarligen är och har varit viktiga: black, coloured, mestizo, mulata, zambo, morena, negro, branca, caboclo, chola. Denna mångfald som i all sin skönhet kommer sig av att de erövrade alltid har ett mått av erövrarnas blod i sig och efter hand även tvärtom, skulden spädd med oskulden tills de inte går att skilja åt. Det är kontinentens frihet och förbannelse att nästintill alla någon gång i sin förhistoria har slaveri och våldtäkter att tacka inte bara för sin skönhet utan för sin existens överhuvudtaget. Och de kan dofta hur fan som helst, en raffinerad sammansatt arom av offer och förövare. Inte som den keltiskt rasrena alvflickan tidigare idag, fräknig och genomskinlig, för en evighet sedan. Hon luktade verkligen hed. Ljung och backtimjan precis som man kunde förvänta.

Och Eva, vem hon än stod på randen till att bli, i en liten by, i en ängslada i vuxenhetens gryning, så har hon under detta korta ögonblick åter blivit påmind om vad och vem hon nu är. Vilka roller hon har odlat genom åren till den grad att de blivit hennes natur, det robusta fängelse hon murat åt sig. Eva, esteten, den egna blickens servila piga. Sin vinthundssjäl trogen störtar hon iväg vid första retning i ögonvrån, men just denna hund blir sedan allt som oftast stående framför det upphunna bytet, konfunderad. Cirklar kring det och nosar, alltför domesticerad för att bara nedlägga det. Nej då, analytikern Eva inordnar bytet i ett socialt fält, sätter det i ett sammanhang, kontextualiserar, etiketterar och arkiverar det och inte ens hon själv undgår sin egen dissekerande blick, dess analyser och utredningar av henne själv i tredje person. Eva betraktaren, den upphöjt utanförstående, som längtar efter att få kräla runt på marken med resten av mänskligheten men inte vågar hoppa. För att hoppa är inget hon på egen hand mäktar med att göra.

Nu kommer hon tillbaka, skönheten, med sina långsmala fingrar slutna om en rykande kaffemugg, hennes sexiga linjer i ögonvrårna när hon ler har tappat all lockelse, för hennes blålackade, sylvassa heteronaglar diskvalificerar henne otvetydigt som flata och sexualobjekt. För till skillnad från de liderliga gamla lektorerna som hon tidigare idag kände sig så befryndad med är Eva, realisten, den kroniska pragmatikern oförmögen att drömma och väva fantasier kring annat än det uppnåeliga.

Och nu borde jag blunda igen, försöka vila en stund, för den här dagen, hur rågad med påfrestelser den hittills än må ha varit, är fortfarande långtifrån slut. Så jag vänder blicken från det förbipasserande landskapet och ger den vackra Branca Mulastizo mittemot och hennes långa, vassa heteronaglar ännu ett snett leende för att hon helt obarmhärtigt klätt av mig, långt mer än jag någonsin henne, och genom sin blotta närvaro avslöjat exakt vad jag är. Hon ler tillbaka över sin pappmugg och jag rullar ihop min själ till en kudde att luta huvudet emot.

Jag vrider blicken ur hennes grepp, snubblar bakåt över mina fötter. Pappa står med korsade armar och glor efter dem, de som vänt om och givit sig iväg, och jag faller i hans famn. Men hans armar ligger kvar korsade över bröstet, de öppnar sig inte. Han skjuter undan mig och jag får tag i köksbänken, och när han börjar dra sig mot trappan säger han: ”Jag vet som inte vem som kväljer mig mest, de eller du.”

Mamma ger mig en övergiven blick, ser sedan ner på småflickorna som hon håller armarna om; de trycker sina ansikten mot hennes bröst. Men i det svåra ögonblicket när rädslan ger vika väller istället ilskan fram och hon väljer fel. Raseriet mot dem därute, mot världens beskaffenhet växer sig större än medlidandet och hon tar mig i försvar.

”Edvin!” Hennes ilska driver honom uppför trappan två steg i taget. Hon väljer fel, hon vet det redan när hon brister, brister ut i sitt: ”Nu, stora mänsklighet, ska du lyssna på mig” och jagar efter honom, för det är inte försvarad jag behöver bli. Och hon kommer att döma sig hårt, senare på natten när hon känner på min dörr och finner den låst, senare de kommande dagarna när mitt rum gapar tomt och anklagande och igen och återigen under åren som följer.

Om än inte så otröstligt, så förtvivlat som pappa, när han väl vänt och vridit på allt och fått grunna färdigt. Men nu skriker pappa däruppe, om dem och om mig. Skräcken har krupit på honom i efterhand, när han insett vad det är han har gjort: gått ut och på egen hand utmanat Sions hela armé, Gabriels alla hornstötare. Och han säger saker, om dem, om mig, ord jag aldrig hört från honom innan. De river i mig där jag står lutad över vasken och hjälplöst hulkar och spyr, och det är ord han kommer att ångra. För när ilskan och rädslan lagt sig, och så småningom även självömkan – den som frågar sig varför just han skulle drabbas av allt detta – så följs de av skuld, förtvivlan och nådlös självkritik.

Och jag tvingar mig upp, trycker händerna mot köksbänken och spottar i vasken. Sköljer munnen och torkar ansiktet. Ser hur Agneta håller om Maja, hur Maja trycker sig emot henne. Och jag lägger armen om dem, som jag gjort så många gånger förr, säger något milt. Som när de var små och någon av dem väckts av en mardröm och i jakt på ömhet och trygghet tassat ut i köket. Men Agneta känner redan att något är förändrat för alltid, värjer sig mot mina smekningar. Någon trygghet kan jag inte skänka henne, aldrig mer, och hennes ögon är skrämda när hon ställer sig mellan mig och Maja, som en branddörr, ett skott. Kort säger hon godnatt och stänger sedan dörren om dem.

Och det enda jag vet är att här går det inte att stanna; jag flyr in på mitt rum, låser efter mig, drar fram ryggsäcken under sängen och börjar packa. Grammofonen tar för stor plats, det kommer dröja arton månader innan jag hämtar den. Istället lite kläder, och löparskor, bankboken, kameran. Jag låter fingertopparna glida över bokryggarna i hyllan, tar ut och tittar på några men väljer i slutändan bara *Ett eget rum* och *Nattens skogar*. Och *Sent i november*, den måste såklart med. Ut ur Mumindalen, så långt bort som möjligt. Mitt rum är belamrat, fyllt till brädden, men vilka föremål betyder något när det verkligen gäller?

När jag är klar lägger jag mig på sängen, fryser lite men kryper inte ner. Viker överkastet över mig istället. Låtsas sova när mamma försiktigt knackar på, svarar inte på hennes ”Eva, är du där?” och ser handtaget tryckas ner och sedan försiktigt släppas upp igen när den låsta dörren inte ger efter. Och jag ligger kvar, stirrar upp i taket. Sedan tröttnar jag på taket och på mig själv, sätter in din kassett i bandspelaren. Spelar låten, tyst för att inte låta någon veta att jag är vaken, den du inte orkade med. Den du ständigt spolade förbi.

Det står ju i Bibeln, att störst av allt är kärleken. Det tror inte jag. Jag tror att störst av allt är rädslan för att ingen skall behöva en …

Rädslan för att förneka sig själv och förtvina och rädslan för att bryta upp, lika enorma. Och klämd mellan dessa två en flyktig värld, några kvadratmeter i skogskanten vid ängen, några stulna ögonblick av livsrum och närhet, mellan och bortom de otänkbara alternativen. Och en flammande ilska inför det omöjliga valet, allt den i slutändan förmådde var att göda rädslan, föda den, tills den slukade ilskan, vässade den till avsky och spydde ut den igen mot mig. Rädslan för valet, rädslan för att räddas. Det var din bakgrund som slog tillbaka med full kraft, inbillade jag mig då. Hatet mot den som visat en annan värld och möjliggjort valet. Först långt senare kan jag erkänna det för mig själv: vad var det för val?

Så Barbro, tvärtom då? Rädslan för att behövas, att behövas så desperat. Den var också för stor, rädslan för din ilska, för din skam, för allt det du hade hemifrån som du lade utanför ladans dörröppning när du kom och plockade upp igen när du gick, allt det jag inte förstod, inte kunde förstå. Och ännu mer rädslan för det oerhörda åtagandet. Inte hade jag tillnärmelsevis styrkan att rädda dig; det var bara en liten flickas fantasier, hjärtskärande naiva, lekstugedrömmar i en kärlekskoja i skogen. Jag, sirenen, plaskade i den djupa änden, lockade: kom, kom och du dök så vackert, men simma fick du allt lära dig själv. Det var avskyn inför det sveket där i dina ögon, inte någon nyvaken rättfärdighets agg mot en frestерska och hennes syndiga lockelser. Du förutsåg det, ditt svek föregrep bara mitt eget, först långt senare kan jag erkänna det. Ännu längre tid tar det att börja förlåta sig själv. Vad kunde jag gjort? Sveket var inbyggt från första stund. Från det att du kikade mellan bussätena och sade ditt: ”Du är lesbisk, va?” Redan där beseglades det hela. Det var ingens fel, försöker jag ändå intala mig nu.

Hennes rädsla hade rammat min och fått världen att rämna och det enda jag kunde försöka rädda ur spillrorna var mig själv. Därefter skivan och låten. Den som fått mig att erkänna den jag var: *A stick, a stone, it's the end of the road*, och ja, *it's a little alone* och vid *the dismay in her face, it's a loss, it's a find* får jag bita mig i knogen, men jag lyssnar vidare, lyssnar mig genom natten och väntar på första morgonbussen. Till Sundsvall och sedan resten av världen. Gävle? Nej, det duger inte. Uppsala, åtminstone Uppsala. Och klockan halv sex packar jag ner skivan, böckerna och det andra och ger mig iväg. Väskan är lätt när jag lyfter den: *Breakaway*.

Inte tyngre än den jag nu lyfter ner från bagageräcket och rullar ut på perrongen i Stockholm, den som ska räcka i knappt tre dagar. Jag byter till ett pendeltåg, kliver av i Sundbyberg. Promenerar den sista biten med väskan klapprande efter mig.

Gårdshuset är kalt, oisolerade tegelväggar och lysrör – verktyg och hinkar, säckar med betong, en borrmaskin med en sorts lång visp står i en hörna. Brädor hopsatta i kvadratiska och rektangulära ramar som verkar vara formar, längs rummets ena kortsida en bänk med arbetsyta i ståhöjd och en liten bärbar dator. Det är kallt, knappast mer än tio–tolv grader och det drar från dörren mot gården. En värmefläkt står och blåser, kämpar emot så gott den kan. Och mitt i allt detta mannen som vi en gång tillsammans snokade upp genom diskreta förfrågningar bland gaystudenterna efter det att Sónia nervöst men orubbligt lagt fram sina planer.

”Du vill ha det komplicerat”, sade hon den gången. ”Du lever upp av krångel, du vill fäktas, men alltså, jag vill ha det enkelt, välja mina egna utmaningar, en strid i taget när det passar mig. Inte den här eviga konkurrensen.”

Och stjärnstudenten Sónia Martins, 23, hoppade av sin doktorandutbildning i franska, sade att hon fått nog av studier, hon orkade ju aldrig läsa något för nöjes skull längre, och att hon ville ha ett lugnt liv, ett okrävande, bekymmersfritt och tryggt; oro och ångest hade hon haft tillräckligt. Ett jobb: helst helt hjärndött, som hon uttryckte det, och gärna med obekväma tider och hyggligt OB-tillägg så hon kunde gå ner i tjänst och hinna och orka med allt annat här i livet. All kultur. Och all natur. Ett barn. Ganska omedelbart ett barn, var tanken.

Det var alltså striden och utmaningen som hon valt och det var ändå dags att bestämma sig, var det inte? Vi hade ändå varit ett par i två år, och om inte fick hon lösa det själv, men om jag ställde upp på det skulle hon i sin tur stötta mig i allt jag ville. För alltid i evighet.

Älskade.

”Jag får hyra det för en spottstyver av föreningen”, säger han och torkar handflatorna mot benen på de snickarbyxor alla bögar verkar ha i garderoben. Häpnaden hos just detta par när det upptäckte att det skulle bli plagg för en verkstad och inte en nattklubb. ”Det stod ändå mer eller mindre tomt efter att de satt upp cykelställen.”

Alex sträcker ut handen, tveksamt. Vet inte riktigt hur vi ska hälsa längre i vår nyfunna konspiration. Jag tar den, kramar tillbaka. Jag har inte träffat honom sedan i midsomras när vi plockade upp Fredrik. Då hade han jeansskurna italienska byxor i tartanmönstrad flanell, snäv, v-ringad Bosströja och välmanikyrerade händer. Snodde omkring nervöst med rastlös blick och spänd ton. Pratade oavbrutet, ställde alla de rätta frågorna men väntade inte in svaren, medan Fredrik uppenbart besvärat drog i oss, ville iväg. Ovan vid att ha föräldrarna samlade på en och samma plats. Men det hade blivit tydligt redan under höstens telefonsamtal, sonderande, försiktiga, försiktiga, att någonting hade hänt med honom.

”Glamoröst värre, va?” säger han och följer min blick runt det kaos han själv står som mittpunkt i: snickarbyxor, islandströja med cementfläckar, fleecehandskar med avklippta fingrar och en keps. Kroppsligt och fysiskt av handlingskraft snarare än slankt men deffat och välmanikyrerat under en tajt t-tröja. Jag känner knappt igen honom, däremot ser jag pojken där, den vi träffade en gång och fikade med, jag och Sónia. Stuten, han med blicken och leendet, alla projekten. Farten, ögonskärpan. Egenskaperna vi diskuterade, vred och vände på efteråt. Jämförde med de andra avelsdjurens, den knappa handfull vi lyckats lura fram. Vad ville vi ha av honom, stuten? Han står där igen nu, pojken, lugn och leende. Han som obekymrat svor på sitt hedersord att han inte senare skulle få för sig att komma och lägga sig i. Han som såg handlingen som en performance. Konceptkonst. Tänk, skapande utan minsta ansvar efteråt – ett tillfälle för bra för att missa!

Och vi har väl båda fått en annorlunda syn på föräldraskapet sedan dess. Föreställningen om nödvändigheten av en pappa fanns inte hos oss på den tiden, tvärtom var denne en symbol för svek, övergivelse, för mig och än mer för Sónia. Något så svekfullt och opålitligt var det lika bra att man inte fick tillfälle att fästa sig vid. Även om jag kom att förlåta min egen, som faktiskt kort senare hade modet att ärligt erkänna sin svaghet och be om ursäkt, så skulle Sónia aldrig få tillfälle att förlåta sin. Och numera föreläser jag ilsket om frånvaron av män i barns världar.

Alex kom krypande ett drygt decennium senare, trots sitt nonchalant avgivna löfte, när han inte längre orkade misslyckas och ville försäkra sig om att han i alla fall skapat någonting av betydelse i livet, ville kanske känna sig behövd eller önskad av någon, åtminstone någon enda. Att finna någonting konstant i en värld berusad av det tillfälliga och flyktiga. Skapandet, mötena, idéerna, människorna – allt nycker, lustfyllda i teorin och i början, men så många, så många och därför undgängliga, därför utbytbara. En möjlig väg ut ur den räddningslösa ansvarsbefrielsen. Från känslan att det alltid, alltid går att smita, smyga iväg i ånger eller tvivel mitt i natten och överge idén, projektet, föresatsen, verket, kanske människan som man omfamnat så innerligt, med vetskapen om att det alltid skulle komma nya.

”Den kommer bli rätt imponerande, va? Min betongdansare. Nästan fyra meter hög.”

Han nickar mot en modell som står på en hög blompiedestal bredvid arbetsbänken. Den är en halvmeter hög kanske, en stiliserad människokropp av färgglada byggklossar sammanfogade av små metalltrådar, den massiva konstruktionen är på väg upp i något som liknar en arabesk med utsträckt kropp, ett ben bakåtsträckt och balanserande på en enda liten fot. Den ser omöjlig ut, som om den skulle tippa över ända när som helst.

”Hur står den?” undrar jag.

”Hur stadigt som helst. Det är mest en synvilla, sen fuskar jag lite med tyngden på styckena.”

I det kala rummets hörn står stora rektangulära stycken betong i olika former travade, många med runda hål i sig på olika ställen, knippen av armeringsjärn står längs väggarna, lagom tjocka för att passa i hålen. Jag häpnar över anspråket, storslagenheten.

”Hur fick du idén?”

”Fråga inte”, säger han med en sned blick åt mitt håll. ”Den är baserad på ett enormt luftslott.” Han ser plötsligt allvarlig ut, stannar upp med baljan i händerna. ”Jag försöker skapa nåt riktigt, nåt som inte går att undkomma, inte går att bortse från vad man nu än tycker”, säger han och häller trögflytande grå sörja ur en svart plastbalja ner i en rektangulär form. ”Det är kanske en smula bombastiskt men vad fan, jag har några förlorade år att ta igen. Då får man ta i lite extra.”

Jag nickar. ”Det kommer bli mäktigt.”

”I maj ska det vara klart. Jag får testbygga ihop den här på gården innan jag lackar delarna. Det blir att hyra en gaffeltruck och en byggnadsställning och bjuda hit alla för att hjälpa till. Du vet, man är ju livrädd för att det inte ska funka, den ska ju stå själv. Så tung, enorm och ändå svävande nästan, om det nu för en gångs skull blir som man tänkt sig. Jag har ett 3D-program för att räkna ut tyngdpunkter och vridmoment och sånt.” Han nickar mot datorn på arbetsbänken. ”Och jag har konsulterat en ingenjör, han har varit här i omgångar och räknat på det i timtal, så allt borde gå bra. Sen får den stå i väder och vind och åldras bäst den vill.” Han ler. ”Men ändå, tänk om?

Nio månader och minst trettitusen i material åt skogen."

"Finns det avsättning för sånt?" säger jag.

"Den här är på beställning", säger han och skär och stryker bort den välvande rågen i formen med en murslev, snärtar klattarna tillbaka ner i baljan. "Men sen kommer jag ha en grundplåt om nu allt går som det ska och nåt att visa upp på prominent plats. Och du vet, folk med stora pengar vill ha stor konst för att fylla de stora utrymmena i sina stora villor med stora trädgårdar, och sen har vi offentlig utsmyckning: torg, kommunhus, sjukhus. Fan, jag tror det kommer fixa sig."

Han löser upp den överblivna betongen och häller ut sörjan i en därtill avsedd slaskbalja.

"Och gör det inte det så kan jag i alla fall känna att jag försökte, verkligen försökte."

"Du ser bra ut", säger jag.

"Jag har magrat."

"Det ser bra ut."

Han nickar och tar av sig torghandlarhandskarna.

"Så, då kan vi gå. Kan du tänka dig pizza? Jag har inget hemma."

Vi släcker, går ut ur det lilla gårdshuset och låser efter oss. Han hinner duscha innan budet kommer och sedan sitter vi vid hans köksbord och tuggar i stillhet på varsin förvånansvärt god Cacciatore, dricker ett glas ripasso till, ur en flaska som nog stått öppen en dag eller tre för länge. Jag är nöjd efter halva. Det har hänt för mycket idag redan som lagt sig i botten av magen. Han glufsar i sig sin, tittar sedan med begär på min kvarlämnade bit.

"Varsågod", säger jag och han drar min kartong till sig över bordet och fortsätter äta.

”Jag glömmer av mig därnere”, säger han när han är klar. ”Plötsligt är det kväll och det sista man fick i sig var en banan och en kopp kaffe vid elva.” Han suckar, drar bak stolen, dricker en klunk vin, grimaserar. ”Du får ursäkta. Ingen mat, ingen vidare dryck. Jag hade tänkt ordna med det.”

Jag slår undan med händerna. Känner plötsligt sug efter en cigarrett, för första gången på säkert tio år.

”Jag har ordnat med grejerna vi behöver åtminstone”, säger han.

”Så den kommer dö långsamt och snyggt den där?” säger jag, inte riktigt redo än, och nickar mot köksfönstret och gården.

”Ingen aning”, säger han med en ironisk och avfärdande gest, en som frånsäger sig allt ansvar. ”Jag vet inte alls hur den här betongen funkar men min ingenjör har lovat att den kommer stå ett tag. Men när jag är klar kommer den att förfalla precis som jag ville att den skulle, det ingår. I själva verket ger jag den fria händer, den har min välsignelse att åldras precis som den behagar på egen hand.”

”Å, försök inte”, säger jag. ”Om några år kommer du börja ängslas och hälsa på den på helgerna. Dalta och gulla med den och lappa och laga, bättra på lacken varsamt. Och efter det dröjer det inte länge förrän du begär gemensam vårdnad.”

Han ler snett, lyfter blicken mot köksklockan över mitt huvud. ”Vi får nog sätta igång”, säger han. ”Jag ska in till stan och jobba.”

Jag förstår inte varför det tar emot helt plötsligt, inte existentiellt, bara att jag vill vänta en liten stund till. En liten stund till tillsammans.

”Hur kunde vi vara så misstänksamma mot varann så länge?” frågar jag och vi ler båda åt min genomskinliga fördröjningstaktik. Han spelar med, funderar en stund.

”Jag vet inte”, säger han. ”Men jag kunde ju ge Sónia nåt du inte kunde. För mig betydde det inget, det var helt lättvindigt, och ändå var det mitt lilla frö och inte din uppoffring som var avgörande. Du kanske inte kunde gilla mig förrän min del i det hela fått tyngd och betydelse för mig också, lika mycket som för dig."

Jag nickar. "Rimlig tolkning. Och när började du gilla mig då?"

"Du är en fantastisk förälder", säger han med uttryckslös min. "Men gilla dig, det är väl att överd..."

"Okej, den bad jag om", avbryter jag och ler tillbaka över bordet.

"Jag jobbar helgnätterna nu bara. Två pass, sexton timmar i veckan", säger han, undviker sankmarken vi är på väg ut i och påminner om det egentliga ärendet. "Det täcker räkningarna. Fast mer nu i jul. Många fina röda dagar och nätter."

Han ser den outtalade frågan i mina ögon och ler snett.

"Nej, raggmarknaden får klara sig utan mig."

"Har du nån?" frågar jag.

Han skakar på huvudet. "Nån gång ibland hittar jag mig nån att ligga med och sen övar jag mig på att inte kära ner mig. Så: nej."

"Du konsulterar en ingenjör kanske?" säger jag och han ler.

"Det är svårt", säger han. "Men det ska gå med lite träning, hoppas jag."

Jag skakar av mig känslan, den som säger att jag inte är redo. Försöker göra mig mottaglig. Det är ju inte för sällskaps skull jag är här, även om vi har det trevligt nu och pratar på riktigt, med ömhet och respekt under pikarna, kanske för första gången. Men vi har ju hela helgen på oss och kanske inte ska klara av alla de stora livsfrågorna meddetsamma, spara lite medelålderskris till imorgon också.

"Ska vi?" frågar jag.

Han nickar och reser sig. Går ut i hallen, försvinner ur mitt synfält. Är borta en kort stund och sedan dyker hans huvud upp i dörröppningen, in från sidan som vore det fritt svävande, och med höjda ögonbryn.

"Är du säker?" frågar han.

"Är du?" replikerar jag.

Huvudet följs av resten av kroppen. Han lutar sig mot dörrkarmen, drar handen genom kalufsen. Lite torkat betongsmul faller ner på golvet.

”Det blev ju bra sist”, säger han.

”Ja”, säger jag. ”Det blev ju bra sist.”

Han nickar och försvinner igen. Jag reser mig, hinner ut i hallen innan han stängt badrumsdörren om sig.

”Du. En dotter”, säger jag till honom. ”Jag vill gärna ha en dotter. Helst. Faktiskt.”

Han ler snett som han gör och hans ögon drar ihop sig lite. Det rynkar sig i hans ögonvrår. Det är vackert; han är ju vacker, pojken, och det slår mig att om allt går väl så kanske hon kommer få hans leende, hans smalnande ögon, så småningom hans skrattrynkor. Tanken känns bra. Varm.

”Då blir det vänstran”, säger han och ser ner mot sina handflator. Vrider och vänder på händerna. ”Eller är det högran för små flickor?” Han blinkar åt mig, försvinner in i badrummet och stänger om sig. Öppnar sedan igen, säger:

”Gå ut och sätt dig så länge. Det funkar inte om jag vet att du står och stirrar på dörren.”

Jag skakar på huvudet och återvänder till köket. Dricker lite mer oxiderat vin och väntar.

Agneta. Maja. Jag vet inte. Efter en midsommarnatt på vardagsrumsgolvet i barndomshemmet som följts av något, en förändring. En nyvaken och försiktig lyhördhet när vi hörs. Inte oftare än innan, men möjligen ömmare. Jo. Kanske är vi syskon igen, vi tre. Åter sammanförda av mamma och hennes ord. Rösten hör vi fortfarande, den bor i oss alla. Så starkt sitter den i pappa att han kan lura sig att han även ser henne.

Så småningom hör jag dörren öppnas igen. Alex kommer inklampande i köket.

"Så. Din tur", säger han och överlämnar en plastspruta med klar vätska. Tar sitt vinglas. "Prima kvalité enligt läkaren. Det finns en tub ... hjälpmedel i nattygsbordet, om det skulle behövas."

"Å, du tänker då på allt", säger jag.

"Ja, tro för all del inte att mitt nya avhållsamma jag hade hemma ändå."

"Skål." Jag höjer sprutan i min hand och han höjer sitt glas till svar.

"À votre santé!"

"Just precis", säger jag, tränger mig förbi honom i dörröppningen och går till sovrummet.

Det hela går åtminstone lätt rent praktiskt. Efteråt blir jag liggande på sängen med kudden under ändan, väntar på någon sorts känsla av peripeti som jag förmodar borde infinna sig. Men den kommer inte ens när jag försöker mana fram den och jag tänker att det livsavgörande kanske ändå sitter mer i beslutet än i själva handlingen. Är det inte lite fåfängt ändå, i dubbel bemärkelse, det där letandet efter definierande ögonblick i livet, de som man kan hänga upp sig på som på krokar, peka och skylla på eller vara tacksam över? Jag frågar mig om det inte ändå är i vardagens stilla svall som man långsamt slipas och nöts till den man blir och, trots allt, om inte det exceptionella och drabbande är just exceptionellt och mindre präglande.

Jag inbillar mig någonstans, kanske helt felaktigt, att jag hade blivit mer eller mindre samma människa ändå. Att min väg redan var krattad, att jag skulle ha stuckit snart i vilket fall, ett läsår senare bara. Men mina syskon, för dem förändrades allt i ett ljungande slag, det går inte att förneka, och jag känner ansvar och skuld. Och jag psykologiserar och analyserar, ser en osäkerhet hos dem båda, ett behov av trygghet, något att hålla i. Det är förmätet och inbilskt av mig, för vad vet jag om mina syskon egentligen, som aldrig såg dem slå huvudet i puberteten, hålla handen om den onda bulan och växa in i sig själva utan lärde känna dem på nytt först när de blivit färdiga. Men de var elva och tretton. Det är ingen ålder att tappa tilltron till världens grundläggande trygghet och godhet. Ingen ålder att konfronteras med en mobb, att känna sig så utsatt. Agneta, du ängslas när vi ses och förstår fortfarande inte helt varför. Slår undan känslan, kan därför inte greppa den. Hur kan jag få dig att erkänna det för dig själv, att jag för dig är symbolen för att världen är farlig, hotfull, missbildad? Min barnlöshet är säkerligen bara ännu en bekräftelse på att jag föraktar den världsbild, den kunskap och expertis som är din.

Men du fick samtidigt din egen roll, på gott och ont, när du höll om din gråtande lillasyster medan jag spydde i köksvasken av våldsam lättnad, av fruktansvärd sorg. Du höll om henne, strök henne över huvudet, tröstade och ljög och sade att allt skulle bli bra. Som alla tröstande ljugande människor försökte du övertyga dig själv, för om den tröstade låter sig tröstas måste det ju vara sant: att det är över nu, att allt kommer ordna sig. Det finns inget mer lugnande än att lugna, som det inte finns något mer eggande än att egga. Vi kan omöjligt nå längst ut eller känna helt och fullt på egen hand, utan någon att spegla oss i; en individ är aldrig mer än halv, i bästa fall. I det ögonblicket blev du storasyster, Agneta, inte åtta timmar senare när jag lämnade er.

Och i samma ögonblick, Maja, blev du lillasyster, den omhändertagna, den vackra. Som liten var du knappt söt, bara en stor mun och två stora näsborrar i ett i övrigt ofärdigt ansikte, och fortfarande med den flickspetiga kantighet som jag aldrig riktigt sluppit undan. Man kan nästan tro att det var din storasysters omsorger och uppmärksamhet som gjorde dig vacker, som formade dig, att det var hennes blick som fick dragen och linjerna att skärpa sig och falla på plats, när de nu ändå jämt hade ögonen på sig. Maja, den bortskämda, den fåfänga. Den som lämnad åt sig själv länge alltid kom att välja den till synes enklaste lösningen. I det ögonblicket vändes rollerna upp och ner, och cementerades i ett slag. Under några år blev ni stora- och lillasyster, med väl definierade roller, istället för de tvillingar ni tidigare nästintill hade varit, jämställda i lek och plikter, alltid tillsammans.

Och i samma slag förlorade jag min roll som idol och beskyddare. Länken till framtiden och den vuxenhet som små flickor så hett traktar efter. Jag hade svikit på ett grundläggande plan, existentiellt. Utgjorde enbart en fara. En riskfaktor. Någonting ni skulle få sota för, oförskyllt, igen och igen. Min synd fick ni ärva, som kläderna mamma plockade fram ur gömmorna när ni vuxit ikapp dem. De ni i fortsättningen skulle vägra att ta på er. Ett obehag som gått över, men ibland gjorde sig påmint, som nageltrång. En röst i en telefonlur. Ett ont minne som ibland kom på besök. Ingen syster längre, mer som en läskig moster, eller kanske något som börjar med styv- eller svär- eller någonting annat hotfullt.

Snart har ni varsitt rum, något ni tidigare vägrat. Befäster ytterligare era roller genom att flytta isär. Bråkar om rummen, om vem som ska tvingas överta mitt. Agneta tar det, under tyst protest, i den första av alla sina eftergifter gentemot Maja, gentemot världen. Hon river ner mina uppnålade fotografier och planscher, och efter att pappa målat om i ljusgrönt tapetserar hon för säkerhets skull över det sista av Eva som möjligen osynligt fläckar väggarna med Donny Osmond och ponnyaffischer, sätter sig på sängen och suckar, med en gryende känsla av rättfärdig tillfredsställelse, den känsla av godhet som bara självuppoffring kan ge.

Det knackar på dörren och Alex röst tränger in i sovrummet, bryter av: ”Eva, är allt okej? Jag skulle behöva komma in en sväng innan jag sticker till jobbet.”

Jag reser mig, vinglar ut med ett ”förlåt”. Han ler, klämmer mig på axeln på vägen in och jag lägger mig ner på soffan i vardagsrummet där han bäddat åt mig.

Legenden om Eva och Rebecka är inget som bygden låter er glömma, den muntliga traditionen på landsbygden är stark och den har återkommit i allt fantasirikare versioner över couronneborden i skolornas uppehållsrum, och i surt kaffedoftande viskningar över en delad äppelkrans i personalrummen, snart mytisk, en ond saga om häxan, ängeln, oskulden förkroppsligad, och det oerhörda brottet. Ni lär er allt om vuxet hån, barns spefullhet och den rumphuggna uppsluppenhet, den oroliga tystnad som ibland uppstår just när ni kommer in i ett rum.

Agneta, du finner dig själv i stoisk värdighet, i stolt martyrskap, nästintill kristet, och odlar i tysthet ett mindre kristet förakt, som mamma. Maja, du övertar istället pappas direkta konfrontation, käftar emot, försvarar dig (och ibland även mig) vilt, slår omkring dig, men en tonårsflicka, en begynnande skönhet trånar så oerhört efter så mycket och ett smutsigt namn är i längden en alltför tung börda, så en dag tar du saken i egna händer, klipper det osynliga bandet och frigör dig från min kvarlåtenskap.

Du stjäl ängsladan, ärver den kanske, sett mer välvilligt. Du gör den till din egen och håller hov där, till ett ljudspår av Saxon och Accept, ovana klanger för den kassettspelare som, mot förmodan, fortfarande fungerade bara man bytte de syraläckande batterierna. Och varm och upprymd av groggarna killarna bjuder på, av deras förekommande omsorger, av deras blickar, av tjejernas illa dolda avund, intar du scenen och ger ditt bidrag till dynghögen, berättar fantasifullt, med pubertetens hela motstridiga explosion av fascination och äckel inför ämnet, om *den gången när du råkade …* Du fabulerar hämndlystet, hämningslöst om ställningar, läten, redskap inför en trollbunden publik i det fladdriga skenet från tunnan ni eldar i. Men du anar något om tillvarons beskaffenhet, Maja; din version skiljer sig något från de tidigare, inte bara genom sin frispråkighet. Du anar redan något om livet, om tvåsamheten, om människors motiv och önskningar som sällan är lika bländande vita eller lika förtappat svarta som i sagorna, särskilt inte på erotikens område. Du känner stanken av hyckleri så du underlåter inte att berätta även om offrets njutning och beredvilliga underkastelse och därför blir din bild, i all sin illvilja, sannare än de tidigare och med all säkerhet mer kittlande. Och värmen och lättnaden strömmar igenom dig, för du känner att det fungerar, hur du av egen kraft vänder din besmittelse i attraktion, hur du äntligen ger efter för den vrede du burit omkring på men kämpat ner, för varför skulle du vara evigt lojal mot någon som släpat dig, hela familjen, i skiten och sedan lämnat er i sticket? Det enda smolket i det ljuva ögonblicket är att Jerker inte lyssnar med samma andlöshet som de andra – han skruvar på sig där han sitter och vänder bort blicken när du försöker fånga den – men det är inget du tänker låta hindra dig och eggad av dina egna ord, av de hänförda blickarna fortsätter du, sprudlande.

Och Jerker, du dricker ur din ölburk, lyssnar med växande obehag och besvikelse, för det var ju i rent trots mot dina föräldrars misstänksamhet och fördömanden som du tidigare under våren drogs till och lockades av familjen Aronsson. Det att du aldrig, aldrig ville bli som de. Instinkten var den rätta och där, i deras värme, har du mjuknat och äntligen kunnat tygla din ärvda ilska. I början blyg och misstrogen men snart smickrad av döttrarnas tävlan och omsorger har du fastnat i ditt dilemma, ett omöjligt val mellan det sprakande fyrverkeri som är Maja och Agnetas djupare och mindre nyckfulla ömhet. Nu skräms du av illviljan, av samma sort som du alltför väl känner igen hemifrån; du ryser till och hasar närmre

Agneta på bänken bredvid dig. Och när vi så småningom träffas, Jerker, så förstår jag inte varför jag fått en osannolik, oväntad bundsförvant, och förlåt mig min inledande misstänksamhet. Det gör jag inte förrän några år senare, sent på natten efter bröllopet, då du valde att ta vårt namn hellre än att ge dina föräldrars till Agneta. Över en öl efter att alla andra gått i säng ställer jag vad jag tror är en oskyldig fråga om hur det blev ni, om hur ni funnit varandra, du och Agneta. Mitt lättade skratt, och din förvåning, men befrielsen är ju så mycket större än ilskan; balansen är ju i så fall återställd mig och Maja emellan, sveket gengäldat och jag känner någon sorts beundran ändå för hennes förmåga att lösa sitt dilemma. Kanske att jag nästan är lite märkligt stolt över henne.

Och lilla Agneta, du är arton redan när din syster håller sin föreställning, inte så liten längre utan äldre än jag var när jag flydde. Först försöker du avbryta, tar till mogenhetens röst, storasysterns: *Sluta tramsa dig Maja …* Det röstläge som rymmer en implicit förebråelse om barnslighet och den brukar fungera, för finns det något Maja är känslig för så är det att framstå som ett barn och inte som den unga kvinna hon så gärna vill vara. *Maja, lägg av nu, du får …* Du sätter orden i halsen, stum av blicken hon ger dig, som en örfil, ett glödande rakblad, och ett band släpper nu mellan er, skärs av. Igen är någonting förändrat för alltid och du anar att dina medel har tappat sin verkan. Du är maktlös, din roll har strukits ur Majas manus.

Alltmer illa berörd lyssnar du vidare, inte så mycket av det utstuderat iscensatta förräderiet gentemot din storasyster, det finner ändå någon form av resonans i det agg du själv bär djupt inom dig. Nej, det är språket, detta skyfall av spott och könsord från Majas mun som störtar ner över er alla, hennes explicita och målande skildring som får ditt ansikte att hetta. Men 1984, bland tonåringar med ölburkar och fulla plastmuggar, är en kvinnas blygsel inte längre hennes vackraste smycke, så mycket vet du, så du sitter tyst och hoppas att eldningstunnan bredvid dig ska vara förklaring nog till dina blossande röda öron.

Men så känner du plötsligt Jerkers axel och höft trycka mot din sida och känslan av maktlöshet förbyts i bubblande, jublande seger när du anar att samma glödande rakblad som skurit av bandet mellan dig och Maja även har skadat något mellan honom och henne. Du vågar inte se på honom, inte med alla dessa ord som flyger runt i luften omkring er, men du trycker tillbaka, lutar dig emot och han drar sig inte undan. På din högra sida hettar tunnan, de flackande lågorna, på din vänstra hettar han, han, han och du hör inte ens vidrigheterna längre, du sitter bara där och blundar och ler och tar då och då en klunk ur din plastmugg med en varm kolibri fladdrande i bröstet.

Där! säger Maja och pekar, och tjejerna på halmbalarna skingras, kastar sig åt sidorna och ner på golvet med äcklade utrop, de spiller häxblandning ur sina plastmuggar och de häftiga rörelserna river upp damm från jordgolvet och balarna. En av killarna reser sig, lyfter teatraliskt en av balarna mot sin näsa: *Den luktar för fan fortfarande fittsaft!* och slänger den med demonstrativt spelad avsmak i tunnan. Ler åt sin egen fyndighet och bugar åt skratten. Balen, fnösktorr av sommarvärmen och vinden, brinner explosivt och lågorna som slår upp slickar taket. Agneta drar sig bakåt med de andra på bänken. Värmen slår ut mot dem, balen gnistrar och sprakar, glödande strån lyfts upp av hettan och singlar ner igen. Det börjar ryka ur en hög av löv, halm, skräp som blåst runt och samlats i och kring en hög metallskrot. Någon skyndar dit för att trampa ut glöden.

Vänta, låt det vara, säger en av flickorna, och är det inte Magdalena Kling, med sin tunga börda, snart med den tyngsta av dem alla? Hon som i sann kristen anda har förlåtits av sin storasyster men aldrig av sin far som inte längre kan se henne utan att rysa. Ja, inte ens förlåtits för det fanns inget att förlåta, hade Rebecka försäkrat. Hon hade ju gjort det rätta som avslöjat det hela. Något Magdalena själv aldrig lyckats övertyga sig om, trots ihärdiga försök. Hon blev det som föll från tron, inte hennes syster, på eget grepp måhända; budbärare kanske inte längre dödas för sina onda besked men de möts knappast heller av tacksamhet. Dina föräldrars kyla har tvingat dig att söka gemenskap och närhet på annat håll än i familjen och församlingen; därför sitter du här helt skamlöst på brottsplatsen och super och syndar som vilken tonåring som helst. Och maktbalansen håller på att förskjutas, du börjar förlora greppet när Maja helt fräckt har stulit din roll och din berättelse. Det enda du äger, minnet av ett ögonblick av verklig makt. Och så oerhört kluvet, för samtidigt den bittra ångern över att du utnyttjade makten. Och berättelsen om detta ögonblick, din sanna eller åtminstone självupplevda, Majas uppenbart lögnaktiga fabulerande. Du vill punktera henne och ta makten tillbaka, men du är inte dum, Magdalena, så du håller tills vidare inne med ditt förakt för systrarna Aronsson. Ynkliga Agneta, gult fram och brunt bak och Maja, efter åratal av tråkningar plötsligt en maktfaktor och du anar hennes hat. Och även om tjejerna skulle jubla om du tog ner henne på jorden så ser du i killarnas ögon att du inte kan vinna mot henne i öppen strid. De ögonen känner du igen; ironiskt nog är du den enda flickan i sällskapet som förlorat oskulden.

Så ett gyllene tillfälle att återta initiativet. *Låt det brinna*, säger Magdalena och ni ser er alla omkring, ser rädslan och samtidigt spänningen, kittlingen i de andras ögon. Den tysta överenskommelsen. *Var är korven?* frågar någon. Och vid bakdörren lägger Jerker en hand på Agnetas axel, viskar: *Kom* och hon smiter ut efter honom, tacksamt, följer honom uppför stigen genom skogen, upp på vägen, hemåt.

Maja, du ser dem nog, och armen kring hennes midja, men stynget av bitterhet kan inte tävla med lättnaden. Du vänder dig mot tunnan igen och mot skrotskulpturen bakom där små flammor börjat slå upp och slicka metallen. Nu är initiativet ditt igen, Magdalena åter en statist, för du tar tag i en ny bal och slänger den på den spirande elden. En tung och stickig ryggsäck som du efter en oändligt lång vandring äntligen fått av dig, och den slänger du på bålet. Nej, mer som en vårta i ansiktet, en riktigt äcklig kärringvårta under ögat, med grova, svarta hårstrån som sticker ut. Äntligen har den skurits bort, och dolde det inte sig en riktig skönhet därunder? Den verkliga, riktiga Maja, och nu äntligen, utanför en liten brinnande byggnad i brynet mellan ängen och skogen, där flammorna slår upp genom taket – berusad och upprymt jublande i mitten av ett gäng berusade, upprymda, jublande ungdomar som ännu inte känner någon bakfull ånger och oroligt smyger till tvättmaskinen med kläder stinkande av brandrök – nu, med flammorna blinkande i ansiktet, i hettan som strömmar mot dig när allt som är gammalt går upp i lågor kan du börja förlåta din storasyster.

”Då sticker jag då”, säger han utifrån hallen och jag går ut för att ge honom en kram och låsa efter honom. Jag ser på honom och han ser på mig i sin prydliga uniform – i servicerollen igen, med perfekt yta, om än kanske inte lika välmanikyrerade händer som tidigare år, betongen sätter sina spår. Han doftar Old Spice. Någon sorts böghumor, antar jag. Att gå till jobbet doftande av gubbparfym som en ironisk flört med konventionell manlighet. Eller är det kanske Tabac? Jag har aldrig kunnat hålla isär dem.

Och tanken slår mig först nu, vilken jäkla dag av vansinne när man kan glömma något sådant. Jag brister ut i skratt. Han ler och nickar på väg ut genom dörren, ger mig en frågande blick.

”Vänta”, lyckas jag få fram och han blir stående i dörren. Väntar ut mina magkramper. ”Alex. Det är en liten grej som jag glömde berätta mitt i allt”, säger jag och tar ett djupt andetag, yr av syrebristen och med en sorts jublande känsla av rättmätig, okynnig hämnd bubblande i bröstet. Pojken står med armarna i kors, tittar menande på sitt armbandsur och tungan snubblar på orden när jag skyndar mig för att inte hinna börja skratta igen. ”Du ska bli … farfar. Fredrik har gjort Jonna på smällen.”

Han gapar och stänger munnen igen, som en karp.

”Din systerdotter Jonna? I Sundsvall?”

”Nedansjö, ja”, svarar jag. ”Fast Göteborg numer.”

Han skakar på huvudet, tittar uppgivet på sin klocka. Svär.

”Sen!” säger han, hytter med pekfingret och försvinner nerför trappan. Jag stänger efter honom och återvänder till soffan. Att sova är uteslutet.

Några dagar efter din föreställning, Maja, med en molande känsla av skuld i magen – om än inte tusendelen av den som öronbedövande vrålar och skriker i Magdalena Kling och sliter henne i förtvivlade stycken när familjen delges det märkliga beskedet – tvingar du dig för första gången att slå ett Uppsalanummer. Berättar över telefon, som i förbigående och så oskyldigt du förmår (*Tänkte bara höra hur det var med dig. Vadå hurså? Men det kan ju inte vara sant, du har alltså inte hört det?*) om en skolkamrats storasyster som tagit livet av sig, slängt sig framför tåget en bit nedanför oss bara, längst ner i slänten nedanför sågen. Till slut får du ur dig hennes namn. Tänk så svårt det kan vara, Maja, att säga: Rebecka. Det som gick så lätt för några dagar sedan. (*Ja, alltså, hon, du vet. Var det inte hon som … ? Ja, som du …*) Och du väntar spänt på reaktionen, Maja, spetsar sinnena.

Men förlåt mig, Rebecka, min arga, min så sjuka, så skräckslagna, min första, om jag ändå inte riktigt hade det rum för dig i hjärtat som jag kanske borde. Inte då under telefonsamtalet med min fiskande lillasyster och inte nu. Att du förrådde mig kunde jag väl förlåta, det gjorde jag redan där och då, en sorglig vinkning i ett krossat fönster, men aldrig, aldrig det att du svek dig själv, ditt innersta. Vämjelsen i dina ögon då, hatet, blir sista gången du släpper din ilska lös, ditt sista utbrott av mänsklig passion. Snart väver du änglavingar med självförakt i varpen och skytteln trädd med trådar av lenaste och starkaste offer, och du slår med dem, prövar styrkan, stiger sedan uppåt, uppåt och svävar i skyn på dina vingar, höjd över all mänsklig ilska och avsky, kärlek och åtrå. Och du förlåter din syster, du förlåter mig, förlåter Barbro, förlåter oss alla, alla utom dig själv.

Vad säger dig din tro, när vår lada förtärts av elden, och vad säger ditt hjärta? Om än inte av din syster så får du väl höra av grannarna, kanske läser du det i tidningens lokala notiser. Det spekuleras i ett blixtnedslag. Är det din tur då, att få komma hem? Den renande smärtan som du tycker om, gömmer sig förlåtelsen bakom den?

Nej, säger den milde mannen i grå kaftan vid din sida. Nej, säger han och står fast vid vad han sagt dig alltsedan en augustinatt några år tidigare. Du är utan egen skuld, du blev förledd. Det var djävulens verk och din egen tro räddade dig ur hans grepp. Ärligt känd ånger och ståndaktighet är allt jag ber dig om, säger han. Det är allt som förlåtelsen kräver.

Men jo, säger hjärtat, för nu äntligen får det vara slut på lögnerna och självbedrägeriet. Det var med berått mod, det som skedde. I glädje, ömhet, innerlighet, säger hjärtat, kanske kärlek till och med. Tvivlet, det ständigt närvarande, lägger sig äntligen, den förtärande väntan är över och du blir alldeles lugn och fridfull.

I juninatten får mörkret aldrig fäste, skymningen förvandlas långsamt och omärkligt till gryning och någonstans i gränslandet emellan reser du dig från din säng, Rebecka, och tar på dig din vita klänning. Du nickar adjö och ler åt den milde mannen som besviket ser på dig från sängens fotända, du lämnar honom bakom dig och går nerför backen till spåret. På din väg längs banvallen binder du en krans av de blommor du finner. I byns andra ända sätter du kransen på ditt huvud och klättrar uppför den branta stigen, upp till ladan.

Taket är utbrunnet. Söderväggen ut mot ängen har rasat, där har lågorna slukat det torrare timret. De övriga står fortfarande. Där har flammorna gnagt och tuggat på stockarna, gröpt ur dem och slickat dem sotsvarta men inte helt rått på väggarna, som fortfarande är sura av vår- och försommarregnen. En hög metallskrot i en hörna, en tunna som det eldats i. Kanske inte blixten ändå. Det spelar ingen roll. På marken några sotiga flaskor och glas, aska, förkolnat trä. Små metallbitar i en deformerad kub av smält och brunnen plast, och du hör: *Sommaren var varm, sommaren var het och solen brände över allt som hände. Å, vad den sommaren brände.*

Och du hör: *Det står ju i Bibeln, att störst av allt är kärleken. Det tror inte jag. Jag tror att störst av allt är rädslan för att ingen skall behöva en.*

Och det ringer och sjunger i spåret, allt starkare, öronbedövande. Du tar ett stycke kol från marken, prövar svärtan mot handryggen och drar sedan två hårda streck till ett svart kors i pannan innan du vänder ladan ryggen och återvänder mot banvallen. Ett kors som fortfarande tjugo år senare förföljer och jagar ikapp lokföraren i hans drömmar under de oroliga, så skoningslöst ljusa sommarnätterna. Ett kors svävande under en krans av sommarblommor. Ett kors vars innebörd nog enbart jag och möjligen din syster tillnärmelsevis kan ana. Störst av allt är rädslan, så hälsa Virginia Woolf och Karin Boye, hälsa alla de tusentals andra som blev för rädda, hela den sorgliga raden av homosexuella självspillare i den sjunde kretsen när du passerar. Själv ska du längre, Rebecka. Allra längst in.

Det är sommaren 1984 och jag blir sittande med den tutande luren i handen efter att Maja lite snopen av min kyliga fattning lagt på. Jag sitter vid telefonbordet i hallen hos filosofie doktorn, tillika lektorn, i lingvistik, Anna-Maria Eng, 39, i hennes rymliga trea på Linnégatan, ett stenkast från Fyrisån, där jag hyr ett rum, sällan nyttjat, eftersom jag på dagen mest håller till i köket, på min studentnation eller i institutionsbiblioteket och på natten mest håller till i lektorns sovrum, i hennes säng, mellan hennes lakan eller lår.

Men nu lägger jag på och går bort till rummet som jag så sällan vistas i. Plockar bland mina saker och hittar snart skivomslaget jag letar efter; så särdeles mycket saker har jag ännu inte hunnit ansamla och det viktigaste man bär omkring på sitter hur som helst på insidan. Jag tar det med mig ut i köket, lutar stolen bakåt mot diskbänken och sätter upp fotsulorna på väggen mittemot. Lägger omslaget i knät för att tända en John Silver, några pappersark glider ut. Brevet vars varning föregrep allt som skulle ske, om man nu hade kunnat lära av andras misstag, men vars ord jag inte begrep när jag fick dem. Och dikten, den tillhörande, som jag nog inte ens ville begripa; alldeles för fullt sysselsatt med att försöka komma underfund med min egen nymorgnade kroppslighet för att överhuvudtaget ens kunna börja hantera den högst eventuella och, i så fall, sjukt pinsamma hos min mamma. Förstår nu gesten, förtroendet; värme bubblar upp i min mage, och lite skam.

Så omslaget. En skarp haklinje, en hårslinga, läppar: en nästan sluten mun, ett nästan slutet öga. En nästipp intill en kind; kvinnans, flickans, namn var Laurie Bird vet jag nu. Jag har sett *Fortare än döden* på Uppsala Studenters Filmstudio och identifierat henne genom hålet jag plötsligt kände i magen, känslan av att falla. Hon var Art Garfunkels flickvän, precis som omslagsbilden mer eller mindre otvetydigt avslöjade, fast man på den tiden utan svårighet kunde intala sig något helt annat, och hon hade tagit livet av sig, hon också. Hängt sig i hans våning i New York, i mitten av juni 1979, kort efter det att två generade flickor granskade varandra i en glipa mellan sätena på bussen hem från Sundsvall. Ungefär samtidigt som de i hemlighet började mötas i en ängslada nära sågen i Nedansjö, några hundra meter uppför backen från sjön och banvallen. Och när jag i köket hos min älskarinna och mentor Anna-Maria Eng blinkar med fuktiga ögon mot den stickande cigarrettröken och ser på bilden i mitt knä så är det inte Arts krulliga blonda lockar och slätrakade babyansikte jag ser där mellan henne och mig själv: den luttrat syndiga, den cigarrettrökande och kyligt världsvana, det är en skäggig och långhårig man med trötta ögon i grå kaftan. Men honom har vi väl fått just för våra synders skull.

Jag vänder bort bilden, lutar omslaget mot mina lår och skjuter in brevet i sin springa igen. Fimpar ciggen hårt mot sidan av vasken snett bakom mig och känner en lust att löpa, löpa långt, känna pulsen i tinningen, känna de pumpande brännande andetagen klösa i lungorna.

En telefon ringer, Alex telefon i hallen. Jag öppnar ögonen, går upp för att svara, det är sent och därför rimligen viktigt. Kanske han själv som glömt något. Men det är en annan röst i luren.

”Du kan slå på mobilen nu, du inbillar dig väl inte att jag inte begriper var du är?”

Jag börjar säga något men hon lägger på. Jag slår på min mobil, den blippar uppspelt om sms och röstmeddelanden. Jag sätter mig ner, tvekar kort men ringer sedan upp.

”Tror du inte jag fattade?” ryter Sónia. ”Allt ditt slingrande? Vad inbillar du dig, att jag skulle sätta mig emot? Vara så jävla ego att jag inte skulle ge dig det stöd som du gav mig?”

Och jag frågar mig varför, egentligen. Det är inget jag rett ut inför mig själv, bara en maggropskänsla: att smyga, inte avslöja något, inte ens för Sónia. Och nej, jag var inte rädd för att du skulle vägra, utan naturligtvis rädd för att du skulle uppmuntra mig och att jag då skulle värja mig, att jag skulle skicka hela grejen på båten bara för att sätta mig emot, i rent tonårigt dumtrots, bara för att få känna att det var mitt eget beslut och ingen annans. Jag drar ett andetag och berättar just det för henne.

”Du är knäpp”, säger hon.

”Ja.”

”Bindgalen.”

”Antagligen. Jag vet. Det räcker nu, tack.”

Sónia morrar något.

”Hur är det med ungdomarna?” frågar jag henne. För första gången idag har jag på riktigt plats för någon annan än jag, jag, jag utöver deras relation till mig, mig, mig. Men jag ska försöka att inte klandra mig för mycket.

”De sover redan, de var helt slut. Det har bråkats en del, sånt man kanske helst sluppit lyssna på, som om huruvida nån klåpare dragit sig ur i tid eller inte, och hur jävla lätt det är om man ligger underst. Men det ordnar sig, de hann sluta vapenvila innan de stupade. Jag tror Fredrik fick ta en del skit som egentligen skulle ha dumpats på Agneta. Jonna var rejält på krigsstigen, tog till bröst-tonerna om vilken kränkning det var mot Ingas minne att sno hennes dikt sådär skamlöst. Smidigt av dig att lämna allt framme. Ungefär lika smart som att lämna en använd ägglossningssticka på handfatet. Då kan till och med en dum och lat invandrare lägga ihop två och två. Var det ditt undermedvetna kanske som skämdes så jävligt för ditt beteende?”

”Jag var väl lite disträ.”

”Det kan jag tänka mig. Jag är rätt trasig själv faktiskt, det tar på krafterna att vara förbannad.”

”Förlåt.”

”Vi får se”, säger hon pliktskyldigt, för att jag ska veta min plats. ”Godnatt.”

”Sov gott.”

”Nä, fan, ångrar mig. Jag är inte klar riktigt än”, svarar hon och nu är tonen hårdare igen. ”Du står och ljuger mig rätt upp i ansiktet om konferenser och betygsnämnder och det verkar gå oroväckande lätt för dig, men sen när ilskan lagt sig var jag nog mest lättad. Ett tag i alla fall. Jag har gått och oroat mig lite för att du kanske var på väg att lämna mig, vet du. Tyst och grubblande och dåligt med lusten, inte riktigt dig själv minst sagt. Glider undan när man undrar. I månader. Och nu är jag skitförbannad för att jag blev lättad och för att jag gått och haft ont i magen hur länge som helst bara för att filosofie doktor Eva Aronssons pensionsmogna livmoder har hittat ut ur sitt ide i elfte timmen och hon själv är så hormonkorkad att hon inte vågar berätta det. Medan jag är skitskraj för att du hittat nåt litet som fått dig att känna dig ung igen. Men det verkar som att jag får det tvivelaktiga nöjet att dras med dig ett tag till då, eller?”

”Jo”, säger jag och försöker svälja undan värken i halsen. ”Om du står ut.”

Hon skrattar, det befriande skrattet, det som sopar bort alla problem. Och jag älskar henne för det. För evigt.

”Sluta ynka dig, tjejen”, säger hon. ”Det klär dig inte. Gör aldrig såhär igen.”

”Lovar”, kraxar jag, biter mig i knogen. Sónia sitter tyst i andra änden.

”Okej”, säger hon till slut. ”Vi hörs imorgon.”

”Ja.”

”Du”, säger hon milt, pausar sedan kort. ”Alltså, trots allt. Lycka till. Jag håller tummarna.”

Jag håller för lurens mikrofon och harklar mig. Får fram ett ”tack” innan jag lägger på och hoppas med en generad och påkommen flickas hela fåfänga att hon inte hört att jag gråter.

*

9

Edvin, februari 2006

Efter frukost förhör sig Viforsen om ett parti och klockan är ju bara en kvart över nio, därtill att man med en tretår eller två i kroppen faktiskt närapå känner sig klar i knoppen, som undantagsvis, så då kan man väl ta tillfället i akt medans man ändå väntar. Jag hämtar skorna och jackan på rummet och går sedan och sätter mig i allrummet där han ställt opp pjäserna. När Agneta knackar på rutan utanför och vinkar ett par timmar senare och det är dags att gå har man en seger under bältet och Viforsen sitter utöver det i svårt trångmål och kliar sig i bakhuvudet. Jag vinkar tillbaka och får kastat en nöjd blick på brädet mellan oss innan jag reser mig.

”Jag får väl gå och samla opp Inga, var hon nu håller hus. Tack för god match”, säger jag och sträcker ut flathanden.

Viforsen nickar, knäcker med fingrarna och knäpper händerna bakom huvudet.

”Remi?” frågar han och drar upp ögonbrynen i pannan, den jäveln, och jag får sätta handen i sidan, den jag bjöd honom.

”Bjuder du remi, när jag har knipit tornet ditt och har två merbönder?”

”Som jag ser det är det ett generöst erbjudande. Duger det inte får vi väl se det som ett uppgivet parti, eller en seger på walk over.”

Det kliar i mig, men jag håller tyst. Han flinar åt mig över brädet. Jag tar min ytterjacka från stolsryggen, hänger den över axeln och börjar gå mot utgången.

”Remi”, säger han igen bakom mig.

”Ja, ja”, svarar jag och det bubblar inombords, kryper längs ryggraden. Den låga fan.

”Edvin?” säger han och jag vänder mig om, lite för snabbt så han märker väl att jag är en smula upprörd.

”Vad vill du?” säger jag.

”Lugn, du”, säger han och slår ut med händerna över brädet. ”Jag skämtar bara med dig, Edvin. Det är ditt parti, naturligtvis.”

Jag sätter mig ner på närmaste stol.

”Ja, det var ju skoj, hördu.”

”Vad tror du om mig? Och inte visste jag att du var så känslig”, säger han med oskyldig uppsyn.

”Jag trodde att det var Stig Lindvik som kanske gått igen och besatt dig, för det var som hans själ i det hela: att förklä en snyting till ett erbjudande och sen ta betalt för den på kuppen.”

”Fan tro det”, skrockar Viforsen med en sista blick ner i brädet efter en utväg. ”Men Lindvik hade insisterat på att det var hans parti.”

”Jo, det må vara hänt. Men att den riktige Viforsen kämpade väl emot så gott han kunde därinne då, så det varken blev hackat eller malet till slut.”

Agneta dyker upp i dörröppningen ut mot entrén till.

”Kommer du, pappsen?”

Med en nick åt Viforsen tar jag mig upp på fötter och ger mig iväg. Agneta tar mig under armen. Inga väntar redan ute vid entrén i sin stol, jag vinkar åt henne. Viforsen öppnar käften igen bakom mig.

”Du, Edvin.”

”Vad är det nu då?”

”Hon var fin.”

Och man rycker till, blir stående och skickar in en blick i allrummet mot honom, för att det här kanske möjligen kan vara det medgivande som man försökt klämma ur honom i ett år snart. Om hur det nu var med den där historien, så man rycker till.

”Harriet?” frågar jag.

”Det är allt jag säger.”

Och han ser outgrundlig ut, men fan om det inte är ett Mona Lisa-leende därinunder, ett som lite påkommet.

”Menar du …”

”Jag säger inget mer.”

”Men som att …”, försöker man ändå men Agneta drar i en och Inga tittar lite underligt där hon sitter i sin stol och väntar och det är inte värt att fortsätta så man inte syltar in sig i något. Funnes det en enda kvinna som man hade kunnat förmå sig att vänstra med om man finge chansen så var det väl hon, och då är det bäst att hålla käften ordentligt stängd så man inte råkar försäga sig om det.

”Harriet vem?” undrar Inga.

”Äh, nån gammal flamma säkert. Han ska jämt skryta.”

Hon glor misstänksamt på mig medan jag får grepp om handtagen, svänger henne runt och börjar skjuta, men låter det vara med det och gräver tacknämligt inte mer i ämnet. Viforsen har vart med Harriet Andersson, gubbfan. Det är inte klokt.

”Hej Edvin!” hörs en stämma över parkeringen när vi håller på att fälla ihop stolen och få in den i skuffen, och det är flickan, Caroline, som kommer på gången upp från sjön med en hand om armbågen på kärringen Kling som hon rastat. Jag nickar och hejar tillbaka åt flickan och kärringen Kling vinkar och ler blitt. Hon var den som fick överta Lindviks rum när gubbfan trillade av pinn och man trodde man var befriad äntligen, men en sate ersatte en annan: en Guds sate istället för en djävulens, inte mycket bättre det. Därtill en man gått och burit agg till i decennier efter den olycksaliga soppan med Eva och efterspelet när hon hetsat Hem och Skola på en och tvingat en bort från byskolan hemma i Nedansjö med lögnerna om att man skulle ha trakasserat hennes lilldotter och ljugit i religionsundervisningen. Men i slutändan gick det ju att jobba i Matfors också, det ordnade sig som så att man kunde byta med en lärare där, och en fördel ändå att inte behöva bo mitt bland alla de ungar som man undervisade, och än mer deras föräldrar. Cykelturen mådde man väl inte dåligt av heller. Och efter att allt blåst över visste man ju också vilka som kunde litas på, för stöd fick vi också av många ska sägas, som kom och hälsade på och delade ens oro under de första dagarna när vi inte visste vart Eva tagit vägen, om hon ens var i livet. Och senare under skolkonflikten, de många som stannade och bytte några ord med en i byn, sådana som tidigare om åren kanske bara skulle hälsat och gått vidare men som nu tydligt ville visa sin position, för oss men lika mycket för dem som stannade inne tills man gått förbi, som stod och kikade ut bakom köksgardinerna.

Så det var med magen full av agg man gick ner till Margaretas obligatoriska presentation, men där vinkade hon bara och log blitt, åt en själv precis som åt alla andra. Och nog för att man var misstänksam först för hon kan ju knappt ha varit mycket mer än sjuttio och stallet var ju som välhållet och i bra form, men man begrep ju strax att hästarna hade rymt sin kos allihop. Inte för att det heller varit så särdeles många som fått plats därinne från början bland all småsint präktighet och fromlande illvilja som ingen någonsin brytt sig om att mocka och vädra ut.

”God dag, Ingrid”, säger jag till henne när de passerar och vi får ännu ett blitt leende och en vinkning i retur. Agneta stelnar till i ansiktet. Vi sätter oss och hon startar bilen, skickar skeptiska blickar mot deras ryggar när de går in genom entrédörren.

”Var inte det …”, börjar hon bredvid mig men tystnar sedan. Som för att inte påminna en. Börjar rulla iväg.

”Jo”, svarar jag.

Agneta styr upp på Rännövägen.

”Fy, är hon här?”

”Å, ingen fara”, säger jag. ”Hon bits inte längre. Har blivit from på riktigt nu. Som ett lamm, bättre sent än aldrig.”

Agneta ser på en med en samtidigt misstrogen och lite tagen blick, som häpen fast rörd över ens storsinta fördragsamhet i frågan. Och de högst eventuella makterna får förlåta en om man inte kunde hjälpa sig trots Ingrids försvarslösa mildhet på ålderns höst, men somt måste bara göras för att man ska kunna lägga saker och ting bakom sig, bli kvitt dem och somna befriat på kvällen. Som i skogen när någon uppsyningsman till nöds dök upp och hetsade på laget eller försäkrade oss om hormoslyrens fullkomliga ofarlighet samtidigt som de gjorde stora lovar runt alla med pumpspruta och dunk på ryggen. Man lade en loska, en liten en bara, i gröten om man kom åt. Rörde ner den ordentligt. Förlåt en gammal gubbe den futtiga hämnden, men när hon nu vinkar och ler blitt och tandlöst, tanklöst så kan jag godmodigt hälsa god dag och vinka tillbaka.

”Hur har dagen varit?” frågar jag tystnaden i bilen när vi kommit opp på landsvägen.

”Å, förmiddagspassen är bra, de går fort. Det är fullt upp hela tiden”, svarar hon. Stryker en hårslinga ur pannan och tar sats: ”Vad skulle du säga om att komma och bo hemma? Med oss?”

Jag ska inte hävda att jag inte är frestad, men tycker väl att hon har tagit hand om nog med karlar och ungar i sitt liv och ska väl inte behöva dras med en gubbe därtill, särskilt inte nu med den lilla på gång. Det ska fan bli mormor vid trettionio. Och hur nu det gick till har man väl egentligen ett och annat att säga om, men gissningsvis inget som ungdomarna inte redan fått höra så öronen glöder. En eller annan av ens egna synpunkter om övriga familjemedlemmars vandel har man ju haft anledning att ångra förut så det kan ju vara lika bra att hålla käften den här gången, så man inte säger något som man inte kan ta tillbaka och göra ogjort senare och istället försöka glädjas över det nya liv som är på väg, och blodssläkt är de ju i alla fall inte, lyckligtvis.

”Aldrig i livet”, svarar jag. ”Och sitta ensammen och glo hela dagarna medans du är på jobbet och Bo i skolan, och glömma spisplattan på så hela huset brinner opp? Nä, då är det bättre att jag blir kvar och har de andra gubbarna och kärringarna att käfta med och kan styra och ställa med personalen.”

”På helgerna då?” frågar hon och jag får gnugga mig om näsan och fundera ett slag.

”Det kan väl tänkas, jo.”

”Bra”, säger Agneta och ler åt en. ”Då säger vi så.”

Någon harklar sig bak i bilen och jag kastar en blick över axeln. Hon sitter försjunken i sin tickande stickning, har stängt av och inte hört på vad det verkar.

”Och Inga?” säger jag.

Agneta suckar och skakar på huvudet bakom sin ratt, som om frågan vore befängd och det är den ju såklart, men det är ju bäst att få det hela utrett och klarlagt så det inte kan bli något underligt i efterhand om vad som sagts och bestämts eller inte, så jag glor lite extra på henne.

”Mamma med”, säger hon, nickar och lägger en ny suck till den långa raden. Slarvar med växelspaken så det skrapar.

”Bra”, säger jag. ”Då säger vi så.”

Agneta hjälper mig att dra rullstolen baklänges uppför förstutrappen för det orkar jag inte riktigt med själv med Inga i. När vi kommer in hörs ett märkligt ljud, och vi ser på varandra, min dotter och jag. Som ett skadskjutet rådjur låter det från ovanvåningen, och när vi tittar i trappan sitter Jonna på översta steget med pannan i händerna, gnyr och tittar ner, blek och med svetten rinnande.

”Men herregud, varför ringde du inte? Hur länge emellan?” frågar Agneta.

”Du hade ju mobilen av, för helvete. Tre–fyra minuter”, och sedan gnyr hon igen och jag hör inte resten, ser bara grå rörelser och allt är grusigt och vad som går igenom och fyller mitt huvud, det enda, är att det ju inte är dags, inte på länge än. Det är för tidigt. För tidigt, för tidigt, för tidigt. Och det är en brunn jag känner igen och den är kolsvart och har alldeles glatta väggar som händerna bara glider av varje gång man försöker ta spjärn för man håller på att sjunka. Och jag tar tag i handtagen framför mig, försöker ta stöd där. Andas, medan de stökar runtom.

”Edvin, kom nu”, tränger det igenom till slut. Någon stryker mig över ryggen. ”Du kan inte vara kvar själv. Jonna sitter i bilen, vi måste köra nu.”

Agneta lägger armen om och vänder mig om, knuffar på och vi stapplar bort längs förstubron. Bilen har backat upp, står alldeles nedanför. Vid trappen blir jag stående.

”Inga då?”

”Pappa, inget trams nu, vi har inte tid, snälla du. Kom.”

”Inga!” skriker jag för hon begriper ju inte, begriper inte, och jag förstår inte vad det är som är så svårt.

”Pappa, kom nu!” skriker hon åt mig och försöker dra mig

nerför trappen. Jag slår undan armen för henne. Jonnas röst hörs bortifrån bilen.

”Mamma, ta stolen bara, det går fortare!”

”Men för i helvete!” gormar Agneta och försvinner in. Kommer ut med stolen och kör den väldigt oförsiktigt nerför trappen. Jag följer efter ner, sätter mig därbak bredvid Inga medan Agneta fäller ihop stolen och stoppar den i skuffen. Jonna börjar gny igen och kylan kommer över mig. Inga klappar mig på låret.

”Det är ingen fara”, säger hon. Och det får mig att nyktra till något och när jag då räknar på det medan tallarna passerar i ilfart på motorvägen så kan det ju bara handla om en månad cirka och det klarar de ju galant nuförtiden, och inte som med Dan som kom åtta veckor tidigt den gången.

Agneta bekymrar sig därinne men jag klarar mig ju, har dessutom Inga till sällskap och inte går det någon nöd på mig, så jag skickar in henne att stödja Jonna och blir sittande vid kaffeautomaten utanför avdelningen. Plånboken har jag fått med också så jag kan få något att tugga på. Så småningom kliver Jerker och Bo in genom entrédörrarna. Pojken hälsar och tar sedan upp sin dator ur väskan och börjar plocka med den, Jerker skruvar nervöst på sig, sitter och tummar på sin pälsmössa och vankar av och an. Morfar Jerker.

Agneta tittar ut och säger att allt ser bra ut än så länge, och då kan man sitta där lite mer avspänt och timmarna går på ett eller annat sätt medan man funderar. När klockan börjar bli bortåt åtta vill Jerker köra hem en till Tunastrand så man kan få gå och lägga sig och visst att det drar ut på tiden men man har ju inget bättre för sig direkt. Inte vill man sova bort de här ögonblicken, de få man har kvar, när allt blir som levande och självlysande för en. Strax därefter är det Fredrik som kommer in genom entrén, blek i nyllet, med en långsmalare och blondare version i något mer fullvuxen ålder bredvid som man väl får anta är hans far. Fredrik hälsar hastigt, blir sedan inskickad och han har inte blivit mindre blek men går åtföljd av en sjuksyster med bestämda steg mot avdelningen. Kort därefter kommer Agneta ut, avlöst, med en kaffekopp i handen. Hon ser trött men inte rädd ut. Kramar om oss alla, sätter sig sedan bredvid Jerker med sin kopp.

Och jag ser på dem, och det här är alltså de människor som råkat bli ens närmaste, skyllt och oförskyllt, några av dem, och om det kan förlåtas en gammal gubbe att han blir lite sentimental så får jag nog säga att det vid tillfällen som detta ändå känns som att man hör ihop någonstans. Och har man synpunkter ibland på deras beteende, val, vandel och tadel, sätt och skick och fåfänga, styvnackighet och vankelmod, så får man väl ha det, och hålla inne med dem eller ge uttryck för dem efter eget huvud. Så länge som man är ärlig mot sig själv och inte förnekar att man har eget ansvar i saken och skuld i det. På samma sätt kan man vara stolt när man tycker att de gjort bra ifrån sig, och inte gäller det bara den närmaste familjen heller, så man är väl lite nyfiken och rullar fram med stolen till mannen.

”Det är du som är Fredriks pappa?” frågar jag.

”Ja”, svarar han och sträcker fram handen. ”Ursäkta. Det är lite nervöst. Alexander.”

”Edvin. Trevligt att ses till slut”, säger jag och tar hans hand. ”Fin pojk, men vilken soppa det här, ändå. Får man bjuda på en kopp kaffe?”

Det går han med på så jag skjuter stolen framför mig bortåt automaten, köper ett par koppar åt oss och rullar tillbaka, sätter mig bredvid honom och ger honom en kopp. Byter några ord, de har flugit från Stockholm, Fredrik och hans far, inte stört mer än en pojk han heller. Är han ens fyllda fyrtio, undrar jag, och nej, men om några månader så. Inte ser han ut att vara ens det, säger jag, för det gör han inte. Men farfar redan, ändå. Och pojken, Alexander var det väl, skrattar som lite spänt åt det och skakar på huvudet. Nej, det var inget han direkt räknat med. Ja, nej, gammelmorfar, det hade man ju heller aldrig trott att man skulle hinna med att bli, sen i starten som man var. Och vi samtalar en stund, sitter sedan tysta en stund och det känns som också bra. Men han slänger blickar på mig, undrande, öppnar käften och ska till att säga något men avbryter sig, och sedan igen, så man får fiska och undra vad det är han sitter och grunnar på, för grunnar gör han svårt, det går inte att ta miste på.

”Varför kör du omkring med den där gamla rullstolen, Edvin?” frågar han då och ett kort ögonblick väller agget fram, men frågan kanske är berättigad och nu är den hur som helst ställd, och jag ser ner mot stolen och Inga sitter där och ler mot mig, rycker på axlarna så hon tappar en maska, svär till, skakar på huvudet.

”Det är väl dags då”, säger hon. ”Jag ska bara bli klar med raden.”

Och jag nickar, ser på, munnen går tyst på henne medans hon räknar. Och nej, det går ju inte så fort för henne med stickandet, men till slut har hon ändå obönhörligen tagit sig fram hela vägen och hon drar stycket opp på stickan och säkrar med nystanet och lägger det hela i knät. Ser opp mot mig.

”Men vi ses ju igen om ett slag”, säger hon och det kan hon ju försöka slå i en, men jag är inte så säker på den saken, för så har jag aldrig trott att världen är beskaffad, även om hon kanske gjort det och vi nu låtit bli att bråka om den saken i femtio år, men jag ser ingen anledning att ändra mig nu bara för att det skulle vara behändigt. Den här fan går inte och blir religiös om han så blir hundra, så här ska inte klängas efter några halmstrån och hon har det jävla retstickeleendet och sträcker opp armen och har redan börjat blekna när hon stryker en över kinden och man blundar och biter ihop, och man känner hennes fingertoppar ett kort ögonblick.

När man öppnar ögona igen så är hon borta och man sitter väl och blinkar en liten stund, drar en suck eller två kanske innan man förmår få ur sig något. Pojken sitter och tittar på en men håller hovsamt och respektfullt käften, smuttar på sitt kaffe.

”Ja du”, säger jag och han ser lite bekymrad ut pojken, fiskar opp ett paket pappersnäsdukar ur kavajens innerficka och räcker fram en och jag trycker den mot ögona och snyter mig en gång. Nickar till tack, viker ihop och stoppar näsduken i byxfickan.

”Ja du, Alexander. Varför gör jag det egentligen?” svarar jag honom, sent och illa. Rycker sedan på axlarna mellan sucken och leendet jag ger honom, för vad annat kan man göra?

*

*

Det här är jag: Jonna Aronsson. Det här är min familj: mostrar, kusiner, mammor, pappor, morföräldrar. Det var om oss jag ville berätta. Och om vårt hörn av världen. Om tomheten och saknaden. Om verkliga människor, ynkliga och förunderligt starka omvartannat, inte några förebildliga dygdemönster. Det började med ett slut: en död och en begravning. Och det slutar, som utlovat, med en början: en födelse och ett dop. Men inte Heddas.

Födelsen är denna berättelses, en sen men sömnlös vinterkväll på en soffa i Göteborg, med sorg, klander, ömhet och bubblande ilska sprättande som yrsnön utanför och magen ständigt i vägen hur man än försöker lägga sig. På bordet bredvid, ett skivomslag, en dikt och ett brev. Och just innan sömnen till slut lyckas besegra allt detta så börjar jag få en glimt av hur de olika händelserna hänger samman. Hur de, till synes oförklarligt svävande och sinsemellan oberoende, hålls uppe av byggnadsställningar som enbart är synliga ur en viss exakt vinkel. Och jag anar att det är det här jag måste skriva om.

I det ögonblicket förnimmer jag henne, mormor, som sutte hon på soffkanten med sin busblick, retstickeminen. Hon lyfter på filten och ser allt det som sväller och sjuder under den, allt det som är Jonna, och lite till, släpande såväl det förflutna som framtiden med sig. Jag ser allt det som hon ser, i hennes ögons skrattspegel, i ögonbrynens vinkel, i mungipan som drar uppåt och i allt det som vill viska: *Gott, min flicka, att du vill begripa och skriva men du har något i vägen. En hård blick kan aldrig se genom andras ögon, den måste vara plastisk. Trevande och osäker, som en förälskad tonårings, och den får aldrig redan veta säkert, bara gissa. Där, så. Låt mig bara …* Taggen lossnar och låter sig dras ut, den som suttit i min blick så länge att jag inte märker av den längre. Och den sista den dömer är mig själv, till ett leende.

Nu vet jag äntligen var jag ska söka dem, svaren. Inte längst ner i någon grav eller brunn av saknad. De finns på samma ställe som vi kan hitta Inga ifall vi skulle behöva råd någon gång, för hon finns i oss alla, följer ständigt med. Ler snett åt alltsammans, i all sin skönhet och jävlighet. Skakar på huvudet, säger att allt hänger ihop och att ingen någonsin har kommit på något på egen hand. Hon viskar i våra ådror.

Och vad är väl stölden av en ynka dikt, mot den jag själv helt skamlöst förbereder: att förråda oss alla, stjäla våra liv för att bygga en värld. Då har man inte råd att moralisera.

Dopet är en skön och mäktig balettdansares, nästan fyra meter hög, tillverkad av buntade armeringsjärn och färgglada klossar i lackad betong och rest på försök på en innergård i Sundbyberg en solig men kall dag i maj och – ljuva lättnad, det lyckades! – svävande i en viktlös arabesk även efter det att byggnadsställningarna plockats ner. Den rusiga konstnären, uppflugen på en gaffeltruck tre meter upp i luften med en flaska Bollinger i handen, sonen bredvid och en samling applåderande vänner nedanför: en kvinna, ledigt klädd i sneakers, slacks och med hästsvansen utstickande ur en militärgrön keps. Den jeansklädda webbdesigner hon lever med. En nöjd och leende ingenjör, vän och kanske mer ändå. Vidare familjen han inte visste att han hade: en kvinna som till slut funnit ett passande sätt att spendera en oförtjänt prissumma, att samla familjen, spridd över landet, i Stockholm en helg i maj för att fira sin fyrtioårsdag och slösa bort vartenda öre. Hennes make och son. Ett omaka flatpar i ungdomlig medelålder ditresta från Göteborg, den ena med handflatan vilande på en misstänkt rund mage. En kvinna som kommit i sportbil från Hudiksvall med sina två barn, och, nej, maken kunde tyvärr inte komma med. En äldre man som pekar med sin käpp och med gott humör föreslår en eller annan förbättring av konstruktionen till nästa gång. Bredvid honom jag själv med Hedda, invirad i sin yllefilt, i en sele på min mage.

Har jag glömt någon? Ja, dig. Din blick är gnistan som väcker oss till liv, fyller oss med mening och innehåll. Orden och berättelserna färdas genom decennier och över enorma avstånd, över hela världen. Bärs med tankeströmmar från Rio till Santiago till New York till Nedansjö och Matfors till Stockholm och Göteborg och blir lästa, hörda, tolkade, översatta, delade, lånade och stulna. Och allt däremellan. De göms i ett bröst, mognar först där helt i innebörd och klang. Förändras på sin väg och drabbar alla lite olika efter var hullingarna får fäste. Väcks till liv av en blick. Din.

Så vi ser på en stund, jag och du bredvid mig, och lyssnar till det korta anförande som mannen däruppe håller, som avslutas med ett leende och orden:

”Du ska heta *Hoppet, det omöjliga*, för störst av allt är ändå hoppet, om än inte alltid så väl underbyggt som ditt, min kära.”

Mannen korkar upp sin flaska, låter champagnen skummande skvätta upp mot kolossens huvud medan applåderna ekar mot husväggarna. I det lyckliga ögonblicket växlar vi en blick och ett leende, du och jag, som säger att ja, i så fall hade både Paulus och Barbro fel, och med det nickar jag adjö åt dig, tills vidare, lämnar scenen och återvänder till min studentlägenhet, till natten i Göteborg.

Och jag ler och slickar de ömmande såren, gör det enda jag kan. Jag skriver. Går upp i min värld, den jag skapat. Väckt till liv av en smekning: kittlande, nyfikna ögon mellan mina rader. Bygger till och bättrar på och glömmer ibland, i stunder av lycka, helt bort mig själv. Till dess att Hedda kallar från rummet intill. Tills hennes röst suger mig ner och tillbaka och gör mig till kropp igen, till människa, mer djur och mindre tanke, yrvaken men trygg. Och jag ser på henne och hoppas att vi hamnat hos någon som bryr sig om oss, som kanske röjer ut en kammare eller ett förmak åt oss i sitt hjärta, där vi kan få bo kvar och åldras.

Ja, skaka på huvudet du, och le åt mig och min fåfänga, men nu har vi byggt den här världen tillsammans, du och jag. Nu viskar den i dina ådror. Och jag tittar på min Hedda. Vår Hedda, ser du henne? Fastnar i hennes andetag i en minut eller halvtimme, men vänder sedan åter, kan inget annat. Kryper upp i soffan med datorn igen, låter orden komma. Blundar och ser genom allas ögon.

Jag ser genom allas ögon, du ser genom mina och en värld uppstår. Tack.